世華文學

純粹——書寫

趙淑敏
石麗東 ——◎主編

采玉華章

美國華文作家選集

臺灣商務印書館

期待「世華文學」開花結果

「世華文學」是臺灣商務印書館新開設的叢書系列，適合發表全世界以華文創作的美好文學作品。我們希望透過各地華文作家的努力，共同為華文文學開創一個光華燦爛的明天。

以白話文創作的華文文學，自一九一九年「五四運動」以來，歷經百年，其文學成就，早已遍地開花，全球皆然，甚至已有兩位華文作家獲得諾貝爾文學獎。

然而，這些甘願一輩子走上文學不歸路的作家，並不是一開始就獲得成功，讀者也不是完全接受文學創作的成果。在臺灣、在大陸、在世界各地，閱讀文學創作的熱潮起起伏伏，許多已經成名的老作家，一樣面臨市場經濟的考驗。

近年來臺灣商務以「知識、經典、文學、生活」為四大出版方向。文學作品仍然是全世界讀者重視的閱讀領域，我們的讀者在閱讀翻譯外國文學作品之餘，是否也曾關注華文創作的文學作品呢？

好的文學作品應該是沒有地域之分的，使用華文創作的文學作品應該也是可以讓全世界的讀者分享的。讀者除了親近本地的作家之外，也可以閱讀海內外以華文創作的文學著作，來擴大經驗與情感的交流，來體認真善美的文學理想。

基於這個理念，我們已經推出一些世界華文作家的創作，包括邀請世界華文作家協會會長林婷婷主編的《漂鳥：加拿大華文女作家選集》、《歸雁：東南亞華文女作家選集》（與劉慧琴共同主編）、《芳草萋萋：世界華文女作家選集》，都獲得各地讀者的好評與重視。

於是，我們再度擴大耕耘，正式設立「世華文學」叢書，邀請世界華文女作家協會前任會長石麗東、名作家趙淑敏，共同主編《采玉華章：北美華文作家選集》、北美華文作家協會會長趙俊邁等主編《北美華文作家選集》，都將是「世華文學」系列陸續推出的文學創作選集，讀者將會發現裡面有許多停筆多年、或是久未出現的老作家，都發表他們的創作了。

「立足本地、放眼天下」是我們的目標，「出版好書、嘉惠讀者」是我們的使命，「閱讀文學、認識世界」需要我們一起來努力，期待海內外的華文作家都能創作出好的作品，讓我們的讀者分享華文創作的喜悅與成就。讓我們一起努力，華文文學創作的明天，必定是光輝燦爛的。

臺灣商務印書館總編輯　方鵬程　謹序

二〇一三年十月二十四日

代序一——文學因緣

趙淑敏

作為文字工作者，能有機會把偌多享文名已久作家的作品匯集在一起，出一本選粹，原來以為只可能是一個理想，但是石麗東、趙淑敏兩個書呆子竟然做成了。不能說是異數，因為沒有奇蹟，這是虛心、謙卑、懇切、盡禮地誠邀，得到各位作家認同，拿出的心血之作的成績。其實這本書的誕生，乃是一串因緣的促成。

石麗東在與台灣商務印書館安排伊自己的《誰與爭鋒：美國華人傑出人物》出版事宜之際，便也同時受邀編一冊美國華文作家的選集。因為商務版的加拿大、東南亞的此類文集皆問世已久，美華作家豈可缺席？但斯時石麗東正為其個人的新作緊鑼密鼓進行最後理稿校對中，實在無法全心投入此涉及面更為廣闊的第二本書的籌畫，於是找「老」友趙淑敏佐助共同効力。

趙淑敏猶為二十數歲青年時，便已結識大學二年級生的石麗東，幾十年間縱遠隔大洋亦未曾斷了連繫。趙極其珍視友緣，雖此地此時不可能真會為朋友赴湯蹈火兩肋插刀，也不肯因友情作奸犯科傷害他人，餘事只要力能所及，絕對不會規避並竭誠全力支持。

淑敏不才，雖十五齡便開始塗格成稿，但不幾年便昏頭文田廢耕。恢復寫作又十一年方於一九七三出版第一本書。那十一載之中的前八年，稿文字數累積應逾二百萬言，但連筆名亦少見天日，所以當台灣商務印書館願意代為出版之時，彷彿接受的是僅為文壇摸索前行方三年餘的新進者之習作。幸而台灣商務印書館看作品說話，並未因為資格鮮嫩而歧遇。一個習慣心存感謝的人，記下了這份情，四十年後有機會為台灣商務印書館付出一點心力，也認為是天賜機緣，且又能贊襄吾友麗東成就此業，確所願也。

此次集文有一原則，既是邀賜「代表作」，便無退稿之考慮。集稿的過程，頗戲劇化，六十二位作家固然有些為相識已久的朋友，而甚多連一文之通、一面之雅也無，故而有的是因名邀文，有的是因文追人，最後都貢獻了我們所需的支持。我們有何條件能做到？惟同道的尊重與相知耳！大家都盡量拿出自己的代表作品，衷心感謝。不過我們並非只閱讀了六十二篇文字，很多朋友都給出兩三篇供選用，拿來四篇的不算多，最多的提供了六篇，這樣的慎重看重，讓我們不僅感動感激，更誠惶誠恐，唯恐辜負眾家名筆。也因此吾二人的閱讀量不只倍增；兩人都累，但累得很開心。

編輯這本書，由石麗東受邀發起，自然她必須統籌全局，綜理一切事務。但為工作負擔不至太重，從發邀請書柬起兩人便開始分工。以美國中線為界，除極特殊的情況，趙居美東便負責東部諸務，石住美西就處理西部各事，然後交叉支援追蹤。這樣做主因電腦究非人腦，不解人心人情、通意交流之事；除了傳輸優勢，很多事作不來，必須以人腦補電腦的不足。如此分工似乎太不文學，但在效率上可以節省精神、體力和時間。所以在書稿方面，也按文類分別負責最後整理工作，散文部分歸石麗東，趙淑敏管小說卷，但是兩人仍交叉提示，督促、推敲、校正，並適時討論。因此，六十二篇文字都經過兩人個別二讀三讀甚而四讀。最大的問題是此乃一冊多元開放的書，不論作家源出何處來自何地，都一體尊重尊敬，那麼欠學簡體字的我們便戰戰兢兢了，因為由電腦軟體簡字轉回傳統正體，往往會出尷尬問題。常當轉不轉，而轉過去後就成了另一個意義的詞或字；如乾、幹、干之類的，就曾出來搗亂糾纏不清，必要時還須猜謎。愚笨如我，上電腦工作時，膝上放一本對照字典猶且不夠，尚須電話電郵與原作者核對。不是小心過分，文學創作，一字之差，意差千里，不可不慎。求全不可能，但盼少出一些錯誤，俾對得起惠稿的碩彥君子。

於細讀小說的時候，常想，現代的文學人何其幸運也，在漢書藝文誌上，小說還是「街談巷語、道聽塗說」沒有價值的文類，小說家於九流之後不入流。到梁啟超說出小說的重要性，也是從「功能」非從文學藝術的角度著眼。自從西洋文學的思潮與理論影響到中國文學，不只是文體、語言、結構的改變，在原有的基礎上也產生創新的藝術境界；不僅語彙與思維模式開啟了新的路徑，也增加內容的廣度與深度，更開闢了揮灑的新天地。

小說雖每被稱為「閒書」，在現代文學的範疇，成為主流的時代來了。有人批評華人小說的意境不夠深刻，因為西洋文學中常討論到人與天的關係，並進入哲學的門庭，而國人下筆除了個人感情、家庭族群，頂多僅關心到歷史與社會的層次。這個說法對也不對，華人小說的確大多都是社會現象，人的故事。但這些「人」在社會中的「活」與「動」，「生」與「滅」每每都涉及到人性、慾望、宿命、神靈、天道乃至於不可抗力的幻變和感應，除了人的權威、勢力、以及其他人為力量所操縱左右之外，都由大天之中的「律」與「緣」主宰，往深裡推究理解，豈僅是人間社會的瑣碎。

很不喜歡套公式，動輒將小說歸入什麼主義之類的。學者為了本門的「功課」，不能不煞有介事為作品解剖，「零割美人」式地閱讀小說；我寧願讀者們從審美的角度欣賞作品。讀這些小說我曾兩度落淚，不是為施叔青細筆素描下的〈立霧山上的日本庭院〉中那對日本夫妻，彷彿在等待之中共度末日的那種相依淒然的美；那只令人心顫，卻不會激然心動。但初次讀范遷的〈卦〉，感受到面冷心暖的占卜人為救純良熱血青年於厄難，不顧職業忌諱，違天、洩機的至性大愛；感受到知識青年，為理想獻身，誤入天人感應命定的死境，那種的絕望悲憤，那種亙古難消的悽愴孤絕，希望的徹底寂滅……忍不住要為那千百個王實味痛淚長流了。劉大任的〈西湖〉是發生在劫後西湖之畔，從相親開始的流行故事。表面如此，其實是象徵西子蒙塵的破壞毀滅，縱使表象的景觀後來或可復舊如昔，但真正潛在的美質是回不來了。徹底毀損的，豈僅是劉大任鍵觸描繪出的如淨雅素荷般的好女子呢！改變命運的捷徑正也是絕境！是同體大悲的淚，為那靈性淨荷般的婉秀好女，也為找不到救贖的「君子」男人。

散文是豐收的，有好多篇讓人驚豔，這部分是麗東的「責任區」，因此僅曾二讀或三讀，精讀是她的考試。於此只願重複個人對散文創作的理念：

不必為散文做功能或外觀式的分類。總而言之，散文不散，形散而情聚，廣義一點，在內容上可發揮充分的隨想性，在筆觸上也有同等的隨意性。散文不是詩但也如詩的語言一樣，要求精到、準確，表達思感、胸襟、情懷、意念，符合審美的藝術要求。

題材和筆觸的配合，樸素抑瑰麗，婉約抑豪放，文秀抑粗獷，顯現風格，須恰如其份恰到好處；舊句可以新釀，成為有新生命的創作；掌握準確的語意。創造新語可隨心所欲，不必只用詞典上找得著的語彙。但是除了在結構上要不結構的結構；揮筆為文，思緒馳騁之間，要的是斧鑿無痕。否則會流於造作、匠氣。

文學人從事創作必有文學的心與眼睛，自然不會看山只見山，見水只是水，透過聯想感受，芻思演化，敘事、抒懷、寫景、表意，與自然萬象和人物世事互動感應，於是山川、樹木、花草、群石都出色有情而生機鮮活。

「士，必先器識而後文藝」這句話，是弘一大師用以教化他從事文學藝術的門生的訓勉，但是這個觀念是唐代貞觀年間的裴行儉所強調推出，用以鑑士衡人的於基本之外的深層標準，傳誦了一千四百多年，如今願意借用來說明散文的境界。散文的內蘊、氣韻、意境應優先於形式與詞藻的華美。

走筆至此，思緒依然澎湃，但宜乎節制，就此打住。吾等原擬獻出一冊真正的精粹，礙於現實在此不敢再大言誇口。但石我二人頗知篤誠補拙，配合實際編輯工作的需要盡心盡力，比如由於字數可能超過所限，首先麗東不欲交出作品，繼則淑敏最後亦撤下已編入的小說，更將細讀小說的思感記錄，從序文中剔出將一千四百字以節省篇幅。總之，對這次輯稿成書的因緣十分珍惜，感謝一切；石麗東所感謝的，也是我要感謝的，不復贅言。

趙淑敏于紐約蝸居二〇一三年大暑之後

代序二——散文的春華秋實

石麗東

始自二十世紀的九〇年代，因參加北美華文作家協會，所以有緣出席世界華文作家的聚會，進而接觸若干有關當代華文和海外華文創作的演講和論述，不論腦子裡能裝進多少，每次會議結束必定背著論文集子和文友們的新作滿載而歸。

除了出席會議所得文友的餽贈，又因平日愛書成癖，家中書房的空間日益緊縮，時有氾濫成災之虞，於是不斷提醒自己不能再輕易增加一本閒書，但是去年春天回台，當台灣商務印書館總編輯方鵬程先生提起書局有意出版一本美國華文作家文選的時候，不由然拊掌稱慶。

主要原因之一，美國華文作家的人數多、作品亦豐，但和世界其他地區如加拿大、歐洲華文作協所出版的文選數量相比，則遠落其後。或許因為許多美國華文作家頭角崢嶸，相繼出書，讓人目不暇給，而以全美國為範疇的文集倒被忽略。

這本文選分成散文和小說兩部分；淑敏老師曾以小說《松花江的浪》獲一九八八年的「國家文藝獎」，順理成章由她負責小說，我負責散文。數十年前我進新聞系唸書便和淑敏老師相識指南山下，大二暑期我在一家報館打工，頂頭上司也是中廣公司編輯部的一位主管，因此每個星期我前往政大教職員宿舍攜取淑敏老師寫好的廣播稿，然後進城交給中廣的翟先生。驀然回首，我尊淑敏姐為師已近半世紀。

相對華夏的文學長河，這冊美國華文作家的作品似乎應被歸類為域外旁支；倘若回望近百年來中國歷史，早於清末民初派遣留學生師法西人之長，二戰後更因政治、經濟及社會發展的因素，台灣留美學生激增，開啟了留學生文學的源頭，六〇年代出了國的白先勇、於梨華、趙淑俠等人的小說在國內受到讀者的青睞，風行一時。到了八〇年代大陸新移民作家匯流北美，華語語系的文學經歷政治上的花果飄零，而在海外開闢更為廣闊的互動空間。行至二十一世紀，全球化的腳步日甚一日，愈發使得美國這片華文創作的沃野花草豐美，在目前的時、空環境之下已無主流和旁支之別。

衷心感謝六十二位方家（散文四十二，小說二十），提供他們的代表之作，展示這些優秀華文作者離開母國、進入移民社會之後的觀察、體認和省思，一併顯露了華文文學域外開花結果的面貌，但因篇幅有限，美國華文作家數量多，難免遺珠之憾。

在諸位賜稿的作家中，現年九十五歲的黎錦揚先生于上世紀五〇年代以《花鼓歌》踏入美國文壇與百老匯，揚名金元王國；他所記述〈黎家的點點滴滴〉彰顯華夏民族以「家」為蘊藏文化的核心堡壘。黎家「湘潭八駿」包括民初提倡白話文的大哥錦熙，譜曲寫歌的錦暉和錦光，作家錦明，而專攻政治哲學的錦紓，則和鄧小平曾是留歐同學兼室友。「八駿」中的老么錦揚終以華夏一段錦繡《花鼓歌》傳揚西方世界。

在中華的文學傳統之下，古代散文的最常見形式是紀事與說理，王德威教授〈文學行旅與世界想像〉一文，開宗明義，替今下全球各語系的文學形勢之分布和變遷勾勒清晰的輪廓和趨向；耶魯講座教授孫康宜〈大雪教書記〉，記述在美高等學府傳道授業的苦與樂。選集邀稿也驚動了另一位學界前輩夏志清教授，賜予〈書房天地〉，讓讀者一窺他課堂之外的閱讀習慣。

二〇一一年辭世的馬克任先生，七〇年代為聯合報系在北美開辦《世界日報》，後擔任北美華文作協會長十餘載，本選集收錄他〈重遊京都記〉，是一篇感性散文，一九六九年發表于聯合副刊，曾選入台灣國中三年級的教科書當教材。

華人作家來到異域最敏銳的觸角乃有關文化方面的觀察。當代散文大家王鼎鈞先生以寫小說的筆法描繪大清早「世貿中心看人」的景象，直搗資本主義的本營，文字簡潔，意蘊深遠。不足兩千字的文尾埋伏著一樁世紀慘案，未料「九一一」事件發生，後悔沒再去看他們下班的情景。選集內另有兩篇記述「九一一」紐約遭劫的文章：一是趙淑俠的〈紐約，不要哭泣〉，從鄰居的角度看世貿大樓被恐怖分子撞毀後的街景和災情；一是顧月華的〈昨夜聽風聽雨〉，由閱讀一本葛林．斯潘的傳記來側寫「九一一」。

手中兼握畫筆的世界周刊專欄作家劉昌漢以〈藝文行旅〉記載應邀至美國南達科他州從事一連串水墨畫、錄影展覽及教學演講，並與原住民印地安人座談文化交流的活動。其他涉及東西文化面對面的篇章有朱琦的〈兩種吹牛〉，劉荒田的〈「回來」散記〉。筆名子詢的〈非歷史的荻倫湖畔〉，比較在中國遊山玩水，隨處可見銘文碑記、匾額楹聯，但在美國旅遊卻缺少這種歷史的積澱與文化的結晶，經過她和美國友人的往來思辨，子詢發覺不樹碑立記也得保存一片山水的寧靜與祥和。

其他有關行旅及風景的散文有：李黎的〈軌道上的風景〉、簡宛的〈布拉格的春天〉、張純瑛的〈哈德遜河畔話西點〉、姚嘉為的〈白雪楓紅之旅〉、周芬娜的〈孤寂與掌聲：邂逅海明威〉以及任安蓀的〈金燦秋季〉。

相對上述詠景物的篇章，懷念故人的書寫每每替時代和生命留下印記：張錯的〈一顆懷舊的心〉，追憶詩人王辛笛；王渝的〈木心印象〉，懷念並讚賞木心的修養；宣樹錚的〈江南韻〉，寫啟迪他對文學及戲曲產生愛好的老師；張鳳的〈《未央歌》歌未央〉寫鹿橋先生；叢甦的〈難卻的約會〉，為文悼念亡友，蘇煒的〈大個子叔叔〉，寫在非常年代攙扶了他一把的軍官大漢。沈寧在〈寒風中的別離〉寫他下鄉插隊之前，和母親在車站生離死別的一幕。

周愚所寫〈女兒在上海〉，乍看寫親人，焦距放在女兒赴上海的公幹，她以迪士尼公司代表的身分去大陸開辦兒童英語學校，家長們紛紛攜子女來美國觀光，給新大陸帶來多重商機，不僅是社會風尚，同時也包含了國際經貿的事實。周愚居住紐約的手足周勻之寫〈一日總統〉，道出鮮為人知的一段美國歷史典故，吳唯唯的〈一順子婚禮〉，描繪今下同性戀出櫃後所舉辦的人生大典。

言及社會風氣和時尚，半甲子之前初履美國，發現星期日上教堂是人們生活中重要的儀節，但近年來宗教活動的曲線明顯下降，康正果〈身體教堂〉一文，對此一轉變從個人參加健身俱樂部的動機、鍛鍊過程娓娓道來；其中涉及健身房中相互展示的群眾心理學及白領退休者的切身需要，健身終於成為現代人的另一種宗教。

和〈身體教堂〉相似，喻麗清的〈盒子〉，寫日常生活中因實用和占有慾而生的器物，形形色色，美不勝收。作者最終從抽象的層次看，汽車是行的盒子，房屋是住的盒子，而人不過是五臟六腑的盒子，難怪喻麗清被譽為散文寫意派名家。

還有一類寫生活的散文，隨手拈來，饒富哲學意味的：如張宗子的〈庭院〉、李笠的〈世界向我走來〉。文章啟頭有意探究宇宙起源，隨後觀察每日園中澆花種菜時發現的小土蛙，領悟萬物相互依存的生命力。程寶林的〈松風之間〉，對準家居附近一處長十一英里，寬半英里的偌大公園，目睹其間動、植物的生機與叢林規則，認為最美麗的風景仍在人間；緣因看見一對銀髮鶴顏的恩愛夫妻走進公園之後，先漫步、繼而起舞，那份感動將他化入松風之間。龔則韞寫她家後院的橡樹林，恰如擁有一座童話王國。

華人離鄉背井，最常愛寫的題目之一是懷舊懷鄉。居住紐約的作家兼畫家劉墉，〈小小又大大的一條河〉一文中，所描述的河即為瑠公圳，彷彿湯姆歷險記的密西西比河。在眾人眼中瑠公圳是灌溉台北盆地的渠道，卻是劉墉兒時探險遊嬉之所；楊芳芷的〈天燈下的故鄉〉，陳瑞琳的〈他鄉望月〉，不僅懷鄉也懷人。少君的〈鳳凰城閒話〉，訴說他提早退休之後，在異鄉尋找安身歸家之所。同樣涉及歸屬話題的有程明琤的〈歸屬感〉、張讓的〈有時到達只是一種印象〉。

相對人的歸屬，周密的〈落花游魚〉敘述中國古物流落異鄉的故事。這幅出自清末醇王府的畫，印著六個乾隆御覽的鑑賞圖章，讓人感受一份失落和淒涼，但在聖路易市博物館工作的周密從追蹤古物的來源到描繪「畫」的本身，出之理性和明朗的筆調，表現專業的知識和態度，讓這幅歷盡繁華的北宋名畫，得以受到廣大散文讀者的垂愛。

追根結底，散文是華夏文庫中一條蜿蜒的長河，它在中華文明的孕育過程之中，發揮、述事、說理和表情達意的功能，散文就像流經黃土高原的「黃河」，見證無數驚濤駭浪與滄海桑田，留下炎黃子孫文字傳承的點點滴滴。

最後要向台灣商務印書館的方總編輯表達十二萬分的謝意，承他邀約，賜此良機，又能得到淑敏老師的指導與合作，共同匯集數十位優秀華文作家的作品于一冊，讓我這名文字工作者的美夢成真。

二〇一三年七月麗東於美國德州休士頓市

目錄

散文卷

小說卷

散文卷

作者簡介：

黎錦揚，湖南湘潭人，一九一七年生，旅美著名作家，耶魯大學戲劇碩士，一九五七年出版的英文小說《花鼓歌》榮登《紐約時報》暢銷榜，被改編成百老匯音樂劇和電影。後應邀在台灣《聯合報》發表中文小說《旗袍姑娘》，一生寫作不輟，著有小說及散文集多種，是旅居美國華裔文壇的前輩。

黎家的點點滴滴

黎錦揚

近年來，黎家後代寫黎家故事的人很多，從他們的作品中，我收集了一些材料，寫成這篇短文。

黎家四代單傳，我祖父和父親都是獨子，天命不許黎家絕種，我母親一生就是十二位，八男四女，我最小又是「老來子」，為父親所寵，長大變「頑童」。

我們兄弟姊妹都隨大哥黎錦熙北上，父親是Gentleman farmer，是個小地主，收租吃飯。他天天寫字讀書，齊白石是我家木匠，成名後搬北京賣畫。我幼年在北京時，每週要同父親到他家大吃一頓，他年輕太太做一手好菜，臨別時，齊老先生總是塞一個大紅包給我，裡面是兩個「袁大頭」。

我大哥在長沙教過毛澤東的書，文化革命時，紅衛兵來了，大嫂馬上把毛澤東的書信擱在桌上，紅衛兵頭子一看，領隊鞠躬而退；文化革命時，只有大哥家沒有受過苦。

大哥錦熙做過北京師範大學的文學院長，與錢玄同、趙元任發明注音字母，提倡白話。當時毛澤東在北大圖書館做事，常來錦熙家。毛有菸癮，總望著大哥的菸盒子吞口水，錦熙藉故出室，讓毛拿幾支，成為黎家笑話。毛給錦熙的書信，都已捐給政府做紀念。

我二哥黎錦暉，寫兒童歌劇與流行曲，名曲《桃花江》當時人人會唱。他寫了《妹妹我愛妳》一曲，被人指為靡靡之音、文化的敗子。攻擊最兇的是左擁右抱的官僚與軍閥。

為提倡白話，錦暉組織了明月歌舞團，娶了「標準美人」徐來做太太，被湖南省長唐生智弟弟唐生明搶走。我初時在湖南，聽說有一位大少爺，在長沙開車亂跑，一次撞傷一個行人，勤務兵跳下車給被撞傷的人踢了一腳，大罵他媽的，連大少爺的汽車都沒看見。據說那個大少爺就是唐生明。

黎錦暉的「明月社」提倡平民音樂，歌星有王人美、黎莉莉、白虹、周璇、歐陽紅櫻、徐來、黎明健、姚敏、姚莉、龔秋霞等。錦暉的七弟錦光寫了膾炙人口的《夜來香》、《香格里拉》，被人譽為「流行歌王」。李香蘭唱《夜來香》成了名，後來當了日本國會議員，請錦光遊歷日本，以國賓相待。回國後到處挨罵，他回到一間斗室，中間掛一塊被單，一邊夫妻住，一邊女兒住。

黎錦暉被冠上「靡靡之音的祖師爺」，黎錦光是「黃色音樂」的推動者，但也有人說公道話，說黎氏愛國有見證，武漢政府請明月社慰軍演出，孫夫人宋慶齡女士提倡黎錦暉的

《總理紀念歌》，一時人人會唱「革命尚未成功，同志仍須努力」。

二十年代初，黎錦暉去上海任上海國專的校長時，女兒黎明暉就讀上海萬竹小學，她的同班同學有一位是蔣介石的大公子蔣經國。那時，錦暉拉小提琴，明暉唱「琴語」，有觀眾寫一句白話，交黎拉一曲，明暉就在黑板上用拼音譯成白話，與觀眾所寫的一字不差，蔣經國記住了。黎錦暉解散明月社之後，兩袖清風，到江西「平民教育促進會」去工作，有人來訪，自我介紹說：「聽說錦暉先生在這裡，我特來拜訪，我是蔣經國。」

黎錦暉在上海招考「中華歌舞社」新學員時，接見了一位錢姓客人，他帶來一個十二歲小孩，客人說他是錢壯飛，特帶女兒來試考，女兒名錢蓁蓁。後來錢蓁蓁在南洋演出時，黎收她為義女，改名黎莉莉。黎莉莉成名後，被稱「四大天王」之一，步入電影界，到美國進修，五〇年代曾被聘為北京電影學院導演系主任。

莉莉父親錢壯飛在一九二五年加入了共產黨，參加地下工作，後來又打進國民黨的情報局，當上了蔣介石「機要室」的秘書。不久有地下工作人員被捕，供出周恩來為首的一批中共人員的活動，錢在機要室看到情報，當機立斷，通知了周恩來。後來錢逃離了上海去蘇區，在長征途上遇難。錢壯飛的事蹟，被拍成電影《暗算》轟動一時，黎莉莉被稱為革命之女，周恩來設宴請她吃飯。酒後向她叩了一頭，說：「沒有妳父親救命之恩，我哪會有今天！」

郭沫若的夫人于立群，原名思泳，原籍廣西，她喜歡文藝，瞞著家人去參加明月社。到演出時，黎錦暉收她為義女，改名黎明健。她和白虹和王人美成了明月社的台柱。黎明健的姊姊于立忱，好寫作，當了《大公報》駐東京記者。郭沫若在東京，已有日本太太，但才子愛美人，見到于立忱就拜倒在她的石榴裙下。郭的婚外情使于立忱懷孕，但無法與郭結婚。一九三七年回國，深感失望，自盡身亡，留下遺囑，請妹妹黎明健繼承遺願，去找郭，愛郭，嫁郭。抗日戰爭爆發，郭回國，認識了黎明健，兩人一見如故，比翼雙飛，一九三八年她嫁了郭，又改名為于立群。成了有傳奇性的「才子佳人」。

周璇是一代巨星，生於常熟縣一個尼姑庵，被上海信徒周家收養，取名周小紅。十三歲時，父親食毒上癮，要將她賣到四馬路一妓院。鄰居章錦文，是黎錦暉的琴手，暗中將小紅帶到了明月社，請黎收留。小紅在兒童歌劇中演小鴨、小麻雀。「九一八」事變後，她主演了《野玫瑰》，一舉成名。她唱《民族之光》的歌詞「與敵人周旋在沙場上」，高歌激昂，引起觀眾的共鳴，掌聲如雷。黎錦暉後將周小紅改名為周璇。她一生灌了上百張唱片，演過四十部電影，成了歌壇銀幕上的「天后」。一九五〇年周璇病故，黎是治喪會的主委，扶棺送葬。巨星殞落，永遠留在歌迷的記憶裡。

一九三四年上海舉行首屆歌星比賽，明月社的白虹參賽。白虹原名麗珠，蒙族人，生於北京，能自彈自唱，大賽中有萬人投票，白虹得九千一百零三票，獲得冠軍。後來她嫁了黎錦光，演過電影《人間仙子》，轟動東南亞。一九五〇年春天，她來黎錦暉家哭訴，要與黎錦光離婚，因他與保姆有染。黎錦暉從不罵人，那天他大罵黎錦光不是東西。離婚後錦光要了那位保姆，生三男一女，都有藝術天才。我擔保了第三男黎玉到美國，他成家後移民到加拿大，當了設計師，替人設計藝術品，閒時以拉小提琴為樂，他的女兒成了鋼琴家。

我的四哥錦紓也參加過明月社，替錦暉管錢。後來他與鄧小平同其他兩位黨員到歐洲留學，在德國時費用未到，欠交房租，房東老太太宣稱三天不交就要請他們搬走。晚餐後鄧小平請大家把口袋中零用錢拿出，鄧一數說夠了，讓黎錦紓請房東老太太看電影。房東太太看完電影回來後笑嘻嘻的說，房租可以欠，明晚她請大家來吃她做的德國酸豬腳。有人說黎錦紓雖長得不錯，但有頭腦的還是鄧小平。

現在來說說我自己，我是老么，年邁九十五，努力寫英文自傳，暫名為《**From black market to Broadway**》（從黑市到百老匯）。我曾經說過，對於寫作，三成是基因，三成是努力，其餘都是運氣，但是我的運氣多過四成。

先談黑市，一九四一年日本攻緬甸，當時我在雲南邊疆土司衙門當英文秘書，土司說，你是漢人，趕快逃。我坐西南運輸公司車，一直逃到重慶。我大哥問我帶回來了什麼東西，我說**Parker pen**（派克鋼筆）、打字機、吉打琴、西裝三套、錢元三百，都是土司所贈。他說夠了，命他的私人洋車拖我到重慶的黑市去賣。因政府鼓勵學生出國，特別優待，二十元國幣可以換美金一元，我在黑市得來的錢一大堆，換來的美金將近三千，可到美國再讀三年書，這是好運之一。

到了美國，在哥倫比亞大學讀比較文學。因語言關係我常在課室打瞌睡。中國電影公司總經理羅靜予來訪，他說不如到耶魯大學去學寫作，回國可以替他寫劇本。耶魯的寫作課天下聞名，因為文豪Eugene O'Neil在那裡畢業。

我在耶魯向教授Dr. Richard Eaton說，我的英文不夠好，恐怕不能與美國學生競爭。他說我不是學英文，是學寫舞台劇，我如果能寫出一本能演出的劇本就能畢業。三年後能畢業了，我的劇本演出後，有位美國太太給了我一張名片，她是紐約的文化經紀人，要我暑假到紐約去見她。我興奮不能睡覺，不到週末就去見她，還沒有落座她就潑冷水地說：「以後不要寫舞台劇！舞台劇沒有市場，美國從來沒有演過中國的舞台劇，你可以寫小說。」我接受了她的忠告，好運之二。

畢業後，按移民局規定，三個月內就要回國，有朋友說：「恭喜，讓移民局送你回國可省一筆旅費。」我到三藩市中國城一家報紙做記者，待移民局來趕，不到半年一位美國人來電話了，我說：「Officer, I am packed, deport me anytime.」對方說他不是移民局，他是「寫作雜誌社」（Writer's Digest）的主編。他說我參加了他們的短篇小說比賽，得了第一獎。我將獎金支票和獎狀到移民局去請求延期出國，不料我簽的是「永久居留」的申請書。當時中國城的牛肉麵兩毛五一碗，一篇三頁紙不到的小說，竟然解決了我的生活問題和居留權。好運之三。

我的第一本小說《花鼓歌》，據我的經紀人說，紐約的主要出版社都退稿了，還有一家Farrar Strause，架子大，編輯不看無名作者的稿，將稿送給「看稿人」去檢查，我的小說落在一位八十歲「看稿人」的病床上，老人無力寫一頁紙的短評，在稿上寫了兩個字：「Read this!」就登天了。好運之四。

《花鼓歌》出版後，爬上了《紐約時報》（*New York Times*）的暢銷書榜。經紀人說登門的人很多，她替我選了兩位，一位是百老匯的製作人，願出US$3,000元購買舞台劇版權，另一位是好萊塢的獨立製片商，願出US$50,000元購買所有的版權。我買了兩瓶啤酒，在斗室內獨自慶祝。次日清晨，我被電話鈴驚醒了，經紀人說我選得好，她已經替我接受了三千元的現洋。我大概是喝得大醉，未選五萬卻選了三千。好運之五。

《花鼓歌》由Rodgers and Hammerstien改編成歌劇，一九五八年十月在波士頓首演，隨之去百老匯連演六百場，又到了倫敦出演了四百六十四場，後又由環球公司改編成電影，獲得奧斯卡五項提名，得了三個金像獎。二〇〇五年，由得「托尼獎」的劇作家黃哲倫再次改編，重上百老匯。好運之六。

當然，我寫自傳忘不了在重慶的好運，沒有重慶的黑市，我作夢也來不了美國。

原刊載於南加州《文苑雜誌》

作者簡介：

馬克任（一九二二～二〇一一），山西省祁縣人，一九七二年起僑居美國。上海復旦大學新聞系畢業，歷任「聯合報」採訪主任、總編輯、副社長。「聯合報」駐聯合國特派員。文化大學新聞系兼任教授。北美「世界日報」總社社長兼總編輯、總主筆，兩屆僑選立法委員，北美華文作家協會會長。著作有《實用採訪學》、《美國華人社會評論》論文集、《報壇耕耘六十年》及《浮生尋夢遊記選》等書。馬克任於二〇一一年十月二十三日辭世。

重遊京都記

馬克任

又是陰雨迷濛天氣，我像夢也似的重臨京都。

從大阪國際機場乘汽車往京都，約一個多小時的路程，我隔著車窗，上下左右極目馳騁，趕工中的駕空高速公路，趕工中的國際博覽會場址，都不是駐目的對象。我祇是在尋覓、在捕捉，啟開全心靈來尋覓、來捕捉，一些屬於京都的影像，一些祇有京都才有的影像。

京都，八年前舊遊之地，迄今心牽夢縈。

首先，我望見了遠山，幾抹並不高峻或挺拔的陰暗山影。漸漸地，汽車駛入丘陵中，駛入叢林中，穿過幾個長長的隧道，突然間，眼前橫掛著一道長橋，由白石欄杆鑲著兩邊的長橋，恍惚是一幅非常熟悉的水墨山水。

叢林覆蓋著群山，群山拱圍著京都。東山、西山、嵐山、比叡山；山頂上、山腰裡、山坡邊，寺廟神社星羅棋布。幾百年的神社，上千年的古剎，是那樣純真、整潔、美好！

不管東京、大阪等地的駕空高速公路大行其道，但在京都，大馬路中央的石板路基上，有軌電車還在那裡叮叮噹噹、搖頭擺尾而駛，一副悠然自得的神態。

除了自備汽車增加了許多之外，京都市街比較八年前沒有什麼顯著的改變。

高樓建築，只限於幾家觀光旅社。大街兩旁絕大多數的店肆，還是那種矮小的、狹隘的二層木屋，屋齡大都可追溯到百餘年前。每晚七時以後，店家就紛紛休息了，這個一百四十萬人口的都市，論繁華，可遠不及台北呢！

全世界大大小小的國際性都市，忙著倣效美國風格的市容建設，京都仍然是古樸的、保守的；最難得的便是它保持了舊世界的風貌，不被新世界所迅速感染。

京都原是模倣我國唐代的長安城建造的，過去的那些條黃泥大道，鋪上柏油或注以水泥，就變成現在的大馬路了。而大馬路兩側的巷道，還保留故都的風貌，狹窄而深奧，樹蔭掩拂著家家門牆，那正是我國古時的綠蔭長巷。

幾乎每條馬路都種植著一色的街樹，而每條馬路的街樹又各不同。是榆樹，整條街都是榆樹；是洋槐，整條街都是洋槐；是梧桐，整條街都是梧桐。那是經過精心設計的。

我最愛的則是夾堤垂柳，柳絲兒低垂，迎風搖曳，恍惚看到了中國北方的春天。那貫穿全市的加茂川，固然不及巴黎塞納河畔的錦團玉簇，卻另有一種鄉土情調，悠悠的流水，樸素的石橋，柳絮隨風，令人興鄉關萬里，遊子天涯之感。

* * *

又是陰雨迷濛天氣，我冒雨往遊京都名園金閣寺。

從雨中望去，通往金閣寺的路，懷抱著金閣寺的山坡，一片綠色蒼茫，漸行漸近雨漸急，好似置身圖畫中。

三層建築的金閣寺，背倚西山茂林，面臨青草池塘，青松珍石點綴其間，是日本庭園設計的代表作。

但在這方面真正達到登峰造極地步的，應推平安神宮，平安神宮是中國宮殿與日本庭園的綜合結晶。平安神宮後苑，蓊鬱幽深，亭台花架，石橋流水，吸聚了中國御苑的氣韻。猶憶四年前歐遊之行，抵達羅馬之初，在遊覽車上遇到一位香港遊客，我們已先後參觀了歐洲若干國家著名的博物館，我問他認為最好的是哪一處？「法國羅浮宮！」他毫不猶豫地答覆。可是第二天，我們同車往遊梵蒂岡教廷博物館時，我再問他：「這兒怎麼樣？」他輕吁了一口氣緩緩地說：「這兒是天堂。」那麼，此刻我要如何形容平安神宮後苑呢？對了，那是「詩的境界」。

然而，最引起我沉思低回的，卻是東山的清水寺。清水寺依懸崖而建，周圍楓林簇擁，俯瞰幽谷山徑。雖然山不高，谷不深，卻依稀有我國山西省綿山的情景。綿山為我國有數的叢林古剎，晉朝介子推奉母隱居殉節之處。綿山有高峰峭壁，古寺梵音，松柏參天，幽篁滿谷……

＊　＊　＊

京都奈良地區，稱為茶米之鄉，山陵丘谷均為綠色覆蓋，著名的宇治茶即產於此。京奈之間的公路，像是華府通往杜勒斯國際機場的公園大道，景色如繪，不過較為小巧而已。這兒不同於魚米之鄉的江南，倒像華北的鄉下；尤其京都郊外的農民住宅，籬笆小巷，酒帘招風，雞犬之聲相聞。

京都的夏天，正是陰雨季節，雨聲雨景也增添了京都的詩意。假設你在綠蔭長巷中的一家小食堂，把盞對雨，不知不覺酒意已酣；假設你在佛殿簷下披上雨衣望天，所有遊客都跟你的心情一樣，並不急躁怨尤。而在宿雨初歇，天色開霽，晴陽普照之際，那些恢宏瑰麗的宮廷、廟宇、神社，以及園林、市街，就更顯得奪目生色，或情味盎然。

＊　＊　＊

不曉得今天會不會下雨？在晨光熹微中，我從旅邸的窗口望向外邊，遠處是淡淡的山痕，近處是綠樹枝枒，那樣挺拔，像是靜止不動。我自問：為何對京都如此流連？如此陶醉？說實在的，我流連於它的古樸和保守，那樣執著而又自得地抗拒新世界的感染；我陶醉於它所傳襲的我國唐宋文化的精神和色彩，影響那樣之強，浸淫那樣之深，保存那樣之久。

【一九六九—〇八—十三聯合副刊】

作者簡介：

夏志清，原籍江蘇吳縣，一九二一年生於上海浦東。上海滬江大學畢業，美國耶魯大學英文系博士，曾任教於美國密西根大學，紐約州立大學，哥倫比亞大學等校。二〇〇六年當選中央研究院院士。英文著作有《中國現代小說史》，《中國古典小說》，*C. T. Hsia on Chinese Literature* 皆影響深遠。中文著作有《新文學的傳統》，《人的文學》，《夏志清文學評論集》，《雞窗集》等。二〇一三年出版《張愛玲給我的信件》英文*The Columbia Anthology of Yuan Drama*今秋即將問世。

書房天地

夏志清

我年紀愈大，在家裡讀書的時間也就愈多。剛來哥大的那幾年，每天在校的時間較長即便無公可辦，我也定得下心來在自己辦公室讀書的。到了今天，早已不習慣全套西裝（領帶、皮鞋）坐在辦公室或者圖書館裡讀書了。

十多年來，讀書簡直非在家裡不可——一星期總有三四天到離家一箭之遙的懇德堂去教書、看信、開會、會客，但回到家裡即迫不及待地脫掉皮鞋，換上舊衣褲，這樣才有心情去讀書、寫作。我在家裡，從起床到上床都是穿著台製皮拖鞋的（王洞有機會去台北，總不忘多帶幾雙回來），情形同英國大詩人奧登居住紐約期間相仿，但他穿的想是西式拖鞋，質料太軟太厚，我是穿不慣的。平日熟朋友來訪，我也不改穿皮鞋，只有自己請客，或有遠客來訪，只好打打領帶，穿皮鞋把自己打扮起來。但真正不熟的同行，我還是在辦公室接見的時候多。我的辦公室每晚有人略加打掃，而且環壁皆書也，看起來既整潔又神氣，不像我家的書房和會客室，到處都是書報雜物，再加上脫下後就放在大沙發上的大衣、圍巾、帽子，見不得人。

我穿了舊衣褲，帶了閒適的心情去讀書，但不愛看閒書，即使我讀了所謂「閒書」，我還是抱了做學問的態度去讀它的。很多留美學人，日裡在學校作研究，做實驗，回家後把正經事丟開，大看其武俠小說——這樣涇濁渭清地把「工作」與「消遣」分開，對我來說是辦不到的，三十年來我一直算是在研究中國小說，新舊小說既然都是我的正經讀物，也就不會隨便找本小說，以消遣的態度把它看看玩了。同樣的情形，我看老電影，也是在做學問。在電影院裡聚精會神地看部經典之作，同我在家裡看部經典小說一樣，態度是完全嚴肅的。《時代》週刊大概可算我每週必看的消遣讀物，但目的也並非完全消遣；我對美國新聞、世界大事有興趣，也真關心，讀《時代》總比每天看《紐約時報》省時間得多了。

年輕時我愛讀英詩，後來我改行治小說，現在中國舊小說讀得多了，發現此類小說所記載有關中國的情況，大同小異，真不如讀二十四史，讀古代文人留給我們的史實紀錄、近代學人所寫之中國史研究，反而更讓我們多知道舊中國之真相。但到了將退休年齡，再改行當然是太遲了，儘管我真認為若要統評中國舊文學，就非對舊中國的歷史與社會先有深入的了解不可。有一個問題最值得我們注意：為什麼歷代正統文人、詩詞名家接觸到的現實面卻如此之狹小，為什麼朝廷裡、社會上能看到多少黑暗而恐怖的現象，他們反而不聞不問，避而不談。

假如有人以為我既身任文學教授之職，就該一心一意研究中國文學，連旁涉中國史學也是不務正業，那近年來我看的閒書、做的閒事，實在多不勝言了。我自己卻從不把自己看成一個單治中國文學的專家：年輕時攻讀西洋文學，到今天還抽不出時間來到英、法、德、義諸國去遊覽一個暑假，真認為是莫大的憾事。但紐約多的是大小博物館、具有歐洲風味的歷史性建築物真也不少。我既無機會暢遊西歐，假如平日在街上走路，不隨時停下來鑒賞些高樓大廈、教堂精舍，也不常去大都會博物館看些古今名畫同特別展覽，也就更對不起自己了。因此近十年來，即在街上走路，我也在鑑賞建築的藝術。哥大的晨邊校園原是大建築師麥金（Charles F. McKim）於十九世紀末年開始精心設計的。那座洛氏圖書館（Low Library），以及周圍那幾幢義大利文藝復興式的高樓，二十五年來天天見到，而且真的越看越有味道。

自己興趣廣了，藏書也必然增多了。譬如說，洛氏圖書館既同我相看兩不厭，我對麥金、米德、懷特（McKim，Mead & White）這家公司所督造而至今公認為紐約市名勝的那好多幢大小建築物早已大感興趣了。前幾年在《紐約時報星期書評》上看到了一篇評介兩種研討這家建築公司的新書，雖然價昂無意訂購也很興奮。去年在一份廉價書目廣告上看到其中一種已在廉售了，更為高興，立即函購一冊。此書到手，單看圖片也就美不勝收。

我對西洋畫已早有興趣，近十年來收藏名家畫冊和美術史專著當然要比淺介建築學的書籍多得多了。其中我參閱最多的要算是約翰・華克（John Walker）所著《國家美術館》（The National Gallery of Arts）、已故哥大教授霍華・希伯（Howard Hibbard）所著《大都會博物館》（The Metropolitan Museum of Art）這二種。在家看書裡的圖片，有空跑大都會，自己對西洋名畫的鑒賞力真的與日俱增。華府的國家美術館我只去過兩三次，但是最近大都會舉辦了法國十八世紀畫家弗拉戈納（Fragonard）特別展覽，我又有機會看到國家美術館收藏的那幅《少女讀書圖》，真是欣喜莫名。華克書裡複印的那一幀，雖然色澤也很鮮明，但同原畫是不好比的。

我從小研究美國電影，近二十年電影書籍充斥市場，我少說也買了百種以上了。此類書籍良莠不齊，那些老明星請捉刀人代寫傳記、回憶錄看不勝看，大多沒有閱讀價值。那些學院味道較重的研究、批評，出色的也不多。對我來說，反是那些巨型的參考書最有用，其中有一套紐約皇冠出版社（Crown Publishers）發行的英國書，詳列好萊塢各大公司自創立以來所發行的無聲、有聲長片（feature-length films），差不多每片評介都有劇情插圖，圖文並茂，最對我這老影迷的胃口。此套書首冊乃約翰・伊姆斯（John Douglas Eames）所編撰的《米高梅的故事》（The MGM Story，一九七五年初版，一九七九年增訂本英美版同時發行），載有一千七百二十三張影片的圖片和簡介，米高梅公司一九二四至一九七八年間所發行的長片，一無遺留，真為全世界的影迷造福。伊姆斯曾在米高梅倫敦辦事處工作四十年，對其所有的出品瞭如指掌，寫這本《故事》真是駕輕就熟，報導一無錯誤。之後，他又出了一部《派拉蒙的故事》（一九八五），同樣讓我看到他編書之細緻和學問之淵博，雖然派拉蒙歷史比米高梅更為悠久，出品更多，不可能每張長片都有圖文介紹。華納、環球、聯美、RKO這四家公司的《故事》也已出版，他們的編撰人若非英人也是久居倫敦的美國人，好萊塢的知識同伊姆斯差不多淵博，寫的英文也算得上漂亮，遠勝美國書局策劃的同類書籍。當年的八大公司，只有二十世紀福斯、哥倫比亞這兩家，尚無《故事》報導，但想也在編寫之中了。

討論繪畫、建築、電影的巨型書，因為圖片多，通常也算是coffee-table-books，放在客廳咖啡矮桌上，供客人、家裡人飯後酒餘翻閱消遣之用的。我自己則並無坐在客廳沙發上看書的習慣。即使看中英文報紙也得把它放在書桌上，坐下來看的。一來，客廳的燈光不夠亮，坐在沙發上看書傷眼睛。二來，繪畫、建築、電影都是大學問，自己並非專家，只有把書放平在桌上，認真去讀它，才對得起自己，也對得起這項學問。不少中外學者只關心某項學問的某一部分，有關這一部分的專著、論文他們看得很齊全，對其他學問則不感興趣。這樣一位專家，可能在他的小天地裡很有些建樹，但本行之外的東西懂得太少，同他談話往往是很乏味的。我自己的毛病則在興趣太廣。每兩星期翻閱一份新出的《紐約書評雙週刊》（The New York Review of Books），差不多每篇書評（不論題目是宗教、思想、政治、文藝、名人傳記，不論是哪個時代、哪個國家的事情）讀起來都津津有味，只好克制自己，少讀幾篇。孔子勸老年人，「血氣既衰，戒之在得」。我不貪錢，從不做發財的夢，想不到即屆退休的年齡，求知慾竟如此之強，每種學問都想多懂一點，多「得」一點。這，我想，也是「血氣既衰」的症狀。年輕的時候專攻文學，我忍得住氣，並不因為自己的學問懂得太少而感到不滿足。

一九四八年初抵達新港後，我在一個愛爾蘭老太婆家裡，租居了一間房間住了八九個月。我的書桌右邊放了一支極小的舊式檯燈，事後發現那幾個月左眼近視加深了一點，非常後悔。假如老太婆給我兩支檯燈，左右光線平均，近視就不會加深了。但旅美四十年，搬出老太婆家後長年熬夜讀書至今目力未見老化，實在說得上是有福氣的。這同我每天必服維他命、礦物質當然很有關係。但五〇年代初期我讀Aldous Huxley（赫胥黎）剛出的那本小冊子《看的藝術》（The Art of Seeing），更是受惠終身。赫氏童年時患了一場大病，差不多雙目失明。因之他對保養眼睛之道大有研究。他認為書房的燈光應明亮如白晝才不傷眼睛，因此二十多年來我在書桌上總放兩支一百燭光的檯燈，天花板上的那盞燈也至少是百燭光的（二十多年來，我早已改裝了螢光燈），果然保持了我雙目的健康。美國華裔小學生好多患近視，想來在家伏案做功課時，燈光不夠。希望賢明的家長們不要為了節省電費而吝惜燈光——子女很小就戴了眼鏡，做父母的看到了，心裡也該是很難受的。

讀書不僅光線要充足，衣服要舒服，在我為戒菸之前，「雞窗業竟開書卷」，當然少不了菸茶二物作伴。每晚散步回家，沏好一杯龍井坐定，也必然點燃一支菸捲，或一斗菸絲，一口口地吸起來。這樣眼睛忙著看字，手忙著端茶送菸，口忙著品茗吐霧，靜夜讀書，的確興趣無窮。到了七〇年代，靠了茶精、尼古丁提神，我經常熬夜，假如翌晨無課，五六點鐘才上床。但雖然入睡了，呼吸的還是充滿菸味的空氣（尤其在冬天，窗不能暢開）。我吸菸近四十年，但至少有三十年在煙霧中生活，如此不顧健康，現在想想實在可怕。

菸終於在三年半以前戒掉了，而且早在戒菸之前，連早餐時喝咖啡的習慣也戒了。只有書房裡喝茶的習慣沒有去改——戒茶並不困難，但明知飲茶對身體無益而可能有害，我卻不想去戒。留美四十年，我的生活早已洋化，思想和古代文人不一樣，連飲食習慣也不太一樣。王洞在我指導下燒的中國飯——不用白米、豬肉、牛肉，絕少用鹽和醬油——古代文人一定皺眉頭吃不下去的。但假如蘇東坡、袁子才有幸訪遊紐約，來到寒舍，我給他們每人一杯新沏的龍井或烏龍——雖然自來水比不上泉水、井水——他們還是覺得清香可口的。因此我一人在海外書房讀書，讀的可是西文書，也可能讀的是當今大陸、台灣學者痛批中國傳統的新著作——但一杯清茶在手，總覺得自己還是同那個傳統並未完全脫節的讀書人。而且戒菸之後，下午讀書也得沖一杯，我的茶癮也越來越大了。

一九八八年四月十七日定稿。

原刊載於同年五月一日《聯合報》副刊

作者簡介：

王鼎鈞，山東臨沂人。一生流亡，閱歷豐富，自一九四九年起正式寫作，曾嘗試評論、劇本、小說、詩、散文各種文體，最後定位於散文，一九七八年移居美國，共出版散文集《左心房漩渦》等十六種，其他十四種，在台灣為及早力行將小說戲劇技巧溶入散文之一人，為兩岸公認的一代散文大家，他的作品也廣受華文世界學院理論家的關注。

世界貿易中心看人

王鼎鈞

打開日記本，重讀我一九九七年三月三十一日所記。

今天，我到世界貿易中心去看人。這棟著名的大樓一百一十層，四百一十七公尺高，八十四萬平方公尺的辦公空間，可以容納五萬人辦公。樓高，薪水高，社會地位也高，生活品味也高？這裡給商家和觀光採購者留下八萬人的容積，顧客川流不息，可有誰專程來看看那些高人？

早晨八時，我站在由地鐵站進大樓入口的地方，他們的必經之路，靜心守候。起初冷冷清清，電燈明亮，曉風殘月的滋味。時候到了，一排一排頭顱從電動升降梯裡冒上來，露出上身，露出全身，前排走上來，緊接著後排，彷彿工廠生產線上的作業，一絲不苟。

早上八點到九點，正是公共交通的尖峰時刻。貿易中心是地鐵的大站，我守在乘客最多的R站和E站入口，車每三分鐘一班，每班車約有五百人到七百人走上來，搭乘電梯，散入大樓各層辦公室。世貿中心共有九十五座電梯，坐電梯也有一個複雜的路線圖，一個外來的遊客尋找電梯，不啻進入一座迷宮。

這些上班族個個穿黑色外衣，露出雪白的衣領，密集前進，碎步如飛，分秒必爭，無人可以遲到，也無人願意到得太早。黑壓壓，靜悄悄，走得快，腳步聲也輕。這是資本家的雄師，攻城掠地，這是資本主義的齒輪，造人造世界。在這個強調個人的社會裡，究竟是什麼樣的模型、什麼樣的壓力，使他們整齊劃一，不約而同？

我仔細看這些職場的佼佼者，美國夢的夢遊者，頭部隱隱有朝氣形成的光圈，眼神近乎傲慢，可是又略顯驚慌，不知道是怕遲到？怕裁員？還是怕別人擠到他前面去？如果有董事長，他的頭髮應該白了，如果有總經理，他的小腹應該鼓起來，沒有，個個正當盛年，英挺敏捷，都是配置在第一線的精兵，他們在向我詮釋白領的定義，向第三世界者來展示上流文化的表象。

我能分辨中國人、韓國人、日本人，不能分辨盎格魯撒克遜人、雅利安人、猶太人，正如他們能夠分辨俄國人、德國人，不能分辨廣東人、山東人。現在我更覺得他們的差別極小，密閉的辦公室，常年受慘白的日光燈浸泡，黃皮膚彷彿褪色泛白，黑皮膚也好像上了一層淺淺的釉色。究竟是他們互相同化了、還是誰異化了他們？

這些人號稱在天上辦公，（高樓齊雲，辦公桌旁準備一把雨傘，下班時先打電話問地面下雨了沒有。）在地底下走路，（乘坐地鐵，穿隧而行。）在樹林裡睡覺，（住在郊區，樹比房子多，房間比人多。）多少長春藤，多少橄欖枝，多少三更燈火五更鐘，修得此身。

唉，多少傾軋鬥爭俯仰浮沉，多少忠心耿耿淚汗淋淋，多少酒精大痲車禍槍擊，剩得此身。拚打趁年華，愛拚才會贏，不贏也得拚，一直拚到他從這個升降梯上滾下去，或者從這些人的頭頂上飛過去。我也曾到華爾街看人，只見地下堡壘一座，外面打掃得乾淨利落，鳥飛絕，人蹤滅。這裡才是堂堂正正的戰場，千軍萬馬，一鼓作氣。

九時，大軍過盡，商店還沒開門，這才發現他們是早起的鳥兒。何時有暇，再來看他們倦鳥歸巢。

二〇一二年八月十一日，附記如下：

十一年前，九月十一日早晨，國際恐怖份子劫持了四架民航客機，以飛機作武器，撞向紐約世界貿易中心大樓，紐約市著名的地標燃燒，爆炸，倒坍，成為廢墟。………這天早晨，他們使三千多人死亡及失蹤。我當初以早起看鳥的心情結一面之緣的人，吉凶難卜，後悔沒再去看他們下班。

作者簡介：

王德威（David Der-wei Wang），台大外文系畢業，美國威斯康辛大學麥迪遜校區比較文學博士。曾任教於台灣大學、美國哥倫比亞大學東亞系。現任美國哈佛大學東亞語言及文明系Edward C. Henderson講座教授。中英文論著十餘種，二○○四年獲選為中央研究院第25屆中央研究院院士。

文學行旅與世界想像：談華語語系文學

王德威

哈佛大學東亞系在今年春天邀請了十位來自香港、台灣、馬來西亞、美國的華文作者：聶華苓、李渝、施叔青、也斯、平路、駱以軍、黎紫書、紀大偉，以及現居劍橋的作者艾蓓、張鳳、李潔，還有在東亞系就讀中國現代文學專業的博士生、碩士生與本科生，一起參與討論當代華語語系文學的創作。華語語系文學（Sinophone Literature）在海外漢學研究領域裡是一個新興觀念。歷來我們談到現代中國或中文文學，多以Modern Chinese Literature稱之。這個說法以大陸中國的文學生產為重心，在現當代語境裡也衍生出如下的含義：國家想像的情結，正宗書寫的崇拜，以及文學與歷史大敘述（master narrative）的必然呼應。

然而有鑒於二十世紀中以來海外華文文化的蓬勃發展，中國或中文一詞未必能涵蓋這一時期文學生產的駁雜現象。尤其在全球化和後殖民觀念的激盪下，我們對國家與文學間的對話關係，必須作出更靈活的思考。

Sinophone Literature 一詞可以譯為華文文學，但這樣的譯法對識者也就無足可觀。長久以來，我們已經慣用華文文學指稱廣義的中文書寫作品。此一用法基本指涉以大陸中國為中心所輻射而出的域外文學的總稱。由是延伸，乃有海外華文文學，世界華文文學，華僑文學，台港、星馬、離散華文文學之說。相對於中國文學，中央與邊緣，正統與延異的對比，成為不言自明的隱喻。

但Sinophone Literature 在英語語境裡卻有另外的脈絡。這個詞的對應面包括了Anglophone（英文語系），Francophone（法文語系），Hispanophone（西文語系），Lusophone（葡文語系）等文學，意謂在各語言宗主國之外，世界其他地區以宗主國語言寫作的文學。如此，西印度群島的英語文學，西非和魁北克的法語文學，巴西的葡語文學等，都是可以參考的例子。需要強調的是，這些語系文學帶有強烈的殖民和後殖民辯證色彩，都反映了十九世紀以來帝國主義和資本主義力量占據某一海外地區後，所形成的語言霸權及後果。因為外來勢力的強力介入，在地的文化必然產生絕大變動，而語言，以及語言的精萃表現——文學——的高下異位，往往是最明白的表徵。多少年後，即使殖民勢力撤退，這些地區所承受的宗主國語言影響已經根深柢固，由此產生的文學成為帝國文化的遺蛻。這一文學可以銘刻在地作家失語的創傷，但同時也可以成為一種另類創造。異地的、似是而非的母語書寫、異化的後殖民創作主體是如此駁雜含混，以致成為對原宗主國文學的嘲仿顛覆。上國精純的語言必須遭到分化，再正宗的文學傳統也有了鬼魅的海外回聲。

回看華語語系文學，我們卻發現相當不同的面向。十九世紀以來中國外患頻仍，但並未出現傳統定義的殖民現象。香港、台灣、滿洲國、上海等殖民或半殖民地區裡，中文仍是日常生活的大宗，文學創作即使受到壓抑扭曲，也依然不絕如縷，甚至有（像上海那樣）特殊的表現。不僅如此，由於政治或經濟因素使然，百年來大量華人移民海外，尤其是東南亞。他們建立各種社群，形成自覺的語言文化氛圍。儘管家國離亂，分合不定，各個華族區域的子民總以中文書寫作為文化——而未必是政權——傳承的標記。

最明白的例子是馬華文學。從十九世紀末出使南洋的黃遵憲到寓居星洲的邱菽園，再到漂流東南亞的郁達夫、小駐新加坡的老舍，都曾經為文記錄他們的馬、星經驗，也都被視為中國文學的域外插曲。但隨著馬來西亞、新加坡在二十世紀中期以後獨立建國，又一輩華文作家所形成的譜系，就難以中國文學視之。從國家立場而言，馬華作家的寫作不折不扣是外國文學。但他們和大陸以及其他華文地區文學傳統的唱和，卻在在顯示域外華文的香火，仍然傳遞不輟。

引用唐君毅先生的名言，我們要說歷經現代性的殘酷考驗，中華文化不論在大陸或是在海外都面臨花果飄零的困境，然而有心人憑藉一瓣心香，依然創造了靈根自植的機會。這樣一種對文明傳承的呼應，恰是華語語系文學和其他語系文學的不同之處。

但我們毋須因此浪漫化中華文化博大精深、萬流歸宗式的說法。在同文同種的範疇內，主與從、內與外的分野從來存在，不安的力量往往一觸即發。更何況在國族主義的大纛下，同聲一氣的願景每每遮蔽了歷史經驗中斷裂游移、眾聲喧譁的事實。以往的海外文學、華僑文學往往被視為祖國文學的延伸或附庸。時至今日，有心人代之以世界華文文學的名稱，以示尊重個別地區的創作自主性。但在羅列各色樣板人物作品之際，收編的意圖似乎大於其他。相對於「原汁原味」的中國文學，彼此高下之分立刻顯露無遺。別的不說，大陸現當代文學界領銜人物行有餘力，願意對海外文學的成就作出細膩觀察者，恐怕仍然寥寥可數。

但在一個號稱全球化的時代，文化、知識訊息急劇流轉，空間的位移，記憶的重組，族群的遷徙，以及網路世界的遊蕩，已經成為我們生活經驗的重要面向。旅行——不論是具體的或是虛擬的，跨國的或是跨網路的旅行——成為常態。文學創作和出版的演變，何嘗不是如此？王安憶、莫言、余華的作品多在港台同步發行，王文華、李碧華的作品也快速流行大陸，更不提金庸所造成海內外閱讀口味的大團圓。兩岸四地（大陸、香港、台灣、星馬）還有歐美華人社群的你來我往，微妙的政治互動，無不在文學表現上折射成複雜光譜。從事現當代中文文學研究者如果一味以故土或本土是尚，未免顯得不如讀者的兼容並蓄了。

Sinophone Literature 或華語語系文學研究的出現，正呼應了我們所面對的現當代文學的課題。顧名思義，這一研究希望在國家文學的界限外，另外開出理論和實踐的方向。語言，不論稱之為漢語，華語，華文，還是中文，成為相互對話的最大公約數。這裡所謂的語言指的不必只是中州正韻，而必須是與時與地俱變，充滿口語方言雜音的語言。用巴赫金（Bakhtin）的觀念來說，這樣的語言永遠處在離心和向心力量的交匯點上，也總是歷史情境中，個人和群體，自我和他我不斷對話的社會性表意行為。華語文學提供了不同華人區域互動對話的場域，而這一對話應該也存在於個別華人區域以內。以中國為例，江南的蘇童和西北的賈平凹，川藏的阿來和穆斯林的張承志都用中文寫作，但是他們筆下的南腔北調，以及不同的文化、信仰、政治發聲位置，纔是豐富一個時代的文學的因素。

對熟悉當代文學理論者而言，如此的定義也許是老生常談。但我的用意不在發明新的說法，而在將理論資源運用在歷史情境內，探討其作用的能量。因此，我們與其將華語語系文學視為又一整合中國與海外文學的名詞，不如將其視為一個辯證的起點。而辯證必須落實到文學的創作和閱讀的過程上。就像任何語言的交會一樣，華語語系文學所呈現的是個變動的網絡，充滿對話也充滿誤解，可能彼此唱和也可能毫無交集。但無論如何，原來以國家文學為重點的文學史研究，應該因此產生重新思考的必要。

舉例而言，由山東到北京的莫言以他瑰麗幻化的鄉土小說享譽，但由馬來西亞到台灣的張貴興筆下的婆羅洲雨林不一樣讓人驚心動魄？王安憶、陳丹燕寫盡了她們的上海，而香港的西西、董啟章，台北的朱天心、李昂也構築了他／她們心中精彩的「我城」。山西的李銳長於演義地區史和家族史，落籍台灣的馬華作者黃錦樹，還有曾駐香港、現居紐約的台灣作家施叔青也同有傲人的成績。談到盛世的華麗與蒼涼，馬來西亞的李天葆、台灣的朱天文都是張愛玲海外的最佳傳人。書寫倫理和暴力的幽微轉折，余華曾是一把好手，但香港的黃碧雲，馬來西亞的黎紫書，台灣的駱以軍已有後來居上之勢。白先勇、高行健的作品已被譽為離散文學的翹楚，但久居紐約的夫妻檔作家李渝、郭松棻（二〇〇五年去世）的成就，依然有待更多知音的鑑賞。

華語語系文學因此不是以往海外華文或華僑文學的翻版。它的版圖始自海外，卻理應擴及大陸中國文學，並由此形成對話。作為文學研究者，我們當然無從面面俱到，從事一網打盡式的研究：我們必須承認自己的局限。但這無礙我們對其他華文社會的文學文化產生的好奇，以及因此而生的尊重。一種同一語系內的比較文學工作，已經可以開始。

從實際觀點而言，我甚至以為華語語系文學的理念，可以顯露不同陣營的洞見和不見。中國至上論的學者有必要對這塊領域展現企圖心，因為不如此又怎能體現「大」中國主義的包容性？如果還一味以正統中國和海外華人／華僑文學作區分，不正重蹈殖民主義宗主國與領屬地的想像方式？另一方面，以「離散」（diaspora）觀點出發的學者必須跳脫顧影自憐的「孤兒」或「孽子」情結，或是自我膨脹的阿Q精神。只有在承認華語語系欲理還亂的譜系，以及中國文學播散蔓延的傳統後，才能知彼知己，策略性的——套用張愛玲的弔詭——將那個中國「包括在外」。

參與哈佛討論會的作家中，聶華苓是當代海外中文創作的「祖師奶奶」。從租借時期的武漢到抗戰時期的重慶，到戰後的北平、南京，再到台北，再到美國。她生命和寫作所經歷的「三生三世」道盡了作家創作位置、視野的轉移，怎能為一本護照所限制？同樣的，生於大陸，長於香港的也斯自謂「一出生就經歷了遷徙」，他的作品反映的不只是島和大陸的簡單對應，也是「島中有大陸，大陸中有島」。紐約的施叔青更理解她生命中與島的不解之緣：來自台灣，在香港度過盛年，終又定居紐約中心——曼哈頓島。李渝生在四川，長在台北，前半生為了家國的理想漂流拚搏，竟要在紙上發現永恒的夢土。「身分走失了，定義模糊了」，不變的是對中文書寫的不悔的執著。而曾經定居美國的平路，回到台灣後又轉駐香港，一如她所言，「既然選擇文字為居所，可一點也不在意本身（在別人定義裡、在各種分類系統中）是離散的、歧義的、邊陲的、異域的……，因為文學本應該自矜自持，文學經驗亦必然自珍自重。」

來自中國的艾蓓在經過幾番風浪後，深居美東埋頭創作，也同樣在最精緻的文字中安頓了自己。仍然就讀哈佛大學的李潔生在上海，十一歲出國，卻保留了對中文的敏銳感受，她的上海故事出手不同凡響，益發讓我們理解母語的神奇召喚。駱以軍是生長在台灣的外省第二代作家，島上的經驗總也不能抹銷他記憶父親的中國記憶，這成為他的憂鬱書寫的重要隱喻。中國，父親的中國，是他不能書寫、卻又不能忘記書寫的霧中風景，那永恒的遠方誘惑與傷痛。而到了台灣出身，留學並任教美國的紀大偉筆下，他要問台灣還是中國，海內還是海外，種種原鄉想像，可曾留下性別的、酷兒的印記？來自馬來西亞的黎紫書則告訴我們「這裡的華語粗糙、簡陋、雜亂又滿布傷痕，它到處烙印著種族與歷史的痕跡」，然而她和她的寫作同業卻化不可能為可能，讓華語在南洋的土地上開出奇花異果。「因為接受了『蕪雜』的現實並且以『蕪雜』自喜，馬華文學才得以開天闢地，探索出自己的路向和語境來。」

頻繁的文學行旅，移動的邊界想像。從馬來西亞，從台灣，從香港，從美國，從中國，這十位作家有緣聚在哈佛，談中文書寫越界和回歸的可能，也談海外文學對中國的建構和解構。也就是在這樣的對話聲中，華語語系文學的探索開始展開，而以下的四個方向，可以作為我們持續探討華語語系文學的起點：

- 旅行的「中國性」：中國經驗與中國想像如何在地域、族裔、社會、文化、性別等各種層面移動與轉化；華語語系文學如何銘刻、再現這些經驗與想像。
- 離散與遷移：隨著華裔子民在海內或海外的遷徙、移民、甚至殖民經驗，華語語系文學如何體驗它的語言、族裔、典律的跨越問題？
- 翻譯與文化生產：翻譯（從文學、電影、戲劇到各種的物質文化的轉易）如何反映和再現華人社群與世界的對話經驗？相關的文化生產又如何被體制化或邊緣化？
- 世界想像：中文文學如何承載歷史中本土或域外書寫或經驗？多元跨國的現代經驗如何在歧異的語言環境中想像中國——及華人——歷史？

作者簡介：

孫康宜，美國著名華裔漢學家。原籍天津，一九四四年生於北京，一九六八年移居美國，曾任普林斯頓大學葛斯德東方圖書館館長。現為耶魯大學首任Malcolm G. Chase’56東亞語言文學講座教授，曾獲美國人文學科多種榮譽獎。中、英文著作等身，其中包括：《劍橋中國文學史》（與宇文所安合編）、散文集《耶魯性別與文化》等十餘部。

大雪教書記

孫康宜

這次康州的大雪，乃為平生所罕見。首先，下雪的兩、三天前，電視上已頻頻警告，說雪的厚度將達兩英尺以上，一時間說得人心惶惶。本地的學校或公司，平時若逢大雪，都會臨時停業停課，但在我執教的耶魯大學，三百年來尚沒出現逢大雪全校停課的事情。這是因為學生通常都住在校內，從宿舍步行到教室，既不困難，也無危險，至於教授們如何從住處驅車來校授課，對校方來說，那完全是他們自己的事情了。

怎麼辦呢？大雪眼看就下起來了，要如何對付才好？是新學期開始的第一周，我想我無論如何也不能缺課。

左思右想，想了個辦法，就在即將下雪的當天晚上，我住進了耶魯戴文坡寄宿學院的招待所，從那裡步行去教室上課，肯定比從家裡開車去穩當多了。再加上可到學院的餐廳用餐，飲食起居，樣樣都很方便。招待所位於院內特別安靜的角落，住在小小的單人間內，一晚上感到特別舒適和安謐。因為明早起來，可以逕直走向教室，再不必考慮驅車上路的諸多麻煩了。

但沒料到，第二天早上（即一月十二日）正要出門，房間外頭的那個大門卻怎麼也打不開。我正覺得奇怪，突然發現，那扇門是往外的。啊，我的天，一定是門外的雪積得太厚，這扇門被擋住，才無法打開！這下可糟了，我真的被大雪困住（snow bound）了。

我一時心急，翻開電話號碼，也不知要打電話給誰！跑回屋裡，打開電腦，心想是否應當給住宿學院裡的工作人員發郵件，但又想到：下這樣大的雪，辦公室裡絕對不會有人的……。最後我靈機一動，急忙上樓找住在樓內的院訓導長（Dean）Craig Harwood，到他門前，按了門鈴。

「啊，Craig，」看見他立刻應門，我興奮地叫了起來。「真高興，原來是你……。我需要你的幫忙。我急著要趕去上課，沒想到外頭的雪積得太厚，招待所的門打不開呢！」

「嗯……我想有一個辦法可行。」他邊說邊從牆上拿下一個鑰匙，「我看，由於大雪的緣故，昨天晚上本來要住進你隔壁房的那位遠道客人好像沒能來成。或許我們可以先打開那個房間，你再從那房間的大門走出去，因為那門的方向是往裡的，和我們通道那扇門『往外』的方向不同……。」

果然訓導長很快就打開了隔壁房的大門。但這時我們發現災難正在眼前！從大門看出去，整個院落的雪已堆積得像山坡一般高，而且雪花還在飄，彷彿沒有止盡，這景象令我們感到驚愕。

「啊，這樣厚的雪，你怎麼走過去呢？你如何能一個人安全地走到院落的另一邊？」訓導長用一種很焦急的聲音說道。「而且，如果要等到學院的工人最後能順利來到這個角落鏟雪，可能還要幾個鐘頭！你一定來不及上課了！」

然而，最後我鼓起勇氣，背起書包一步一步在雪上慢慢跋涉，每走一步，雪都幾乎埋到膝蓋上。但幾分鐘之後，我終於走到了院落的另一端，並且欣喜地發現前面的小路已清除乾淨。這時我才回過頭去，向遠處的訓導長不停地揮手，表示感謝。

原來那天一早鏟雪工人就來工作了，只是雪積太厚，學院的範圍又大，不可能一下清到招待所門前。但飯廳附近的通道都已清掃完畢，我看見學生們正走向飯廳，便也跟著走進去。

早餐後，我很輕鬆地走出了學院，到了約克街，直朝研究所大樓的方向走去。但路上很滑，我將腰身前傾，慢慢地挪步前進。當時大街上積雪深厚，看不見任何車輛，只見幾個學生在那邊滑雪玩，除了雪還是雪。

突然間我看見有兩三個流浪的乞丐在路旁有說有笑，他們正在喝咖啡，還一面對我大聲說道：「早啊，走路要小心。」他們仍舊衣衫襤褸，但一瞬間那種滿意的眼神散發出生命的喜悅。會不會是咖啡店的老闆在這大雪天破例請他們吃早餐，他們才這麼開心？我也很愉快地對他們揮手說道：「謝謝。」

我還繼續慢慢往前走，一面仰頭遙望灰色的天空，覺得一切都如此開闊而爽淨。的確，每天生活都充滿了挑戰，但活著總是好的。在這種大雪天，人情溫暖特別顯得珍貴。

有趣的是，那幾個流浪在約克街的乞丐，突然使我聯想到唐傳奇《李娃傳》裡有關滎陽公子大雪天出外乞食的那段故事：

「一旦大雪，生為凍餒所驅，冒雪而出，乞食之聲甚苦。聞見者莫不淒惻。時雪方甚，人家外戶多不發。至安邑東門，循裡垣北轉第七八，有一門獨啟左扉，即娃之第也。生不知之，遂連聲疾呼『飢凍之甚，』音響淒切，所不忍聽。娃自閣中聞之，謂侍兒曰：『此必生也。我辨其音矣……。』」

很巧，今天上課的題目正好和唐傳奇有關。《李娃傳》首先描寫滎陽公子為妓女李娃花盡千金，後來流落市井，被丟棄路旁，以乞討度日的情況。但故事的關鍵是：後來在一個大雪天，命運卻改變了滎陽公子的後半生。原來，下大雪那天，公子為飢寒所迫，仍舊冒雪外出討飯，乞求之聲極為淒苦。不想卻正巧被李娃聽出他的聲音，因而為他的悲慘遭遇所動，當下就收留他，加以細心照顧，並自己贖身，與滎陽公子從此生活在一起，最後在李娃的鼓勵之下，公子苦讀上進，一舉中第，夫婦兩人終身顯貴。

想著想著，我終於走進了研究所大樓，到了我自己的辦公室。這時我突發奇想：今天上課，何不就用《李娃傳》那段有關大雪天的感人故事作為本學期課題的「導言」（introduction）？

那天一共來了七位學生。他們果然十分欣賞《李娃傳》有關「冒雪而出」的那一段，甚至還異口同聲地說，將終身不忘那天的閱讀經驗。

後來聽說，有不少教授也和我一樣，在下大雪的前一天就已經住進學校附近的旅館或其他方便的住處，以便次日可以準時上課。但不知他們的「大雪教書記」是否也和我的一樣具有如此的戲劇性？

作者簡介：

趙淑俠，原居瑞士，十餘年前移民美國。七〇年開始專業寫作，出版長短篇小說及散文三十餘種。八〇年獲中國文藝協會小說獎，九一年獲中山文藝小說獎。二〇〇八年獲世界華文作家協會終身成就獎。曾任歐華作協及海外華文女作協會長。為人民大學等多所院校客座教授。現任世華名譽副會長。

紐約，不要哭泣

趙淑俠

誰也不曾料到，矗立在紐約曼哈頓，具地標性作用的兩幢摩天大樓：雙子星大廈，會在幾十分鐘之內化為灰燼，留下的是濃煙慘霧，和四五千條無辜葬身廢墟的冤魂。像似科學預言片的情節，驚恐的紐約人無法接受這個殘酷的事實。

居所離世貿中心不遠，步行二十餘分鐘可到。如果在樓下的花園中散步，一抬頭就能看到其中一幢的半個身影，雖不能產生陶淵明那樣「悠然見南山」的瀟灑恬淡情懷，倒能感到一種振奮進取的欣喜。我選擇紐約做為退休後寄身之所在，正因為喜歡她的華麗壯觀，大城風範，包容面廣，文化內涵豐富，要西方有西方，要東方有東方，什麼民族在這兒都可找到一份屬於自己的天地。

每次由外面回來，從法拉盛或新澤西的方向，遠遠的就看到那對雙子星大樓，尤其在晚上，幽幽暗夜是背景，兩幢高聳挺直的巨廈燈火輝煌，像是象徵紐約精神的兩座燈塔，看到她，你會清楚的知道置身在紐約。她屬於紐約人，紐約人也早把她納入生活。她的傾塌，讓紐約人傷心欲絕，嘆息、流淚、憤恨……在花園中漫步看不見她，亦讓我心痛如撕裂。

九月十一日的紐約，是個無風無雨的晴朗天，早晨八點多鐘，我像平常的許多個早晨一樣，人已睡醒，睜著眼睛想東想西不肯起床，這時突然聽到悶悶的、甚至稱不上巨響的一聲重物撞擊聲。先還以為是院子裡做工的機器噪音，過了片刻才驚覺到事態不對。

連忙打開電視，只見第一幢世貿大樓正在起火，奔放的紅色火舌直往上竄，接著又見一架低飛的民航機直闖到第二幢樓的胸窩裡，跟上來的驚恐鏡頭比能想像的更快更奇，濃煙烈火瘋狂的燒成一團，隨之天崩地裂的一聲爆響，兩幢一百多層、高聳入雲的雙子星，竟如溶化的冰淇淋一般，先後隨著煙硝向下萎縮，剎那之間化為無物。

世貿大樓不見了，紐約已沒有雙子星！這是怎麼回事！連忙跑到臨街的客廳，憑窗掃視，只見街角上站滿了人群，大家的眼光都朝著一個方向，表情茫然驚懼。再到陽台的玻璃門眺望，證實那兩幢巍峨的建築確實消失了，代替的是沖天的滾滾濃煙。

很多朋友都知道我的住所離雙子星不遠，紛紛打電話來問安，連遠在歐洲的老友也隔海對話，兒女和妹妹們更是焦急如焚，都問我一切可好？親人和朋友們的關心，讓我感動，但也覺得近乎於過慮，心想：我好端端的待在屋子裡，會有什麼事發生呢？誰知還來不及想完，電話已斷線，大樓內中央系統的熱水和冷氣也停了。

生活頓時顯得不便起來，於是我提醒自己應儲存點青菜、水果、牛奶、麵包之類的食物，以備應急之需。何況事態已如此嚴重，實在應該到附近走走，看看究竟。大約近下午四五點之間，我像每天一樣，到相隔一條馬路的中國城去購物，不料一出去就被警察擋住要看證件。周遭情況已經巨變：路口擋著拒馬杆，警察認真的檢驗行人身分，不是這個區域的居民禁止進入。街上行駛的盡是警車和救護車，私人車輛乃至公共汽車全沒蹤影。平日市聲喧囂的紐約，變得靜靜悄悄，除了警車的鳴叫，幾乎聽不見任何聲息。

華埠的主要購物街多半垂下鐵閘，經常人擠人的「勿街」，呈現出一種空蕩蕩的深沉落寞，餐館也歇了業，只有兩家點心鋪的門是開著的。既然中國食品無從買起，我便換到另條路上，往東河方向的美國超市走去。

街上走的盡是穿制服的警察，尋常百姓僅僅我一個。在冷清的人行道上，我像個夢遊者，失神的緩緩踱著。望著漫天烏黑濃煙，和在煙霧中時明時暗，彷彿縮減了若干倍，也看不出什麼光彩，狀如一盞燈似的一枚小太陽。空氣裡浮蕩著重濁的焦糊味，明明應該是彩霞燦爛的好晴天，卻被煙霧遮出漫漫幽暗。天災會使風雲為之變色，大自然的威力總表現在風雲雷電之間，但人為的力量竟也能製造出這幕悲涼景象，著實令人震撼。

我已無心去購買什麼，而且遠遠的已看出那家美國超市重門深鎖。此時我心中嘀咕的是，一聲巨響火光熊熊之後有多少生靈塗炭？紐約市有多少人在哭泣、在尋覓、在期待親人奇蹟般的回到身邊？有多少人心碎片片？常常聽到人痛斥罪惡之輩，以「野獸一般」來形容。事實上野獸的殘忍絕不如萬物之靈的人，野獸不會製造武器，沒有經過精巧設計的冷血殺人手法。

我頻頻的拭抹眼淚，不是哭，而是悲愴，為人性的淪落，為人間不息的仇恨而產生的無奈和無力感。碰巧對面一位中年警官走來，我不禁為自己的眼淚羞愧，直到發現他也在擦眼淚時，才釋然了。原來不分種族男女，人性和良知，人溺己溺的感情都是差不多的。我的感觸和痛疼也是他和所有的紐約人的。佛家所說的「同體大悲」，在此得到見證。

大城市的居民，在生活態度和處理人際關係上，表現得總比小城冷漠，不像小城居民那樣經常街頭巷尾相遇，笑臉相迎，亦不像小城的戲院和教堂，遇到的多是熟面孔，會漸漸的由生變熱。地方太大，各人有各人的生存領域，井水不犯河水，為自己的生活忙碌還嫌時間不夠，那有閒暇和興趣顧及他人？要大城的人不冷漠也難。

紐約是大城中的大城，內容包羅萬象，工商業和有趣好玩的場所，絕對夠資格領全球風騷。在紐約討生活，每個人可建立屬於自我的獨立王國，要賺錢、要享樂、要過與世無爭的私人小日子，全憑各人喜愛，沒人管你，你也管不著別人。那些每天在公路或地鐵上消耗數小時的各色人等，活得都夠累，每個人在卯足了勁追求自身小環境的安樂，鮮少去關心身外之事。因此紐約人常被形容為冷漠、自私、愛錢更愛享受，具備一切大城居民的毛病。紐約人倒也不為此生氣或故意要做點什麼來表示清高。紐約人就是這個生活態度，也許潛意識的自認有資格秉持這種態度。

紐約人真的各自打掃門前雪，不會關心不會熱情嗎？不，在必要關頭，紐約人的熱情和同情心不輸於任何一個小鄉鎮的居民。雙子星大廈被毀的同時，紐約人的熱誠和愛心被激發了。數以百計的消防隊員和警察獻出了生命，一般市民以捐款、簽名、祈禱來表示感同身受。街頭供著鮮花和蠟燭，住家的窗口和大小汽車插上國旗。關懷和奉獻來自四面八方，不分族裔。一向被視為表現低調的華裔，街頭捐款，集會哀悼，商家送飲料和食品，餐館老闆忙著為警察做熱飯盒，誰也不再袖手做壁上觀。都深深覺悟到自身是這塊地方的一份子，對主流社會的關懷，願意奉獻的熱心，發揮到人類美德的頂點。誰也不能再說華裔是冷漠的族群。

若說因雙子星大廈被攻擊、摧毀，就稱紐約是個充滿恐怖的危城，是否太過分呢？可我的周圍確實充塞著這種聲音。一些親朋好友已在討論：攻擊雙子星不過是開端，後繼的恐怖事件將層出不窮，紐約本身雖優點說不盡，外在的因素卻使她位列世界最危險的城市之冠，住在這兒總要擔著一份心思，很怕遭池魚之殃，厄運臨頭。言談之間，已有人認真的考慮，是否應該遠離紐約這是非之地，另找安身之所。

固若金湯的雙子星，會在寥寥少數暴徒的設計下，瞬息之間毀於無形，美國號稱世界第一強權，竟然顯得如此狼狽！整整的五、六天，我像陷身於孤島，無電話、無熱水、無報紙、無信件、無法叫出租車，若非靠著電視機，與外界就整個失去聯絡，附近街道有警察把守關口，儼然戒嚴狀態。空氣中充滿非常時期的肅殺氣氛，彷彿潛伏在暗處的恐怖製造者正在蠢蠢欲動。事發至今已經足足兩個星期，電話仍然不通，生活依稀回到原始時代。這樣的一個城市還適合居住嗎？我不免認真的考慮。

我來紐約不是因為羡慕美國的現代化，更非為了要跨出國門，我根本就在國外，是名副其實的瑞士華僑。論物質文明、社會福利、山水人情，瑞士都算得上舉世翹楚，一樣也不遜於美國。特別難得的是，瑞士是永遠的中立國，與戰火爭端無緣，住在那兒的現代化房子裡，正可高枕無憂的樂享太平，加之我諳德語，易於溝通，生活甚是方便。

移民美國，全出於我一己意願的選擇。可我也不想住美國別的什麼城市，只想住紐約。若問喜歡紐約的什麼？彷彿一下子也說不清、舉不出具體的理由，若說定要找幾條理由出來，我想「有容乃大」，紐約的能包容、多樣化，每個民族在這兒都不會徹底失去自己的根，是她令我鍾愛珍惜的，非常重要的原因。舉個小小的例子，在紐約，哪怕是某個社區的一個小小的圖書館，都可找到英文以外，其他國語文，如法文、德文、日文、韓文、西班牙文的書籍。咱們中文書亦不靠邊站，數目不多，書往往有點老舊，可告慰的是沒忘記你，至少擺滿那麼幾個書架。

走過的地方不算少，像紐約這樣重視各族文化的城市還沒見過。對我來說，這是她獨特魅力之所在。在曼哈頓中城那一帶，寬闊的人行道可供我漫步，多樣的博物館、文娛表演、一幢幢參差有致的樓宇，都讓我欣賞，喜歡。住得離中國城近，買中文書報，吃家鄉口味，皆近在咫尺。這種特殊的方便與樂趣，豈是海外遊子在別的城市輕易可得的！

我曾把紐約比做是位面貌豔麗、儀態雍容、魅力無窮的貴婦。但雙子星大廈不是她的翦水雙瞳，失去眼眸豈不成了瞎子！紐約當永遠站在高處，清明剔透的觀望世界，是絕對不能瞎的。

雙子星只是她衣襟上的巨形鑽石花。如今貴婦遭劫，歹徒搶去巨鑽，還用刀子割傷皮膚。但見過大陣勢大滄桑的她，不會因此倒下。她的風華永在，不經數年，新的雙子星將又傲立於曼哈頓。紐約永遠是紐約。我真的如此堅信。所以，當誰問我是否考慮離開紐約時？我的答覆是：不會離開，我要固守。永遠的紐約城，跌倒再起，不要哭泣！

作者簡介：

叢甦，原籍山東，北一女、台大外文系畢業，大學時代曾為白先勇所創辦《文學雜誌》作者，留美獲西雅圖華盛頓大學英國文學碩士，紐約哥倫比亞大學圖書館碩士，曾任紐約洛克斐勒辦公室圖書館主任二十四年，撰寫小說、散文及專欄，目前為「國際筆會」的聯合國的NGO的會員代表，繼續從事自由撰稿。

難卻的約會——悼念亡友

叢甦

那是一場難卻的約會。它來時靜悄，如夜幕垂落。但應邀之人不能推脫婉拒或抗拒，只能淒然相隨。身後遺下的是更悲淒的相思與哀傷。人對「死亡」的恐懼不只是它的必然，而更是它的決絕。這決絕摧毀了我們在生命中一切正常的秩序與規範，使生活中一些普通的習慣與話語頓時失卻意義。譬如不能再說「再見」，不能有再一次的握手，再一次的擁抱，再一次的林蔭漫步，再一次的爐邊閒談，再一次的雨夜聽濤，甚至於再一次的分享靜默。一些生命中不算奢望的溫馨都將「不再」，都將隨著死亡的邀約而消逝冥茫。多少次隨口溜出的「再見」也只能化為「永別」了。

雖然古今中外的哲學文學與宗教都曾為人類描繪與解釋過「死亡」，但是我們仍然不解並難解這與生命為孿生兄弟的它的神秘與難測。它曾被稱為「遺忘」、「旅程」、「日落」、「長眠」、「生命之門」、「大自然的永恆」、「最終的愛人」、「生命陪睡的伴侶」，或者「一個黑色的駱駝跪在每個人的門口」——等待主人上騎。但是它的難測與否定一切抗拒的堅硬仍令人難忍。莎士比亞在《哈姆雷特》中曾說「死亡是一個未知的國度，沒有旅人曾自那裡返回」。

的確，尚無人活生生地返回向我們描述那兒的景象。古希臘神話中的奧爾菲斯（**Orpheus**）曾闖關那陰幽無歸之境。那能奏出天籟妙音的奧爾菲斯，在林野中輕撥起他的七弦琴時，群獸屏息，草木靜止，大地微顫，江河轉流——啊，萬物都沉醉傾聽。當他的愛妻尤若代絲（**Eurydice**）被蛇咬而死去後，心碎的奧爾菲斯堅決要將她自死神懷中奪回。於是他追到了陰界，撥起了琴弦，唱起了撼動靈魂的哀歌，懇求死神的恩准。那堅硬如鐵的大神**Pluto**感動得淚流滿面。他說，好，奧爾菲斯，你可以將你的愛妻帶回人間，但是切記，離去時切莫回頭張望，切記呀！於是在那陰森淒淒的幽暗裡，奧爾菲斯與尤若代絲，一前一後，穿過道道關卡向上昇躍。就在那要離開「永恆之夜」的陰境時，奧爾菲斯遲疑了：她是否仍在身後？猛回頭，尤若代絲蒼白的臉被周圍的黑霧淹沒。他們四隻手臂向前急張，太遲了，尤若代絲微弱的呼聲「永別了」消逝在冷竦的黑暗中。

心痛如裂的奧爾菲斯要再度闖關，但是被嚴拒，因為「沒有活人可以兩度赴陰」。是的，在死神的王國，沒有人有第二次的機會。失去了愛人的奧爾菲斯苟活在人間，生不如死。他因厭世與孤僻激發眾怒而被殺害後，他的幽靈與尤若代絲終於再逢。而他那感動山河的七弦琴被宙斯大神鑲嵌在蒼茫天穹，與星辰相映成輝。

這個淒美的故事告訴了我們什麼？「難捨」與「不捨」的努力在死亡之前仍屬枉然。哭化成蝶雙雙歸去的梁祝的眼淚與奧爾菲斯感動陰司的天籟妙音，都是人卑微又勇敢的企圖去超越生死隔絕。但是茫茫凡人如何有能力去感動造化？就是靈巧如奧，在緊要關頭，仍不能免俗——那疑惑、自毀、不能貫徹始終的人性弱點，在回頭一瞥中前功盡棄！

希臘神話中的眾多故事（如息息菲斯推巨石上山，如以底卑斯弒父淫母情結等）都象徵地描畫出人類集體文化意識中最深的希冀與最暗的夢魔。我們喜愛生命，厭惡死亡；我們喜愛青春，厭惡衰老；我們喜愛聚會，厭惡離散。「愛別離，怨憎會」是這萬丈紅塵中難免的淒苦。然而我們如果能了然這些看似兩極的真實其實是一個整圓的兩半。沒有了這半，如何能成全那半？如何能成全一個完整的圓？沒有了這半的可惡，如何能彰顯那半的可愛？生命開綻了多元化的人生，死亡卻單一化了那些萬紫千紅。美與醜、善與惡、成功與失敗、顯赫與卑微，在這「終極之司」前都將俯首。而在赴那難卻的約會的不歸途上，世間一切人為的等級差別、紛爭喧囂都將歸於單純平靜。或許，這就是死亡無可抗拒無可否定的偉大真實。

在過去幾年裡，我們連續地失去了幾位文友，今年春天又失去了兩位。邦楨、秦松、曉樂、又方、信疆這幾位敬愛的朋友已離我們遠去。他們在走過的旅程上都個別地留下難忘的烙印。但是我們緬懷的卻是一些真誠的友情與分享過的美好時光。理智地我們了然人生訣別是遲早的事，但是情感地我們卻難抑哀傷。所以在那春陽豔麗萬物歡躍的日子裡，當我們得知朋友離去的資訊，每當念及那不能說「再見」的終極決絕時，我們驀然驚覺在那寬如汪洋，深如地陷的天人永隔的鴻溝前，我們竟孱弱無助如遭棄的嬰兒，孤縮而寒冷，在不管是什麼的季節裡。

二〇〇九／七／十　NYC

作者簡介：

宣樹錚，一九三九年生於蘇州，五六年北京大學中文系畢業，分發至新疆教中學。七九年調回蘇州，任教蘇州大學中文系。八九年移民美國，曾任美《彼岸》雜誌總編、紐約華文作協會長，現為美國北大筆會長。在國內寫過小說，來美後主要創作散文，近年來為《僑報》撰寫專欄。

江南韻

宣樹錚

小學畢業那年暑假，父親找人介紹了一位姓郭的先生給我補習國文。郭先生是一所補習學校的國文教師，單身一人住在學校裡，說好每天下午兩點至四點我上門求教，為期一月，束脩五元。

學校在一條小巷裡，原是私家大宅，巷口是一家茶館。第一天我提早趕去，只見大門敞開，門廳裡坐一位老漢，像是門房，晃著蒲扇在哼《空城計》。我說我是來補習的，找郭先生。老漢將我從頭看到腳，大概捉摸我是不是「司馬發來的兵」，後來蒲扇一揮：「進去吧，郭先生在辦公室裡。」我闖進「空城」，繞屏門，越天井，登大廳，大廳右側的廂房上釘著牌子：「辦公室」。

郭先生三十光景，白面書生；他問了我一些情況後，從抽屜翻出一份油印講義，算是教材，上面是三則古代寓言：《鷸蚌相爭》、《狐假虎威》、《東郭先生》。郭先生逐句解釋，我咬著牙不讓自己打哈欠。鐘敲三下，郭先生不講了，我想該休息一陣子了。不料郭先生卻說道：「今天就到這裡。」我茫然起來，吞吞吐吐道：「不是兩點到四點嗎？」他看著我，像在斟酌什麼，隨後說：「你，聽過書嗎——說書，評彈？」「聽過。」「我帶你去聽書。」我也開始斟酌了，萬一父親知道了怎麼辦？可是父親怎麼會知道呢？於是我點了頭。郭先生牽起我的手就往外走，過門廳時，門房老漢直了直身子說，「郭先生聽書去啊？」我被牽到巷口茶館，茶館門口掛著牌子，下午有兩檔書，大書（評話）是《英烈傳》，小書（評彈）是《玉蜻蜓》，兩點一刻開書，票價七分。郭先生跟茶館的人很熟，點點頭就進去了。

書場裡方桌長凳，人坐了八九成，郭先生牽著我找兩個空位坐下，堂倌送來一壺茶，兩隻茶盅。這時書台上醒木「啪」一響，說大書的先生叫一聲「明日請早」，站起身，將醒木揣長袍側袋裡，甩甩衣袖兀自下台走了。跟著說《玉蜻蜓》的上場，男女雙檔，男的中年，一身白府綢長衫，女的不過二十上下，身材苗條，穿月白短袖旗袍，素素淨淨，如一彎新月。照例女的先唱一曲開篇，然後書歸正傳。四點一刻散場，我直接回家。父親問我：「先生教得怎麼樣？」我回得很乾脆：「當然好。」

第二天，郭先生一見我就問：「昨天，《玉蜻蜓》聽懂沒有？」我說，「聽是聽得懂，就是不知到底講的啥故事。」「坐下，我給你講。」於是郭先生介紹全本《玉蜻蜓》，金貴升如何，三師太又如何，徐元宰又如何如何，又是庵堂認母，又是廳堂奪子，等等。到他講完，我取出講義，昨天《東郭先生》一則還沒解釋完，狼已出得口袋，東郭先生正性命交關呢！誰知郭先生一點兒不急，又問我：「昨天的開篇能聽懂多少？」我說，「只聽出一句，好像是『雙雙月下渡長江』。」郭先生笑了：「這是有名的開篇《杜十娘》。」他一邊說一邊拉開抽屜摸出一本《彈詞開篇集錦》，一翻就翻到了《杜十娘》。郭先生把書攤在桌上，用筆點著字念給我聽：「窈窕風流杜十娘，自憐身落在平康，落花無主隨風舞，飛絮飄零淚數行……」後來索性講解起來：「『窈窕』作何解，『平康』何所指，為何說『落花無主』、『飛絮飄零』，講完也就三點了。『走』，他站起來，把集錦交到我手上，『帶著。』我心領神會，小書僮似地跟著他出了校門。這天那『一彎新月』換了一身粉紅旗袍，豔得如一片緋雲，唱的開篇是《秋思》，咿咿呀呀，嗚嗚嗯嗯，要不是那冊集錦，我一個字都聽不懂。郭先生在我耳畔輕聲說：「她唱的是祁調，祁蓮芳。」

第三天，講完《東郭先生》，郭先生又取出一篇講義：《馮諼客孟嘗君》，說道，「明天就講這篇。現在我給你講講昨天的《秋思》。」照例三點正出校門。

以後竟天天如此，先講一節講義，跑跑龍套，然後講評彈。郭先生先後介紹了《描金鳳》、《珍珠塔》。原本他還要介紹《白蛇傳》、《三笑》，我得意地告訴他，許仙白娘娘，唐伯虎點秋香這些故事，我在念小學前就知道了。另外，郭先生講了評彈的「說、噱、彈、唱」。三點一到，師生默契，趕赴茶館。那「一彎新月」每天換一身行頭，五日一迴圈。她常變換著唱各種曲調，這時郭先生就會湊近我耳朵一一指點，這是薛調，這是嚴調、蔣調、俞調、徐調……半個多月下來，《集錦》上的一些開篇我竟然能背出來，甚至能偷偷在心裡哼上幾句。有一天散場後，郭先生和幾個熟人閒聊，我站一旁聽。聊著聊著一位竟哼起了《寶玉夜探》：「隆冬寒露結成冰，月色朦朧欲斷魂……」。我脫口而出：「不對！是『月色迷濛欲斷魂』。」大家朝我看，「這小朋友還是小書迷，小行家，看不出！」郭先生高興地摸著我的頭：「是我學生，他懂不少，很聰明。『欲斷魂』下邊是什麼？」我不加思索：「一陣陣朔風透入骨，烏洞洞大觀園裡冷清清……」這天，我幾乎是飄回家的。

一個月匆匆而去，最後一天我按父親囑咐奉上五元錢，謝了郭先生。郭先生連連搖頭：「慚愧，就沒有好好給你講幾篇文章。」我看著郭先生搖頭的樣子，突然一陣難過，喃喃道：「不是的，你教我懂得了評彈。」郭先生笑了：「這倒也是。不懂評彈就不能算道地的蘇州人。你現在知道了，唱起來多優美，真正的江南韻，江南第一韻！」他輕拍桌子哼著：「丁格隆地冬，德勒隆裡格隆地冬」，後來索性唱起了《杜十娘》：「窈窕風流杜十娘……」，我也跟著他輕輕唱起來：「她自贖身軀離火坑，雙雙月下渡長江，那十娘偶爾把清歌發，嚦嚦鶯聲倒別有腔……」，迴腸蕩氣，唱到最後：「青樓女子遭欺辱，她一片浪花入渺茫，悔煞李生薄情郎」，師生兩人已唱得臉紅耳赤。

這天，郭先生帶我最後聽了一回書。書場出來，郭先生拍拍我肩膀說：「馬上升初中了，好好學習。以後有機會再一起聽書。」然而，這機會再也沒有出現過。第二年，郭先生所在的那所學校撤銷了，郭先生再也不見了，命裡註定我們只有一個月的師生緣。但五十多年來，我對評彈的愛好始終不衰。這得感謝郭先生，是他，讓我懂得了江南韻，成了「道地的蘇州人」——然而現在的蘇州人已沒有幾個喜愛這江南韻了，在年輕人眼裡，遺老才唱評彈聽評彈。

作者簡介：

劉墉——國際知名畫家、作家、演講家。出版中英文著作九十餘種，在世界各地舉行畫展三十餘次，在中國大陸捐建希望小學四十所。創作的原則是「在感動別人之前，先感動自己」「為自己說話，也為時代說話」。有一顆很熱的心、一對很冷的眼、一雙很勤的手、兩條很忙的腿和一種很自由的心情。

小小又大大的一條河

劉墉

在我童年的記憶裡，總流著一條河，那河很小，窄到跳遠選手能一躍而過，但在我的記憶裡它很大、很幽，而且源遠流長。

它確實來自很遠的山區。小時候舅舅在碧潭邊上開了一家租車行，我常跟他去，每次夜間歸來，才離碧潭不遠，就能看見路邊一條水渠，水很清很疾，好多婦人蹲在渠邊洗衣。夜裡的渠水特別明豔，燈火一閃一閃地跳動，有一種迷離虛幻的感覺。幾十年來，這畫面常在夢中出現，我想大概因為當時總想下車，看看那水渠真正的樣子，卻始終不敢說，所以後來「常入夢」。

所幸那水渠很長，由碧潭一路流，流過公館、台大、醉月湖、辛亥路，進入我童年的世界。當時台大附近的渠上有個水閘，因為把水攔起來，所以閘門上下呈現很大的落差。我跟父親散步時，常見好多小女孩蹲在水邊，不是洗衣，而是洗電燈泡。父親每次看到都會嘆氣，說多可憐哪！她們用硫酸洗電燈泡的銅燈頭，好拿去賣。瞧瞧！她們的手，一塊白一塊白，都被強酸傷成什麼樣子了。父親還罵電燈泡的工廠，專生產「搖頭嘆氣」的爛東西。全新的燈泡，扭上去沒多久，就「嘶一聲」嘆氣，滅了！原來因為燈泡搖頭脫落、漏了氣！

那時我每天都要繞路過橋，去對岸的龍安國小上學。母親常叮囑我，千萬別靠著渠邊走，掉下去不淹死也得摔死。但我還是愛往渠邊去，撥開路邊的野草，伸長脖子看下方十幾呎的渠道。

大概因為溼氣重，水渠兩邊的石牆上，總是布滿綠綠的青苔。與和平東路交會的橋邊，有個木搭的茶棚，店面比路低，恰好架在水渠正上方。父親帶我進去過一次，臨窗而坐，清風徐來，看下面潺潺流水，左右兩排楊柳，沿著新生南路往信義、仁愛路而去，美極了！

只是這美，沒幾年，新生南路拓寬，水渠加蓋，轉入地下。直到那時候，我才知道這水渠名叫「瑠公圳」。

據說「瑠公圳」是為了灌溉台北盆地的農田，早在一七四〇年，由漳州移民郭錫瑠（一七〇五～一七六五）集資興建的。因為新店溪、基隆河和淡水河，水面都比陸面低很多，除非用水車，不容易把水汲上岸。郭錫瑠不得不從新店溪上游的山區引水，甚至為了落差，造一條水橋，把水引到景美溪的對岸。可惜民眾圖方便，把水橋當成便橋行走，沒多久水橋就垮了。瑠公沒死心，又賣盡家產，打算挖一條水道，從新店溪河床下面把水引到對岸。可惜一七六五年一場山洪，又把水道沖壞，同年，瑠公就死了。後人繼續把水渠完成，為了紀念瑠公，所以取名「瑠公圳」。

瑠公圳真是偉大的工程，它把水引到台北盆地之後，分為許多水渠支流，灌溉了幾千甲的土地，使台北一下子變得富裕繁榮。

我童年的那條小河就是瑠公圳的支流之一，由今天辛亥路一帶斜斜地穿過台灣大學和早年的「兵工學校」、流過軍眷區，進入文教區，再由師範大學旁邊往北，流入劍潭。

脫離瑠公圳主流的小圳，雖然水小了、流得慢了，但是開始執行灌溉的任務，兩邊渠道由石砌變成泥土地，長滿野草閒花，變成一條溫柔的小河。

當時我家住在公教區與軍眷區交界的雲和街，我常穿過河邊一戶人家的院子，進入後面的眷區。那戶人家姓楊，房子是利用河邊地蓋的違建，圍牆非磚造，而是竹籬笆，上面爬滿牽牛藤蔓，一年四季開著紫色的小花。他家的男孩也是我的好玩伴，我們常扒著臨河的竹籬看水，那裡沒人干擾，又有好多柳樹，樹上站著翠綠的「魚狗」，會像箭似地射入水中，再啣著魚飛走。

我那楊姓的朋友也愛射箭，有一回他用自己做的「土弓」，居然射中一條黃色的水蛇。箭杆穿蛇頭而過，他沒下去拔箭，卻守在水邊半天，神氣地指給每個經過的人看。

我也常跟他到小河裡用畚箕撈魚，一人拉著蘆花，斜著身子，把畚箕伸進水裡，另一人在岸上把風，看到有水蛇游來就大叫。我至今不知水蛇有沒有毒，只記得牠們長得五色斑斕，成排地齊頭前進，長長的身子與水紋結合。水快，牠們更快，瞬息掩至，又倏地消失。

小河上有個木橋，我常站在橋上撲打紅蜻蜓，那些蜻蜓大概自認為飛行功力超棒，會算著人的高度，帶點挑釁地賣弄。我則用個方法，先蹲著，等牠們飛過時再突然躍起，狠狠地拍，居然常常得手。

我也在河邊用鞋子打到過一隻蝙蝠，牠斜斜地落到對岸的草叢，我冒險涉水把牠抓回家，先將蝙蝠長長的翅膀摺好，再塞進瓶子，得意地秀給母親看，把她嚇得尖叫。只是第二天瓶蓋沒動，蝙蝠卻不見了，從那以後好多年，我都認為蝙蝠懂得奇門遁甲。

眷區的大院是滿載我美好回憶的地方，古榕樹下總見老兵們擺龍門，說當年勇，最記得有個人笑說他跟日本鬼子肉搏，一刺刀捅進鬼子胸口，鬼子臨死居然對他一笑。老兵邊說邊搔頭：「不知是不是以前認識？」

眷區中間有一口水井，是用水泵的那種。我最喜歡抓著長長的槓桿打水，用力連壓很多次，看那沁涼的井水，從前面的水口噴出。也愛看混幫派的小太保，秀白亮亮的武士刀。還在眷區邊上的小店買過一包「新樂園」香菸，躲在角落裡點著用力吸，嗆得眼淚直流。

我家對面是公教區，住的不是台大教授就是軍中高官。左邊巷口為國防部長俞大維的官邸，開黑頭車的司機常跟附近的三輪車伕敞著嗓子聊天。

最記得那些拉三輪車的退伍老兵，身上一塊又一塊的刺青和傷疤，每個都說得出一段讓毛頭小鬼瞪大眼睛的故事。有一天他們運來好多竹子，在河邊搭了間吊腳屋，我曾受邀進去參觀，上上下下全是綠色的竹竿，濃濃的竹香，至今難忘。

但不知怎麼回事，竹屋建成才幾天就一夕間消失，地上沒留半片竹屑，連他們和他們的三輪車都不見了。有人說是因為前面某將軍說了話，對於這事，我小小的心靈很不解，也很不平。想想竹屋確實遮住了將軍臨河的風景，但他們是將軍從大陸帶來的子弟兵啊！

小河往北，經過一個早年日本學校的大院，再一彎，就由住宅區進入田野。我常在田埂上奔跑，怕弄得一腳泥，回家捱罵，後來乾脆把鞋子脫掉。只是有一次跑回來，球鞋不見了！大概因此，直到今天，我常夢到鞋子被偷。

也記得小河在流進師範大學之前，進入一個集水的池塘。有人造了輛水上三輪車攬客，父親病逝前一年，帶我坐過一次。車後螺旋槳啪啦啪啦打水的聲音，和池邊老樹間映過來的紅紅夕陽，常浮過我的腦海。

去年冬天回台，一位還住在附近的小學同窗帶我去「殷海光故居」參觀，指著園中一個水泥砌的乾池子說：「瞧！這是殷海光為他小孩玩水親手挖的。」我問：「水呢？」

「水沒了！因為瑠公圳沒了，以前的小河早不見了。」老同學笑道：「其實還有。」接著帶我走到院子後面，指著一片雜草說：「你看！那後面還有一點水，只一點點！製造蚊子的地方。」

可不是嗎？就在殷海光院子和後面人家的圍牆間，我看到一條不過三呎的水溝，有些水紋，應該還是活水；也有些臭味，大概因為旁邊的淤泥。

「真好！」我說：「我以為瑠公圳早沒了，支流也都被四周新建的房子掩埋，沒想到還偷偷在這兒流著，讓我看到童年的那條河，那條在我記憶深處，小小又大大的一條河……」

作者簡介：

程明琤，一九三六年出生，在法國巴黎、中國大陸、香港、台灣成長受教。於台大中文系獲得碩士位，隨獲美國耶魯大學獎學金，在耶魯得文學碩士位，任教州立馬里蘭大學，十數年後遷居印尼，服務於雅加達首都藝術館。返美後在華府喬治華盛頓大學教授中國現代文學等課程。於七〇年代正式開始寫作。著有散文集十多種。

歸屬感

程明琤

往華府特區城中，有兩條我經常必走的路，一是去大學教課時必經的懷特赫斯快道，因是高架建築，我稱它為橋樑路。另一條是去中國城購物途中所經過的憲法大道。不管走哪一條路，車子行經某一地段時，我會不自主地側首右望或左望，去尋索兩個人影，那就是橋樑路石欄邊的老人，或是憲法大道路邊公園靠椅上坐著的女人。也不知是什麼時候開始注意他們的，當我著意尋索他們時，他們已成為我驅車途中所關注的兩個陌生人物。

橋樑路在進入K街前的那一段，是波多瑪克河堤路延接岩溪公園通過的地方。橋上有石砌橋欄，欄下有尺來許的邊沿地。就在那邊沿地上，放着幾塊疊起的磚石。晴暖或溫和的日子，時間若碰得巧，我就會看到那個老人。車子彎到那一地段時，遠遠地就看到他的側影，然後，我在他背後馳驅而過。許久，腦中仍印著他倚身墊腕石欄上，俯首看橋欄下通道上的車輛，或抬頭眺河的神情。每次看到他時，他總是穿得乾乾淨淨的，神情泰定安和。兩隻腳正好放在那一疊橫置的磚塊上，想是他特地搬來墊腳的。看不到他時，我就去看那一疊磚，想像他俯視或眺遠的神態。要是長久不見他時，我就會擔起心來，而那一疊磚也會引起一陣惻然。

經過憲法大道，過十五街的紅燈前我會急忙側首去尋索那張路邊公園的木靠椅。多半時候，我總可以看到那個女人，胖胖的，衣著厚重襤褸。身邊堆著一包兩包的想是她的財物。只要天氣不頂糟，她總坐在那裡，或倚包裹而眠，或垂首木然無語。細雨霏霏時，她撐起一把黑雨傘，微雪紛紛時，她壓低頭上的大雨帽。目前是秋涼季節，有天我經過，黃葉飄在她身上，她不去拂拭，倒是替她長年灰黑的身形繡上幾帖圖案，沾上數點顏色。有一次，我在十五街紅燈前停下，等候綠燈通行，她恰在車前走過，肩上鼓鼓地扛著一個包，手中又提著一個，俯首緩緩而行，越街去到她慣坐的那張木靠椅。那是我唯一的一次看到她的行動。其他的時候看到她，她總坐在椅上，定定的，一動不動。偶而，椅子會空著，我就掛起心來。怎麼啦？被警察趕走了？還是……

那橋上的老人，那椅上的女人，顯然都是華府地區無家可歸人羣中的一份子。引起我注意的，是他們特定方位的坐立。他們那樣一次又一次地回到同一的方位上，用同一的姿容來安頓自己，叫我又悲憫又驚心。鳥有巢，獸有窩，人無家時，便也要在這匆匆漠漠的城市大千裡，去尋出一個定點——橋欄下的幾塊磚，路邊上的一張椅，來作為他們回歸投屬的咫尺寸土。而這咫尺寸土，也就象徵了他們生存意義上的故土原鄉。踏上那幾塊磚，坐上那一張椅，茫茫人海中，他們就攀住了一塊精神浮木，足以支持一種孤寂苦楚的流浪。

唉！嘆息也不足以紓解悲情。

那個老人，每當他踩上那疊磚，倚身墊腕，看來整潔而虔誠，好像他那眺河望天，是一種什麼心靈提升，就像人們沐浴更衣去到宗廟或教堂一樣。眼下身後車輛的奔馳流動，更顯出他的篤定和悠然。也許，那一線水一片天，在他一次又一次回歸時就成了他心靈寄憩精神隸屬的境地。而那個女人，坐在街邊木靠椅時，神情看來安穩而恍惚，好像一半在作夢。也許，她恍惚回到老家屋前騎廊上那張木靠椅。當年，她坐在那裡，看車看街看鄰里，看流轉的不同季節。歲月奄忽，命運的冷手代替了母親的雙臂，她從家庭的庇佑中被牽往流浪的陌生街頭。而街邊一張相仿的木靠椅，坐上去，坐上去，一次又一次，就彷佛坐回當年。

唉，全是我自己的想像。可是我實在想不出任何其他的原因，讓他們長久以來（我見到他們都有兩年了）回到同一的方位上，也是人同此心吧！

也不能不想，人的生存，是肉體物質和精神心理相互圓融的過程。一席方位，一門居室，一片土地，一個國家，一種民族，除了習慣性、社會性、政治性，以及種源性的意義之外，也是人在精神心理上回歸隸屬的原鄉。只要秉有那樣一份回歸隸屬感，即使是一疊磚，即使是一張椅，也足以支撐任何飄泊移徙的生涯。人到了毫無可寄、可屬、可攀的心境時，大概就瀕臨絕望死亡了。

飛鳥有巢可歸，走獸有窩可回。人，更需要在肉身形體上有可以回歸的地方，在精神心理上有可以隸屬的所在。那回歸之處，可遠可近。那隸屬之所，可顯可隱。

不管在世界什麼地方，天涯也好，海角也好，支持我們輾轉奔勞的力量泉源，是一個可待回轉、安頓、養息的家。四壁居所，摒擋了雨雪風霜，幾個家人，等著來噓寒問暖。還有啊！一盞燈、一杯茶、一卷書報……撫平了起伏心潮。

「家」，是就地切身的。遠一點說，就是鄉土了。所謂鄉土，就是指我們出生、成長、參與、共守的故土鄉壤。那裡的山川、田疇、垣屋，甚至沙岩草木，在日後飄泊遠走的際遇裡，都可以成為心靈的招魂旌。多年前，我在一個來自克里特島（Crete）希臘籍朋友家中，看到她客廳中掛著兩幅油畫，畫面上，一棵濃蔭巨樹，一矗兀突海岩，她說那是她的「寶」。我覺得畫中造境、構圖、設色，都不怎麼特殊。就問她為什麼那麼喜歡。原來，那棵樹，那矗岩，是她兒時遊息慣見的日常景物。她在美國過了大半輩子，從來也沒再回去過。有一次，在一個剛自克里特島寫生回來的美國畫家畫展中，一眼就看到那兩幅，簡直神馳魄搖，不惜千金，當場買下。當時聽她敘述之際，並未體會她的情思。現在回憶起來，才覺真是情義深重。對於她，兒時的岩和樹，即使在畫中，依然可息可遊。

從鄉土上再延展，便是歷史政治疆域所成的有形國度，以及社會、習俗、藝文、神話等所成的無形文化。國家可以身離形隔，文化卻無法摒棄割捨。只要你帶著一點鄉音，一絲習俗，無論你走到世界何地何方，你無法避免一個問題，那個問題，由英文直譯出來，就是：「你是從什麼地域（或國度）而來？」（Where are you from?）這問題有時也意味著：「你原本是什麼國家（或種族）的人？」（Where are you originally come from?）在這個「來源」問題的含義中，地域國度和種族文化相互涵蓋交融。原因是：一個人所生長的特殊地域，因為環境、氣候、食物等因素，形成體型外貌的不同。然後，一個人成長過程中，所浸濡薰染的語文、習俗、信仰、歷史等，形成精神資質和行為模式的文化差別。雖然，現代生活中，空間的距離感早已縮小，數小時飛程，你便江山遙。但你的體貌資質，永遠和你同在並存。你在回答那樣的問題時，就詔告認同了你的來源和歸屬。

不過，現代世紀是一個「流浪」的世紀，商業經濟上的交易互利，外交政治上的駐調進退，學術藝文上的觀摩交習，還有天災人禍促成的流亡，還有生計志趣上的遠營高就，都足以造成遷徙游離。鄉土國土，轉眼雲海深處。我們與生隨身相存共有的，是一個四壁而砌的家，是一種心靈隸屬的文化。我有時不免會想：究竟哪裡是我的鄉土？我出生法國，住過大陸、香港、台灣、東南亞，而居住美國的歲月，又比一生中任何階段更長。我的人生中，沒有一蔭巨樹、一塊海岩，或者一棟老屋，像我那希臘朋友一樣，可以讓我在夢魂中去回歸遊息。我唯一可以依附的，是對中國文化的歸屬感。也相信，海外中國人，從事百工百業的奮鬥中，所以持立不墜，終極上還是文化歸屬感所成的韌力。

日前，往中國城途中，又見那坐在同一木靠椅上的女人，忽然想到，我一次又一次去到中國城購物，豈不也像那個女人一次又一次回到那張木靠椅？在心理的某種層次上，我們都在尋求認同一種生命的過往。對於她，那是恍惚夢中的故居老屋（我這樣想）。對於我，那是民俗飲食中的文化種源。君不見，粽子、月餅、年糕所代表的四季節序，豆腐、白菜、苦瓜所代表的飲食日常？

我已好久沒有見到那個老人了，那一疊磚已散置地面，我看到時不免一陣心酸。前日，我在客廳中換上一軸字畫，坐在沙發上抬頭看畫時，我想起那個老人。昨晚，我在窗畔看月，「千里嬋娟」的古典詩句從記憶中流出，我也想起那個老人。我忽然想到，我其實也像那個老人，用一張畫，幾句詩，砌成一疊文化磚，踩上去，踩上去，我就見出自己生命中那一片精神天地。

我對那個老人那個女人的悲情，不也是對自己的悲情麼？茫茫世界海，我們各自踩一疊磚，靠一張椅，歸屬一種文化，來作為生存意義的最後浮木。

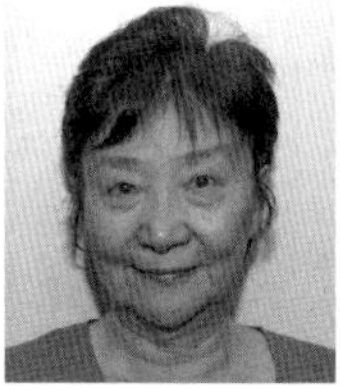

作者簡介：

王渝，台灣中興大學畢業，曾創辦《兒童月刊》，鼓勵兒童詩的創作，擔任三年《科學月刊》修辭編輯、紐約《美洲華僑日報》副刊主編、文學刊物《今天》的編輯室主任和散文編輯。現為世界筆會分會《海外華文作家筆會》顧問，曾擔任會長之職。編輯《海外華文詩選》、《海洋文選》、《中國留學生文學大系─當代小說台港地區卷》、翻譯《古希臘神話英雄傳》。

木心印象

王渝

我對沒有意義的事物向來特別感興趣，一件已經有了意義的事物它就僵在意義中，唯有不具意義的事物才鮮活，期待著意義的臨幸。——木心《上海在哪裡》

木心去世即將一年，往事浮上心頭。

第一次收到木心的稿件，感覺是驚豔。怎麼有人寫得這麼好，這麼與眾不同？他的書寫不帶一絲當時的大陸文風。這位來自大陸定居此地的作家，像是從石頭裡蹦出來的孫悟空。

我當即做了一件非常荒謬的事，不是向他邀稿，而是建議他投稿給台北《聯合報》瘂弦主編的副刊。我向他保證：他的作品正是瘂弦在等待著的。雖然瘂弦和我是好朋友，但是我工作的《美洲華僑日報》是一九三九年《美洲華僑洗衣館聯合會》在中共地下黨人唐明照、冀朝鑄等人支助而創辦。在這樣的左派報社工作，我不敢給台灣的朋友惹麻煩，和瘂弦久已不通音信。但是紐約的華人讀者到底太少，我為木心的作品感到委屈，希望更多人讀到。當時的情況下，只有選擇台灣了。

我工作的《美洲華僑日報》在中美關係解凍後，也給我帶來優勢，亦即我可以向大陸作家邀稿。大陸作者對海外的報章也只放心給我們投稿。甚至從大陸出來的人，也只放心給我們投稿。所以我對大陸寫作方式、風格相當熟悉。木心卻完全和他們不一樣。我欣賞他的作品，也充滿好奇。最初我手裡捧著他的稿子，直是疑疑惑惑，不能定位這位作者。

其實，木心已經給台灣投稿了，而且正如我所料，瘂弦非常欣賞他。後來《聯合文學》還為他出了專輯。他特地到我辦公室來，送一份專輯的複印本給我。向來沉穩，喜怒不形於色的他，那天真正開心了，一臉忍不住的笑意。也是那天我才得知，他早年寫了不少作品，全部散失了。好消息接著不斷傳來，台灣出版他的散文、小說、詩等等。平常我習慣了他的沉穩，這天他臉上閃現的笑意，打心底煥發出來的歡喜，本該讓我跟他分享這份喜悅，但是感知裡卻莫名地泛起陣陣傷痛。

讀到瘂弦在文學會議中一面擊鼓一面朗讀他《林肯中心的鼓聲》，我真正為他高興。瘂弦最具慧眼，最珍愛才華，做為編輯的他著力引介新作家，推薦老作家。

木心作品中最特別之處，是對在大陸過往的經驗，他永遠採取高高在上的姿態，不是不顧，而是不肯流於輕率的訴苦和責難。從他的作品中看不到他經歷過的種種，他對造成苦難的當事者只有蔑視。他若訴苦，那可是太抬舉他們了。他以精心保持的自我，以豐美的風采面對不屑的遭遇。他和大陸那時流行過的傷痕文學、尋根文學，後來一窩蜂的魔幻加重回鄉土的現實主義文學都不相干，逕自執著於他自己的創作道路，建築他自己的文學王國。

他能夠這樣做，是因為底氣豐厚，當然這些都和他的經歷、秉性和淵博有關，以至於創作時筆鋒得以自在地遊走古今中外，並且熔鑄成獨有的感受與風格，筆下遂體現出通達的睿智和氣度開闊的兼容。通達如是，他便能將禪宗、釋家、道家，基督家都融匯並立，探討生命，關照智慧。於是能從《街頭三女人》點出她們的傻、壞和可憐，結論卻落到自己身上，「是個有點傻有點壞有點點可憐的男人」：也便能沉浸在現代大都會林肯中心鼓聲裡傳達出的蠻荒氣息；也便能雍容有度地與不同時空裡的人物交談，嵇康也好，紀德也好，梵樂希也好。那些文句鋪展開來，是一道道的文學盛宴。

我接到他的稿件總不忙閱讀，而是等到有了從容的時間，準備好一杯熱騰騰的咖啡。咖啡並不一定會喝，而是那噴香的氣味要緊。在他的文章中，我也最執迷於那些帶著咖啡芬芳的句子。大都會博物館正門台階前，常常有許多街頭藝人在那裡表演，他寫道：「從博物館受洗禮出來，純正的藝術使人頭昏腦脹，精神營養過良症，弄不清自己是屬於偉大的一類還是屬於渺小的一類——台階上的明朗歡樂，倒一下使我重回人間，沖散了心中被永恒的藝術催眠後的鬱結。」這類文字常膠著我的目光，久久不想離開。提到過甜的食品，他這樣陳述：「而且目睹某個中年男子，在一杯咖啡中放下六塊方糖，若無其事地喝光了。」我讀著，心裡漫生出笑意。

他在《上海在哪裡》那篇文章中說：「我對沒有意義的事物向來特別感興趣，一件已經有了意義的事物它就僵在意義中，唯有不具意義的事物才鮮活，期待著意義的臨幸」，可以看出他是如何迫切地希望擺脫束縛。總之，他在作品中不斷地尋求釋放。詩人商禽的作品，被許多人譽為超現實，他自己卻說那是超級現實。他在書寫中和商禽一樣要求心靈的釋放，表現上兩人的作法卻迴異。商禽讓人想起挪威畫家愛德華・孟克（E. Munch）那幅著名的繪畫《尖叫》（*Scream*）。從聲音裡讓人看到被囚禁的靈魂，痛苦地扭曲著。而他不然，他採取高姿態，全然紳士派頭地從內心深處發出獨白。

木心不僅是作品與眾不同，為人作風也很獨特。我知道他當時經濟情況肯定不好，但是他衣著方面總讓人眼睛一亮，豈止注重，更有一份獨特的講究。這一點顯著地表現了他愛美的天性。這種天性延展到生活各方面，特別是談及藝術文學時，他常常不自覺地流露出潔癖。因為我工作的關係，我們常會談到一些文學作品，他批評的態度嚴謹到近乎嚴酷，或許我的表情都寫到臉上了，他帶點抱歉地笑著對我解釋，他對人要求寬厚，而對藝術卻要求絕對忠誠，寧可刻薄。

一九八三年上海旅美畫家陳逸飛的作品得到西方石油公司董事長漢默的賞識，在此地漢默畫廊舉辦個展。我們見面談及此事，他說也曾想拿作品去見漢默。他對自己的畫很有信心，結果躊躇再三還是什麼也沒做。這樣閑閑的碎語讓我觸及到他內心的感受。平常不動聲色，不是無感，而是修養。在一個鼓勵自我表現的社會，仍是掙脫不了習慣了的自制。他，注定只有等著被發現。

因為編輯報紙的文藝副刊，所以我時常會辦一些文學活動，或者請客吃飯的事。他不喜歡熱鬧，只偶爾參加，所以他和此地華文寫作圈子裡的人並不熟悉。但是當蘇曉康他們的《河殤》在大陸受到批判，我在海外集稿組織專輯支持時，他卻自動很快送來稿件。我至今記得，美工編輯賴世榮別出心裁的設計，整個版面極為醒目，排出的第一篇就是木心的文章。六四事件，坦克出動之後，紐約舉辦了抗議示威。幾千人的遊行，快結束時我們竟然走到了一處，他已經很疲累，仍然注意到，我們這一圈人手上的示威牌子，他連連稱讚。那可是我前一晚邀集了十幾位畫家共同的創作。

我們聊天，他很少談及自己，特別是過往在大陸的生活。聊天多了，我隱隱感到他必然出身世家，或許享受過優渥的青少年，但是後來必然遭遇過肉體與心靈的折磨。他不談的，我從不問，或許因為如此，他有時會主動透露一些。有次，我們一起去看了一部關於文革的影片，看完我一直說可怕。他跟我說，最可怕的並沒表現出來，那是把人帶進醜惡，所謂「改造」，是把人變成不是人。於是，他說到要抵制那種折磨，太難了。他曾經受不了，決定自殺。我聽得屏氣不敢出聲。他繼續說下去，他其實也不敢面對死亡，想來想去選擇了投河。他走進河裡，走到河水快淹沒整個人的地方，勇氣消失了，急急忙忙涉水回到岸上。他的講述非常平淡，我聽了後卻一直忘不掉。陳丹青在《守護與送別》中寫道：「……先生要死了……他微微一愣，神色轉而舒緩。我仍不能確定他是否認出。片刻，他如交代自以為要緊的意思時，悠然轉用浙滬口音普通話，平靜而清楚地說：『那好……你轉告他們，不要抓我……把一個人單獨囚禁，剝奪他的自由，非常痛苦的……』」

寫於紐約，二〇一二－十一－五

作者簡介：

張讓，原名盧慧貞。台灣大學法律系畢業，美國密西根大學教育心理學碩士。曾獲首屆《聯合文學》中篇小說新人獎、聯合報長篇小說推薦獎、中國時報散文獎，並多次入選各家年度散文或小說選集。著作包括長短篇小說集、散文集、兒童傳記和譯作多種。現定居美國新澤西州。

有時到達只是一種印象

張讓

1

你離鄉出國，一住許多年，忽然在他鄉已經超過在家鄉的時間，無疑你已經「到達」了。

也許。未必。

到達不是單純的外在事實，更是一種心境。

在這個大遷徙時代，多少人來來又去去。不管幾個地址多少本護照，反正不是在這裡就是在那裡，人總要一個所在地。所謂到達對有些人因此不是問題，而有時不過是一種印象。

下機入境不是到達，拿到學位找到事不是到達，結婚買了房子不是到達，拿到綠卡公民權也不是，甚至當子女長大就業成家然後兒孫成群了也不是。儘管這些看起來都像到達，在其中任何一點個人都可以自豪說：「是的，我到了。」其實那只是外在的，形式上的，沒有心靈的介入感情的參與，那所謂到達只虛有其表而沒有實質。問題在：那個實質是什麼？

這時你可能會問：安穩過日子就好了，窮極無聊問什麼到不到達！

說的也是，我完全同意，麻煩在我就是擺脫不了那個問題。

2

忽然我住在美國已經三十二年，在新澤西也有十七年了，之間東西遷徙還住過好幾個其他地方。當季節遞移冬去春來，眼看前後院裡草長芽抽春花輪番開放，對那半荒半野的院子不禁有種「這是我的」的溫柔。那些自生自滅季節一到即欣欣向榮的花草，經常光臨跑跳的鳥雀和小動物，就好像老友家人。是的，這裡是我的，我們一家的小小樂園。有這樣一種款款深情，是不是就代表「到達」了？可是捫心自問，家雖在新澤西，放眼都是多年累積的記憶，內心深處仍覺得這塊土地並不屬於我，我也不屬於它；我是外來人，在這裡只是客居，有一天就要像當年忽然登臨那樣拔腳就走了，再到另一個地方去客居。

那個實質，我指的是心理上的到達，那種甚至超越在一個地方安身立命的狀態，而是身心內外的歸屬感。即使這樣也還不是很清楚。我指的是當你不再佇足邊緣，不再事事旁觀彷佛與己無關、不能確定自己到底屬於哪裡何所效忠；或者，當你不再前瞻後顧尋找他方夢土而安於所在之地：是的，就是這裡，這是我的家我的鄉我的桃源我不再離去了。

或者你會說，也許當自己的異國口音幾乎消失不見，連夢裡說的都是異國語言時，便可算得到了這種歸屬？也許，也許即使那樣還是太浮面，裝飾的成分大於實質：你只是聽來像本地人而已，底下你的參與還不夠深，還不是根掘入土的大樹，充其量只是擺在那裡的一株盆栽，如我們。

從這角度來看，我是個失鄉的人：我已經失去了任何歸屬的地方。

3

離開台灣前，無疑永和是家鄉。一晃三十幾年過去，從一個地方飄搖到另一個地方，哪裡是我衷心眷戀神魂相與的地方？永和在我走後急遽變化，遠非童年裡那個家鄉了。來到美國後好長一段時間我在心裡以安娜堡為家，我在那裡度過最後的一段「童年」長大成人，所有最鮮明最具衝擊力的記憶在那裡——我愛那個平民氣息的小大學城！無奈時光飛逝，安娜堡成了甜美回憶，隨永和一同退入歷史。現在居住的摩根鎮是個我經常痛罵逃之唯恐不及的郊區，無論如何在感情上理智上都無法認同便是我可愛可戀的鄉。我們一直在物色未來之鄉，等候離開這裡的那一天。

幾年前我開始寫〈有時到達只是一種印象〉，想得不是很深，大約只想粗淺地談談漂泊無定心無歸屬的感覺，起了個頭便擱在那裡，然後忘得乾乾淨淨。這兩天重讀美國「農夫作家」溫德爾・貝里（Wendell Berry）的散文〈一座家鄉小山〉，為他一再提到的「到達」說法震驚，才又想起自己那篇淡忘已久的文字。

在批判美國物質文明的當代思想家和作家當中，沒人比貝里更尖利更極端也更切中要害的了。他從人與土地自然共生共存的事實出發，痛斥人與農耕和土地脫節，忘了人在大地上的位置，也喪失了生活意義的本原。他可說是繼《湖濱散記》的梭羅將大自然擺在人類之先的思想家，甚至比梭羅更腳踏實地身體力行，畢竟梭羅「回歸」自然只是一時，客串性的——只是他的客串成果多麼驚人！貝里不是，他的整個生命都在他所生活工作的土地上。無論如何，兩人都以天地為師，以大自然為意義的準繩，而不是頌念西方哲學家一向倒過來的，以人為一切衡量的老調。每當我自覺虛無蒼白需人來醍醐灌頂時，便又回去讀貝里，必然立刻就給他左右開弓震得大為清醒。是的，貝里老先生，你說的一點都不錯。我迷失了，腦袋裡沒一絲絲真純無染的想法。謝謝你，老先生，我到你的山下來看你同你坐在大樹下看雲聽風好嗎？

4

貝里在肯德基鄉間長大，成年離鄉出國遊歷後來到了紐約就業定居，最終卻又回到家鄉。離開象徵「有所成」的紐約繁華回鄉是個人生轉捩點，他是思之又思想之又想才下定決心。〈一座家鄉小山〉便是記述那個離去又回歸的過程，以及很久很久以後終於覺得真正「回到」了鄉土上的感覺。他的「到達」因此不是火車到站那種身在一個地方的物理事實，而是內在的，對一個地方熟悉、了解、愛護，與之血肉相連生死與共的深情。對他而言土地上的草木花鳥無不充滿意義，譬如馬路和土徑。他拿白人造路與印第安人只憑步徑的作法比較，指出白人毫無與土地相安共存的意思，只是為了滿足貪慾生殺予奪，因此以暴力殘害土地。相對，印第安人存的是敬愛感謝，只取所需不濫殺濫砍的謙卑心態。由此而論，「在任何有意義的層面上，我們都還沒有到達美洲。」這裡的「我們」指的是白人，他難逃其咎也算在內。

搬家容易，到達難。

貝里回鄉三十年後，全力投入土地四時生活，又深入理解先人過去如何戕害當地，才真正覺得他是「全心全意在這裡」，不再老以為另有個更好更值得嚮往的地方。這塊土地給他最深沉的感動和滿足，現在他可以坐在老樹下「感到深沉的平靜」，見到一片野花而欣喜異常；現在他終於有資格問自己這些最根本的問題：「這是個什麼樣的地方？這裡有什麼？這地方的本質是什麼？人應怎麼生活其間？我該做什麼？」他的「到達」不是船隻靠岸，而是進入一個特定時空，成為那裡的一部分。他懂得了肯德基山腳的這塊土地，也懂得了自己。在這裡他領悟到「我比自己以為的更無足輕重，人類比我以為的更無足輕重。我為此而欣喜。」他的「到達」是結結實實站在斯時此地，是對每一石塊每一片土每一棵樹每一莖草每一隻鳥獸的關愛守護，比任何奢求天堂永生的宗教教條更透澈深遠。

5

許多年來，不時便會有種生活味同嚼蠟的索然。最近那感覺越來越常，也越來越強，不免更常思索存在和到達的問題。這種失落感並不只是我有，B也有。許多年來我們都覺得生活有所欠缺，一直自問：「我們在做什麼？」尤其是：「在這裡做什麼？」

我們的迷惑包括兩個層面：個人的和體制的。覺得索然無味固然來自對工作對生活某種程度的失望，也來自對整個體制不計代價追逐一味逼壓的厭倦。貝里批評白人造路「跨越而不穿過」，只求快快快，無視土地和其上生物，把土地變成了效率、速成等抽象概念下的障礙，是荼毒地球無法持久的作法。我們正活在這種腳不著地空中樓閣式的意識形態裡，點點滴滴，年復一年，裡面什麼生鮮活跳的東西枯萎了。

然則掙脫不出，怎麼辦？

現代人遠離大地太久，早就沒有田園可以歸去，而且也未必願意歸去。手機筆電隨身聽是個人隨侍在側的泡沫宇宙，至於心靈原鄉是什麼卻毫無概念。城鄉之爭由來已久，無疑城市早就大贏特贏了。不禁想起吳晟的詩〈我不和你談論〉，詩裡不多費唇舌爭辯責備，只在每一段落末尾溫和重複：「我帶你去廣袤的田野走走——」去看遍地幼苗如何沉默地奮力成長，去撫觸清涼河水如何沉默地灌溉田地，去探望農夫如何沉默地揮汗耕作，去領略春風如何溫柔地吹拂大地。下鄉便隱含了還鄉嗎?無論如何我樂於走出書房,隨他到田野走走。

6

德國哲學家諾瓦里說過,思索哲學其實是為了還鄉。

我不太明白他這話的邏輯,只能這樣理解:思索哲學是為了尋求意義,而意義便是靈魂的家鄉。當我感覺失落迷惘內外空洞進而沉思,並不是為了哲學而哲學,而是為了需要。我想當貝里毅然放棄紐約回到肯德基家鄉也和哲學無關,而和心靈有關:他在尋找一條心靈的活路。

仍然,怎樣才叫到達?每人的答案未必一樣,有人可能根本沒這困擾。

奈波爾有部小說《到達之謎》,表面寫受殖民者住在殖民國心理上的困境,其實更是寫從死亡來透視生命。生而有涯,人生比春花更短暫。我們都是過境之民,暫時棲居這裡那裡,終究要化歸塵土。但我們是怎樣生活其中?怎樣自私自利只取不給?怎麼忙於追逐貪慾而失落了安詳和喜悅?什麼是人?人應怎樣為人?這些問題貝里已經找到解答,半生疑惑思索之後,他終於知道他是誰、他的地方在哪裡、應該怎麼過日子,他找到了他的平靜、喜悅和滿足。像他這樣的人是少數中的少數,大多數人不是沒有他那樣的覺醒,就是下不了他那樣的抉擇,只能徬徨無奈(或是無所謂)一路走下去。

法國哲學家蒙田一輩子思考人應怎麼活,最後得到結論是老農最知,他的老農應該就是像貝里這種人。他是最有資格說「到達」了的人。至於我們？還在無根茫然，像蒲公英花絮在空間飄浮，渴望到達，結果只是一再離去。

作者簡介：

張純瑛，台大外文系學士，Villanova大學電腦碩士。現任海外華文女作家協會副會長。曾以散文集《情悟，天地寬》榮獲華文著述獎第一名，並獲東方文學獎、長榮旅遊文學獎，三度贏得北美世界日報主辦的極短篇小說獎和旅遊文學獎。另著有《那一夜，與文學巨人對話》等六書。

哈德遜河畔話西點

張純瑛

論及校景氣象恢宏，美國高等學府中，西點軍校當屬第一。

與紐約市錯肩而過，自佛羅里達一路綿延北上的東岸平原開始泛起波浪，丘陵起伏，翠色氤氳。畫中行去，一個鐘頭後便達西點軍校。

在訪客中心換乘校方提供的遊覽巴士，駛入校區，經過一大片球場，車子爬上山坡。幾度峰迴路轉，道旁林木幽深，建築物只露出頂部，宛若綠洋中眾島參差。突然，山路豁然開朗，一泓灰蒼銜接天光橫亙坡下，著名的哈德遜河赫然在望！

不同於紐約港口腹地平坦，此處哈德遜河兩岸山壁聳立，神似長江三峽的夔門峽谷，只是山勢較低，但兩扇山門虎視眈眈瞪著往來船隻，仍教舟楫膽戰心驚；前方河道更一連兩次來個九十度的直角拐彎，形成「之」型的轉折。當船艦忙著周旋急流險湍，岸上駐守的軍隊正可以甕中捉鱉的從容閒適，輕易炮轟敵軍。

此所以獨立戰爭期間，華盛頓親自揀選此地的哈德遜河西岸，名曰西點，建立遏阻英軍船艦深入內地的碉堡重鎮，定為殖民地軍事總部。槍砲尚恐不足，又錘鍊了一條一百五十噸重的巨大鐵鍊沉於河底，計劃敵船駛過時拉起鐵鍊以絆倒之。

獨立戰爭後，美國開國先賢鑑於將領與軍事工程人才其缺，遂於一八〇二年在西點創辦陸軍官校。早期課程以土木工程為主，今天傳授範疇已擴展到電子科技與人文學養。兩百年來英才輩出，出將入相不乏其人，僅僅總統，就出了格蘭特與艾森豪。商界、教育圈、太空領域，也不乏頭角崢嶸校友。

入校門檻之高，不遜常春藤盟校。申請人學科、運動必須出眾，且需一位國會議員推薦。四年學雜費全由國家負擔，個人只要付出兩千美元。畢業後需服役五載，再選擇繼續軍職或轉入民間行業。素質優異加上鍛鍊嚴格，自律性強，西點人每成職場寵兒。

校園依山傍水，占地一萬六千英畝，時而叢樹掩映，山路盤曲；時而疏朗空曠，綠茵鋪向河澤；稀疏錯落其中的建築多以灰色石塊砌成，莊嚴古雅，與山水靈秀呼應出一脈泱泱大度。遊客至此，鮮少不感覺到西點做為培養將領的搖籃，山巔水湄平野交錯間呈布的迴旋與開闊，似乎與美利堅成為舉世軍事首強，有某種程度的關聯。

導遊強調四千學生用餐，二十分鐘內完畢的高度紀律與學生嚴格的體能鍛鍊，也不忘說幾則輕鬆軼聞，溫柔西點的陽剛形象。

例一，喬治・巴頓就讀西點時學科成績不佳，讀了五年才畢業，他的藉口總是「找不到圖書館」。後來校方紀念這位二戰期間表現傑出的將領校友，特別在圖書館前豎立一尊巴頓銅像，手上握著望遠鏡，巴頓地下有知，再也不能託辭找不到圖書館了。

例二，麥克阿瑟母親蘋姬在學生宿舍對面租了一間民房，每晚以望遠鏡遙遙觀察兒子是否挑燈夜讀，是否適時熄燈就寢。四年下來，麥克阿瑟果然以極優成績畢業，是美國版的孟母擇居傳奇。

兩百年的古老軍校不盡逸事趣聞，更多校友魂斷沙場的傷心烙痕，犖犖大者，當屬玫瑰紅的內戰紀念碑，大理石上鐫刻著南北戰爭中犧牲的西點故人。這場兄弟鬩牆之爭，雙方高級將領皆為出身同門的西點人，如格蘭特與李將軍，卻因政治理念不同，而在戰場上互相殘殺。

內戰是國家的最大悲劇！校方所以揀選面對哈德遜河山門聳立，全校景觀最奇偉之處，立起巍峨巨碑，旨在提醒世世代代的西點人，江山如此多嬌，當全力避免覆轍重蹈，不再讓鬩牆惡鬥血染花旗風采。

來自內爭不絕於史國度的我，聽到美國導遊咬牙切齒痛陳內戰不得重起，肅然起敬下，不由感到苦澀的扭痛。

西點聚全國英才而教之，自然不願彼等輕易為國捐軀；不過身為軍人，施展才華的舞台終究是烽火硝煙處。歷屆校友，以一九一五年那屆成就最為傲世，一百六十四名畢業生中，五十九人官拜准將以上；艾森豪更是個中翹楚，曾任駐歐盟軍總司令，戰後當選為美國總統。諷刺的是，這屆校友所以光芒萬丈，實拜兩次世界大戰所賜，「一將功成萬骨枯」，榮耀的背後，是第一次大戰五三、四〇二與第二次大戰二九一、五五七美國軍人的命喪異鄉！

但是美國捲入兩次大戰的身影畢竟受人景仰，出於自衛，遠赴異國阻擋野心家蹂躪全球，和獨立戰爭時期的爭取自由，有一脈傳承的高貴國格。

弔詭的是，二次大戰也成就了美國登峰造極的霸權地位，在長保軍事強勢的企圖心驅使下，部署全球戰略，將手掌深入所有能夠染指地區，導致親美與反美勢力殺戮對抗，次第衍生多國內戰。近年入侵伊拉克，完全是十九世紀帝國主義赤裸裸的還魂再世。

十年來，美國軍人陣亡伊拉克已逾四千人，每月軍費高達五十億美元，伊國局面仍然動盪無定，傷亡耗費皆難料「伊」于胡底。培養陸軍菁英的西點軍校，自然大受衝擊。

二〇〇五年夏天畢業的西點人，在九一一事件發生前三週入學，獲得「九一一畢業班」別名。參謀首長聯席會議主席邁爾斯與西點校長雷納克在畢業典禮上指出，他們面對的是與入學前完全不同的世界和軍旅前程，國家對這些九一一畢業生期許尤高。言外之意，今後西點人將投入更多更持續的全球反恐戰事。反恐固然是為保家衛國，不過，戰爭是徹底弭平恐怖主義的唯一手段嗎？

西點聞名於世的校訓「責任、榮譽、國家」，尤其強調「軍校學生不可說謊，欺騙，偷竊，也不能容忍如此行徑的他人」（A cadet will not lie, cheat, steal, or tolerate those who do）。當領導「國家」的總統以他國「擁有大規模殺傷性武器」之辭發動侵略戰爭，事後偵查結果指向總統的此項說辭有欺騙世人，甚至竊占他國資源領土之嫌，知識菁英的獨立思考能力與軍人看重的「榮譽」觀念遂與服膺領袖的軍職「責任」，陷入無可相容的矛盾中；可惜，軍人卻只有服從國家領導人的唯一抉擇。

在校風自由前衛的紐約大學對街，商店掛起「布希不是我的總統」運動衫招徠學生購買；西點周遭的商店顯然不便如此張狂，遑論校園內的反戰示威，西點斷然不能容許。美利堅開國群賢素以高瞻遠矚著稱，可惜兩百年前楬櫫西點軍魂，到底不曾料到開國理想淪落後，後世竟有校訓自相矛盾的一天。同樣於二次世界大戰立下彪炳戰功的英國元帥蒙哥馬利在回憶錄裡歎道：「軍人大都不願意打仗。只有當政客把事情弄得一塌糊塗時，才訴諸軍人解決。」誠哉斯言！布希第一任團隊反戰最力的孤鴿鮑爾，不就是軍人出身嗎？

西點校園長期流傳一句豪語：「我們現在教授的許多歷史，是由我們教過的人所創造。」不幸的是，在所謂民主社會，今後導引歷史長河走向的還是政客，軍人仍得服從政客；而培養政客的一般校園，恰巧欠缺大河橫陳塑造的寬闊胸懷與視野。

西點軍校幸乎？不幸乎？哈德遜河煙波浩淼，浪花淘盡英雄，多少事，難付笑談中。

初稿於二〇〇五年美國國殤日

修稿於二〇一三年伊戰十週年

作者簡介：

張宗子，河南光山人，畢業於武漢大學中文系，一九八八年自費赴美留學。在中文媒體工作多年，現居紐約。出版有散文集《空杯》、《一池疏影落寒花》、讀書隨筆集《書時光》、《不存在的貝克特》等。

庭院

張宗子

天氣突然變冷。吃午飯的時候，坐在靠近暖氣管的地方，身後的烤箱裡烤著紅薯。安靜而舒適的短暫瞬間，隨手翻翻博爾赫斯的詩，看他在《庭院》中寫道：庭院是斜坡，是天空流入屋舍的通道。這個夜晚的庭院，葡萄藤沐浴著星光，倒影和星光又一起飄落在蓄水池上。博爾赫斯把這樣的夜——夏天或初秋的夜——稱為「黑暗的友誼」，而他自足的世界，就在「門道、葡萄藤和蓄水池之間」。

想到庭院，自然想到家，以及那些玩耍的日子。葡萄藤濃密的枝葉間，可以養一隻蟈蟈。旁邊的白楊樹上，白天是蟬的統治。池壁生著綠苔，滑不留手。池底鬼影似的幾條瘦骨嶙峋的小鯽魚，魚背的顏色和水的暗色無二。

博爾赫斯不斷寫到刀子，因此不可避免地，不斷寫到死亡。刀始終與激情相連繫，「它不僅僅是一件金屬製品。人們構想了它，造就了它，是為了一個十分精確的目的。在永恆的意義上，它就是昨夜在塔瓜倫坡刺死了一個人的匕首，是雨點般落到凱撒身上的匕首。」但刀子和人一樣，年輕時代的輝煌遠去，垂暮之年，一切無能為力——「如此的堅忍，如此的信念，如此冷靜或天真的驕傲，而歲月徒然掠過，毫不留意。」

刀子在抽屜裡安度晚年，而這首讚揚刀子的詩是獻給一位名叫瑪格麗塔的女人的。

在《庭院》裡，我們看到寂靜籠罩一切，很像貝多芬音樂裡反覆出現的感恩主題。但在一個宜於感冒和靠在床頭讀雜誌的冬日下午，讀《庭院》需要王維畫雪中芭蕉的勇氣和惡意。確實，我更願意在夏天公園的花木濃蔭裡回味這首詩，那至少給我一點現實之感，哪怕是最小的一點近似。風的柔軟度，風中植物的葉子、花朵和根部的泥土散發出的氣味，拂面而過的蠓蟲，遠處水中大魚的濺潑聲，以及，乳白色的直射的星光。

為了一首勉強湊足十一行的短詩，需要集中許多不同時期、不同地方的經驗。但這還不是它迥異於現實之處。在可能出自年輕的博爾赫斯之手的詩中，我關注的，感動的，不是它的美，而是提前到來的遲暮之感。

對於一個遲暮之人，庭院的家的意味特別深長。在「黑暗的友誼」中，睡眠如忠實的僕人等待著他，而且許諾他以無限的夢幻。如果他一生中因為想得太多而喪失了躬親萬事的機會，或者他早已明白躬親的徒勞，這些夢幻固然不能予以任何彌補，至少可以讓他看看：事情實現了，也許就是這個樣子。

庭院不僅是「天空流入屋舍的通道」，在此之前，更重要的，它還是「天空之河」。所謂斜坡，一頭連著屋舍，連著窗口和床，另一頭連著天上。

如此一來，天空之河，就不折不扣地成為我們的天河，是有浮槎往來於天上人間的天河，是張華死前神往過的那道從人間普通的小溪開始的天河。天河的神奇之處在於：儘管它是傾斜的，順流而下，你不會一瀉千里，最後在哪塊巨石上撞得粉身碎骨；溯流而上，你也不會撐斷幾百枝竹篙，筋疲力竭，無功而返。

在無數類似的故事中，那些有幸乘槎上去過的人，究竟看到了什麼？說來很簡單，在明顯不可能的人神之戀之後，在各種經不起人間風霜的奇珍異寶之後，在出自虛榮心的嘈雜的闡述之後，他們只看到了一點，那就是時間。但他們並沒有因此獲得長生的權利。他們看到的時間，並不屬於他們。在「別人的時間」這樣一面鏡子裡，他們照見了自己的時間的短暫。時間對於他們，就像對於其他所有凡夫俗子，只意味著衰老。

博爾赫斯的刀子在幸運地見證了無數次歷史上的重大事件之後，也是這樣逐漸衰老的：

這一帶蠻荒之地
遊蕩著那把鏽爛的刀子。

博爾赫斯的刀子扮演著雙重角色，一方面，刀子和人一樣，都是時間的犧牲品；另一方面，刀子對於人，尤其是對於英雄和著名的惡棍，它本身就是時間，而且是時間的最仁慈的化身。當弗郎西斯科・拉普里達一八二九年被加烏喬游擊隊刺殺時，「親切的刀子穿透了咽喉」。這位充滿理想的博士死前想到：在這黑夜的鏡子裡我追上了我那無可懷疑的臉，圓環即將合上，我等待著它的到來。而另一位刀下的死者，阿爾伯諾茲，「一把刀插入他的胸口，他的臉無動於衷。」

拉普里達以死亡為圓滿，阿爾伯諾茲平靜地接受死亡。刀子使他們不受衰老之苦。我想博爾赫斯絕無讚美暴力和自殺的意圖，他對衰老毫無惡意。一個人不可能愚蠢到因為害怕衰老而提前自殺。作為旁觀者，博爾赫斯也許覺得，歷史上所有壯烈的死，都昭示了生命之美。

想到衰老，除了簡簡單單地記著自己的年齡，還應當有更詩意的跡象，其中之一便是：人的衰老，就是逐漸遠離李白，親近杜甫。在李白時代，生活如同浮在身邊的一團團彩色的雲絮，淡得幾乎看不見，忽遠忽近，游移不定，那些色彩的美麗完全不可捉摸，平心靜氣時卻能一覽無餘。那個時代，生活是你希望它有它就存在的東西，是你豢養的一隻無比柔順的貓，招之即來，揮之即去。突然之間，漁陽鼙鼓動地來，李白耳中的《霓裳羽衣曲》一曲歌罷，天幕拉開，事物的真實面目在陽光下一覽無餘。什麼是真實？真實是尚未出巢的乳燕，它甚至還沒有學會軟語呢喃。於是杜甫來了。杜甫是把生活當做衣服貼身而穿的，生活的每一絲紋理都印在他的肌膚上，朝夕不離。從杜甫那裡我們得知，即使是一座草堂，每一根柱子，椽子，每一捆稻草，每一塊磚或土坯，每一顆鋪路的卵石，都得四處求索和尋覓。屋前屋後的籬笆，庭院裡的松樹和其他花木，也許還有雞雛鴨雛，都得期待友鄰的饋贈。

現在我們又回到了庭院，杜甫的庭院。杜甫的庭院，就是這樣由一個個細微而實在的具體事物構成的：靜悄悄的柵門，沾泥的雨後花徑，沒來得及清除的雜草，不成套的桌椅，案頭擱置了很久的酒，以及李白多年前即興揮毫留下的詩稿……天空不會經由庭院流入他的房舍，天空在城外的山峰上已經卻步——看天，他只能仰望，他不可能坐在床前暢飲天河之水……

杜甫像一座路碑，在前方等著我們。只要走，遲早會走到杜甫那裡。每個人都一樣。夜晚的鳥，只在無人期待時孤鳴。在庭院裡衰老（李白和杜甫都沒有衰老，始終沒有。李白不會，杜甫不能。）的博爾赫斯，最後這樣唱出他最好的歌：

> 有一行魏爾倫的詩句，我已回憶不起，
> 有一條鄰近的街道，是我雙腳的禁地，
> 有一面鏡子，最後一次望見我，
> 有一扇門，我已經在世界的盡頭把它關閉。

二〇〇六年一月十六日

作者簡介：

康正果，退休教師，曾執教西安交通大學和耶魯大學，現居美國康州。已出版的主要著作有《風騷與艷情》、《重審風月鑒》、《出中國記》、《肉像和紙韻》和《百年中國的譜系敍述》等。

身體教堂

康正果

如今在美國，上教堂的人日漸稀少，去健身房的人在逐年增多。世人不再像從前那樣關注靈魂的問題，而是更樂意花費時間和金錢去強身健美。肥胖成了營養過剩的現代人沉重的原罪，對肥胖的或擔心發胖的人來說，減肥就是最迫切的救贖。即使體型適中，不必擔憂發胖的男女，也都想練出勻稱的身材或發達的肌肉，好顯得更精神更年輕，多一份符合標準形象的榮耀。為滿足此類時尚需求，健身房內設有各種器械，專供健身者鍛鍊身體的不同部位。從胸腹到肩背，從上肢到下肢，通過推拉挺舉的運動，經過鐵塊被膠皮帶牽引的重力作用，對渾身各處的筋腱肌肉做出符合健美原則的重塑。那裡的廳堂高大明亮，冬天供暖，夏天製冷，你任何時候入內，都可一身輕便的運動裝舒坦地活動。在跑步機上跑步時，舉目可見大平面熒屏懸空而掛，閃爍的電視節目要比教堂彩色玻璃窗上的聖像畫更吸引人的眼球。

立體聲的音響四處迴蕩，音量適中，遠比唱詩班動聽的流行歌曲給健身者的屈伸俯仰譜入了律動的節拍。如果你願意多付費，更有教練員給你做一對一的輔導。他們專業，認真，靈巧，會給你示範各種高難度動作，就像牧師教導信徒那樣專心教你練習健美課程的所有套路，為幫你消除身上的贅肉作貼心的布道。就在這座融體育、休閒和交往為一體的巨型建築內，前來健身的會眾找到了他們日常生活中不可或缺的去處。

我從二〇〇八年元旦買了LA Fitness的會員卡，開始去那裡健身，至今已有六個年頭。我家中地下室其實早買有跑步機和槓鈴，若從節省和方便上著想，完全可在家中獨自健身。但家中的器械實在有限，可做的動作也很單調，再加上冷清的地下室缺乏氣氛，長期以來，那幾件東西大多數時日都閒置在一邊。只是轉到健身房內鍛鍊，我才逐漸感受到在特定場地參加健美活動的好處。目睹那麼多健壯的腿在跑步器上跑步，那麼多屈伸的胳膊在器械上推拉，你的胳膊腿自然會受到感召，激發出活力，這種被帶動起來的身體狀況就與在自家的地下室獨自鍛鍊有很大的不同。懶散、遲緩和消沉是我們的身體固有的惰性，在一個人獨自鍛鍊的情況下，它最容易渙散人持續鍛鍊的興致。健身房雖非賽場或舞台，但在此互相展示身體的場合，你既已把自己暴露在眾人面前，你就在一定的程度上被推上賽場或舞台。別人的動作既對你做出可資對照的示範，還會喚起你競賽的衝動，鼓舞你堅持到底的勁頭。每當我在跑步機上跑步或在器械上練臂力和腿勁的時候，環視四周，看見別人都在各自的位置上或快走慢跑，或俯仰屈伸，那種四處在晃動，上下齊奔騰的節奏感便讓我在群體的互動中感受到一種「動力場」效應。我用勁做著不斷變換的動作，同時注目身外的場景，即使運動到喘氣流汗的程度，我也不會隨便中斷，而總是堅持按程式做完那一整套動作。

把那些沉重的鐵塊拉來推去，畢竟不是多麼舒服的事情。剛開始鍛鍊的時候，每一次出行前，我多少都會有點猶豫。但我必須克服所有的猶豫，我知道，只要連續幾次賴在家裡不出勤，我很可能就不會再走進健身房的大門。只是堅持了一段時間，操作熟練後漸生樂趣，每天抽出兩小時到那裡走上一趟，便成為我日常生活中不可或缺的內容。我做學生的時候並不喜歡參加體育活動，後來雖被迫幹過差不多十五年重體力勞動，也沒能把我這個鬆鬆垮垮的瘦高個兒改造得多麼體格粗壯。直到五年前進健身房開始健身，我身上都談不上有什麼肌肉。然而就憑這幾年持續的鍛鍊，我一個老年人的身上居然練出了年輕時都沒有過的肌肉。每當鍛鍊結束去淋浴的時候，我摸著明顯粗壯了一些的臂膀，看著大腿上微微楞起的塊頭，一種令人滿足的強壯感隨之湧上心頭。

這就是健身運動與體力勞動的不同，兩種活動雖都需出力用勁，但後者是為他的和付出的，身體在活動中是被工具化的；前者卻是自為的和有回饋的，身體的運動就是目的本身。在古代社會，只有極少數無需靠種田或做工謀生的人才有條件和有必要健身，體力勞動者勞累一天下了工，筋疲力盡，腰酸腿痛，誰還有精力搞什麼健美。在吃不飽飯的人比吃飽了沒事幹的人要多好多倍的年代，白白胖胖被視為發福或富態，因而也不存在肥胖病和減肥熱這樣的社會問題。只是在近幾十年來，很多國家建成福利社會，普通人不但豐衣足食，而且有了更多的閒暇時間。營養和精力都出現過剩，健身房行業於是應運而生，去那裡健身遂成為很多人視之為有益身心健康的生活方式。

特別是對辦公室白領和退休者來說，這種生活方式也許更為必要和重要。白領工作者電腦前坐上一天，雙目昏花，頸椎酸困，來健身房活動放鬆關節，紓解壓力，這鍛鍊的過程就不只是為減肥或健美，更有其自我治療和調節情緒的作用。而退休者終日枯坐家中，難免煩悶無聊，每天到健身房轉上一圈，既可活動身體，又增加了與他人交往的機會。我現在的情況正好集這兩類人於一身。去年夏天，我從學校退休回家，每天黎明即起，午飯前的時間集中閱讀或寫作。但一到午後，便覺雙目發睏，頭腦昏沉，想要繼續工作，已感精力不濟。此時只有去健身房換個環境，休息一下眼睛和腦子。

我每一次鍛鍊到身上發熱，甚感舒暢的程度，便換上泳裝，跳入游泳池游上半個鐘頭。我既不追求速度，也不太講究姿勢，只為在水中放鬆身體，自己給自己施洗。所以我總是游得緩慢而自在，輕鬆地擺動四肢，享受身體滑過水面時那種輕柔的感觸。池水不冷不溫，剛下水時會有點滲膚的涼意，游上一陣，適應了水中的溫度，我便如魚得水，隨意變化著動作，頗有化身為魚之樂。就在這閉目潛泳的時刻，很多寫作中的模糊問題變清晰了，沉積在頭腦內的思考硬塊開始溶化，一連串通暢的文思氣泡般冒了出來。

游完泳，有時我還會到泳池邊的spa內泡上幾分鐘，冷水出浴後又入翻滾的熱流來個沖激，身上一陣痛快的酥癢，酥癢得人幾乎要喊出聲來。接下來再去桑拿室乾蒸出汗，最後以淋浴結束一天的課程。平日受天氣變化或不順心之事的影響，我常會有心情低沉，頭腦遲鈍的時刻，但只要去一回健身房這座身體教堂，鍛鍊後走在回家的路上，心裡的鬱悶便消除殆盡，精神和情緒也隨同那冷水激熱水泡的身子一起爽快清新了許多。

作者簡介：

蘇煒，現執教耶魯大學，曾任該校東亞系中文部負責人。畢業於國內中山大學。一九八二年赴美留學，獲洛杉磯加州大學文學碩士。後在哈佛大學費正清東亞研究中心擔任研究助理。一九八六年回國，任職社會科學院文學研究所。一九八九年後客居美國，出版長篇小說《渡口，又一個早晨》、《米調》曾被評入「二〇〇四年中國最佳小說排行榜」，散文集《站在耶魯講台上》等。

大個子叔叔——下鄉第一章

蘇煒

「這是你自己縫補的蚊帳嗎？」「嗯。」「你裁剪這些舊衣服做什麼用？」「下鄉。」「下鄉？你今年多大了？」「十五。」「噢……」

我答著話，卻沒有抬頭看問話的人，一仍埋頭在家中那架舊縫紉機的匝匝勞作之中。那是一九六八年的深秋，文化大革命已從高潮熱鬧走向肅殺恐怖。那時候，父親與哥哥已經被關進廣州警司監獄。家中廳堂裡正處在一片抄家後的狼藉之中。各種翻亂的書籍紙張、破衣雜物，攤滿了一地。我帶著妹妹，護著祖母，日夜應付著一撥又一撥由各種「工宣隊」、「軍宣隊」帶來的抄家隊伍。

我平生第一次學會了用腳踢人——因為上門抄家的一位瘦臉漢子竟敢用自行車鏈條抽掃我的祖母，我衝過去就狠狠踹了他一腳。我也平生第一次學會了抽別人巴掌——那一回，他們從「牛棚」押著我母親回來抄家，母親臨走前讓我給她找一塊肥皂，待我在慌亂中把肥皂找出來，押送母親的吉普車已經啟動了。圍在家門前看熱鬧的一群鄰居孩子就對著我大聲喧譁起鬨，我又氣又惱，揪住為首一個野小子，狠狠抽了他兩巴掌！然後把那塊肥皂，「啪」的砸到那部遠去的吉普車後窗上。對的，我還寫出了平生第一首抒發個人情感的「反詩」——「把你的頭，低得低低……」，那是在我陪著我的被剪掉了半邊頭髮的十七歲姊姊遊街批鬥以後，偷偷在心頭默誦、然後零星記到了本子上的詩句。

——是的，我是那個年代的「憤青」，不，「憤少」吧，十五歲的「男子漢」，卻要擔負起應對一個被「闔家鏟」（粵語：全家倒血霉）的大家庭的全部「日常事務」——探監、探「牛棚」，無休止的抄家，寫檢舉揭發材料，到父母單位追索生活費……終於，自覺扛不住了。——我想走得遠遠的，離開這個可怕的家！當時規定的下鄉年齡是十六歲——那是文革「老三屆」中最小的「老初一」的年齡。我因為上學早，擠上了「老三屆」的尾班車，便向學校軍宣隊一再懇求而終於獲准，以不足齡又身背家庭黑鍋之身，擠進了浩浩蕩蕩奔赴海南島的下鄉行列中。

出發在即，我翻找出姊姊哥哥們穿剩的舊衣服，日夜縫補、洗染、剪裁，也顧不上剛才那個問話人似乎略帶同情關照的語氣，在縫紉機的匝匝聲中，只用眼睛的餘光掃見——那是一個穿軍裝的大個子。他的身影，很快就化入了警司再度派來搜集父兄「罪證」的抄家人群裡。

我是一九六八年十一月二十六日（這個日子我記得很清晰），在廣州太古倉碼頭登上「紅衛輪」和當時將近十萬之眾的廣州中學生一起，奔赴海南島農墾（後改為兵團）第一線的。出發前一天，一個鄰居孩子——就是那天在家門前起鬨的其中一小子，上門告訴我：馬上到孫大姐家一趟，居委會有事要找你！

孫大姐？我心裡冷然一震：不就是那位時時佩著紅袖章在街區裡吆吆喝喝的居委會主任嗎？文革以來，我們家就始終處在對門那位被鄰居叫做「老鬼」的街道積極分子的日夜監視之中。這種時候，孫大姐要找我，能有什麼好事呢？

「死豬不怕開水燙」。我沒敢驚動此時已陷在一片臨行悽愴中的祖母和妹妹，懷著忐忑卻略帶麻木的心情，踏進了孫大姐的家門。

孫大姐是一位操北方話的軍屬。雖然嗓門大，喜歡咋呼，但為人厚道，在街道裡人緣是不錯的。她的家不大，用一個大櫃櫥隔出了小飯廳和後睡房。孫大姐一臉嚴肅的把我領到後面的睡房。掀開門簾，我不禁打了個寒戰：一個儀容端整、穿著四個口袋幹部裝的軍人坐在床前小桌邊，見我進來，點頭示意我坐下。看出我的緊張，他讓孫大姐給我倒一杯水，在孫大姐出去的當兒，他輕聲問：你不認得我？我搖搖頭。見孫大姐端進水來，他正色道：「軍區專案組需要補充一點材料，我要單獨和他談一談。」

待孫大姐走出門去，他才換了一個和悅的臉色，說：「你不記得了？那天，你在縫紉機前補蚊帳，裁剪舊衣服……」

我這才驀地想起，他就是那次警司的二次抄家搜查中，在客廳裡有點心不在焉地向我問話的那個大個子軍人。我抬頭打量他一眼：當時他大概三十七、八歲，國字型的寬臉，高鼻大眼，雙眉濃黑，北方人的隆厚五官中，透著憨實，也透著威嚴。「你家庭現在的情況，我是瞭解的；我也知道，你明天就要下鄉到海南島去……」他的語氣忽然變得溫婉起來，「那天，看見你——這樣一個小男孩，家裡出了這麼大的事，還這麼安靜地踏著縫紉機，裁補這麼一大堆的舊蚊帳、舊衣服……我就想……找你談談……」

我驚訝地望著他，臉上卻極力顯得平靜、冷淡——那是我經歷過諸般抄家、盤詢之後，開始打造出來的一種「少年世故」：我等著他「先禮後兵」……

「我看得出來，你是一個聽毛主席話的好孩子，你要相信黨相信群眾。黨的政策是：出身不由己，道路可選擇……」他依舊嚴肅地向我說著當時的流行話語，我卻聽出了他話裡流露的善意和暖意，「你明天就要出發到海南島去了，你一定是第一次出遠門——你叫蘇X，對不對？」他的話音變得凌亂而急促起來，「我當然知道你是蘇X的兒子，蘇X的弟弟……」他喃喃說著這兩個當時在軍區小報上、在東山滿大街打著紅叉的大字標語上反覆出現過的名字，「可是我想告訴你，你千萬不能背家庭包袱，一定要走出自己的路。你年紀還這麼小，人生的路還這麼長，你自己要堅強、努力，不要把前途看得太灰暗……」他站起身來，「你明白我的意思嗎？」

我直直望著他，默默點點頭。「我不能多坐了。你也要趕著收拾行李。我沒有別的事情，因為不方便上你家去，所以讓孫大姐請人把你叫過來……我們就握個手，再見吧！」

我慌措地站起來，我的十五歲的瘦嫩小手，被他的溫暖大手緊緊一握，很快就鬆開了。

我記得我連一句道謝的話都沒有說，就被孫大姐送了出來。我依舊一臉茫然地向前走著，走向自己人生的第一步，走向那個鑼鼓喧天而汽笛聲、號哭聲和口號聲同樣震天的早晨。

我在「紅衛輪」駛向公海的蒼茫夜色裡，想起了這位大個子叔叔留給我的話——「人生的路還這麼長，你自己要堅強、努力，不要把前途看得太灰暗……」他是專門為著給我說這幾句話，從軍區跑過來「私會」我的。在他的國字型的面影浮現在無邊黑暗之上的那一刻，我心中升起了明亮的燈火——那是照亮我人生暗夜中的第一盞燈火。我記得很清楚：我回到透風的船艙裡，在日記本上寫下了這句話——「不要絕望。」我隨後把自己抄錄的一句「名人名言」寫在下面：「為什麼大海的濤聲永遠浩蕩澎湃？因為它懂得自強不息。」

整整四十年過去了。在多少天涯跋涉、海國顛連的日子裡，我會時時念想起這位大個子叔叔——在我人生起步的那個非常年代的非常時刻，似乎刻意又不經意地攙扶了我一把、熨暖了我一把的大個子叔叔。——大個子叔叔，你在哪裡？這些年來，我時時念想著你，常常向我的親友、妻女提起你，也曾試圖向從前的「軍區專案組」打聽、尋找過你。可是歲月蒼蒼，人海茫茫，你的身影早已消失其中而無從找起了。可是，你在我年少心中點起的那盞燈火——愛的燈火、人性的燈火、自強的燈火——至今尚未熄滅，甚至轉化為我的「童子功」。這就是我——這個當日的「絕望少年」，至今還時時被友人們訕笑「好像從來沒見你絕望過」的一個前因和潛因。

二〇〇八年十月四日，於耶魯澄齋

作者簡介：

簡宛，美北卡羅來納州立大學教育碩士，創辦北卡洛麗中文學校（一九七七～）與北卡書友會（一九九〇～），曾擔任第六屆海外女作家協會會長，國立中央大學駐校作家，著有散文及小説三十多本，主編兒童文學叢書近二百冊，曾得中山文藝散文獎，兒童文學獎，海外華文著述獎，五四海外文藝獎。西元二〇〇〇年被選入美國專業人員名人榜。

布拉格的春天

簡宛

一直嚮往布拉格的古風，尤其聽多了有關布拉格的古蹟文化，聽多了去過的朋友由衷的讚賞，早已心動。雖然春天的布拉格還有寒意，但是，趁著去德國之便，在短暫的行程中，擠出三天，不論如何要往布拉格一趟，瞻仰心儀已久的古城風采。

晚上十點在科隆上車，我們買的是臥鋪，想再回味當年坐火車遊歐洲的樂趣。歐洲的火車乾淨舒適，科隆火車站十多年前歐遊時已印象深刻，經過整修後，如今更是應有盡有，不僅有小吃店，還有餐廳，有百貨公司及花店。夜晚躺在小小的床鋪上，節奏規律的車聲，是很好的催眠曲。像小時候坐火車郊遊般興奮，還帶了好多平時節制禁忌的零食當宵夜。度假的心情，不再操心是否健康食物。

火車從德國東行，包廂中有乾淨的褥具，床頭還有小燈可供夜讀，規律節奏的火車聲，看不到兩頁書，就已沉沉進入夢鄉。接進捷克邊界時，被敲門聲吵醒，原來要檢查護照，拉開窗簾，天已濛濛亮，景觀和德國有了差距。整齊的建築物被農田取代了，村莊小路，屋舍溪流，一副鄉野的安詳。西歐的文明彷彿已被拋在後面，晨曦照在剛翻出的黑色土壤上，是春耕前的農家景觀。

火車進入捷克的第一件事，想不到是人人都得下車，在一塊布上洗腳，因為口蹄疫正在歐洲猖獗，尤其是英德等西歐國家殺聲騰騰，多少牛豬受到殺身之禍。尚未列入災區的捷克，對於外來的旅客，自然要小心謹慎，雖然那一塊小小的地上抹布，到底能有多少防範作用，我也很懷疑。但捷克的自豪，其來有自，有著古國尊嚴。

打開歷史，捷克是有古老歷史的國家，早在西元第九世紀，在捷克的土地上就有一個大摩拉維雅帝國出現，歐洲強大的哈布斯王朝，也曾以布拉格為政治中心，他們一向自稱是歐洲核心，即使是在一九六八，捷克與斯洛伐克的民主運動，曾遭到蘇俄的大軍鎮壓，二十年間，忍氣吞聲，它們也仍不失其古老的典雅風範。

我們的目的地只選定布拉格，由於時間有限，與其到處走馬看花，不如將三天的時間細細欣賞這嚮往已久的古城。火車抵達布拉格時，我們迫不及待的提著行李下車，卻沒想到，一個小小的布拉格卻有兩個火車站，這是要特別提醒坐火車遊捷克的朋友，為此我們差點誤了回程的火車，因為我們早下車沒錯，但回程卻是在另一個火車站，只注意布拉格的名字，沒有注意不同的站名，但是誰又想得到方圓內會有兩個火車站？

旅館位於舊城，計程車幾分鐘的車程，車夫獅子大開口，幸好有預先得到的警告，於是作識途老馬狀告訴司機：「我們知道旅館很近，只要你所說的半價就可到」。司機不好意思的摸摸頭，同意減半成行。

為什麼旅遊勝地，總有愛把觀光客當成敲詐對象的「欺生」行為？

旅館位於舊城廣場邊上，有一個特別名字，是取自卡夫卡作品—變形蟲。卡夫卡是捷克的寶，他在一八九三～一九一〇年間曾在此受教育，就在廣場的東邊，有卡夫卡父親所開的雜貨店，如今已成了書店，後來更發現，捷克利用他賺了不少錢，有卡夫卡故居書店，卡夫卡博物館等。

布拉格，畢竟是古城，迎面而來的教堂尖峰高塔，廣場上遊客如織，雖不到旺季，已有從各地躍來的旅人，特別是年輕人，愛此城的風雅自由，更愛此城的價廉物美。

行裝甫定，我們就迫不及待往外覓食，走入一家位居旅館對面的小店，典雅可愛，全家吃了第一頓布拉格風味的午餐，不到美金十元。布拉格物價低廉人工便宜，最重要的是未經速食文化污染，即使是小店，也是精緻的餐具，用心的擺設，小小的燭台，幾朵鮮花盆景，沒有人造與仿造的塑膠材料，後來經導遊介紹，還去一家純供當地人晚餐的餐廳，全套晚餐每人只收不到十元美金，難怪很多自助旅行的年輕人，一到布拉格就不想走了。

從地理位置而言，捷克確是位居歐陸中心，捷克與斯伐克可以分成三部分，即西部的波西米雅，中部的摩拉維雅與東部的斯洛伐克，中部摩拉維雅與西部的波西米雅因同處於一塊平原，往來方便，但是與東部的斯洛伐克因有層層疊疊的高山阻隔，而自成一家，也許地理因素，造成捷克與斯洛伐克走向分家的命運。

在歷史上，這一對兄弟分分合合，都是外來的統治者用武力強制結合，但是外力消除後兄弟又各自分家。一直到一九八八年，蘇聯的領袖戈巴契夫在造訪布拉格時，暗示他的開放政策，斯洛伐克與捷克，終於在一九九二年經公民投票各自獨立。

捷克因接近德國又被統治過，生活習俗比較接近西歐，就以喝啤酒的習慣而言，捷克和德人如出一轍，而捷克的啤酒更是聞名於世，連我這不愛喝啤酒的人，都覺得別有滋味。原來捷克南部有一處名為Ceake Budejovice所產的啤酒，尤其可口，傳到美國，也就是美國人人皆知的百威Budweiser啤酒。

為了對當地的文物認識，習慣上我們每至一地，總先參加當地的城市導遊，通常導遊都是能說善道，歷史掌故與社會現象甚至風俗文化都能如數家珍，坐在遊覽車上，當我準備洗耳恭聽時，卻只聽到他如錄音帶般，背誦著一些數字，語調低溫，毫無情感。我們一車有二十多人，每有人提問題，他總說：「不急，我還沒說到那裡，等一下會告訴你」。但是一個下午，僅他一個人念念叨叨地說著（或背著）一些資料，到後來，一下車，大家就各走各的，自己用眼看景，用心感覺，不再接受他的疲勞轟炸。這真使我更加懷念在北歐，在波羅的海三國，在各地遊覽時從導遊學到的當地常識。

布拉格的城市不大，這也正是它的優點，許多景點都在步行可達之處，我們的旅館也正在廣場旁邊，舊城醒目的鐘樓，總圍滿了抬頭仰望的遊客。這個建於一三八八年的老建築，鐘樓外有兩個金碧輝煌的大圓形鐘，是很好的路標。這個大鐘看盡歷史演變，我忍不住在想——到底是時間掌控了生命？還是生命主導時間？是人在追逐時間，還是時間催人老？

布拉格舊城的美，也在於它那古色古香的建築，帶著文藝復興與哥德式的教堂尖頂高塔，處處可見，即使哪兒也不去，就站在查兒士橋上，靜靜地欣賞這個城市的古典雅致，也就收穫匪淺，更何況它還有內容，尤其是音樂會，價格低廉但水準不俗，大家都知道布拉格對莫札特的喜愛，與維也納人對莫札特的冷漠偏激正好成了對比。布拉格處處有音樂的痕跡，從古典到現代，它顯示著不僅是觀光城，還是有水準的音樂藝術之都。我們第一個晚上就買到了音樂會的票，有福欣賞到由布拉格人詮釋的音樂內涵。

除了古典音樂，布拉格的廣場上也有不少現代音樂會，免費供遊人欣賞。由於大家都安步當車，沒有噪音與污染的侵擾，只有人聲與市集的穿插。大家坐在露天的咖啡座，欣賞著音樂與古城閒暇的景致，當時正好是當地復活節趕集的日子，廣場上有了很多平時不易見到的傳統手工藝品出售，木器與水晶最引人注目，也是布拉格聞名於世的藝術品，日光下，耀眼的水晶光彩，是遊客鍾愛的目標。

捷克作家米蘭昆德說過：「布拉格是弱者的城市」，那是在《生命中難以承受之輕》中女主角受不了花心的托馬士而回到布拉格，沉入她自己的軟弱中，但托馬士也放心不下，跟著回到布拉格。也許是這樣的印象太深，布拉格在我眼中，彷彿總呈現著柔情軟弱。事實上，經過數個世紀的不幸，布拉格綻放著的是它柔中帶強的生命力，這個保持著古城風味的城市，像一顆久被蒙塵的珍珠，歲月未曾削減其深埋的彩華，只是布拉格不擅以耀眼的光環向世人顯耀，它的美是那種沉穩典雅，歷久彌新，像一位有個性的淑女，溫柔但不脆弱，這也正是我深愛它的原因。

作者簡介：

張鳳，師大學士，密西根州大碩士。著《哈佛心影錄》、《域外著名華文女作家散文自選集—哈佛采微》、《哈佛緣》、《哈佛哈佛》、《一頭栽進哈佛》，主持哈佛中國文化工作坊上百會議，任職哈佛大學燕京圖書館二十五年。北美華文作家協會秘書長，入選《世界華人學者散文大系》。

《未央歌》歌未央

張鳳

一九九七年感恩節前一週，哈佛燕京圖書館第二任吳文津館長問我，下週一妳不休假吧？鹿橋想要跟妳見見……真沒料到蟄居聖鹿邑（編者註）的他，會由天外飛來，還指明要看我。惴惴然欣躍，初見優雅，呈上我的《哈佛心影錄》相贈；跟我走天涯的《未央歌》精裝本，請題字，他喜樂洋溢地以深藍紋墨水筆，寫在綠皮書內：「束髮受教為君子孺朋而不黨更不吞聲哭的野老鹿橋一九九七題為張鳳女士」。翌年他為我的散文集《哈佛哈佛》以墨寶題字，特依哈佛疊聲重層意象，以花式飛白體書之，並用章，最高印有董作賓為他所刻的陰文「鹿」字章，加筆名及原名章，赤墨套色，以求吉祥。

他和我的緣聚實由《滾滾遼河》的紀剛醫生贈手稿給館中珍藏中介。他明瞭後說「我還不知道有妳這樣的人物……我們可說是相見恨晚」，尤其是他要我做聯絡，籌劃他手稿哈佛燕京珍藏之事，並預請他哈佛演講。

返密蘇里後，他層出不窮的寫作，回台，搬家，眼睛開刀，售屋清理，直到定居哈佛醫學院附近傍女而居，不得已病後成空。曾急切來電來信說：我不是能跟多人來往的人，只能挑著，這次能與妳開心談幾回，再想認識紹光，演講還緩緩，我老了（仍未言病）！到處演講是別人想像的我，我做不了，但是我希望你明白我確實不愛多出門、見生人、和開會。不高興怎麼也做不來。我定要把這話說明，才能專注做別的。

我們時相往還，他寄過一九四五年在耶魯新海紋，湖地街28號白瑞弟家，剛完成「未央歌」後七章時的複製相片，眼神灼灼，英姿凜凜。那時他以每星期五美元，租一間臥房，房東一家三口，先生愛爾蘭人，太太是法裔，又一小男孩，年輕的他與他們很處得來，天天開夜車，他們也不嫌費電，竟然容忍他這不良習慣，後變本加厲，開通夜也給方便鼓勵。直到後來，他生活失調，體重銳減。他們才擔心起來，買個磅秤，要他每天稱一下體重，在天氣晴好時，指導他去遊附近風景。著急他一人在外，不知珍攝。他一九九四年還往訪舊居，房子仍在，但是那一帶老宅拆了不少。除未央歌前十章在一九四四年重慶山洞寫就的那幾個月「閒暇」，本名吳訥孫的吳先生，一生都很勤奮超凡。

耶魯得博士後，他考取最難的聯合國即席傳譯，即口譯。應考三百餘人，僅鹿橋等五人上榜，捧了金飯碗，待遇比教授還高。他名震東西，是聖路易華盛頓大學麻林可德優異校座講座教授，曾任藝術考古系系主任，任教過舊金山州大和耶魯，得過新海紋文學獎和日本書法獎，當代之寶獎等；榮任耶魯摩斯學者，古根漢和傅爾布萊特學者，也是京都和清華研究學者……。一九五九年先在香港（一九六七後在台）出版《未央歌》在學院中代代相傳近六十版，常被選為最有影響力的書。一九七四年出給九歲到九十九歲的孩子看的《人子》也二十多版，一九七五年出版少作《懺情書》又十幾版，一九九八年《市廛居》剛出一週就再刷，英文著作《中印建築》有日譯等。一九六三年出《不朽之境》被譯為義大利和德文，風靡文學界和學術界。一九八四年榮休後更忙，一九八七年美國公視台PBS「當代活的瑰寶」曾播出三位藝術家，僅有他一位華裔，談他鑽研的藝術書法，其餘為鋼琴和舞蹈皆外人，一九九八年被美中西區華人學術聯誼會頒傑出華人先鋒獎。

他寄贈著作與卅餘年的報刊評論，也給我看各類文獻相片：延陵乙園靜聽鳴泉；「伍寶笙」北京農大的祝宗嶺教授（和手書）；「蘭燕梅」；當然還有「宴取中」摯友李達海部長等。他感情充沛，但朋而不黨，深居簡出常問我耶魯舊友近況，如余英時、張光直、夏志清、鄭愁予、陳幼石、梅祖麟諸位；年輕的孫康宜、鄭培凱等他較易張冠李戴，數次要我印寄王德威對「他不寫政治的風快」等評，極為重視。

他心性好生愛物，近文藝，歸自然。舉凡建築、音樂、園藝、旅行、影戲等，無不涉足，還會開飛機，拿到執照就帶吳太太薛慕蓮上天飛翔。他來信常署鹿橋或橋，極愛太太兒女溢於言表，太太卅年來患類風濕性關節炎，在著書立說時間緊迫中，親自照顧，兩老相依相伴須臾不離。有時我打電話，他會誤聽為女兒，由太太糾正，兩老也疼我們小輩如兒女。

他與唐德剛教授等人辦的白馬社，令我們嚮往非常。唐先生說過「他是位天才和雅士」

也可說是個怪傑吧，常談世事緊促，警告人自省，生活不當糜費，依然逸趣橫生。他在耶魯時，結了婚而沒有新房。他和他那聽話的新娘，決定自己動手，在他單身低價買的山地，來蓋他一座小房子。兩人餐風宿露搬磚瓦，蓋了六年，終於蓋成了。「還引清流，運巨石，建樂台，桌椅布置極有規模，極盛時期有七百餘人的『曲水流觴』詩畫文會，就在延陵乙園」。

千禧年他透露搬來，年底他又匆匆因眼病趕回開刀。這黃斑性眼睛老化症，他另一隻眼也患過早就不行，只剩下這左眼睛。昭婷研究清楚病情，預定好醫生及時搶救保全眼睛。搬第二次家的計劃暫停。冬季休養恢復得不錯。擔心他重聽我常大聲與他電話談文論藝，如《聊齋怪談》等中日文學名著。

去春四月他獨個回密州，積極在聖鹿邑賣房遷居，我也為著應邀去北大、社科院、復旦、南京、華師等演講忙，初夏回哈佛，就逢廖炳惠、陳子善兩位教授熟友來短暫訪問哈佛，請演講後，答應領他們去拜望大隱於市的兩老。為配合陳子善去會相知的洛城詩人張錯，還改約一次，終於在七月二十三日下午兩點我們叩門，他開了門後，又擔心紹光停車未至，堅持跟我站在門外等著，家門口有棵楓樹早早的紅了上沿，紹光寒暄後即為我與他攝下一幀合影：最後的合影，再入寓中與吳太太茶話：談到陸國民為譜的散民舞曲；黃舒駿給他創作的未央歌；在我的慫恿下，他微帶靦腆為我們歌唱了一段主題「凱旋曲」，還瀟灑地單手比畫高低節拍，合影錄影談笑到辭出，他說到這次大搬家，幾十紙箱堆積車庫，他瘦了好多磅，臨行關照勿再告訴別人，免得訪客。

實則病魔已暗伏，他默然檢查。忙到九一一攻擊事件後我打電話去，吳太太不怎麼說，只道好。

耶誕前掛念去電，剛辦好張光直先生紀念會，也為他與張家舊誼深厚，想跟他要一篇文字，放進紀念文集，不料他已病勢沉沉！吳太太說：從夏秋起已病了好久，正做化療和放射性療法，他一九九六年患大腸癌治癒。沒想到五年後，就在七月，復發又擴散到肺肝，可惜他的書寫不完了，我說：「別記掛那個……。」

惦念請紹光代送一籃果點健康食物去先問候，近午鐘點去電，他睡醒在樓下，接到電話，怕他聽不清，我努力喊話，報上張鳳，他很高興我能跟他談談，說掉了五十磅，都不認得了，女兒女婿犧牲一切來照顧我，問起病情，他超脫地說：不要害怕！我都活了八十二這麼大歲數，我不擔心了。那些醫生，每天換種療法，才四五十歲像我的兒女一樣，說我怎麼嚴重，我覺得不錯嘛，也沒什麼疼，我看得很開。就有些事沒精神做了……反被他連連安慰，我只能倉皇地：「是啊，看得開好！多休養！要吃維他命！春天您養好，我再來幫您。」「我也鬧不清，每天慕蓮給我什麼就吃，有一大把！」溫言婉語應對著，又怕驚擾他靜養，匆忙結束了我與他的最後談話。

農曆年賀歲，吳太太說：他不再化療，因幾個器官都有癌細胞，一時不容易見效，聽從朋友吃蔬菜湯，有人台灣寄來，體力較好，兒子輪流回來，幫他們做好多事，尤其是女兒天天來，都累病了。在那前後他每天五分之三都昏睡，有時會說胡話，有時講從前的事。掛心探望未果，又忙亂了一陣，曾請帶信去給他的老友們。

到三月十九這天彷彿心中有靈，一直忐忑著，晚上九點去電居然無人應，只有答錄機，去電昭婷處也沒人，就敏感不對。第二晚再電，不到十分鐘，吳太太回電說，忙吳先生病重住院了十天，昨晨七點四十二分，她與兒女繞床送老，平靜無憾已經過了。我訝然半晌答不上話！

一切都來不及！春天都還差一天才到，他都等不到。

他過世當天大雪冰雨！波士頓一連串暖冬後，居然漫天白茫如淚灑落。

他撒手西歸，又不著一塵，乘風而去，如驚翔白鷺不著半點泥水。吳太太傷心：「這兩天我迷糊地想了好多！」那是當然！她怎能不想往事前塵呢？記得他倆對我提過的故事：在耶魯讀書時，他戀愛多而灑脫，大家都說他們不可能，直到衛斯理學植物的薛慕蓮女士決定離職，告別表哥李抱忱一家取道芝加哥回國，他才靈犀猛醒去電，她接後：「我丟了啥？」「我啊！」他說，才把這天定的良緣追回。一樁樁事剔透，我垂淚沉痛追思，真捨不得這在過眼寒涼中修來的溫暖福氣！

他是太樂觀，常笑說在中西文化的漩渦裡，還有人垂著長長的頭髮，帶著蒼白的臉色。哀怨的眼光中有說不出的憂情。每問他終身深思的千古文化的大問題，他邊傾心作答又邊邀攬我們接續努力，如此多少青年一生受用不盡。

鹿橋教授歌影方歇，而《未央歌》歌未央！

（寫於哈佛）原刊聯合文學二〇〇二／五，收入《一頭栽進哈佛》

【編者註】

《未央歌》作者吳納孫教授，筆名「鹿橋」，在美國擇居密蘇里州聖路易市多年，他將該城譯作聖「鹿邑」，顯然強調是鹿橋所居住的都邑。

作者簡介：

龔則韞，生長於台灣。祖籍福建省晉江市。柏克萊加州大學環境科學與毒理學博士。旅居馬里蘭州，現任職美國國防醫科大學終身制教授。擁有多個獎項及科研發明專利，發表一百五十多篇英文科學著作，業餘喜歡讀書，寫作，音樂，戲劇，旅行，烹飪。出版《荷花夢》等六本中文書籍。

橡樹的童話

龔則韞

我家的後院，近屋處是一片綠油油的草坪，接著是一條潺潺小溪，然後是一大片原始橡樹林，裡面有黑橡、紅橡、綠橡、白橡，高達二十多米，春天與夏天時蓊蓊鬱鬱，站在樹下，舉頭不見藍殷殷的天，十分陰涼。因此，林中住了數代同堂的松鼠之外，有成群的鹿，獨來獨往的紅狐狸，唧唧喳喳的雀鳥，還有野兔及偶爾覓食的鄰家狗兒。因為有小溪，因此還有不知名的客人來拜訪橡樹。橡樹結的果實是松鼠的上等食品。整個樹林充滿妙手回春絕處逢生如沐春風的生機，十分熱鬧，這全是橡樹結林成蔭開花結果的成績。天上盤旋的鷹都羨慕著。

到了秋天，樹葉先變紅再轉黃後變棕，落在地上，落葉滿地，秋色鋪天蓋地，濃得如彩色盤裡的混彩，如癡似夢如火如荼，如實似虛如醉如迷，如金似銀如錦如繡，如花似詩如景如晶的童話。

冬天時，落盡鉛華的橡樹頂著裸枝向天參拜祈禱，樹林裡一眼望盡，全是亮晃晃的陽光，有一天，大眼睛發現側院與鄰居相接處有一棵高二十英尺的橡樹的裸幹上，有一隻紅冠黑面的啄木鳥趴在幹上啄個不停，因為樹高根淺，大風過處，極易倒下，有可能擊到鄰居的住屋。故大眼睛請專業工人來砍樹，整棵砍倒在地上不清除，也要付費九百美元，令大眼睛肉痛不已，幾個月飛逝而過，橫臥側院地上的樹幹漸成礙眼的眼中釘，但若請專家來鋸段搬走，得另付六百美元，大眼睛覺得價非所值，不肯做這個冤大頭。我靈機一動想到老德威，去電致意並請援手。

先細說老德威，他是我的同事，從我第一天正式上班就認識了他。這位生命科學家的業餘愛好是攀爬冰山與岩壁。他在五年前從崗位上退休，我以為他會專攻高山峻嶺，意外的是他去維州雪蘭兜山區做棧道維修義工。他很大方，立刻答應一顯身手。幾天之後，他來了，帶了一車的工具，我看著他戴上保護鏡，披上護身圍巾，轉眼間，我所熟悉的科學家搖身一變，成為有模有樣的伐木工人，拿起電鋸，呼呼地嘎嘎響，將長長的樹幹截成許多小段，然後搬至角落整齊疊成一落。那日天寒地凍，張口呼出即成白氣，德威是一號手，大眼睛是二號手，我是閒號人物，陪在一旁，凍成一團。

事畢之後，我們邀請老德威進屋喝咖啡，暖一暖身體，我可以看見他的身體漸漸鬆緩展開，手腳顯得更長，平常略顯的駝背也伸直了。他開口說話，淡定優雅。他說：「橡樹有個性脾氣，形成一定的氣場，待之要溫和誠懇，才不會使自然和屋主產生對立之感，如此屋主才能繼續和天地諧和美好，住得舒服。」

這分哲理日夜不斷在我心裡迴盪……心中感觸頗多，美好的生活奠立在天地人一家親的基礎上，在這個橡樹倒了的小事上也凝聚了這份莊嚴。

其實，很多人不知道橡樹是美國的國樹！它常被用來做酒瓶口橡木塞及地板與壁櫥的原料。它是「長壽、強壯、驕傲」的象徵。它的偉岸身軀及冠狀葉披博得「森林之王」的美稱，它的花語是「永恆」，所以永遠被歌頌。俄國大詩人普希金有一首詩《再見吧，忠實的橡樹林》記載了他的「甜蜜的夢想」，也傳達了對橡樹林的「親切的情意」。歌德在《歡迎和告別》的詩中就有「高山掛殘夜，橡樹立雲衣」的詩句。海涅稱呼歌德是文學浪漫主義的百年老橡樹，歌德的《少年維特的煩惱》流傳至今，我都讀了好多遍。

記得有人說屠格涅夫是俄國文學的大橡樹，他的名著《父與子》說了兩代人的精神分歧，而世界上最老的活橡樹是一萬五千年，它的精神標幟卻是萬年如一日。我有幸坐擁一英畝的橡樹林，猶如一座童話王國，帶給我綿遠流長的真理，是永恆、長壽、強壯、驕傲。我很滿足！

（二〇一二年十月二十九日寫於馬里蘭州珀多瑪克）

作者簡介：

顧月華，上海出生，一九六三年上海戲劇學院舞台美術系畢業，曾長期擔任舞台美術設計，並擅長油畫與攝影。一九八二年，赴美國紐約定居。在中國、美國、香港、台灣、新加坡等地，均發表過小說、散文、詩歌及評論，出版《半張信箋》散文集，和《天邊的星》小說集。並在鄭州、紐約、上海等地舉辦過個人畫展及群展。

昨夜聽風聽雨

顧月華

浴後，服藥上床，床頭上一摞書，只剩最厚一本《我們的新世界》，由葛林斯潘著，我喜讀傳記文學，但這本書翻了幾次都放下，昨夜決定開始讀這本書。

世人都知道葛老主宰世界經濟，或可說他一言九鼎舉足輕重，他在一九五四年與人共創陶森葛林斯潘經濟顧問公司，從此便為美國總統服務，福特、雷根、老布希、柯林頓、小布希，誰都得聽他。而他其實是茱麗亞音樂學院畢業生，單簧管職業演奏家。哦，如果他是藝術家出身的經濟學家，我腦中迅速閃過一個念頭，也許這本書更有可讀性。

夜，沉靜下來，每當在此晝與夜交替的時分，牆上的鐘便鬧了起來，一分一秒，不停地滴答滴答，世界上似乎一切都靜止了，唯有這強勁的秒針，告訴我，它在陪同我共度這神秘而甜蜜的夜讀時光。

檯燈的光，射在書本上，我開始翻讀。

窗外，淅淅瀝瀝的雨聲漸漸響了，我正看著葛老上了美國空軍KC—10的加油機，從瑞士蘇黎世朝美國飛去。這本書引言的第一段：二〇〇一年九月十二日下午，我從瑞士開完一場國際銀行家的例行會議，搭乘瑞士航空一二八班次飛機飛回華盛頓。我在機艙裡走動時，海外行程安全特遣隊的警衛長巴伯·艾格紐在走道上把我攔住。巴伯是名退役的特務人員，友善但話不多。當時，他看起來很嚴肅「主席先生，」他悄悄地說道：「機長要當面向您報告，有兩架飛機撞進了世貿中心。」我當時的表情看起來一定很滑稽，因為他又補上一句：「我不是在開玩笑。」

飛機當場飛回蘇黎世，美國上空淨空了，停飛了。葛林斯潘在白宮幫助下，上了在北大西洋上空中加油的空中加油機飛回美國，也是美國空中唯一的一架飛機。一進美國便遇上飛來護航的幾架美國F6戰鬥機，機長甚至獲准去飛過曼哈頓那堆已成廢墟的雙子樓。反覆讀這幾段，知道非同尋常，眼前出現一個老人被幾架飛機護送回美國的壯觀場面，我的心激動起來了。

雨聲漸漸砰砰嘭嘭地壯闊起來，風吹動樹枝在窗上晃蕩出它們不安的身影，很久沒有遇到這樣的狂風驟雨了，我不禁抬起頭來仔細的聽風中的雨聲。

葛林斯潘那天下午在警車護送下，直奔聯準會，但那裡將要發生的事也許關係著全世界，我現在的心中卻深深陷落在那一天，我剛讀了開頭，心潮亦如漲潮的水洶湧澎湃起來，我掩上書本，放回床頭，熄了燈，靜靜地聽雨。

靜夜中的雨聲是如此奇妙的音樂，單純而又壯闊，聲聲不息，眼前出現十年前一個秋天，這一天同以往每一天一樣平靜，我買了一份黑咖啡和加了乳酪的硬麵包圈，走進辦公室，與同事一起嘻嘻哈哈開始了工作，很快，恐怖分子劫持的第一架客機撞擊在紐約世貿中心大樓。世貿中心第一棟大樓消失了，不一會，第二幢大樓也在眾目睽睽下消失了，在驚魂未定時，老闆便到辦公室催大家快走，我乘電梯下到街上，迎面便看到不斷從世貿中心方向走來的倖存者，蓬頭垢面驚魂未定，這一天便是九月十一日。當天許多人都去紅十字會要求獻血，我後來也打電話去登記，只問了我年紀、血型，是陰性還是陽性，便沒有再回電話，估計獻血的人已太多了。這一天全世界都注視著紐約，面色凝重的紐約人在驚魂之夜，無不感到莫名的惶恐失落與不安，紐約，紐約，你會從此崩潰嗎？

二〇〇一年的紐約因連續兩季負值，九一一事件對紐約經濟雪上加霜，經濟衰退確實幾近崩潰，加上失業飆升，幸得政府立即給予四百億美金援助，加上紐約市民的公共道德及忍耐精神此時全面發揚，大家空前團結與紐約共度難關，而正好世界的經濟形勢好轉，使紐約也在幾年之後煥發繁榮復蘇，在政治、金融、經濟、文化、藝術幾個方面依然穩踞世界中心，雖然這一次災難安然度過了，但為復仇雪恨實力消耗過度的帝國，也不得不備嘗它的窘迫衰弱。

在葛老獨自飛回美國之前，我知道那天有四、五〇〇架飛機在美國上空，當其中的兩架飛機已撞進世界貿易中心大樓後，美國聯邦航空管理局發出了破天荒淨空天空的命令，下令每一架飛機立刻就近降落。這歷史時刻是上午九點三十八分。讓四、五〇〇架飛機安全降落，是可載入史冊的艱巨任務，但這樣艱難的任務，四小時內淨空成功了。

能夠下達這樣奇特的命令是因為這個國家在乎人民的生命，人民的生命價值高於一切。也許正是這時候，美國人要自省，他們用選票推出的政府，為了什麼利益，無視他國人民的生命，之前之後，在別國推行什麼樣的政策，讓他們的子民世代陷於戰亂，無以為生，而不惜以自我犧牲來作抵抗！民主制度的代價是需要每個擁護者共同承擔的，我想不是我一個人有此感慨吧。

葛老在美國經濟界長袖善舞幾十年，但是在金融崩潰面前大膽承認了自己過分調控經濟政策的危險後果。不失為一個睿智的長者，什麼時候，世界上的政治領袖，不要以強凌弱，不要苛政瀆責，不要謊言連篇，不要虛偽狡詐，也能坦誠面對他們的百姓子民呢？

去年二〇一〇年，紐約世貿中心零地帶舉行紀念會，在低沉的大提琴樂曲伴奏下，二、七五二名在九年前恐怖襲擊中的遇難者姓名被親屬代表和世貿遺址的建築工人逐一念出，遇難者親屬也依次將悼念的玫瑰花放在世貿遺址附近的圓形水池裡。紐約市也從朱利安尼換了新市長布隆伯格，他在紀念活動開始時發表講話：「沒有什麼悲劇能讓這個城市傷口如此之深，沒有什麼地方能像這裡充滿同情、愛和團結。正是因為這些情感的力量，以及一天天堆積起來的混凝土、玻璃和鋼筋，我們在過去的腳印上重新出發，為未來鋪平道路。」

十年後的今天，美國終於消滅了賓拉登，美國總統歐巴馬在五月五日親自前往九一一遺址，向遇難者敬獻了花圈，並鞠躬、默哀，這次歐巴馬訪問世貿遺址也算是為長達十年的抓捕賓拉登的行動劃上了一個句號。對九一一這個事件，美國政府對那些無辜的逝者似乎有了交代，罹難家屬早就得到了賠償，他們一共捐出二十四億美金作慈善事業。而從九一一以後，美國人民受了血的洗禮，沒有為了報復而喪心病狂，默默地舔乾自己傷口的血。但是每個有良知的美國人心裡，又何嘗不是糾結著復仇中的疑慮、勝利後的慚愢，面對弱者內疚不忍的矛盾心理抱愧世界呢？物極必反，事物總在相互轉換中，什麼時候人們可以結束政治與宗教的紛爭，還世界一個和平環境？——九一一事件它留給人類應該深思的一個課題。

風聲雨聲在黑暗中陪伴著我，因為這本《我們的新世界》，它使我回顧了這十年前的一個秋日，這一天被美國總統布希稱為二十一世紀的第一場戰爭，在那個日子過後，全世界震蕩了許多年，一些國家政變了，數百萬生命消失了，這一天也許是世界風雲變化的起端，這一天也許是因果報應的總極，這一天終於被人們漸漸淡忘了……但紐約是我住過最長的一個城市，這一天是我心中永遠的痛，我是在九一一事件之後真正認識與愛上這個城市的……。

我靜靜地聆聽著窗外，雨，在風中奔騰咆哮；風，在雨中呼號嗚咽；我，在風雨聲中無眠……。

作者簡介：

周匀之，原籍湖北，台灣成長，紐約市立大學皇后學院政治學碩士。曾任台灣中央通訊社編譯，駐非洲賴比瑞亞（Liberia）記者，中華民國協建賴比瑞亞糖廠英文秘書，紐約世界日報編譯主任、世界周刊主編，香港亞洲新聞社總編輯，香港珠海大學新聞系講師，北美華文作家協會秘書長，紐約華文作協會長，著作：《水族館內幕》（譯作）、《美國透視》、《記者生涯雜憶》、《江湖奇人桂鐘徹—韓國人、中國心、美國情》。

美國歷史上的一日總統

周匀之

二〇一二年喧騰一時的美國總統選舉，終於在十一月六日午夜落幕，歐巴馬當選連任，他是美國歷史上的第四十四位總統。

美國總統的趣事很多，但是有人只當過一天總統的事，卻很少人知道，因為在正史上無此記載。

美國社會經常有「一日校長」、「一日議員」、「一日警察局長」等等，這些「校長」或「議員」、「局長」通常都是由學生擔任，是社會教育或議員公關的一部分。但有時也會有議員去擔任「一日校長」的，例如紐約市議員，現任的市主計長劉醇逸（John Liu）就擔任過類似的「職務」。

當然，這些「校長」、「議員」或「局長」「在職」時，真正的校長或議員仍在執行職務。

但是美國歷史上，卻有真正只擔任過一日總統的，那是一八四九年三月四日的密蘇里州聯邦參議員阿奇生（David Rice Atchison）。

美國總統就職的日期是一月二十日，除非有特殊的原因才會改期，例如二〇一三年一月二十日適逢星期天，歐巴馬連任的就職典禮就改在二十一日舉行。可是一八四九年的背景，是美國總統就職的日期為憲法規定的三月四日正午，但波克（James Polk）總統的任期屆滿的那天適逢禮拜天，繼任的泰勒總統（Zachery Taylor）拒絕在安息日就職。總統當選人不宣誓就職，副總統當選人費爾默（Millard Fillmore）當然也不便不能就職，於是就出現了「國不可一日無君」的現象。

根據當時的美國憲法，參議院臨時議長（president pro-tempore）是在總統不能視事時，僅次於副總統順位的繼任人。既然副總統也一時出缺，於是阿奇生順理成章地成了總統。雖然只有一天，但也是歷史的一章。

不過阿奇生的一日總統也有爭議，因為他的參議員任期到三月三日就屆滿了，而且他也沒有在當選連任後於禮拜天宣誓就職，因此有人認為這是不具法律效果的。

不僅如此，還有人認為，依照美國當時的憲法，在總統或副總統死亡或任何理由之下出缺時，國會有權任命任何人擔任總統或副總統，而阿奇生當時的情況應該只是代理總統

（Acting President），不應是正式的總統。

然而無論如何，阿奇生堅持自己是正式的總統。在他的一日總統任期內，沒有交接儀式，沒有就職典禮，當然也就沒有大法官主持的宣誓儀式和發表就職演說，也無任何命令和文件需要他簽署，沒有機會任免任何文武官員，甚至沒有總統辦公室和總統幕僚，當然也是沒有絲毫政績可言的。其實當時也無國內外的大事需要和讓他處理，他的一日總統就在大部分時間他在家裡睡覺，和全國「一片昇平」聲中「圓滿」到期。

這和近時的情形完全不同，一九八一年初雷根總統遇刺手術時，副總統布希不在華府，國務卿海格逕自宣布由他接掌（**I am in charge**），引起了憲法之爭。直到布希坐飛機趕回華府，才解決這一「憲法危機」。

雖然很少人知道他當過一日總統，甚至對他的總統稱謂都還有爭議，美國官方文件中也無此記錄，但他本人一生中最得意的，就是他的「一日總統」。

阿奇生自幼聰穎過人，十四歲就進了大學，一八四三年十月他三十六歲時，經密蘇里州長指派為聯邦參議員，替補去世的林恩（Lewis F. Linn），由於表現特出，深得民主黨同僚的好感，兩年後（一八四五年十二月）在正式的選舉中當選，並被選為參議院臨時議長，權傾一時。在擔任「一日總統」時，他只有四十一歲半，比美國最年輕的總統老羅斯福，以副總統身分繼任總統時還小幾個月（甘迺迪是最年輕的總統當選人）。

阿奇生一八八六年一月二十六日去世，墓碑上刻著的是：President of the United States for One Day, Sunday Mar. 4, 1849。

美國總統卸任後都有政府認可的總統圖書館，阿奇生卻無此幸運。即使有，也無任何文件和資料可供收藏用作研究。但是在密蘇里州的堪薩斯市，有人於二〇〇六年二月設立了一座紀念他的私人總統圖書館，名稱是Atchison County Historical Museum in Atchison, Kansas。這應該是美國「最小的總統圖書館」。

其實美國總統的就職日期和地點都改變過，第一任總統華盛頓是一七八九年四月三十日在紐約曼哈頓，現在華爾街證券交易所對面的聯邦廳（Federal Hall）舉行。華盛頓第二任和亞當斯就職時，就改到美國當時的首都費城國會舉行了。

聯邦廳現在由國家公園局管理，門前有華盛頓的巨像，又在牽動世界股票市場的證券交易所對面，遊人如織。

早期把總統就職日期定在選舉四個月之後，是因為當年既無電腦計票，又無電訊傳送消息，而且總統當選人組閣和閣員也需要時間到華盛頓集中。

到了一九三七年美國憲法第二十修正案，才把總統就職日期定為一月二十日正午。雖然憲法先後規定總統就職的日期是三月四日和一月二十日，但也非絕對沒有例外。事實上在「一日總統」之前，門羅總統（James Monroe）是在一八二一年三月五日宣誓；海斯總統（Rutherford Hayes）先在一八七七年三月三日私下宣誓，然後在三月五日舉行公開儀式；威爾遜總統一九一七年三月五日，艾森豪、雷根都是在一月二十一日舉行公開的就職典禮，不過這些都未造成美國政令的真空。

由副總統繼任總統，宣誓的日期和地點則因時空而不同，而且往往沒有任何儀式。例如老羅斯福是一九〇一年九月十四日在紐約州水牛城宣誓，柯立芝一九二三年八月三日在佛蒙特州普列茅斯他父親的家裡宣誓。詹森是在甘迺迪遇刺後，於一九六三年十一月二十二日從德州回到華府的飛機上宣誓。

歷經多次的修改憲法，美國總統的繼任次序已有明文的規定，參議院臨時議長在總統繼任次序上已無作用，「一日總統」的現象已不可能再現。

落花游魚

周密

作者簡介：

周密，政大歷史系學士，以獎學金入美國海上大學雲遊世界，到訪十餘個國家，將見聞寫成《海上大學一百天》，另出版《莊子的世界》及《小龍遊藝術世界》等。美印第安納大學中國藝術史和現代藝術史碩士，現任聖路易藝術博物館研究員，兼北美世界日報記者，近年來鍾情於記錄影片的製作及太極拳。

一張泛黃的資料卡，老式打字機才有的鉛字體英文，清楚地寫著「一九一九年醇親王出售此畫給畢克西比」。醇親王不是溥儀的父親嗎？我心中暗驚。畫上鑒賞印很多，最鮮明的一個是乾隆御覽之寶，就蓋在「落華游魚」題識的左上方。

這幅手卷不知何時出宮，一路飄洋過海，最終進入聖路易藝術博物館，於一九二六年正式登錄在典藏檔案中。

說起該館早期的亞洲藝術品，主要植基於二十世紀上半葉聖路易三大收藏家所贈之珍藏。畢克西比先生（William K. Bixby）乃其中第一位，他是一位實業家、慈善家，同時對藝術有無比的熱情。四十八歲的畢克西比於一九〇五年退休，全心致力於古物的研究與收藏。

一九一九年五月二十一日，畢克西比夫婦展開東亞採購之旅，從舊金山乘船，航行到日本、韓國、中國等地，他不只是為自己買古物，他還幫新博物館建立館藏。畢克西比那時擔任聖路易市博物館（City Art Museum of St. Louis）董事會主席，該館於一九七二年改名，成為現今的聖路易藝術博物館（Saint Louis Art Museum），也是我目前從事研究工作之所。畢克西比出生成長於美國中西部，一個勇於西進拓荒的新天地，他似乎具有那時期特有的雄闊氣度，不畏舟車勞頓，一出遠門就長達半年多。

我一心想了解畢克西比如何和醇親王載灃搭上線。記得聽同事說起，畢克西比有寫日記的習慣，原件藏在館內舊檔案室裡，不過一看，手寫字跡很難辨識。後來我搜尋一下，發現他曾自行出版過多種日記。一九一九年的東亞旅遊日記，他於一九二一年付梓刊行。最令人雀躍的是，在本館圖書館裡收錄了這本書。畢克西比的遊記序言說，他的日記純粹是給家人和好朋友看，總共只印六十本，真是難得的第一手資料。

迫不及待地瀏覽畢克西比日記，尤其是他自韓國坐火車接近北京的那一刻起，老北京就在他平實的筆調裡呈現出一番風情，讓人大開眼界。畢克西比於八月六日抵達北京，馬上造訪山中商會，透過日本古董商山中定次郎，兩三天內已購買不少文物，山中也介紹他和其他中國古董商見面。

畢克西比一一記載他和誰見面，購買哪些好東西，拜訪過的名勝古跡。終於在八月十六日的日記上，「Prince Chun醇親王」的名字映入眼簾。

畢克西比在北京已經待兩個星期。可是，我最想看有關「落花游魚圖卷」的記載卻毫無跡象。隨著他的遊蹤，終於在八月二十二日看到他參觀北京古觀象台之後，一行人去山中古物公司。他說：「我想要買一本蝴蝶冊頁和宋朝的繪畫，後者來自醇親王府，……山中先生將幫忙出價，如果成功，他拿一件，我拿另一件。當然我們對直接來自王爺的收藏很有興趣。」這就對了，畢克西比應該是自醇親王手中買進這幅畫。

以醇親王過去地位的尊貴，畢克西比對他需要典當家產也感到不解。有一天，畢克西比經過紫禁城及煤山，得知宣統、醇親王及隨從都住在那裡，他們本該拿到民國政府給的補助金，聽說多達美金二百萬至四百萬元。不過，他也聽說政府太窮付不出錢，這些王爺們只好拿出他們的收藏來賣，「就像醇親王和我之間的交易，我想傳聞可能是真的。」畢克西比訪問北京大學時，得知該校有一千名學生，每人每年交一百五十元學雜住宿費用。這樣算來，溥儀所需著實可觀！

畢克西比於九月四日離開北京前往漢口，他大概沒有想到，所購文物中，最為人稱道的，即是「落花游魚圖卷」。

聖路易藝術博物館的亞洲藝術收藏種類繁多，如果要從中選出三大寶物，亞洲藝術處處長胡廣俊毫不遲疑地說，「落花游魚圖卷」、「汝窯瓷盤」及「木造彩繪觀音菩薩坐像」。這三件皆為北宋時期的藝術精品，兩件固定陳列在外，而「落花游魚圖卷」因屬絹紙類，只偶爾展出，以減少光照損害。在文藝同好的翹首引領下，此卷軸從空調儲藏間拿出，距上次展示將近十一年之久。最難得的是，整幅畫從頭到尾完全開展出來，魚兒千姿百態盡收眼底，誠然是一個百年難逢的欣賞機會。

記得小時候唱過〈魚兒水中游〉，歌詞是這樣的：「魚兒魚兒水中游，游來游去樂悠悠，倦了臥水草，餓了覓小蟲。樂悠悠，樂悠悠，水晶世界任自由。」看到魚兒游水很自然會生起愉悅的感覺，小朋友如此，大人何嘗不是呢？戰國時代，莊子和惠子觀魚的對話，「儵魚出游從容，是魚之樂也。」成為千古名言。

莊子的道家自然無為對上惠子的名家辯給邏輯，誰輸誰贏似乎沒有那麼重要，然而由兩人的思維看來，莊子似乎較能享受人生，富於美學即興的樂趣。莊子的這份閒情逸致，畫家必然感同身受而注入於魚藻，其活潑自然的靈氣充分顯現在眼前這幅饒富趣味的「落花游魚圖卷」之中。

粉紅桃花瓣飄飄然落至水面，引來的是一群身形纖細的白條魚，忽左忽右追逐其間，魚兒不會惜花，然而觀畫者或許會悲嘆韶光易逝，好花不常在。白條魚、小蝦的後方，淺淡的水藻輕柔波動，看不見水，卻令人深深感受到水底的波瀾。畫面從右向左展開，忽地又有白條魚兒游向右邊的落花，也有鯉魚及不知名的魚兒游向左邊。大小各異的魚兒自濃密水藻中出沒無常，一對對炯炯有神的魚眼似乎也在觀看水晶宮裡的大觀世界。

幾條重量級的鯉魚悠游在左方卷尾，似乎為整個卷軸帶來一種難以言喻的氣勢，相較於卷首的小魚，這些鯉魚愈顯威風凜凜，尤其左邊的一條，和其他魚保持相當的距離，頗似君王，無怪乎乾隆在其上提詞。

「落花游魚圖卷」上沒有畫家的署名，不過由魚藻畫風及超群技巧看來，一般公認是北宋文人劉寀所繪。魚、蝦和藻皆用沒骨畫法墨染而成，唯妙唯肖。此畫歷經宋、元、明宮廷及個人收藏，然後登錄在清乾隆朝所編的石渠寶笈初編上，加鈐「石渠寶笈」的印記。乾隆想必偏愛這幅落花游魚，前後蓋了他的六個鑑賞印璽，如三希堂精鑑璽、乾隆鑑賞、宜子孫等。

收藏鑑賞印章為文物的流傳提供一些線索。「落花游魚圖」在清大內至少待了乾隆、嘉慶、道光三朝。然後在道光時，應是賞賜給其子恭親王奕訢，因為我們看到他的收藏印如正誼書屋、樂道主人。最後又從恭親王府傳到醇親王府。因政權交替，醇親王載灃捉襟見肘的窘態，從家傳之寶漸漸流失可知一二。

所幸圖卷在異邦備受重視，博物館細加維護，不僅美好畫面依然留存，卷首外裱緙絲也分立出來，化作一件藝術品。精美的緙絲有形似山羊的動物以及白鳥，飛躍在綠葉和花朵交織的地面上，成為罕見的北宋緙絲珍品。世間白雲蒼狗不斷，而「落花游魚」千年來多次出入宮廷與民間，它若有情，更當慨嘆滄海桑田！

作者簡介：

李淑蘭，筆名李笠，一九八七年旅居美國。獲有海外優良教師獎、華僑總會散文著述獎、芝華文學獎、台灣文學獎、耕莘文學獎。出版短篇小說《回溯的魚》、《後三十女人》，散文《老人之歌》、《天心微光》等。曾任北美華文作家協會聖路易分會創會會長及美中西區華人學術連繫人文藝術組召集人。

世界向我走來

李笠

世界的形成是土地？是水？是風？還是熱烘烘的氣體？人呢？人的組成必也是形成世界的主要因素吧！有人，才有美的欣賞，才有熱鬧的行走與動靜交互而成的萬象。世界的形成，是無形體的抽象感知，還是可入眼簾的實質外貌有機體？無形與有形兩相對立，抑或相互扶持？

宇宙間發出的光亮的星體，億年後傳至地球上空；穹蒼星斗外，生命是以何種型態存在？諸如這些似問題又不像問題的疑惑，從小的時候就一直困擾我。隨著歲月輾轉，答案像電光活石，不時突然湧冒眼前。累積大大小小的頓悟，到最後發現，所有的疑惑的答案，其實都在身邊活靈活現的存在著。

四月初的時候，將比芝麻粒還小的九層塔種子，一一排列放在培土裡，蓋上一層腐植土，我的心開始飛想：這些種子會長大嗎？用什麼力量破土而出？養分夠嗎？它們知道什麼時候該發芽，什麼時候該長莖梗嗎？

每天早上和黃昏，定時的澆水，心裡著實納悶著：只靠陽光、土壤和水，就夠嗎？

隨著一日日過去，土壤表面絲毫沒有跡象。一連串的問號，非但不曾稍歇，反而是越來越多。很多事不能急，包括種菜，我這麼跟自己說，就等吧。

選擇種義大利甜味九層塔，只因喜歡它濃烈不嗆的味道，拌沙拉、做義大利麵青醬，都少不了它。一份食慾的牽引，讓我走上嘗做園丁的路。當太陽初昇，我將盆栽移到曬得到陽光的地方，太陽自東往西走，九層塔也照著方位走。好多個夜晚，我蹲在盆栽前，默默地想著土壤下可有何變化。

兩星期後的早上，兩片半圓的葉片冒出來了。小小的兩片葉，像面對面相望的胖小子，笑呵呵地在晨曦中微微搖擺著身子。我也像個傻子一般愣愣地笑著。呵！真不容易！要和這個充滿陽光的日子見一面，可真不容易！我情不自禁給這兩片小葉子大力拍拍手。

九層塔油亮的葉片一日日長大，從兩片葉中心，再長出兩片葉。莖梗往上長高，葉片長大長茂。五月中旬時，我已能摘下葉片做料理。廚房日日有九層塔，而摘過葉片的九層塔，出乎意料的長得更茂更高大。

六月初，九層塔的葉子幾乎掩蓋了盆栽。向左走，向右走，葉滿雙瞳。我走在綠油油的小小叢林中，心中止不住地讚嘆。當初培植十粒種子，一粒不少，完完整整長出十株幼苗。

兩個月後的現在，亭亭玉立於蔚藍天空下。陽光、土壤、水，大自然供應九層塔種子基本的生長原料，它們居然就能長得如此繁美，真是太不可思議了！

突然，一個影像抓住我的目光，似乎有個東西在一株九層塔下。我走近，蹲下，與牠相對。哈呀！居然有一隻小土蛙躲在九層塔濃蔭下乘涼！牠也真會找地方！

這小東西也不怕我，當我興奮得跑去室內拿照相機，對著牠喀嚓喀擦猛照時，牠既不跑，也不跳，不動如山，保持一定的姿態，完全無視我的存在。

雖有綠蔭遮日，也難堪受熾熱的陽光吧！我開啟水龍頭，往盆栽裡澆水，希望能減緩天氣的熱度。水才澆下，小土蛙卻跳出來了。嚇著牠了？「別怕別怕！我馬上走，你快快回來喔！」收起水管，我快步跑回室內，還回牠的空間。希望牠明天還在，能讓我再多照幾張相。

一天，兩天，三天，很奇妙，這隻小土蛙連續七天都守在同一株九層塔下。牠到底在做什麼？

一個下午，我走到盆栽旁。不照相，不澆水。眼睛盯著牠仔細瞧。

小土蛙很冷靜，一動也不動。我也有耐性，一定要探個究竟。

終於，在牠輕輕移動身子，側面對著我時，我看到了牠白色飽滿的腹部。身為人母的經驗告訴我，這是一隻母土蛙，一隻懷孕的母土蛙！牠可能產期近了，準備要生產了。

這一發現讓我更是小心翼翼，不要驚動牠，一定要讓牠安心生產。

那日後，我不再蹲下來盯著牠瞧，不再拿著相機大肆拍照，不再翻開九層塔茂密的葉林；在臨近盆栽的土壤上，放了幾個盛水的小圓盤，為免水太清澈，特意加了些塵土和乾葉，刻意營造出天然的環境，以假代真，以備天氣太熱，土蛙可以噗通跳下水，解暑解渴，或者，也可以在水中產卵……

忍著好奇心不去查探，給土蛙一段寧靜的日子。如此，又好幾日過後，當眼簾突然闖進五、六隻小拇指指甲大小的小小土蛙時，我猛然想到，生了！土蛙媽媽生了！生了！一定是生了！

翻開垂照在那盆九層塔旁的枝葉，土蛙媽媽自是不在那了。去哪了呢？我心中猜想，或許是帶著孩子搬家了吧！又過了好些日，看見臨牆土上跑出了一隻土蛙，看了模樣，不免臆想，或許這一隻土蛙是消了大肚子的土蛙媽媽？

聖路易一連兩星期沒下雨，接著我又出城一星期，回家後院子裡的植物沒澆水，幾乎乾竭。沒有水資源的大土蛙和小土蛙，全部都不見了。這一回，果真是搬家了！

那之後，不曾再看過土蛙媽媽。雖然不清楚牠究竟什麼時候生，什麼時候離開，我只知道，牠能安全生產，就是我心上非常快樂的事。

一粒小小的種子，風吹雨淋日曬，阻擋不了它往上成長的步伐。一粒小小的種子，成長後，滿足我初植時的食慾懷想。一粒小小的種子，成長後，曾經是土蛙媽媽安胎暫居的地方；而土蛙媽媽，生育了牠的後代……

四月裡的一粒種子，如果能帶來如此許多有關於成長與生命的驚嘆，那麼，兩粒種子，能帶來什麼？三粒呢？更多粒呢？

如果沒有陽光、土壤與水，這一小粒種子能長大長高長壯，美麗自己，也美麗別的生命嗎？

人與人之間，動物與動物之間，植物與植物之間如此；人、動物與植物之間，是不是有存在著許許多多我們預期不到的相依相存美麗的互動？

天體運行，帶來白日與夜晚，帶來地球所有生物存在的原料。

我住在美國密蘇里州，地球的北半球，北美洲中西部，一個中等城市裡的一戶中等房子。少有細想過住屋之外，靜動之際，另有生命循循生養。九層塔和土蛙媽媽，告訴我，生命具有不同的存在方式與面貌，而帶來生命原料的原動力，是日日夜夜旋轉，保存生命原動力的地球。

九層塔的種子、待產的土蛙媽媽，與在九層塔和土蛙之間瞠目結舌的我。有誰能說，這地球與我無關？有誰能說，風吹草動雲行月隱與我無關？

四十年前小女孩的我，若是知道，歲月流轉後在地球另一端，找到了困惑她的答案，一定高興得叫憾動天！地球竟是帶著世界向我走來！

作者簡介：

沈寧，陶希聖外孫，沈鈞儒堂侄。祖籍浙江嘉興，南京出生，上海長大，北京讀書，陝北插隊，西北大學七七級畢業，一九八三年留美，後定居。歷任美國學校教師和校長，美國之音新聞主播，美國聯邦空軍軍官學院教官，法庭翻譯，公司經理等，業餘寫作，經常在各地華文報刊發表隨筆散文小說等作品，出版書籍十餘種。

寒風中的別離

沈寧

一九六九年二月，我跟幾萬中學生一起，離開北京，到陝北插隊，那天陰雲密布，寒風凜冽。

我本來是不應該去陝北的，可是我去了陝北，也許是對我不積極響應接受貧下中農再教育號召的懲罰。毛主席發出城市中學生下鄉插隊的偉大指示之後，我們北京男八中的學生，第一批是去北大荒，我沒有報名。第二批是去內蒙古，我也沒有報名。第三批是去晉北，我還沒有報名。我父親當時被關在外文出版局的牛棚裡，日夜不能回家。我的弟弟在內蒙插隊，已經兩年沒有回北京。我的妹妹還在讀初中，每天早出晚歸。而我的母親病殘在身，需拄拐杖，行動不便。作為長子，我必須留在北京，照顧母親，支撐我們瀕臨破碎的家庭。

學校革命委員會老師終於忍無可忍，找我談話，要求我報名下鄉插隊。我申訴了自己的家庭困難，請求得到學校照顧。可領導們沒有同情我，那個年月，人人唯恐避之不及，誰還會來同情一個國民黨反動派的狗崽子，誰還會願意照顧一個國民黨反動派後代的家庭。不僅不同情，而且警告我：如果我再不報名下鄉插隊，學校就要給外文出版局革命委員會發函，告發我的父親教子無方，縱容兒子抗拒毛主席的偉大號召。

我聽了，二話不說，當場報名，下鄉陝北去插隊。

母親知道了，苦笑著說：「下鄉去也好，離開我們這個家，擺脫我們的陰影，你也許能夠另外闖出一條活路，得到另外一種生活，但願能夠輕鬆一些。」然後她就開始計劃如何為我準備行裝，她說她從小經常逃難，很會收拾行李。

第二天，我到外文出版局，向父親報告，我要離開家了，也跟他告個別。外文局兩個三十歲左右的紅衛兵，臂上帶著紅箍，裝模作樣，讓我坐在一個辦公室裡。從關進牛棚，父親每天上午的工作，是打掃外文局多層大樓西側的全部男女廁所。

過了一陣，父親來了，腳下踢踢踏踏的響，身上濺滿污水。他低著頭走進來，沒有看我一眼，慢慢坐在長桌一端，仍舊低著頭，好像在研究桌子的邊緣。我坐在長桌的另一端，看著他。長桌側邊，兩個滿臉鬍鬚的紅衛兵完全沒有離開的意思。他們要知道我和父親談什麼話，是否會互通反黨情報，或者交換反對毛主席的罪惡言論。

我告訴父親：「我已經在學校報了名，很快就要下鄉到陝北插隊落戶，接受貧下中農再教育。」

父親聽了，沒有抬頭，低聲說：「聽毛主席的話，好好接受改造。」

我說：「你要保重身體。」剛說完這半句，看出桌邊的紅衛兵好像變了臉色，打算開口，我立刻又補充：「你也要老老實實接受改造。」

於是那個紅衛兵安靜下來。

靜默片刻，父親站起身，依舊低著頭，說：「我要回去繼續工作。」

我也站起來，望著父親蒼老彎曲的後背挪到門口，匆匆說了一句：「姆媽在家都還好，你不要擔心。」

父親沒有停步，沒有轉身，只是腳下趔趄一下，走出門去。

我的喉頭發緊，可我不願意在紅衛兵面前表露傷感，便匆匆戴好手套，穩定住情緒，說出早已準備好的一個要求：「我響應毛主席號召，到陝北去插隊，可是家裡沒有錢準備行裝，我想在父親凍結的工資裡借一點。」

紅衛兵聽了，想了想，說：「我們研究研究，應該可以吧。」

我回家的時候，口袋裡帶了七十塊錢。從凍結父親工資開始，到現在銀行裡至少存了七千多塊，我因為是響應毛主席號召，下鄉插隊，才終於領出百分之一。

四十年過去，當年插隊的中學生，已過艾年。前些時，我道聽塗說，有些老知青很激動，好了傷疤忘了疼，經常回顧往事，把下鄉插隊說成是激情燃燒的歲月，說是他們響應黨的號召，自覺自願，青春無悔。還有很多人一次又一次地回東北，回內蒙，回山西，回陝北，回吉林，回雲南，重溫當年的插隊生活，甚至還帶了自己的兒女同行。

也許他們是真情，也許他們是實意，但在我，感受卻完全不同。我從來沒有想過要再回陝北，重溫插隊的日子，雖然那些歲月至今歷歷在目，永遠銘刻在心裡。我始終沒有感覺到過下鄉插隊是什麼激情燃燒的歲月，我堅持青春有悔而且是大悔大恨，永不能釋懷，我絕不肯說當年下鄉是自覺自願，我完完全全地是被學校領導恐嚇要脅，為保護父親的安危才不得不報名插隊陝北。

我不能輕易地饒恕邪惡，我不能假裝寬宏大量的高姿態，我不能把苦痛的經歷當作段子，我不能不為自己青春的被剝奪而感傷。在二十歲的年齡，一個人最輝煌最美麗的生命時段，我被強制驅趕到陝北的山溝，度過那些不與書為伍，沒有音樂作伴，看不到任何前途的日日夜夜。

我的一個高中朋友鍾里滿，告訴過我一個故事。他在晉南插隊的時候，村裡有個下中農，家裡生活並不寬裕，但他不准自己的兒子下鄉幹活，每天只許好好讀書，即使星期天或學校放農假也都關在屋裡寫功課。連北京的高中生都給趕到鄉下來了，何以這鄉下的農民不許自己兒子務農？鍾里滿有一次問他為什麼，那農民笑著說：「這個道理再清楚不過。一個孩子，先讀書學科學，以後還來得及學幹農活。要是顛倒過來，從小幹農活，長大了再讀書，還讀得進去麼？」鍾里滿說：「可現在大家不是都這樣麼？」那農民想了想，回答：「你騙不了我。」

聽了這故事，我心裡滴血。十幾歲的孩子，正是好奇心最強，求知欲最旺盛，記憶力最好，最應該也最適合讀書的時候，連那個鄉間的窮苦農民都講得出的道理，怎麼偉大的國家領袖們，成千上萬的知識精英們，十億勤勞智慧的人民大眾們，卻都忽然那麼不明白了，而且還偏要倒行逆施，關閉學校大門，奪去孩子們手中的鉛筆和作業本，把他們趕到鄉下去種地。那是明顯的別有用心，那是絕對的罪大惡極，那是要被釘在民族歷史的恥辱柱上，永遠也無法洗去的。可是四十年前的中國，歷史就是這樣被歪曲著，社會就是這樣被顛倒著，人民就是這樣被欺騙著。我被強迫插隊，北京和全國成千成萬的中學生被強迫下鄉。連續三代青少年，被改造成弱智，後果已顯，亡羊補牢，為時晚矣。

我以為此一去便永無歸家省親的日子，所以把我的所有，全部變賣，甚至一雙冰鞋和一個球拍，陝北鄉下不會有溜冰場，也不會有羽毛球場。我們用光了從父親工資裡取出的七十元，也用光了我賣東西拿到的所有零錢，由母親安排，買了盡可能多的日用品。可是到臨行前一晚，那只提箱還是沒有裝滿，母親怕路上壓壞箱子，只好在裡面裝個枕頭，填補了空間。

就這樣，我走上了插隊之路。

北京火車站裡，人山人海，廣播震天。孩子們笑，父母們哭，有人敲鑼打鼓，有人送禮送花。爸爸關在牛棚裡，就是送我上山下鄉也不給放一天假。弟弟遠在內蒙，還不知是否收到我寄去的信。只有母親，不顧天寒，堅持穿了大衣，蒙了頭巾，戴了手套，拄了拐，讓妹妹攙扶著，到火車站送我。

我們三人立在月台上，面面相對。雖然周圍擠滿了人，可我們感覺到自己十分孤單，只有二月的寒風環繞著身邊。

我在男八中本來沒有朋友，同班同學又都去了東北、內蒙、山西等地，沒有一個熟人與我同行。我不去那些地方，也是怕跟熟悉的同學在一起，永遠擺脫不了家庭出身的壓迫。去陝北，我心裡悄悄懷著一種僥倖，絕對人生地疏，或許可以憑自己奮鬥，爭奪一點做人的權利。孤身獨行，好像隱約也是一種解脫。

沒有什麼話可說，該說的都說過很多遍，我們只是默默地站著，相互望著眼睛。車站廣播響起，招呼插隊學生們上車。

我對母親說：「我要上車了，你們回去吧。」

妹妹說：「大哥哥，一到了就來信。你常寫信回來，別讓姆媽惦記。」

母親伸出彎曲變形的手，替我拉拉衣領，說：「看著點天氣，知道冷暖，別生病。」

我說：「姆媽，我不是小孩子了，二十歲了。」

母親對我苦笑一下，說：「二十歲又怎樣，還是我的兒子。」

我喉頭一緊，沒有說話，注視母親的臉，清清楚楚看到她額頭兩頰的每一條皺紋，她眼中唇邊深深的愁容。那面龐，那神情，那悽楚，那痛苦，比達文西或米開朗基羅所創造的一切雕刻或繪畫，都更千百倍的真實，千百倍的深刻。

過了一會兒，母親輕輕推推我，說：「別管我們，上車吧，火車不等人。」

我說：「我一上車，你們就走，不要等開車。也許我的座位在對面，看不見你們。」

母親答應：「別擔心，早說好了的。你進了車門，我們就會走。」

我說：「姆媽，我保證不哭，你也不要哭。」

母親說：「從小到大，家人離別太多次了，我不會再哭，放心走吧。」

我轉過身，大步走到車門口，一腳跨進去，再不回頭。走過一節車廂，我站到一扇沒有開的車門邊，隱著身子，默默注視仍在月台上張望列車的母親和妹妹。

她們遠遠離開月台上的人群，孑然獨立一片空地當中，沒有一個人跟她們講話打招呼，沒有一個人看她們一眼，她們那樣的孤獨，那樣的淒涼。

月台上的人群忽然疾速往後退去，汽笛一聲長鳴，每個車門口的列車員吼叫起來，關起車門。

我沒有移動，繼續盯著母親。她們母女兩人，慢慢轉過身。母親右臂拄著拐，妹妹扶著她的左臂，沿著空曠的月台，一瘸一瘸，朝出口走。到鐵欄杆邊的剎那，母親突然站住，回頭來張望了片刻，然後又掉轉回頭，依靠著妹妹，步履蹣跚，走出門去。她的頭巾一角，在寒風中激烈抖動，好像在奮力地掙扎。

望著母親逐漸消失的背影，我再也忍不住心酸，隨著火車一震，鐵輪啟動的剎那，淚水猛烈湧出，像江河決口，奔騰傾瀉，很久止不住。那是我有生以來，第一次離開家，離開母親，或許今生再不能相見了。離別真是淒苦，何況母親這樣的病重。

作者簡介：

任安蓀，東吳大學中文系畢業，密西根卡城社區大學電腦學位。旅居北美三十五年，歷任國中教師、卡格利大學圖書館員、電腦程式員、卡城中文學校教師，著有《北美情長》、《以誠交心》散文集，其中，《以誠交心》榮獲二〇一〇年海外華文著述獎散文類首獎。

金燦秋季

任安蓀

深紅、橘紅加撒黃綠、深綠，繞著眼尾餘光，老在二樓書桌左側映照，索性起身拉起上下對開的大窗，嘩！一團鮮豔，炫然眼前，這是一棵披掛了美妍秋色的糖楓，挺立在隔街對鄰人行道旁，耀眼的由不得引人嘆賞。

我重新坐回桌前，卻再也難能專心，被窗格框定的楓紅，光燦的秋色，豈止連窗，簡直不甘寂寞地透窗而來，直逼眼簾又躍上書頁，一副試圖邀我外出、莫負秋光的強勢！

這齣秋戲，年年在我書房上演，窗景絢麗，看她千百遍也不厭，只因為，秋，降臨在密西根州的卡城，誠足以「堂皇富麗」來形容。

就在我住家附近的社區街道兩旁，早在八、九年前夏天，由卡城市政府派環保員工，在每家的前院鄰街道旁，都種上一棵六呎楓樹，孤伶清瘦的枝條和稀疏透天的葉片，逐年茂大，隨季豐盈，向居民昭示著季節的嬗遞，也完成市政府綠化卡城、邁向「樹木城市」（tree city）的目標。

姑且不說禿枝覆雪的冬景以及嫩葉綻枝的春光，如果說夏日開車在楓樹交蔭的社區，是清涼得稱心舒服，那麼，秋日夾道華麗的楓葉襯藍天，便是美色娛目的悅心！遮蔭、賞葉過後，每家每戶配合市政府專車的收葉時程表，努力耙掃庭院落葉，也就成為理所當然的代價。

猶記得當學生時，曾經對王國維的「昨夜西風凋碧樹」，難以想像，而今仰望眾樹酡醉富麗、唯獨依舊以青綠披身的某些不知名大樹，只一夜西風冷雨，千真萬確地竟可以讓一身的眾綠葉，凋舞落盡，清晨俯視地面已成堂皇葉子海，的確讓人有不可思議的慨嘆。

秋日的風光，讓視覺、味覺同樣歡愉，就我所居住的卡城來說吧，過了中秋，秋霜凋萎了夏花，順勢彩染葉片之際，及時補添顏色的秋菊，便氣派登場。

北美秋菊的種類和色彩，真不知凡幾，每年在各苗圃市場裡，成排成海的堆放供顧客挑買，由於根莖容易繁殖、隔年逢春又會重生莖葉，中秋後，各家的庭園新栽或舊種的應景秋菊，便堂而皇之、成團成簇地清麗怒放。

還有哪！農家秋收的農產品，沿高速公路新插路標尋去，可買得生鮮蔬果以及特別烘焙的水果、南瓜派餅；又或郊遊果園裡，橘紅南瓜或坐或躺，綿延田野；果樹上，纍纍垂掛著紅的、黃的、綠的蘋果，梨的香、葡萄的甜，加上園主特製的蘋果西打、甜甜圈，香甜四溢的空氣，教人忍不住尖著鼻子，一路循著香味嗅進莊園店內，排隊買點嘗鮮、解解饞，也好暖和暖和幾分秋風透送的寒意。

孩童們喜歡乘坐莊園內的麥稈車，溜玩過麥稈堆後，隨大人到南瓜田挑抱屬於自己中意的南瓜，回家雕刻成萬聖節的「南瓜燈」，而不論現摘、挑買、品嘗或玩樂，所費並不多，但大人愉悅、小孩滿足，能全家一起同享屬於秋日的樂趣，也是另種童年歲月富麗的記憶。

中秋以後、殘秋之前，北美中西部的天地間，盡屬於華麗的暖色系的色彩恣意潑灑，然而秋光易逝，秋顏易老，倘若氣候欠佳，過早下幾場冷雨寒風加霜降，短短三兩星期，足可使彩葉落盡、秋菊萎地，野雁數聲中，秋色跟隨著群雁的南飛而漸老去，同時迎來了孩童喜愛的「萬聖節」，打扮成五顏六色的各方神聖，踩過滿地落葉來要糖，也算是每年一度的「送秋」大典了。

秋，一個華而有實的季節，既抱擁豐盛的秋收，又坦陳華美的秋顏，金燦得富麗，堂皇得氣派，難擋的成熟魅力，終也要隨時序運轉而離去，且多擅自珍攝，隔年便也容易再逢秋！

（原載中華日報二〇〇八年十一月二十五日）

作者簡介：

錢南秀，筆名子詢，南京大學中國古典文學碩士（一九八二），耶魯大學文學博士（一九九四）。現為萊斯大學人文學院中國文學終身教授。主要著作有*Spirit and Self in Medieval China: The Shih-shuo hsin-yü*（世說新語）*and Its Legacy*（二〇〇一）及中英文書籍論文多種。散文〈蟲蟲蟲蟲飛飛〉曾獲《中央日報》第九屆文學獎散文第一名（一九九七）。

非歷史的荻倫湖畔

子詢

在中國遊山玩水，最使人駐足流連之處，我以為，是隨處可見的銘文碑記、匾額楹聯。諸如泰山刻石的莊嚴磅礡，滇池長聯的汪洋恣肆，〈岳陽樓記〉的雄渾沉鬱，〈醉翁亭記〉的瀟灑頹放，乃至曹娥碑，禹二碑*的機趣，蘇州園林匾額的典雅。這些文字，將歷史、景物、情懷凝結一處。正所謂眼前風物，筆底波瀾，相得益彰。每當我讀罷碑文，再回頭面對山川，往往產生新的感觸和體會，久而久之，便養成一種習慣，所到之處，先尋文字遺跡，再據之探幽訪勝，似乎不如此不足以領會其中的妙處。但在美國旅遊，卻少了這份情趣。平心而論，美國山川，不比中國遜色。但我這幾年在美國走來走去，所到之處，總覺得少了點什麼。仔細想來，缺的就是這歷史的積澱、文化的結晶。

發這番感慨的時候，我正坐在默夫（Merv）家的起居室裡。落地玻璃窗外，是荻倫湖（Lake Dillon）的千頃碧波，在夏陽下明滅閃爍。湖上白帆，岸邊青松，叫不出名的野花，嬌黃奼紫，粉白黛藍，沿湖岸蓬蓬勃勃，開向遠方。荻倫湖地處科羅拉多州（Colorado）首府丹佛（Denver）以西九十英里處，海拔九千多英尺。默夫家在湖的北岸，正對著湖南岸的十疊峰，是為洛磯山脈（Rocky Mountains）最高處。山巔積雪，雖是頂著這七月驕陽，依然是一派皎潔。湖東鏈石山蜿蜒綿亙，湖西犛牛山、紅山峰巒參差。蛇溪、藍河、十哩澗，分別從東、北、西三個方向，把藍天白雲、雪山翠嶂，挾帶著山頂寒冽，一齊注入湖心。這幾天，我隨默夫和他的妻依蓮（Elaine），或騎車，或乘馬，或步行，遊遍了荻倫湖方圓數十英里。此地風光，雄偉處有崇山峻嶺、疊嶂蔽日；俊朗處有高峽平湖、碧空澄月；清幽處有深潭淺溪、蒹葭芙蕖；渾樸處有茂林修草、奔馬臥牛。但我看來看去，總覺得少了點殘碑斷碣，發人幽思。啊啊，美國歷史太短，文化太淺！

默夫聽了我這番議論，卻是大不以為然。他說：「我對中國文化，自是十二萬分地敬重。但你一定要配著歷史留下的食譜，來咀嚼眼前景物，才覺得有味。豈不是把自己的思維，嵌入了古人框架？你要你的頭腦眼光何用？再說，歷史是什麼？不就是一連串驚人事件的組合？而其中絕大多數，是人類相殘的實錄。你為何要把凜凜殺氣，帶入如此平和的氣氛中呢？」

默夫若是一般美國人，我便會笑話他是酸葡萄心理：氣不忿我們中國有闊祖宗，便把歷史一股腦兒打倒。然而默夫是個有來歷的。其一，他有猶太血統，祖先可以追溯到數千年前最早的猶太部落之一，歷史文化，淵源有自。其二，默夫自己的經歷，就足以為二十世紀人類歷史作一精彩注腳。一九四一年底四二年初，太平洋戰爭爆發。未滿十八歲的默夫，丟開剛剛開始的大學本科學業，投筆從戎，一直打到日本本土，差點把命送在那裡。戰後榮歸，美國政府保送默夫跳過本科，直接進了醫學院。畢業後，默夫做了外科大夫。大約是二戰時殺生太重的緣故吧——雖然默夫參加的完全是一場正義戰爭——默夫發願醫救眾生。行醫三十多年，每年起碼有兩個月，默夫放下報酬豐厚的工作，參加美國醫療隊，到世界各個貧困角落義務送醫送藥。足跡遍布拉丁美洲、非洲、印度、和南太平洋群島。我看過默夫這段時期的照片，赤足草帽，在新幾內亞草棚裡為當地土著治病。默夫最得意的一段經歷，是他曾追隨人道主義者、諾貝爾和平獎獲得者史懷哲大夫（Dr. Albert Schweitzer），在非洲叢林醫院裡整整辛苦了一年。這樣的默夫，他本身的歷史，就是一片璀璨。其三，默夫不單是醫生，也是學者。六十歲那年，默夫辭去外科主任、邁阿密醫學院教授、邁阿密外科學會會長等等職務，負笈耶魯，完成因二戰中輟的大學本科學業。獲哲學學士後，默夫又考入喬治城大學研究院，專攻醫學倫理學，如今回到邁阿密醫學院任這一新興學科的教授。這樣的默夫，對世界文明史瞭如指掌；說他不懂歷史，沒有文化，未免過於張狂。

我想，默夫之不以我的大歷史主義為然，正因他曾經參與歷史，深知任何重大歷史事件的記載，那筆尖兒都蘸著人間血淚。為此他寧可人間世無跡可求，讓眾生沒入自然之中。其情可感。於是，我便丟開以歷史大題材來詮釋風物的企圖，試就眼前所見來感受這眼前所見。確實如默夫所言，窗外的湖光山色，是一片平和，平和乃至於樸素平淡。即連這荻倫湖的來歷，也絕無轟轟烈烈之處。一百多年前，丹佛以西，是淘金者探險覓寶的地方。其中一位名叫荻倫的半大小子，隻身沒入群山。待他熬過酷冬，好不容易回到同伴身邊時，已近癡呆。但也因為他這段經歷，同伴們得以發現一塊平靜幽美的地區，便在此休養生息，就以「荻倫」來命名他們的小小村落。一九六三年，荻倫鎮所在的高峰縣，在此地修堤築壩，攔住了藍河、十哩澗、和蛇溪引下的高山雪水，為丹佛市提供水源，便形成今日的荻倫湖。十五年前，默夫和依蓮在此地買下一片牧場和一所小小住宅，為夏季的退居之所。那時的湖畔三鎮，僅有一家旅館、數間商店而已。如今的荻倫湖區，旅館、商店、療養所林立，把湖畔變成了療養勝地。熱鬧歸熱鬧，樸茂平和的基調依然如昔。因此地是休養身心之所，非聲名財物角逐之地。荻倫湖畔路不拾遺，夜不閉戶，地方報紙無搶劫謀殺情事可陳。如果說，歷史是一連串驚人事件的組合，荻倫湖畔可謂非歷史或無歷史區。難怪走遍方圓數十英里，看不到一塊碑記銘文。

要說湖畔區絕無碑記可言，也不盡然。某日我們在當地的一家鄉村小館午餐，便看到這麼一塊。青銅銘文道：「一八七八年三月二十九日上午十一時五十七分，此地絕對無事發生。」讀罷銘文，我們相顧大笑。依蓮道：「這分明是在挖苦那些動輒樹碑立記、自我作古的好事者。」默夫笑謂我道：「依你之見，這也是對於歷史貧乏的自嘲。」我答道：「唯其自嘲，才更顯出一種驕傲。對比於塵世的喧擾紛爭，這裡永遠是一片寧靜與平和。」

我願荻倫湖畔永遠保持這片寧靜和平，為滔滔天下、也為辛勞大半生的默夫依蓮夫婦，留下一片淨土。是為記。

子詢，一九九四年七月二十九日於無處所的灰狗巴士途中

*曹娥碑陰有蔡邕題辭，為「黃絹幼婦、外孫齏臼」，意謂「絕妙好辭」。「禹二」意謂「風月無邊」。

作者簡介：

姚嘉為，台大外文系學士，明尼蘇達大學大眾傳播碩士，休士頓大學電腦碩士，任電腦分析師多年。北美華文作家協會副會長，海外華文女作家協會會員，曾任美南華文寫作協會會長。獲梁實秋文學獎散文、譯文與譯詩獎，北美作協散文首獎，中央日報海外徵文散文獎。著有《在寫作中還鄉》、《湖畔秋深了》、《深情不留白》、《放風箏的手》等書。

白雪楓紅之旅

姚嘉為

從一年如夏的東南亞重返北美，重新發現了四季的分明，驚嘆大地的遼闊，盼著春天去華府賞櫻，秋天去新英格蘭賞楓。如此美景，豈容再錯過！

我們於十月下旬去新英格蘭賞楓，首選為新罕布夏州的白山。那裡山峰連綿，楓紅時節，紅橙黃綠鋪天蓋地，氣勢磅礴，壯觀之至。孰料尚未動身，當地一陣風雨將紅葉吹落成一地褐葉。所幸賞楓網站上，麻州仍是一片豔紅，我們決定往南行，在歷史名城康考特（Concord）住宿，賞楓之餘，兼訪文學家故居。

午後抵達新州曼徹斯特機場，天色陰霾，一幅晚來欲雪的景象。租車南下，公路兩旁葉色繽紛，迥異於記憶深處潑墨般的豔紅。到美國的第一個秋天，我在明尼蘇達北邊初見楓紅，一望無際的楓林，豔紅如火焰，行走其間，如同被紅葉裹捲。在湖上泛舟，船槳劃破湖面，擊碎湖中楓影，至今難忘。

天開始飄雪，初時細如牛毛，待抵達海邊時，已然雪花紛飛，如漫天柳絮。大啖新英格蘭龍蝦後，天色已晚，雨雪撲面，我們驅車上路，直奔康考特。

一小時後，我們駛進了國家歷史公園，森林幽暗，松柏枝頭堆積白雪，一幅寒冬景象。不禁想起麻州桂冠詩人佛洛斯特的名詩〈雪晚林邊歇馬〉，在雪天的黃昏，旅人騎著小馬穿過森林，在寒林和冰湖間停下，四下寂然，只有小馬的鈴鐺聲偶而劃破岑寂。「森林又暗又深真可羨，但是我已經有約在先，還要趕多少路才安眠，還要趕多少路才安眠。」

此情此景不正是我們的寫照？所幸不是騎著小馬，不久我們便駛出了幽暗的森林，眼前一亮。燈火輝煌處，矗立著一棟英格蘭風格的白色建築，招牌上寫著 Colonial Inn 1716，正是我們當晚投宿的客棧，它竟然建於一七一六年，比美國獨立還早六十年！我們猶如走進了聖誕卡片中的早期美國。

客棧門前有兩棵大樹，白雪覆頂，樹幹上斜倚著稻草人和大南瓜，萬聖節還沒過，十月雪便先登場了。樹下落葉繽紛，仔細看，是楓葉！樹枝潮溼深黑，鑲了一道道白邊，紅橙黃綠各色楓葉從白雪間露出臉來，一路追逐的楓紅此刻近在眼前，觸手可及。久居南方，何曾見過白雪中的楓紅，連忙拍照存念，深恐明早起來，楓葉已隨風搖落，化為雲泥。

踏雪漫步華爾騰湖

次晨起來，果然看見窗外的楓葉正隨風急落，密如雨點，照這速度下去，楓樹一天之內便將禿頂，我們匆匆驅車前往華爾騰湖畔。

《湖濱散記》中記載的楓紅是九月初一，那天梭羅看到池對岸兩三棵小楓樹的深紅，「那顏色包含了多少故事！每一星期，每棵樹木的本性逐漸呈現，在池中的倒影中讚嘆它自己。」我們卻在十月底姍姍來遲，加上前夜的雨雪，還能指望看到楓紅嗎？

環湖小徑地面乾燥，輕雪尚未融化，我們踏著厚厚的松針漫步湖畔。坡地上鋪著薄雪，松柏愈顯蒼翠，橋欄上一簇簇小雪堆，好似雪花冰。梭羅形容秋天的華爾騰湖像森林中的一面鏡子，如今我佇立橋頭，細看鏡面倒影，有紅楓、黃葉、綠松、藍天、浮萍、白雪，交織成一片，斑斕迷離，如夢似幻，酷似莫內的畫。

小徑上方枝柯交叉，如同拱門，枝細葉疏，紅葉多非楓葉，卻同樣紅豔亮眼。抬頭望樹，各色樹葉在藍天襯映下，金光閃爍，像以藍色為底，紅葉為圖案的美麗絲巾。地面的淺褐松針上，點綴著各色落葉，猶如大自然設計的地毯。樹叢間紅葉隨風搖曳，在瀲灩湖光襯映下，好似一幅秋色織錦圖。

《湖濱散記》中有許多篇幅描寫秋天的動物，如黃蜂、鱸魚、鴨子，以及入冬後，冰封湖面上的生物細微變化。梭羅離開華爾騰湖後，仍持續記錄康考特地區五百種植物開花的時間，這些筆記如今成為研究新英格蘭地區植物及氣候暖化的寶貴資料。

華爾騰湖畔的秋色，純淨自然，與梭羅主張的歸真反璞互相映照，恆能洗滌人心，提醒我們遠離物慾與名利的誘惑，享受單純之樂。

作家交疊的身影

康考特地靈人傑，孕育了十九世紀著名的美國文學家——愛默森、霍桑、梭羅和露薏莎・艾考特。生前互相來往，死後長眠於沉睡谷墓園，成為美國文學史上的佳話。墓園位於老客棧右方的一片斜坡上，薄如石片的墓碑林立，饒富古意。

這個作家群的靈魂人物是愛默森，在當地不僅有聖人的光環，也饒富資財，不僅在精神上影響其他作家，也在生活上實質地幫助他們。梭羅在湖濱築屋的土地是向愛默森借用的，曾住在愛默森家中，幫忙編輯季刊，思想深受其啟迪，也因而結識其他作家。愛默森是《小婦人》作者露薏莎・艾考特父親的好友，曾借錢助他們購屋。她擔任愛默森女兒們的家教，編故事講給她們聽，後來結集出版第一本書《花之寓言》。霍桑新婚後住在北橋邊的古屋，房東是愛默森，後院的菜園是梭羅送的結婚禮物。

受到前日風雪影響，北橋邊的古屋提早關門，愛默森故居也在十月下旬關門，幸虧露薏莎・艾考特的兩個故居沒關門。兩座房子相鄰，遊客踏雪而來，聽導覽員講艾考特和霍桑的故事，他們先後住過The Wayside，後來又成為鄰居。

露薏莎・艾考特十三歲時住進The Wayside，《小婦人》便以此屋為場景，動筆是住進果園屋（Orchard House）以後的事。在The Wayside住了三年後，艾考特一家搬回波士頓。霍桑買下此屋，除了奉派歐洲的幾年外，一直住到過世。屋後加蓋小樓為書房，錫屋頂夏熱冬冷，霍桑便到前廳寫作。在前廳有一座真人大小的雕像，站在特製的高架前寫作，原來霍桑喜歡站著寫作。

五年後，艾考特一家搬回康考特，買下隔壁的房子，因為有座蘋果園，取名為「果園屋」。霍桑不愛社交，兩家人幾乎沒來往，他去世後，露薏莎到他常散步的小徑上摘了一束紫羅蘭，登門致哀。

住進果園屋時，露薏莎二十四歲，為了貼補家用，當過女僕、家教、伴遊、兒童讀物編輯。屋內有一張父親做的書桌，她在這張書桌上完成《小婦人》。寫作成名後，她送么妹去歐洲學畫，在波士頓購屋與父親同住。父親過世兩天後，她也與世長辭，享年五十五歲。

《小婦人》中有一幕以楓紅為場景。當喬發現有人愛慕姊姊時，滿心不悅，從小坡上飛奔而下，長髮披肩，兩頰飛紅，坐在堤岸旁的楓樹下休息。正巧姊姊經過，她佯裝拾取地上的楓葉，掩飾內心的激動。青春的紅顏，秋天的楓紅，少女的曲折心事，交織成一幅生動美麗的畫面。

一場十月雪造成了附近地區停電，居民紛紛住進旅店，老客棧電話不斷，店主頻頻道歉，「沒空房啦！」我們很幸運，無意中住進了有三百年歷史的老客棧，看到白雪壓頂的楓紅，踏雪華爾騰湖畔賞楓，走訪文學家故居，如此豐富的自然與人文之旅，比起遠遊歐洲，毫不遜色。

（原載世界副刊）

作者簡介：

劉昌漢，畫家、藝術策展人，台灣《藝術家》雜誌連載他的「發現美術館」專欄；以筆名「劉吉訶德」在北美《世界周刊》撰寫「藝林外史」專欄，為一般人介紹藝術。著有《百年華人美術圖象》獲二〇〇一年海外華文著述獎學術論述類第一名，二〇〇二年由中國湖北美術出版社再版發行；《藝術如此多嬌》獲二〇〇五年海外華文著述獎散文類佳作獎。

南達科他州藝文行旅

劉昌漢

美國北西北部南達科他州人煙稀少，天蒼蒼，野茫茫，可以稱作是美利堅的邊陲遠域。該州西部拉斯摩爾山的四個總統頭像是美國著名地標，中部「惡地國家公園」以嶙峋怪岩和峽谷聞名，大草原則是電影《與狼共舞》印第安人策馬馳騁之地。十九世紀初這裡才有歐洲移民前來開墾，現今居民大多是北歐和德國後裔。該州第一大城蘇瀑市（Sioux Falls）位於州內東部靠明尼蘇達和愛荷華州邊界不遠，現今人口二十餘萬。比起紐約、洛杉磯、芝加哥和休士頓等大都會，這裡只能算是小鎮，因是以前印第安蘇族聚落所在，大蘇河流經此地形成一個迴彎瀑布而得名。五年前我為國立台灣美術館策劃「迷離島：台灣當代藝術」北美巡迴展，這裡的華盛頓藝術科學館（Washington Pavilion of Arts and Science）是巡迴的五個展點之一，記得當時展覽揭幕，藝科館餐廳從網上學習製作了台灣珍珠奶茶招待來賓，現場還有不同顏色的幸運餅，打開後裡面是展覽傳單，非常用心。小城人情味濃厚，令我與遠道自台灣前來的朋友們印象深刻。

一年半前在休士頓居家接到華盛頓藝術科學館的畫展邀請，由於受到經濟不景氣影響，全美非營利的博物館、美術館均被波及，當年的館長及部分工作人員已經離職他就，但是視覺藝術部主任大衛・馬赫伯（David Merhib）及策展人裘蒂・龍桂（Jodi Lundgren）仍是舊識。在邀請我展覽時，他們告知為支應寄運作品和我前往的開支必須籌款，問我是否願意在當地短期講學，介紹東方文化？事後又再來信詢問，如果對象是孩童，我是否願意教導？我的孩子已經成年，還沒有孫輩，教育兒童原來不是自己所長，但是抱著與人方便與己方便心理，答覆他們說只要有助經費籌募，我都盡力支持。

畫展排在二〇一一年五至八月，一月時他們告稱拿到了國家藝術基金會的「美國挑戰獎助」（National Endowment for the Arts Challenge America Grant），給予展覽及教學一萬美元資助。該館過去申請過三次，這次是首度獲得，錢只能用於畫展和相關文化活動，不能支付畫家作生活費用。不過台灣文化建設委員會適時也審核通過補助我部分經費，因此整體計畫得以在經濟無缺情形下順利進行。

展覽題目「水舞」乃專注於東方對水流多姿，婉兮清揚的禮讚，以水墨、錄影與文字裝置合併呈現，相同主題幾年前我在康乃爾大學強森美術館曾經展出過，這次內容作了大幅更新。華盛頓藝術科學館安排的藝文活動於五月九日開始，至二十日畫展揭幕終止，因此我租車攜帶了作品於七日自德州出發北上，一個人開了兩天漫漫長途，在八日傍晚順利抵達。當天是星期天，策展人龍桂仍在館裡等候，幫忙卸下作品，交給我詳細的活動行程表，告知在接續的兩星期我會「很忙很忙」，就讓我回旅館休息了。

在旅館裡翻閱活動說明，發覺確實比想像的忙多了，第二天就排了六場授課，自上午八時一直忙到晚間六時，之後每天也有二至六場節目，包括去當地與附近大、中、小學水墨畫示範教課；向該市美術教師講學；至各類社會組織、醫院和老人中心談介藝術文化；與美術、音樂人士和印第安原住民座談；在著名的瀑布公園公開寫生讓市民自由觀覽……，只有星期日休息。我在給家人電話中說，他們把我「老人家」當成了二十餘歲小夥子，看來開二十小時汽車只是前奏，現在才真正得「拚老命」為藝術犧牲了。

華盛頓藝術科學館派了特別節目企劃凱亞・摩根（Kaia Mogen）小姐全程陪伴，有些場合視覺藝術部主任大衛・馬赫伯也親自出席。凱亞是挪威人後代，一頭金髮，年齡比我兒女都小，但是伶俐能幹，負責帶路、介紹、分發教材等事。事後我們統計，短短十二天共跑了二十八個場所，作了三十餘場教學和演說。

小學課堂學生人數從七、八人到七、八十人不等，我常常用十五至二十分鐘作畫給他們看，然後讓他們用毛筆、墨和棉紙自由畫畫。南州地處內陸，民風保守，多數孩子是首次接觸中華文化。當我告訴他們水墨畫只用黑白就可以表現，畫了熊貓「哄」孩子們開心後，問說除了熊貓還有什麼動物是黑白色的？一班四、五歲孩童的答案豐富得令人驚奇——企鵝、斑馬、乳牛、臭鼠、殺人鯨、雪虎、麥町狗……，連漫畫主角史奴比都出來了。問他們有沒有問題？大家爭著舉手，等點到了才開始想要問什麼：「你畫過多少畫？」「你是不是很有名？」千奇百怪讓人絕倒。一次到一所小學，看見學生集體畫了隻校獸老虎，旁邊寫著「歡迎劉先生」大字掛在走道迎接，使我非常感動，覺得為他們，所有忙累都值得。

在中學不同班級遇見了兩位聾啞學生，學校安排專門的手語老師一對一傳譯，其中一位女學生漂亮可愛，學習認真。當我笨拙的嘗試與她手談時，我問是否全世界的手語一致通用？她告訴我各國有一些不同，並舉幾個單字為例演示美國和墨西哥的差別。

和大學生及成人班上課比較能夠深入談論，我去了蘇瀑大學（University of Sioux Falls）、奧古斯坦納學院（Augustana College）及一小時車程外的南達科他州州立大學（South Dakota State University），聽眾以藝術系學生與教職員為主，另外還到過幾個成人繪畫團體。大體上我先用投影比較東、西藝術美學之不同，再作繪畫示範，並讓他們用水墨媒材嘗試創作。我舉例說明西方文化不論是希臘或基督教文明都是從人本出發，而東方思想則以自然為本。西方的入世精神造成積極進取，但功利企圖心也付出必須的代價。東方的天人合一理想固然恬適自足，可是當農業大地逐漸隱沒，轉型成為今日的工商社會，前途也面臨著挑戰。後來在一場與藝術家們的座談會上我說，世間因為有不同的多樣文化，人類生活才豐富而多彩；文化交流的目的不應是泯滅差異，而是讓彼此知曉差別存在，學習包容與尊重。

我去了為貧困家庭青少年服務的社教團體，學生每天下課後來此參加趣味課程和體育活動，以免流落街頭學壞或與毒品為伍，其中非裔孩子占了多數。另一次到為窮人免費「施飯」的組織與社會底層人們共餐並作畫給他們看，這裡每星期施賑九頓，任何人來者不拒，當天到達近三百人，兩菜加麵包和蛋糕，味道不壞，也吃得飽。

在退伍軍人醫院等醫療機構接觸了不同病患和職工，讓人既感動又難過的是到特殊醫院和兒童學校的經驗。憂鬱症成年人那兒門禁森嚴，多數看不出病容，學習也頗認真。至於面對身障與智障兒童與青少年的感覺就不同了，在身障課上，二十四位坐輪椅的病患有十八位輔導在旁幫忙，看不出他們是否聽得懂我說話，除少數三、五人外幾乎都不能握筆，也有的像植物人般始終在沉沉睡眠。智障學童裡有一個東方小孩，在很少亞洲人的場合十分突兀。有一位半大男孩因常敲打自己頭部，醫院給他戴了個特殊塑膠頭盔保護，這裡的景象只在電影裡看過。不過院方十分保護病童，要求拍照不要照出他們臉面。主持人告訴我，這些孩子部分住在那裡，部分每天由父母接送回家：「我們盡可能讓他們有機會接觸各種課業，像你來畫畫，沒有人知道撒下的種子會不會開出花朵？我們永不對他們放棄希望。」

在瀑布公園的兩場公開寫生，一天晴朗，一天遇雨，與市民們邂逅邊談邊畫，完成的兩張作品後來在旅館中DIY熬漿糊托裱，都參加了畫展展出。

展覽揭幕當天早上，藝科館臨時增加節目，帶我去家暴兒童學校授課，全校八十多位學生幾乎全到齊了，都是四至十四歲的孩子，也是有些住宿，有些每日回「家」。在席地而坐的娃兒群間我也看見了東方臉孔，不禁暗想她是從怎樣的家庭被送來這裡？幸運的在一小時接觸裡感覺孩子們活潑開朗，家暴似乎沒有在幼小心靈裡留下太多陰影。

五月二十日畫展揭幕內人專程飛來參加，雖然地方電視第五和十六頻道（KSFY-ABC，

KDSD-PBS）播出了採訪，報紙*The Augus Leader*也刊出報導，但是我自己在蘇瀑市沒有親朋，原以為不會有太多人前來；藝科館也說時間正值學期結束，很多人出外參加孩子畢業典禮去了，但他們沒有忘記安慰我，加上一句：「不過我們會準備很豐盛的茶點。」結果當晚揭幕式來賓絡繹不絕，包括這十多天我教學的學校老師，聽我演講的社會愛藝人士，醫院志工，在瀑布公園看我寫生的市民，還有那位聾啞女學生等等。現場我應邀講話時總結了這趟藝文行旅的感受：「由於國家藝術基金會贊助，使我有機會在兩星期時間內接觸到這裡社會各階層人士，包括年長和年幼的，健康和患病的，富的和窮的……，在我講授東方文化的同時，也親自經驗了美國文化的厚度。」

揭幕完第二天一早我與內人離開了蘇瀑市，轉往黃石公園旅遊，畫展會持續展至八月中旬。旅行後回到家接到大衛・馬赫伯寄來的謝函，上頭寫道：「工作坊、畫展、示範和教學交流都獲得極佳反響，我們不能要求更多了。」而我對美國當局撥款支持移民藝術家講授異域文化所展示的包容和自信，也使我對美國文化有了更深的認識和體會。

作者簡介：

陳瑞琳，一九六二年生，祖籍中國陝西西安。西北大學文學碩士，美國休士頓《新華人報》社長，多年來致力於散文創作及海外文學評論。出版有《域外散文三部曲》及評論專著，多次榮獲北美及全球徵文大獎。

他鄉望月

陳瑞琳

當月兒升起來的時候，我就牽著三歲小兒的手，走進屋後的一片草色裡去。八年了，這墨西哥海灣浸潤的休士頓城只有到了夜晚才飄來爽心的風。迷離的星空，墨藍的天際懸著一彎金色的孤舟在雲裡悄然地蕩著，就讓人想起從前的長安那一片依稀的水色了。

日子有時滑膩，有時苦澀，年輪在臉上轉著，可記憶總不見長。只要聽到湖邊的夏蟲在夜裡輕輕地鳴叫，我的心便會恍然，以為是走在童年時渭河畔上外婆的村莊裡。

當初在這郊外買屋，一見鍾情的是看見那寬大的廳堂上竟橫空有一條粗粗的大木梁，後院裡則立著一棵遮天的老槐樹，更有不遠處聽得見蛙鳴的池塘。於是，在歲末聖誕的彩燈裡，我便能想像煙火裡的爆竹，還有外婆掛在大木梁上的條條燻肉。空寂無人的傍晚，南來的風吹過院子，大樹搖曳，就有鄉下那特別的蕭瑟，這便是記憶裡的外婆端著瓷花的大碗從棗樹林裡的深處呼我走來。

什麼時候，那個躺在麥秸堆裡渴望漂泊的小姑娘，如今卻在這他鄉的月兒裡癡癡地戀起懵懂的童年？曾幾何時，歲月的斑駁浸溺在這清幽的光裡竟幻出一道道生命的五彩？

散漫的星星在天幕上稀稀疏疏地眨眼，都說外國的月亮圓，怎麼小時候的感覺裡那月亮才是真正的大！外婆村上的打穀場到了夜裡是多麼地亮，村民們圍上來，不用掌燈，看我跳城裡的舞。夏天時他們笑我穿的花裙子，冬天裡就挨個地過來摸我的綢棉襖。

鄉下人才是最愛月色，手巧的媳婦坐在小馬紮上呼呼地納鞋底，男人們支起胡琴開始調弦，然後就聽見有人扯著喉嚨唱〈蘇武牧羊〉。西北人吼的秦腔，丹田氣足，遠比魯迅先生在《社戲》裡寫的南人小調悲壯蒼涼得多。

夜裡聽完了戲，外婆就會牽著我來到村頭的小池塘。塘裡的水已曬得溫熱，正好洗手腳，順便再把髒了的衣服在水裡擺一擺，砸幾顆皂角搓搓領口的汗跡，泡沫裡溢出一股特別的香。水裡有月的影子，人一走，蛙聲就忽然響成一片了。

小兒在前面喚我，原來是他最愛的小木橋到了。原木的寬板子齊齊地排成一個拱形，踩上去有脆而沉的音響。孩子在極目尋著溪水裡鷺鷥的影子，我卻托腮伏在欄上，想起早年走過的江南紹興橋了。

那是梨花旺開的季節，我們幾個讀〈魯迅研究〉的碩士生踏進了江南的名城紹興。在周家祠堂前的小運河上，一艘舊舊的烏篷船載著三個激昂的年輕人，穿過一座座木的、石的小拱橋，駛向了魯迅兒時的外婆家。那撐船的就是一個面色頗像「閏土」的青壯漢子，他緩緩地搖著櫓，我們則仰臥在艙裡，聽著耳邊港汊湖泊的水聲，想像著從前的小魯迅走這一水道看望「外婆」時的童年心境。

我的手被一雙軟軟的小指頭勾住，是孩子告訴媽媽路要回頭。他竟也愛上了這月下的一掬清輝，歡躍地戲逐著地上自己變幻的影子。心兒感動起來，不忍靜夜裡獨語，母子倆便攜手對著曠野大聲地數起「一、二、三」來。風裡開始有飽飽的雨，水邊的蛙竟優雅地咽了聲。數著數著，就好像聽到前面有砍材的樵夫隱約在歌唱，目光聚處，遙遠的記憶裡又抽出一根亮亮的絲來。

五歲那年，城裡教書的母親正在「文革」的風暴裡「大串聯」，外婆便送我去砍材路上的小學堂讀書。第一天的功課就是數數兒，我一口氣數到一百，老師當下裡拍板叫我跳進了二年級。

人家是「朝花」「夕拾」，難道真是我的心老了？怎麼聽見雨聲就會念念早春裡的渭城，看見柳就想起是秋風的灞河，遇到一汪水就覺得那是月色裡的荷塘，假日裡乘船在聖安東尼奧城的運河徜徉，竟以為是行在「槳聲燈影裡的秦淮河」呢！

唐人賈島有一首感傷而溫暖的〈渡桑乾〉詩：「客舍并州已十霜，歸心日夜憶咸陽。無端更渡桑乾水，卻望并州是故鄉。」老人家真是在為我們這些飄洋過海的羈留人在苦吟。都說「鄉愁」美就美在「愁」的思量，其實，真正的「美」卻在於時空濾過那「鄉」的重現。

撲面似有冷冷的霧，這一寒，倒叫人想起小時候過舊曆年了。伴著月光的母親總要為我除夕趕做新衣，鍋裡還燉著一個給爸爸下酒的大豬頭。若是回到外婆家，炕桌上一定有肥肥的五花肉，還有鑲著蜜棗的虎頭饃饃。老人家從不知道什麼叫卡路里、膽固醇，她就喜歡看我吃得香香的模樣。

想起吃的，就覺得舌頭下發癢。在長安城裡念學位的日子，自己終於有了助學金，路燈升起，約了男友滿城裡找便宜的小吃。城牆根下的烤羊肉一毛錢一串，兩個人各吃五口，一塊錢的臘肉夾膜，一人半個，再買五毛錢的米麵皮，最後數出十個分幣，買一包曬乾的柿子皮，一路慢慢地嚼著。那時男友總心痛我吃不盡興，說等將來有錢，第一件事就是飽享天下佳餚。哪知道如今真的是五洲四海的館子殺遍，可就是再也吃不出從前的那銘心刻骨。

一束幽幽的光正斜斜地射在門前鬱鬱的丁香樹上，小兒子一聲雀躍：「媽媽，到家了！」我站定，深深地呼進一口夜的清香。想當年最大的夢求就是渴望有一幢自己的房子，不必再擔心隔牆有耳。那婚後住的宿舍樓永遠是熱鬧如市，走道裡揮鏟子炒菜常常是頂上行人的腰。可如今，真的有了自己的大房子，暮色降臨，卻好生盼著那從前的友人突來敲門的驚喜，聽他們說大老遠就聞到了我鍋裡炸醬麵的噴香。

一條窄窄的水泥路泛著青白的光，盡頭的車庫還在敞著，裡面車身的幽光又讓我想起多少個不眠的夜晚，兩個人馳騁在新大陸的萬水千山之間。南端的大西洋裡的島尋到海明威的故鄉，加州的淘金谷裡看見了馬克吐溫的小鎮，新英格蘭的秋天漫山是惠特曼歌唱的草葉，西北的荒原上看得見傑克倫敦筆下狼的戰場。然而，走在這樣的風景裡，心海上卻總是浮著屈原的汨羅江，陳子昂的幽州台，陸游的沈園，更有曹雪芹西山郊外賣風箏的草屋。站在尼亞加拉大瀑布的面前，想到的竟是李白的「飛流直下三千尺」，走在華州的維尼亞冰川雪山之巔，感覺裡完全是杜甫老先生的「會當凌絕頂」。雄渾的「黃石」固然壯闊，卻可惜沒有蘇東坡的詩；猶他州的紅土高原天斧神工，就缺少石林裡阿詩瑪的傳說。禁不住更想起廬山的仙霧裡有石刻的碑，還有佛光環繞的峨嵋金頂。也不知今夜那蘇州城外的寒山寺，嫋嫋的鐘聲是否已到了水上的客船？

難道真是這樣，生命的腳步離故鄉的堤岸越來越遠，靈魂裡的距離卻是越來越近？

想當年，擎著「五四」的旗，執著在中國的脫胎換骨。卻不想，關山遠去，家國如夢。
在這他鄉無數個月夜裡，心兒浴著藍色的光，激蕩的潮水終於退回了母親的海岸。

紫木的門被推開，小兒跑上旋轉的樓梯去。這裡是異域的家，卻是浪子回頭的故園。

作者簡介：

錢建君，筆名少君，曾就讀北京大學和美國德州大學，曾任職經濟日報和匹茲堡大學，現居美國西部亞利桑那州，退休之餘從事寫作。

鳳凰城閒話

少君

我從來沒有想到過四十歲就退休，而且還是在美國。到溫哥華看朋友，被引見到一位名揚四海的大師處，他老人家慧目慈容地說我能懂得在生活中急流勇退，是命中注定，福至心靈，後半生必會大慈。對於宿命的哲學我素來是不相信的，但陪我同去的朋友卻說，《易經》被後人研究了二三千年，難道先人都是迂腐之流嗎？我無言以對。

陶淵明有兩句千古絕唱：「采菊東籬下，悠然見南山」，看似寫景，實為寫意。「此中有真意，欲辯已忘言」，這個真意就是老子「甘其食，美其服，安其居，樂其俗」的人生境界，這不是簡單的隱士思想，而是更高的一種精神層次的追求。中國幾千年來的傳統文化是外示儒術，內用老莊的儒用道體，特別是表現在中國的文化人無論在生活上、思想上，他們的潛意識中自然或不自然的接受並體現著這種思想。幾千年來讀書人的最高追求就是十年寒窗苦讀，一朝經濟天下，青史留名，然後退隱山林（也就笑傲江湖？）。所謂「功成，名遂，身退，天之道也。」

這種浪漫的理想延續著中國傳統文化人幾千年的夢。這條路被極富藝術情調的中國傳統文化用詩詞歌賦、琴棋書畫深入地植根於讀書人的人生觀中，縱觀中國歷史，無不是建功立業伴著風花雪月，出將入相跟隨清泉林影，讀書人用儒家入世，用道家出世。這種救世治平的思想始終左右著無數讀書人的命運。我雖然在美國學習生活了多年，但骨子裡卻是浸滿了這種中國傳統思想的遺汁，多年的夢想就是尋找一個歸宿，一種境界，一杯淡淡的咖啡，一段悠揚的音樂，一縷愜意的涼風，一句溫馨的話語。和朋友們端幾杯清茶，一把零食，躺坐在草地上，在火紅的晚霞沐浴下，漫無邊際的閒聊，直到月光如水，涼意襲人。

尋找退休之地曾花了我許多的時間和精力，曾想過北京、香港、台北、上海、夏威夷，也幾乎在溫哥華和新加坡置產……但這所有的一切，都被去年秋天的一場毫無準備的高爾夫球休假之旅給淘汰了。早知道亞利桑那州的鳳凰城是美國高爾夫球的聖地（有三百多個高標準球場），直到揮起球桿才明白其中的道理——隨著小白球的騰空飛起，遠處是連綿起伏的山峰，漫山遍野、到處可見數層樓高的仙人掌，有如少女亭亭玉立，點綴在萬里沙漠中，山腳下是銀鏈似的河水裊娜婉麗，設計精美的噴泉清澈灑下，礁石在岸邊佇立，卵石在水底靜默；近處是綠草青青棕櫚片片，百鳥野兔的嗤溜嬉戲聲可辨可聞；清風徐來，涼意拂面，好一個人間仙境！令我情不自禁地吟出：

結廬在人境，而無車馬喧。
問君何能爾？心遠地自偏。
采菊東籬下，悠然見南山。
山氣日夕佳，飛鳥相與還。
此中有真意，欲辯已忘言。

就這樣，我在僅僅到達鳳凰城半天的時間裡，買下了南山（South Mountain）腳下的退休之居，按大師的話來說，這是緣……

南山有點像一條臥龍，約三千英尺高，雖占地二十餘萬英畝，但仍很秀氣。十月，陽光白得發亮，漫山遍野是放肆的灰黃，微風過處，竟帶一陣愜意的涼，一陣無憂的靜。在山色變化裡，看雲容水態，四季升沉，該是一種多麼頹廢的美和享受！「山中無曆日，寒盡不知年」，畢竟只留在千載的夢裡了。我們住在南山腳下的高爾夫球場中間，想「悠然見南山」，推開門便是。清晨醒來，搬一張扶椅坐到後院。山間彷彿還蒸著一層薄薄的霧，摸一摸欄杆，乾乾的，沒有任何露水；眼前的山腰間披著一朵雲，慢慢慢慢地散開。

於是，雀噪沉落，蟬鳴升起，陽光自身後照來，山崖的岩石映成淡金色。太太站在旁邊，輕輕地說了句「我總感覺我們已經來了很久了」。是啊，也許我們剛剛從歷史中醒來，從千百年前的山水田園裡醒來，眼前還留著夢中的痕迹。「眾鳥高飛盡，孤雲獨去閒。相看兩不厭，唯有見南山」這一刻，也許我們都有著「天上人間，一日一年」的感慨吧。

退休生活就是這麼從容不迫，這麼悠哉游哉。有時候覺得這樣的感受是有點本末倒置了，晴窗隨筆，滿架清風滿架花。坐在二樓的書房裡，聽細風微雨在頭頂褐紅的石瓦上躡足，貓一樣腳步輕悄，聲響似有似無，我不禁屏聲靜氣豎起聽覺靈敏的雙耳，繼而站起，走到窗前向外凝視。房前的草坪綠嫩如毯，與高聳的南山交相輝映，一條彎彎的小路曲曲而上，天地盤旋。房後碧水蕩漾的游泳池，和高爾夫球場綠色波浪般的果嶺鑲成一體，在一圈高大的棕櫚樹和仙人掌等熱帶植物的環繞下，五光十色。房西面的冬瓜、絲瓜、豆角架藤蔓密織，一張張葉脈水色鮮綠，各種顏色的各種瓜菜熱鬧開放，一只只大大小小的瓜果或躺在架上探頭探腦，或垂直身體懸掛著盪秋千，或小嬰兒似蜷在一張瓜葉中半明半寐。房東面則是一個半畝大的百花園，數十棵月季數百棵秋菊和數不清的牡丹，爭相鬥豔。因而，縱使無小豆菊、大麗菊、金盞菊可採，卻也暗香盈袖、芬芳浴身。行走在滿架深綠淺綠的各種心臟形瓜莖葉兒、白色黃色的各種花朵兒、扁圓長條的各種瓜類果木之下，也足以使人沉沐在「采菊東籬下，悠然見南山」的平和心境中了。而這種蒲扇輕搖、清風繞懷的悠然的靜謐，在我過去的幾十年裡，在急功近利的繁華世界裡，尋找了好久好久。

當我告別達拉斯，迎著滿山遍野的聖誕彩燈，搬進被印第安人稱之為Ahwatukee的南山腳下時，才知道我真的住進了「退休之谷」……冬天的這裡實在很舒適，攝氏十六、七度的溫度天天如此，讓人想起北京的秋天，一片片仙人掌科植物綠如盆景，一棵棵棕櫚樹靜如含羞草，注目著各種各色的百花怒放，山遺著舊迹，水漾著新痕。走入南山中，冬裝猶綠的山峰顯得些許蒼涼，盤桓於山巔的小路幽幽迴迴。坐在山腰上，看夾著絲絲寒意的細風最先點燃陽面坡上的幾叢草花，風忽兒打幾個噴嚏，漫山遍野叫不上名的花瓣飄然而至，不遜飛雪的野花從南向北紛至沓來。山從黃到粉，從粉到黃，從黃又到綠。在百鳥爭鳴的早晨、正午、傍晚，伴著靜靜的夕陽，踱步中透著悠閒。也許這就是所謂的超塵脫俗，又有圓「采菊東籬下，悠然見南山」之夢的山間別墅，呼出的是春天的忙碌，吸進的是冬天的安寧，讓人自然而然地想起李白那首〈下終南山過斛斯山人宿置酒〉：

暮從碧山下，山月隨人歸。
卻顧所來徑，蒼蒼橫翠微。
相攜及田家，童稚開荊扉。
綠竹入幽徑，青蘿拂行衣。
歡言得所憩，美酒聊共揮。
長歌吟松風，曲盡河星稀。
我醉君復樂，陶然共忘機。

當然，隱居在現代的生活中，並不意味著像陶翁那樣完全退隱山林之中。只是遠離了與金錢鬥智的搏擊商場，遠離了人與人之間的爾虞我詐，享受著由努力和機運得來的財務保證，安靜地過著豐衣足食的幸福生活。回想起做出退休的決定，就像當年出國一樣倉促然而堅定，當每個月接到財務顧問寄來的財產報表時，我知道我早已不是當年懷揣幾十美金走下飛機的窮學生了，如果我不想學比爾·蓋茲給更多的博士提供掙錢的機會，不想像洛克菲勒在死後成立個慈善基金會，不想浪費和奢華地生活，我知道我的後半生，足以過一種中產階級的生活而不必再去工作和掙錢了。

朋友常來信問我，你真的退休了？會不會太閒？太孤單？太寂寞？

寂寞是什麼？一種心態，一種一瞬的感覺……就像流行歌曲那樣唱道：「寂寞是種快樂，寂寞的淚不會流，懂得寂寞的人不多。」現代繁忙高速的數字化生活的一個副產品，就是造成感情世界的脆弱。特別是當寂寞來臨時我們表現出的異乎尋常的敏感。應該說寂寞是一種美，是一種只能靜靜欣賞的美。喧囂的鬧市，紅塵滾滾，偶一回眸，見一人俏立樹下，對身旁的熱鬧毫不在意，視若無睹，這是寂寞；鄉間小路，牧童晚歸，泥衣古柳，短笛橫吹，這也是寂寞；萬籟俱寂，寒江釣雪，一人一笠，萬念皆空，是寂寞。寂寞是一種心境，是一種情境，「寒夜客來茶當酒」，「綠蟻新醅酒，紅泥小火爐，晚來天欲雪，能飲一杯無？」寂寞是可以與朋友共享的。寂寞不是向隅而坐，孑然一身，愁思悠悠；不是四顧茫然，孤立無助。它是一種心境，平和安詳；它是一種情境，身無雙翼，心有靈犀。寂寞是一種境界，可以欣賞，可以享受。

「自此光陰為己有，從前日月屬官家」（白居易），我是自己選擇這種生活的，當然不會有孤單無聊的感覺。想當初為生活四海奔波，無奈應酬，虛與委蛇，席散宴撤夜深人靜之時，還真感到過空虛孤獨。而現在卻心靜如石，可以在江河湖畔靜靜地看著軟軟的水草，低吟「參差荇菜，左右流之」的詩句；也可以在山林草叢中信步漫遊，同松濤一起自歌自笑。深感遠離塵勞之累，不亦樂乎。還有就是讀書之樂，像一泓純淨的甘泉，漸漸地洗去我塵勞的煩囂與熱惱。記得有一次讀佛說「如來拈花，迦葉微笑」這一典故時，茅塞頓開，世尊拈花不語，以示清閒，迦葉破顏微笑，以示心領神會。原來清閒不遠人，而是自障不見。可見清閒不是水草，清閒不是松濤；清閒是撥動光明向上的心絃；清閒是被萬緣放下、專一無求同化了的境界。

我對朋友說，中年早退是珍惜人生之秋的最好的選擇，因為秋天是收穫的季節。當然，秋日也是無夢的季節。有夢，便破壞了它的恬淡和靜遠。秋日的午後，暖烘烘的太陽照在百花盛開的後院裡，仰面朝天躺在清涼澈骨的游泳池裡，看高高的湛藍湛藍的天幕上一片片浮遊的七彩雲朵，體會到心境與季節的諧和。秋日裡，樹葉翩舞蝴蝶飛離枝頭，那是它對秋天的熱戀，不要徒生歲月崢嶸和人生悲涼之感慨，那樣便會加重秋天的步履。如果你太在乎秋聲的驚人，雁鳴牽腸，你便劃碎了秋空詩意般的織錦。一抹夕陽，你若把它視作一個目光中布滿了血絲的羈留在遠方的過去，你便給自己的情感無端地添加了額外的荷載。秋日的傍晚，你應該去直覺這靜謐和清新，通達並了解秋日安詳的玄機。「眾鳥高飛盡，孤雲獨去閒」。秋日無夢，無夢的季節不要作夢。因為什麼夢都不會輕鬆。秋日，最好去用直覺的眼光享受紅透的楓葉，去用直覺的神經末梢去撫摸脈脈的秋風，用平淡的心境去與恬淡靜遠的秋色契合。只要你用一顆無夢的心去磨合秋天，便多了一些適意和恬情，便有了溫馨與陶然。惟有無夢，才是真正的秋天；惟有感知真正的秋天，才有歲月的無痕。

「采菊東籬下，悠然見南山」。這一千五百年前的魏晉風範一直為我所心儀。記得很久以前的某個落葉繽紛的黃昏，我曾站在夕陽下沉思心中的感想，祈望上蒼賦予我同樣的赤子情懷，但冥冥中我知道，那種骨子裡無拘無絆的浪漫精神已成了千古絕唱，而隨著年齡的增長與閱歷的累積，這種輕形骸七尺而重靈台三寸，棄經世致用而倡反璞歸真的境界，更為我輩凡夫俗子所仰之彌堅。一個月華如水的夜晚，我在一片寂靜中坐定，偶然撿拾幾片歲月行程中匆匆拋落的飛絮，竟然發現入境的仍是那些清麗悠遠的景象與樸摯寧靜的人情。是因為不可得而更欲求之嗎，在遠去了夢想的不安中，我抓住思緒的遊絲溯源而上，更希望借助冷清蕭瑟的冬風讓我能清醒著順流而下，去往某個還未知曉的前方。據說，動物中最短命的是蜉蝣，它脫出蛹殼後，通常只存活幾小時，在其短暫的生命裡，全部活動只濃縮為一項——求偶。哦，生命是什麼？時光是什麼？這一切，直到今天退休之後，我才開始慢慢地悟醒……

有時獨自坐在窗前，看夕陽。看夕陽血紅的樣子，看夕陽漸漸暗淡時的輝煌，看歸林的飛鳥怎樣在金黃的光彩裡以一種輕盈的姿態飛翔而去，看窗外的樹林是怎樣變成碧綠，變成金黃，變成暗紅色背景上組淡紫的剪影。看那在夕陽下攜手漫步的白髮夫婦，心中暗自體味著那並肩走過風風雨雨後的溫馨與平靜……

二〇〇〇年初

作者簡介：

喻麗清，祖籍杭州，成長於台灣，台灣台北醫學大學藥學系畢業。現定居北加州。為北極星詩社創辦人、耕莘寫作班總幹事、海外華文女作家協會第五屆會長。其文字底蘊渾厚，風格清新，意韻幽遠。曾獲散文著作金鼎獎、中國文藝協會散文獎章及兒童文學小太陽獎等。著有：詩集《未來的花園》，散文集《蝴蝶樹》、《沿著綠線走》等數十本。

盒子

喻麗清

我喜歡盒子，各式各樣的盒子：大的、小的；紙的、木的、鐵的、石的；看見的以及想像的……

盒子的魅力，在於它可以有內涵。空著的時候，可以放進什麼。打開的時候，可以找到什麼。開啟了，是內容。關上了，是寶藏。而它所擁有的那種內涵的可能性，又彷彿無限。因為，空——是一種靜默，既可以是嚴肅的又可以是遊戲的；實——是一種飽滿，實在的、實用的、踏踏實實的「占有」；所以盒子無論是空的還是滿的，都可以叫人歡喜。

我從前收集過盒子。由三五牌香煙的小鐵盒到波蘭製的圖案木雕方盒，由印度人面銅盒到韓國嵌鑲彩貝的漆盒，由裝隱形眼鏡的到裝聖誕禮物的，由女兒學校做的手工到有著音樂的首飾盒子……只要稍具特色，無不集而藏之。

巴爾扎克的小說裡，曾經寫過一個住破樓、穿破衣、吃麵包喝白水的猶太人，一到了舊貨攤上看見古畫眼睛就發亮。人家以為他連冬天買煤的錢都沒有，可是在死後卻在他的壁爐裡發現用床單包裹的許多珍貴的名畫。我雖然看見櫥窗裡許多漂亮盒子，眼睛也會發亮，可是，看完價錢有時也是懂得放回去的。

奇怪的是從前我窮，買了不少盒子。買時忍痛咬牙的掙扎，歷歷在目。現在，卻不那麼想買了。有時候想到它們在店裡的「命運」或許比在我手中的好，反而覺得釋然。對於盒子的愛是現在多？是從前多？我不知道。但是，我清清楚楚知道我心中所收藏的盒子是愈來愈多了。

我最早的一個盒子是希臘神話裡頭潘朵拉的盒子。那盒子裝的是疾病與災禍，潘朵拉由於好奇，盒子一開，統統放到人世間來了，幸好她蓋得快，把希望還留在盒裡。它成了我們人類的「希望之盒」了。盒裡乾坤，還有比它更具神秘色彩的嗎？

天上的寶盒或許只有一個，地上的卻有無數。其中皇帝的玩具箱——多寶格圓盒，絕對是盒中之盒、寶中之寶。除了大盒裡有小盒，小盒裡尚有套匣，套匣中又有屜。百寶盡藏。做皇帝，實在過癮。

能跟皇上的多寶格比價值的，大概只有貴婦人的首飾盒了。現代的首飾盒子愈做愈大，形同箱子，嵌著鏡子，配著音樂。女人玩此喪志的，當不在少數，張愛玲的小說《色．戒》裡頭，就有個為了一只鑽戒而走上自亡之路的少女。皇帝的多寶格裡，當然不會有贋品的，誰敢冒殺頭之險？可是，貴婦人的首飾盒，一只假鑽亦可躺在絲綢做裡、厚絨裹外的盒裡變成溫柔的騙局，能用金錢收買愛情的時候哪個男人會不想一試？

平常我們的盒子，按用途分，就叫它什麼鏡盒、硯盒、墨水匣、印泥盒，乃至於鞋盒。按質料分，又叫它什麼木盒、鐵盒、瓷盒或者玻璃盒子。可是，古董商人或者考古學家們，他們叫起盒子來，真是有名有姓的，好像一個盒子是一個不同個性的人物。你瞧：

百寶嵌花果紫檀盒、青瓷蓋盒、烏金釉盒、插彩圓盒、牙雕果盒、雕竹透花盒、碧玉心形盒、剔紅牡丹小圓盒、六葉形鎏金銀盒等等，就連皇上放點心的食盒，也叫做春壽寶盒。

有的盒子，一套二，二套三……套成五小奩、九小奩。

有的盒子，想法子連在一起成為組盒：如，象牙連鏈小盒；清代金制一對蟠桃，大小各一，長在同一枝幹上的也是一套組盒。

對我而言，日常最實用的盒子要算鞋盒。我拿它裝信、裝剪報、裝垃圾。有時候，女兒的鞋盒裡，成了套盒。有時候，亦可以摞在一起層層疊疊形同組盒。

照字面上的解釋，「盒」是蓋與底相合者。其實，匣也有盒子的作用，卻無蓋底之分。像裝書的函匣——古書錦匣，裝屍體的玉匣，裝奏摺用的報匣等等。

報匣可以使皇帝「不出宮門」，而「得知天下事」。據說當總督、巡撫上任之時，皇帝即賜以報匣若干，准許他以私人身分向皇帝報告事務。此報匣有兩把鑰匙，一把隨同報匣賜給大臣，一把則由皇帝親自保管。

而玉匣，是殮葬品，迷信可以保護屍體。在出土漢代古物裡，又叫它「金縷玉衣」。

是用玉片做成的衣服將屍身包裹藉以不朽。另有一說：以玉匣將全身包裹，好似一副外殼，其中可能有「轉生」、「再生」之意義在。因為在中國古代對於「蟬」由幼蟲變成成蟲時將外殼蛻而得新生之事似乎非常之有興趣（古物上的蟬紋發現甚早），所以「蛻皮」是「暫死」，用玉匣當作蟬殼，希望轉生、再生恐怕亦可說得過去。

有一次在《故宮文物》裡讀到「粟紋金珠火鐮盒」，非常著迷。用金子燒成粟米似的小珠子鑲到金盒子上的工藝，雖然亦可歎為觀止，可是，我喜歡的是火鐮盒。

所謂火鐮盒，就是皇帝的火柴盒。是一種扁形的套盒，為取火之器。盒內裝火石一片、火絨一團。火絨是用艾或紙加硝水揉成的。盒子外緣安鐵為刃。取火之法：取火絨少許放在火石上，以鐵刃擊撞，使火星落在絨上著火。

我以前也收集過火柴盒子，如今想到皇帝的火鐮盒，還有什麼興趣再收集「凡夫俗子」們的洋火盒呢！

要是往抽象的意義上來看，其實，汽車不過是行的盒子，房屋是住的盒子，心是無限大的小盒子，而我們的身體不過是五臟六腑的盒子。

是的，設若五臟六腑為底，七情六欲為蓋，底蓋相合時，應當可以關牢我們的靈魂。我的身體便是我的潘朵拉之盒——我最初的、也是最後的一個盒子——而那無限大的小希望，它是我的一點秘密的內涵。

作者簡介：

張錯，本名張振翱，一九四三年生於澳門，國立政治大學西語系畢業，美國楊百翰大學英文系碩士，西雅圖華盛頓大學比較文學博士，現為南加州大學比較文學系教授兼東亞語文學系主任，著作卅餘種，包括詩、散文及文學評論。

一顆懷舊的心——懷念王辛笛先生

張錯

儘管生命中許多人事，有若雪泥鴻爪、鏡花水月，如露如電，如水漚泡沫；但畢竟在經意或不經意中、發生或早已忘卻裡，一些值得懷念的人與事，暗裡不斷湧現。

王辛笛先生的友情與詩文，正是這種懷念見證。

我和笛老相識相交，按釋家語，是一種難得緣分。本來天隔一方的兩個人，因為某些機緣，就碰上了。不止是認識，還能見面交往，八年中竟四遇於世界各地，笛老稱之為「天然湊泊，順理成章」，至屬難得。

記得是一九八一年五月春末夏初，當時還在聖地牙哥念書的香港詩人也斯（梁秉鈞）打電話給我，約我取途入洛城南邊橘郡（Orange Country）和笛老見面。地方不好找，尤其對我這沒有方向觀念的人，更有如迷途浪子，越飄越遠，但終於也找到了。握手言歡，不在話下。

早期現代詩人如瘂弦、葉維廉等人與辛笛及他詩歌（尤其《手掌集》）的血緣脈絡，不必我在此贅述。其實台灣五、六〇年代的白色恐怖，以及嚴禁三、四〇年代左派作家作品，有著長遠的反效果影響。它讓我們在大學時就聽聞到辛笛詩文，以及《手掌集》內名詩如〈再見，藍馬店〉……，有似傳奇。甚至一些零斷詩句，也能朗朗上口。到美國念研究所後，更在圖書館翻箱倒篋，搜尋補讀一段現代文學史的空白。我極其留意中國新詩發展的抒情主脈，更有意以何其芳、馮至、卞之琳、辛笛……等人作為現代抒情傳統，因而大量深入閱讀他們詩作。在自己創作中，詩語言的尋找與形成，受影響極大，此是後話，按下不提。

我和梁秉鈞去找王辛笛先生時，是有備而去的，因為不止是國共長期分裂所造成中國現代文學血緣的截斷，文革十年浩劫，也使人在驚愕悲痛之餘，急欲相詢。然而相見之下，似幻如真，許多問題卡在腦海裡，欲說還休。

記得那天下午，因有太多的話要問，一時半刻，卻無從問起。惟在漫長交談裡，覺得有一種歡欣，不是劫後餘生，而是物以類聚。那種親切，非外人所能明瞭。笛老談興極濃，微帶沙啞的聲音，就是他的標籤；雖然詩人常有意無意間，以此致歉，但是我們都覺得那是全世界最美麗的聲音——純真、睿智、寬容、有主見、更有所為有所不為。

為了這次初會，我寫了一首〈春夜洛城聞笛〉，當然取自李白詩歌同名巧合，以及內裡「誰家玉笛暗飛聲，散入春風滿洛城」之句。然而大家都會知道，洛城不是洛陽，笛子也只有這一枝辛笛最為響亮，唯此一家，並無分店，千古絕響。我說：

今晚我該向你打聽誰？
或者請你代向誰致候？
春天的洛城，
橘郡的白色橙花如醉，
「而有一點淡淡的馨涼
可是凝神的眼看了你
就嘗有一點野百合的苦味
原來你在美麗中瘦了」

最後四句，不敢掠美，當是取自笛老名詩〈姿〉。其實何止如此，我在上詩中還不斷引用其他詩作如〈Rhapsody〉內詩句，只示我對他詩作熟稔，當時頗為得意，現在看來則覺有點近乎聲聞辟支的小神通。此詩後收在我的詩集《雙玉環怨》，笛老也附錄在他的詩集《印象・花束》內。

沒想到短短不到半年，同年一九八一年的十一月，我踏上了初次中國大陸之旅。由於艾青先生推介，得蒙中國作協邀請，讓我有機會見到馮至、卞之琳、及沈從文等先生。在北京，也見到《九葉集》詩人杜運燮及陳敬容等先生。九葉詩人訖此除穆旦先生早於一九七七年逝世外，我已見其半，包括袁可嘉先生（也更讓我聯想並懷念許芥昱）。記得那本一九八一年剛出版的《九葉集》，也是陳敬容女士交給我的，沒有下款，只有「九葉」印章，極其古樸雅致。

我從南京坐火車到上海。在上海多日，除作協外辦人員外，笛老均全程陪伴，包括聯袂赴杭州、紹興等地，因此有較多時間相處交談。故國重逢，倍添高興（笛老後來寫有〈人生難得是相逢〉一詩）。此外，和前輩相處更如沐春風，他背景和我相若，彼此雖分別在不同地方完成學業，但主修都一樣。他在清華念的是外文系，在英國愛丁堡念的也是英國文學。我和他交流完全沒有隔閡，甚至因他深厚的國學基礎，不斷得以啟蒙。我們在上海、杭州那幾天可謂形影不離，不止復旦、豫園、城隍廟等地，就連晚上到市郊看的越劇，也是他作陪，在劇場內看到辛勞的他打了一個盹，我才明白他連日對我的照顧與真情。

離開上海前夕，記得我們談到字畫文物，揮別已是深夜，但翌日一早他又來旅館看我，攜來給我寫的一副對聯，墨蹟猶新，看來是連夜給我寫的，我只能報以深刻感動。

自後數年，笛老及夫人徐文綺女士都有一大段時間住在美國女兒聖珊家。我們兩家人交往不算頻密，但有固定來往，文綺女士亦是文學中人，交談沒有一點隔閡，我們談到的文壇，她都熟悉。她綽約大方，談吐藹然，和笛老生動的風趣談笑配合，鶼鰈情深，真是天造地設一對。我覺得那幾年是他倆一個調適期，文革幹校之餘，得以享受到西方文明自在。但是終於又決定回滬了，也許他們從沒有想到離開過，但我總覺得這是一個關鍵性決定。

因為，繼續留在洛杉磯又如何？

雖然依依不捨，總覺得他回滬決定是對的，上海等待著他，中國等待著他。他不屬於洛杉磯、或美國。辛笛是中國的，他是中國的詩人。

天可憐見，一九八八年五月，我們又在新加坡見面了。真是人生難得相逢，我們卻一逢再逢，可謂有緣，而且也是朝夕相處了一星期之久。那是應新加坡文化部及任教在新加坡大學好友王潤華之邀，分別自中、台兩地共赴獅城，參加世界「作家交流週」活動。該年我適好在台北客座，並與簡媜、陳義芝成立大雁書店。

那是非常快樂甜蜜的一週。不止與笛老在一起，還加上舊友張潤梅、丁曉霞及潤華、淡瑩夫婦。曉霞是好友詩人林綠的妹妹，為西雅圖多年舊識。她工繪畫，善煮茶。有天潤華夫婦帶我們到她家賞畫品茗，曉霞贈我一幅三魚圖，笛老欣然在畫上題字：「春波蕩漾，三魚同在水深處。曉霞作畫，付與張錯補壁」，後又補記：「三魚者乃曉霞、翺翺、辛笛」。童心爛漫，亦莊亦諧。我之舊名知者不多，惟老友或如笛老等諸前輩悉之。

後來笛老在其古體詩詩集《聽水吟聲》內亦有詩記其事，並謂曉霞作畫，「麗雲滿紙，氣勢之盛足以奪人，筆下魚群出入荇藻間，宛轉自如，其樂更勝於濠梁之上。」詩中更以曉霞嵌字入句——「曉月清風顏色好，霞光絢爛到芳菲」，的是妙筆。

新加坡的牛頓圈露天大排檔最是有名，潤華曾帶我們宵夜，笛老亦有〈小酌〉一詩記述——「燈火通明肆競張，綠陰叢裡菜羹香。故鄉風味家家有，遠客如歸願暫償」，南洋風光，如在眼前。那時我們白日談文說藝，晚上約三五友好，如英培安、林木海等人歡聚暢談，蕉風椰雨，十分寫意，而我和笛老詩觀，多所契合，睥睨四合，豪邁謙遜，兼而有之，經常撫掌大笑，莫逆於心。

和辛笛先生最後一次結緣，是為他重新編印《手掌集》。一九八九年三月，台北大雁書店出版了辛笛的《手掌集》，印刷精美，古雅脫俗，有線裝書風味。封面用帶有草紋的松華紙，內文用正反面粗細不同的山茶紙，共印二千冊。和其他版本不一樣的是，這是一本詩集與評介的合集。卷首以九葉詩人唐湜寫的評論作為「導讀」，然後才是《手掌集》文本。文本後面又附錄多篇評介，包括瘂弦、也斯、王聖思等人的文章。最後附「辛笛小傳」。王聖思後來對這本書有很好的報導，在她那本《智慧是用水寫成的——辛笛傳》內，非常翔盡交代了書出版後的經過。

《手掌集》屬「大雁經典大系之4」，前面三本，是卞之琳《十年詩草》、馮至《山水》、何其芳《畫夢錄》。多年後大雁書店歇業，這些書籍均成為民間的珍藏稀本。

二〇〇四年初我收到笛老過世的消息，心中十分難過。隨後稍微釋然，他終於追隨他的老友蕭乾、卞之琳一一走入歷史的另一章了。他是一個好好的人，在忘年的交往裡，我喜歡他，懷念他，也捨不得他，他是我心頭的一種溫暖。一直想寫一文以誌，但俗務羈身，就是忙不過來。及至執筆構文，一時思潮澎湃，思念欲狂。想起了他〈門外〉一詩，遂用裡面一句來做本文題目：

在這歲暮天寒的時候
遠道而來
且又有一顆懷舊的心

我歡喜

彷彿又回到舊時那些日子裡，與他漫遊天地，聽到他開朗笑聲，以及用那沙啞聲帶說：

「我歡喜。」

作者簡介：

李黎，本名鮑利黎，出生大陸，成長台灣，高雄女中畢業，台大歷史系學士，七〇年代赴美，就讀普渡大學政治研究所，曾任編輯、教職及專欄作家，現居加州史丹福，專事寫作，在兩岸三地出版小說、散文、電影劇本等逾卅部，獲有多項小說獎、劇本獎，名列〈台灣小說廿家〉，二〇一三年新作〈半生書緣〉。

軌道上的風景

李黎

「穿過縣界長長的隧道，便是雪國了。夜空下一片白茫茫……」川端康成的小說《雪國》一開頭就這麼寫著。

我在日本搭乘過幾次火車，印象最深的還是冬日——兩度從本州西北的秋田一路坐到東京，都是深秋和初冬。記得小津安二郎的電影《麥秋》裡，女主角家住離東京不遠的鎌倉卻要遠嫁到秋田去，在那個年代感覺上當然是遙遠得像充軍，即使是現在乘坐新幹線也得要四個多小時。一路上經過的不是繁華的都會，冬天走起來感覺格外空曠，正是想像中的日本的北國風光。車窗外匆匆飛掠而過的雪景，總讓我想到《雪國》開頭的句子，漫長黑暗的隧道之後豁然撲面而來的白茫茫冰天雪地，那鮮明的對照，雖是文字卻有一種視覺上的震撼力。

然而對於我，冬日乘坐火車的最早記憶，該是雨而不是雪。因為一切的記憶都是從童年開始，而我的童年是從南台灣開始的。至於後來人生行旅裡的天涯或者海角、飛雪或者豔陽，都是成長之後的旅途風光了。

那時，在台灣，從南到北需要坐大半天的火車。南部是感覺不到冬天的，得要上了北上的火車，走著走著，在催眠似的律動中，慢慢的，陽光黯淡下去了，天色漸漸陰沉起來，雨滴開始出現了，由疏而密，車窗上新灑落的雨珠追趕著舊的雨珠，匯流成越來越大的水滴，越來越急，追逐競跑似的奔向車窗的斜後下方……。不知為什麼，這些奔流的雨珠總使我看得出神，比車窗外遠處迷濛的田野更令我著迷。

童年的南國記憶中是絕對沒有雪的，所以印象中火車窗外的雪景國度，就只有日本了。

冬日旅行在日本雪國，其實一點也不感到淒涼。窗外的大地被雪覆蓋得平整妥貼，針葉樹上點綴聖誕樹般黏綴著棉花糖似的雪，落了葉的枯樹枝幹就被雪細細的包裹起來，微微胖了一圈。再好的雪景看久了也會感到無聊，但火車窗外的雪景卻像電影不斷改變，可以看上許久——直到非吃不可的「驛弁當」來到。

說起「驛弁當」，那又是童年火車記憶裡的一份鄉愁了。其實最早的火車便當，早在著名的熱騰騰的鐵路排骨菜飯問世之前，是月台上賣的那種便宜方便的飯盒，叫它作「便當」非常合宜。那時還未有極不環保的保麗龍盒，月台便當盒是天然薄木片做成的，用完扔掉絕無污染之虞。盒裡內容我至今還有清晰的視覺記憶：滿盒的白米飯，上鋪一片薄薄的豬肉，半個滷蛋，兩片醃漬黃蘿蔔。米飯冷而硬，豬肉的味道在吃過後來美味的「鐵路排骨」之後早已不復記憶，但當時吃起來總是津津有味，絕對跟旅行的興奮心情有直接關係。所以我直到現在，對用餐情境的重視，仍然遠遠超過食物本身。

日本火車上的「驛弁當」正是童年月台便當的改良完善版，所以非吃不可。便當盒是紙盒，通得過環保規格；而日本人是最懂得把冷食料理得可口的，這份長處正好充分發揮在便當文化上。至於便當內容，蔬肉類別、豐簡程度都有幾項選擇的餘地。捧著這樣一盒雖算不上十分美味但也還清爽可口的「驛弁當」，襯著窗外飛馳而過的雪景，過去與現在、記憶與現實，糅合成一個難以界定的模糊地帶；就像旅途的某一個沒有名稱的中途站，喜悅和惆悵都是一閃而逝，如車窗外的雪地，當雪融時我早已在千里萬里之外，另一個國度另一個季節了。

漫長的火車之旅，我的最高紀錄是兩天兩夜，從北京到西藏，拉薩。之前我乘過從加拿大太平洋之濱的溫哥華到洛磯山脈的班芙（Banff）之旅，為時兩個白天，中間那晚下車過夜。班芙近旁的加拿大洛磯山巔有一處億萬年前的化石坡，用半天的時間爬上去看見的是此生難忘的景觀：滿山坡不計其數的灰黑色岩片，拾起來細看全是史前時代的蟲豸的遺骸，被億萬年的時間凝固保存至今。

然而與「世界屋脊」相比之下，登上北美洲洛磯山脈只是登高，乘青藏鐵路去西藏則是攀登天梯了。我想去西藏的心願已經很久了，都說到西藏最好不要搭飛機，應該坐車去，讓身體一路慢慢適應那裡動輒四五千公尺的高度。然而青藏公路的顛簸令我幾番猶疑，終於，一路通到拉薩的鐵路完成了！北京到拉薩的火車，四千多公里的路走了整整兩天，四十八小時的車程讓我見識了山岳的威猛。

火車上的第二個夜晚，青藏高原雄偉的大山就在外面，我初次感覺到一種神秘的震撼。當火車在鐵道上行進，規律的震動像心跳，主宰著我的心臟的律動。矇矓中覺知火車速度在減緩，越來越緩，想來是在進行艱難的爬坡——不是坡，是陡峭的山；放緩速度爬山時，心跳變為喘息。黑暗中掀開窗帘一角向外窺視，地平線以下是一片漆黑；但揉揉眼再細看又並非全然漆黑，遠處有極稀疏的燈火，還有移動的小光點，那是與我們火車線平行的青藏公路上的車燈——在這莽莽天地間孤獨的夜行貨車。其上便是無盡的星空。天似乎很近，燦爛無比的繁星像瀑布般，一路灑落到地平線上來。

那一刻，我忽然感到大自然的天道無親。星垂高原闊，驚心動魄的天路之旅自此開始，在世界最高的鐵路線上。

幾乎每個人在他童年時代都曾經對火車懷抱著憧憬和嚮往，我還不曾見過不喜歡玩火車的小男孩。但是直到長大之後還那樣喜歡火車的成人就沒有那麼多了，我大概算是從小到大始終對火車著迷的人吧——這跟我熱愛旅行有很大的關係。

火車是我在所有的交通工具中最喜歡的一種，如果時間和距離允許，火車會是我的首選，因為感覺乘坐火車最安全，又最自在。比起飛機的經濟艙和大多數汽車來，火車的座位最寬敞舒適，而且不須綁安全帶，可以自由走動，可以眺望窗外景色，沒有暈浪問題；火車便當比聞之就令人生畏的飛機餐好吃得多；電氣化的火車不耗汽油不污染空氣；萬一發生交通事故，火車倖存乘客的比例是最高的。

跟許多人不一樣：乘火車，我喜歡坐反方向的位子。有些人反方向坐車是會暈車的，所以我從小的這個行徑令許多人不明白。很久之後我才悟到：那是由於對離去之前的人和地方的不捨吧。

面朝車頭進行的相反方向而坐，看到的景象是車子已經開過的，雖然只是一刹那而已，但無論是空間或時間上，都是已經過去了的地點和景物——如果是剛出站的火車就還包括月台和那上頭的人。他們迅速後退，越來越遠的離我而去……。火車，從來都是交織著會面的欣喜和離別的悲傷的。火車駛向的前方必然會到來，何必急著看呢，卻是上一刻的景物，頃刻間就要消失了，留戀的再看一眼吧。

小時乘火車總是欣喜興奮的，那是比遠足更長、更遠、更有趣好玩的旅行，是一成不變的平常歲月裡的節日慶典，是與遙遠的親友和玩伴的歡喜重逢；對一個幼小的孩子，火車承載的是一切的可能和無窮的許諾。

孩子眼中的世界往往是平面的，隨著心智的成長，孩子的眼睛開始看到世間事物顯現了截然的兩面：相聚之後會有離別，而離別帶來的悲傷很可能多過相聚時的歡樂；節日結束之後的惆悵，旅行之後的疲憊，離別之後的黯然，漸漸長大了的孩子也漸漸嚐到了。於是，月台的揮別之後常是漫長的思念，尤其有了戀人而又不住在同一處地方，時間和零用錢都拮据的兩個年輕人，火車是最經濟又可靠、卻也是最悲傷的交通工具；火車帶來甜蜜的期盼和相聚，卻也將同樣的東西帶走。月台上難分難捨，隔著車窗淚眼相對，火車緩緩起動之後還依依揮別……這些鏡頭好像不太久之前還很常見，但是自從有了高速鐵路之後，再遠的南北兩地也能一日來回，此情此景就難以再見了。

猶記得曾經多麼希望與相愛的人沒有空間距離的阻隔，或者距離可以用時間來縮短。現在希冀成真，思念時最多一時半晌就能見到了。昔日淚灑月台心碎揮別的離人，當時最大的願望和夢想，除了有情人能長相守之外，大概就是能有這樣一張縮短時空的「魔毯」吧。

如果有人問我對這樣的高速「魔毯」還有什麼不滿意的，我想唯一的遺憾就是乘車的時間太短了，短到竟然連吃一客便當的時間也不夠，以致現在的高鐵便當只在車站銷售，火車上是買不到了——那還算得上是火車便當嗎？

作者簡介：

荊棘（本名朱立立）。生於湖北，在台灣長大，台大園藝系畢業，後到美國留學，獲教育心理博士。曾在美國大學教學多年。在大學畢業時寫〈南瓜〉一文，受到台灣文壇重視，後重新回頭寫作，出版了《荊棘裡的南瓜》，《異鄉的微笑》，《蟲及其他》，《金色的蜘蛛網：非洲蠻荒行》和《保健抗老美容快樂》。她的《荊棘與南瓜》即將由三聯出版社發行。

鴨媽媽

荊棘

沿著美國西南的瑞爾格蘭地大河，我們曾經在新墨西哥南端有一片二十七英畝的農場，裡面有寬廣的沼澤野地，可以划船養魚的池塘，和一些綿延的河道。不少野生動物如野狼、狐狸、臭鼬、野貓、河狸、甚至蛇蠍，絡繹不絕地在白日或夜晚自由往來，池塘裡更有的是錦鯉、貓魚，烏龜和牛蛙。炎熱的夏天，牛蛙一夜呱呱嘶喊，如嬰孩哭叫；而野狼在霜滿天的酷寒深夜對著滿月仰天群嚎，如亙古的野性在寂寞的沙漠裡巡迴，多少年以後還魂牽夢縈地在我們的記憶裡迴響。這些動物與我們一起度過四分之一的世紀，留下好多活生生的故事。

我們的溼地是候鳥遷移路線上的一站，初春和秋末總有各種鳥群結隊而至，在千里跋涉之中小歇幾天，吃點我們為牠們預備的雜糧，在池塘洗滌羽毛上的風塵。加拿大鵝個子壯大，聲音也挺響亮，呼叫起來像是喇叭交響樂團；鷺鷥大批降臨的時候，野地像是鋪蓋了一層白雪，連樹叢都是白花花的；而每當黑鶴到臨，野地換了布景，成了一片聳動嘈雜的灰雲。池塘也有固定的居民，有一對大蒼鷺在此成家育子，已經有好幾代了，還是行蹤神秘，悄悄地躲藏在池邊草叢間；鵝鴨整天在池塘浮動，大多是復活節過後孩子們玩厭了丟過來的，也有的是從虐待動物的人手上買下來的。有一對白色羽毛的北京鴨，總是公不離婆婆不離公地出雙入對；這對「呆頭鴨」美麗有餘而智力不高，喜歡斜著頭盯著我們看。一隻叫作葛蒂的非洲火鴨，頭上嘴邊有紅色的裝飾，胖胖的個子矮矮的腳，走起路來一晃一晃，很會跟我們聊天說地；雖然彼此語言不同，但多少也可以猜出個意思來。葛蒂勇敢機智，來了不久就成了池塘的領袖人物。我們的狗克拉是只會叫不會咬的紙老虎，閒來無事喜歡追雞打鴨取樂；北京鴨看到牠就往水裡逃，葛蒂卻公然和克拉對抗，還會跳起來向比她大幾倍的克拉挑戰，弄得克拉很沒有面子，只好訕訕後退。野地蠻荒自然，生生死死的事天天發生，鴨鵝常被其他動物吃掉，一下子就不見了。只有葛蒂老而彌堅，懂得生存自衛之道，在這池塘活了十幾年。

池塘長住幾隻綠頸鴨，母的一身棕麻色，毫不出色，唯一的一隻公鴨，頸部和翅膀下都有藍綠色羽毛，每當春暖花香的季節，這些羽毛變得螢光耀眼，美麗出眾。不幸的是，他風流自賞，自知是個帥哥，整天振翅顯耀他美麗的羽毛，從早到晚不停地向眾鴨子求歡。更不幸的是他不是溫柔體諒的情人，而是個魯莽強下弓的暴徒。最讓我們受不了的是他飢不擇食，所有的動物都要去試試，綠頸母鴨的後頸一個個被他搞得光禿無毛還不說，北京鴨不論是公是母他都要去打攪，連葛蒂也被他追得倉皇失措最後只好往天上飛（這以前我們還不知道葛蒂會飛）。克拉跑去看熱鬧，居然也被他打主意，弄得最後夾尾落荒而逃。來此過道的鴨鵝和候鳥，當然全是他追逐的對象，野地就變得成天雞飛狗跳，鴨嘎共狗吠一瑟，落霞與羽毛齊飛。

我們叫這綠頭鴨「色鬼」。我的另一半很為色鬼的健康操心，找了一個機會和色鬼私下談談。海諾說：「色鬼哦！我勸勸你噢，你這樣不食不休整日縱慾是不行的，誰都沒有這樣的精力，搞不好你就要完蛋了。」

色鬼二話不說，直往海諾撲來，差點沒跳到海諾身上。

終於有一天，我們看到色鬼倒在地上，兩腳朝天，一動也不動，大概已經奄奄一息。海諾跑去看他，滿心憐憫地對色鬼說：「你看你搞成這副德行，誰叫你不聽我的話……」

色鬼微張一隻緊閉的眼睛往天上瞄了一眼，像是在說：「噓！別吵。你沒看見那隻禿鷹？」

果然，一隻未設防的禿鷹正旋轉而下，以為有死鴨可吃。

* * *

那對北京鴨生了不少蛋，卻不知道要把這些蛋怎麼辦才好，這些被育種為肉食的鴨子，大概連生存的本能都被育掉了。池塘裡有鴨蛋浮上浮下，沙灘散布鴨蛋，別的動物也開了鴨蛋宴，我們不時揀兩個新鮮的鴨蛋來吃。有一年春天，我靈機一動決定要作鴨媽媽。我每次收集十個鴨蛋放在孵化機裡，試了好幾次，才終於有兩隻小鴨子孵化出來。北京公鴨退化到連射精的事都不會作，實在該跟色鬼學學。

這兩隻嫩黃如絨球的鴨寶寶可愛之至，睜眼第一個看到的就是我，當然就認定我是他們的媽媽，嘰嘰喳喳地跟在我身後，跌跌撞撞地如影相隨。我領著他們去吃雜糧，到後院去曬太陽，和他們以兒語對談；我一坐下來，他們就跳到我的膝上，鑽進我的衣服裡取暖。他們的嘴尖特別敏感，是辨識外界的工具；他們啄我的衣服、皮膚和頭髮，一雙冰冷的蹼足踏在我身上。他們又特別喜歡往上爬，最後總是連爬帶跳地登上我的頭頂，把我一頭亂髮當作他們的窩巢，我也就驕傲地頭戴兩隻鴨寶寶，把他們當作最新穎別致的頭飾。

小鴨子長得快，一週後就大了一倍，我決定是他們該下水游泳的時候了。於是鴨媽媽穿著游泳衣，後面緊跟兩隻搖搖擺擺的鴨寶寶，往池塘走去。見到池塘，鴨寶寶竟然害怕起來，就是不肯下水。北京鴨大概是關在籠子裡養的，連游水的本能都變得薄弱了。好在鴨媽媽有備而來，為了孩子的教育不惜犧牲小我，勇敢涉水而下仍然冰冷的池塘，在水裡輕聲呼喚他們；兩個鴨寶寶躊躇再三，唧唧直叫，為了捨不得離開媽媽終於滑進水裡，像橡皮玩具鴨一樣無能無助地隨波起伏。作媽媽的於心不忍，斷然把游泳課程提早結束。這以後，每天都有定時的游泳訓練，時間慢慢加長；到了鴨寶寶兩週大時，他們才開始喜愛游泳，而且游得比他們的媽媽好得太多。池塘附近有烏龜和牛蛙，還有專吃老鼠而無毒的蛇，都在虎視眈眈等著吃小鴨，而他們的自然父母也好奇地趕來張望，呆頭呆腦地斜著頭看，不知這是他們的後代，大概就是知道也不知該作什麼才好；我決定繼續作鴨媽媽，每天仍然帶小鴨子回到後院鴨盒子過夜。

一個月以後，絨黃一團的鴨寶寶漸漸變成灰白羽毛的醜小鴨，他們的游水功夫已進入潛水高技，一潛下去好久不出來，害得他們的媽媽在旁邊數著時間，捏一把冷汗，連氣都不敢出，直到他們鑽出水面。他們開始主動地接近那對北京鴨，而這對自然父母也無所謂，任憑小鴨跟隨在後。等到他們在池塘游得不願跟我回家，我知道，是該讓他們走的時候了。養育孩子，最困難而最重要的一環，就是到了時候必須放手，讓他們走他們的路。

我每天到池塘去探望他們，日益長大的寶寶也搖晃著跑來和我招呼。有一天只有一隻跑來；再過兩天，這隻寶寶也不見了。

＊　＊　＊

每當春臨水暖，綠頸鴨色鬼先知，又在那兒整天追鴨打狗，弄得野地鴨飛狗叫不得安寧。這時，有些過境的墨西哥野鴨以為此地風水不差，有吃有住，不如就在此生男育女，等到秋天再走。母鴨就在池邊草叢間築了窩生了蛋，每天在窩裡耐心孵蛋。色鬼一看這些母鴨乖乖呆在那兒，名符其實的「牢坐鴨」（sitting duck），竊喜天降良機，乘機來個霸王強上弓。野鴨們個個嚇得膽破屎流，嘎嘎大叫從窩裡連滾帶爬逃出來，色鬼當然窮追不捨，野鴨跑了一陣就飛上天了。幸好色鬼不會飛，也只好無可奈何地望天長嘆。過了一陣，野鴨心繫窩裡的蛋，生怕它們冷了會死去，又偷偷飛回來孵蛋。色鬼一看野鴨回來了，當然又跑來打攪，最後還是把野鴨弄得往天上飛去。這樣一天幾次不斷的性騷擾，可憐的野鴨最後只有放棄她們的窩，再不回來了。

墨西哥野鴨當時還是瀕臨絕種的動物，我決心要保護他們。為了保存多元的基因，我從每個鴨窩裡揀兩個蛋，一共十二個蛋放在孵化器裡，一個月後，居然每一隻小鴨都孵化出來了。

野鴨和北京鴨大不相同，這些野鴨寶寶一身棕麻色，和他們的媽媽一樣，是土地和草叢間最好的保護色。他們一孵出來就已經生龍活虎，會跳會蹦，會吃會喝。我把他們關在大紙盒裡，不讓他們馬上跳出來。我每天去看他們，給他們食物和清水，和他們吱吱細語，告訴他們我是鴨媽媽，直到他們到了一週大時我才把他們帶到有圍牆的後院去「放牧」。他們興致勃勃地到處跑，不像北京鴨寶寶般黏著我，也不愛爬到我的身上。他們相爭著垂直地往天空跳躍，讓我驚訝不已；仔細研究才發現原來空中有些懸浮飛動的蒼蠅，他們居然看得清楚，可以高躍而準確地啄到蒼蠅，讓他們的媽媽大為欽佩。

我覺得已經到了他們可以下水的時候了。為了避免他們變成別的動物的食物，我在池塘的一角用鐵皮板圍成一個小池子，和大池塘分開來。我於是又穿上游泳衣，抱著裝了十二隻鴨寶寶的大紙盒，預備陪公子和公主下水。沒想到，還沒有走到池塘，他們就急不可待地從盒子裡跳出來，直往池塘奔去，看到水就像回到了老家，毫不猶疑地往水裡鑽，游得像奧林匹克的游泳選手一般精彩，而且馬上就開始作潛水表演，完全不需要任何游泳訓練。我變成了無事可幹的旱鴨媽媽，只能站在岸邊為他們打氣。到後來他們叫也叫不回來的時候，我才下水把他們從水裡一一捉回來。

他們在水裡樂不思蜀，再不願回他們的紙盒鴨窩。我們就乾脆在小池塘邊用鐵絲網作了一個籠子，鋪了乾草作窩，把穀物也放在一邊，讓他們每晚在那兒住下來。不久他們又不安於小池塘，老是在鐵皮板下潛水鑽洞，想要逃出集中營，去看外面的大好天地。就這樣，一隻連一隻，所有的逃兵都逍遙自在地蕩漾在大池塘上，再不肯回來。好在他們每晚還是乖乖地回鐵絲網籠子過夜，安全度過一天最險惡的時光。

就這樣，鴨寶寶日日成長，白天在池塘自由玩耍，晚上回籠睡覺。他們很防備「人類」，從不接近他人；可是他們會游過來跟池邊的我們嘎嘎寒暄，也會跟在我們後面搖搖擺擺地走路。有一天，當我們在野地散步時，他們突然從我們後面飛起來了，然後停在我們前面，側眼望著我，好像在說：「媽媽，你怎麼不會飛呢？」

從這天開始，他們每天都跟我們一起去散步，走了一會就飛上天空，在我們頭上旋轉，降下來在前面等，等我們走到他們前面時，他們又振翅飛去，再到前面等我們，如此一再反覆不絕。我知道他們好希望我這媽媽快快飛起，跟他們一起翱翔天空，因為他們往南遷移的季節快到了。

最後一天，他們飛在我們頭上的天空，一再旋轉，一再嘎嘎呼喚，依依不捨地往遠方飛去，再不回顧。我含著眼淚揮手道別，祝我十二個心愛的鴨孩子一路平安。

＊＊＊

這以後每年春天，都有很多墨西哥野鴨到臨。他們不怕我，可以讓我走近仔細端詳，但是野鴨都長得一個樣子，我也分不出哪些是我的原來的鴨孩子。可是我相信這裡一定有我長大了的鴨寶寶，也一定還有我的鴨寶孫，被他們的父母帶回老家讓我這祖母瞧瞧。墨西哥野鴨的數量在近年劇增，已經沒有絕種的危險。我們野地的野鴨也生生不息，這塊地成了他們固定的居留所。

我們離開了新墨西哥，離開了我們的沙堡、農場、池塘和野地。無論我們到了哪兒，每看到鴨子我都倍感親切，我會悄悄地跟他們說：「你不認識我，可是在每年長途遷移的旅途中，你也許見過我的孩子和孫兒女，說不定你跟我還有些親戚關係呢！因為我是鴨媽媽哦！」

作者簡介：

周愚，本名周平之，空軍官校、美空軍戰術學院畢業。曾任飛行官、中隊長，上校階退役。來美後從事寫作，發表作品兩百餘萬字，曾獲聯合報報導文學獎，洛杉磯地區傑出華人成就獎。曾任南加州空軍官校校友會會長，北美洛杉磯華文作家協會會長、北美總會副會長。

女兒在上海

周愚

當人們一提到「迪士尼」（全名為The Walt Disney Company，中文譯為華特迪士尼公司），所想到的，大概就只是在美國加州的洛杉磯、佛羅里達州的奧蘭多，和巴黎、東京、香港，以及正在上海開始興建的幾處迪士尼樂園和迪士尼世界。或者還會知道它出品的《白雪公主》、《睡美人》、《仙履奇緣》、《神鬼奇航》等老幼咸宜、膾炙人口的電影而已吧！

殊不知，樂園和電影雖然是它的主要企業，但它所擁有的其他相關企業，規模也不會小於以上的那些。諸如美國三大廣播公司之一的「美國廣播公司」（ABC，在洛杉磯是第7號電視台），和許多家有線電視公司，無數家五星級大酒店、餐廳，以及服裝、玩具、禮品店等等。但是可能很少有人知道，近幾年來，它又增加了一項最新的企業，就是兒童英語學校，而學校的地點，都是設在中國大陸。

隨著中國大陸經濟的快速成長，人們於生活富裕之後，自然便會重視對獨生子女（中國大陸至今仍為一胎化）的教育，也知道英語對子女日後在工作上的重要性。商業眼光銳利，反應快速的美國人看準了這點，女兒服務的迪士尼公司，更是拔得頭籌。六年前，她被派到上海去擔任這項開辦兒童英語學校的工作，八個月後第一所學校成立，師資全為年輕，高學歷的美國人，並由會說中文的華裔美籍人士擔任助理老師。

人人都知道，學語言年齡越小接受力越強，也知道學習第二語言必須從小學起才不會有口音，因此學校招收的兒童年齡限為零歲至十一歲。也就是說，呱呱墜地的嬰兒就可入學。試想，小孩子一生出來就讓他（她）日日與美國人相處，英文上的優勢，怎是十二、三歲，進了初中才開始從ABCD學起的人所能比的！

上海有錢的人太多了，雖然學費不菲，但一開辦學生立即爆滿，於是緊接著開辦第二所、第三所……三年後增至七所，但仍供不應求，現在更似幾何級數般，已經擴增到驚人的二十二所了！而且也開始在北京、天津、南京、蘇州、杭州、寧波等地繼續開辦。據迪士尼自己最保守的估計，現在他們在中國的兒童英語學校每年的商機可達到三百五十億元人民幣，未來數年內，還會以每年百分之三十的速度成長。可以想像得到，在上海讀兒童英語學校的花費，比起在美國上常春藤大學也不遑多讓呢！

家長們送子女入學後，另一願望就是要帶子女來美國觀光，當然必定要遊美國的迪士尼樂園，住迪士尼的旅館、用餐、購物……這又是一個多賺中國大陸人的錢的機會。女兒也因此經常要「出差」回美來充當他們的導遊，上海、美國，兩頭忙得不亦樂乎；而公司則賺他們的錢賺得不亦樂乎。

這件事還產生了一項「副作用」，就是這五、六年來，也使得我和老伴幾乎每年至少都要去一次上海。雖然在這之前就曾去過多次上海，但以前去，不是把她作為進入大陸旅遊的第一站，就是作為遊畢返美的最後一站，停留最多只不過兩、三天，可說來也匆匆，去也匆匆。但這幾次就完全不同了，不但曾作過兩個星期的「長住」，也曾和女兒共度農曆春節，甚至還有一次是冒著上海正是暴風雪時去的呢！

女兒的工作非常穩定，絲毫未受到這幾年經濟不景氣及失業率高的影響。由於這些，使我聯想到兩件事：

第一，她之所以會被公司派到上海去，一是因中國大陸的經濟日趨繁榮，美國人可以在那裡賺到他們的錢；二是女兒除了專業領域的技能外，最大的原因就是她還會中文。派她去中國大陸，一人可當兩人用，如派美國人去，豈不是還要雇個翻譯！由此使我想到，我們來美國後，學英文固然重要，但保有足夠的中文程度，仍是隨時都有可能派得上用場的。

第二，我們來美國時女兒讀高二，而本來的預定計畫，是在女兒國小畢業那年就該來的，卻因正逢美國與中共建交而影響了對台灣的移民配額，使我們多等了四年。當時我們為此怨天尤人，氣憤難當。但現在想起來，女兒也因此在台灣多讀了四年書，如果我們早四年來美，她的英文固然可能會更好，但以國小畢業的中文程度，是絕對不足以勝任現在在上海的工作。因此也使我領悟到，任何事情，不可強求，更不要怨尤，順其自然，心平氣和，心安理得。

作者簡介：

周芬娜，台大歷史系學士、政大東亞研究所碩士，美國 Union College 電腦碩士。曾任ＩＢＭ電腦程式設計師、海外華文女作家協會第九任會長。加州矽谷「紫藤書友會」創會會長，作品以遊記／美食評論為主，巧妙融合文學、歷史、山水、美食，代表作為《品味傳奇》系列。曾三次榮獲《亞洲週刊》熱門文化指標（二〇〇三、二〇〇八、二〇一二）；台灣「中國文藝協會」五四文藝獎章（二〇〇五）。

孤寂與掌聲：邂逅海明威

周芬娜

來自中國大陸，擁有英美文學博士學位，得過「美國圖書館最佳書獎」的當紅華裔作家哈金，簡潔生動的英文魅力十足，某些嫉妒他的美國作家諷刺他的英文為「高中英文」（high school English）時，哈金總是臉不紅氣不喘的回應道：「我寫得比海明威好」，令人拍案叫絕。

美國文學的一代宗師恩尼斯特・海明威（Ernest Hemingway, 1899-1961），因開創了美國散文的新風格，而獲得美國普立茲文學獎和諾貝爾文學獎。他的文字簡約，撼動力卻很強，正像美國作家福特（Ford Madox Ford）所形容的：「每一個字都敲擊著你，彷彿是剛從小河裡撈出來的石子。」

但海明威的文字有時也被譏為「高中英文」，為什麼呢？因為他並非以優美隱晦的文學語言見長，而是以簡潔犀利的「新聞體」文筆取勝。海明威出身新聞記者，辭職後奮力筆耕，才變成舉世聞名的小說作家，著有《戰地鐘聲》（*For Whom the Bell Tolls*）、《雪山盟》（*The Snows of Kilimanjaro*）、《老人與海》（*The Old Man and the Sea*）等名著。他奇詭的小說情節感動著千千萬萬的讀者，他那主張自由、獨立、奮鬥的人文精神，和充滿傳奇性的一生，更令人激動不已。

海明威是個喜歡追求變化，不甘平淡的人。他結過四次婚，去非洲打過獵，去墨西哥灣釣過馬林魚，去歐洲參加過西班牙內戰，也吸引了無數的美女投向他的懷抱，每任妻子都是才貌雙全的美女。當人人羨慕著他的名利雙收，豔福不淺時，他卻在六十二歲那一年不堪病痛折磨，在家舉槍自盡。他出生於美國芝加哥郊外的橡樹園，成年後飄流四方，故居遍布全球：巴黎、佛羅里達的西礁島（**Key West**）、古巴、愛達荷州……等地。

海明威每次搬家，都跟離婚有關。據說他最美的故居是西礁島（**Key West**）上的豪宅，是他跟第二任妻子葆琳・懷佛（**Pauline Pfeiffer**）的愛巢。西礁島是美國最南端的領土，交通不便。海明威搬到那裡居住，是因為喜歡海釣的緣故。我去年聖誕計劃去佛羅里達州度假時，便毫不猶豫的把西礁島列入繁忙的行程表中。正值聖誕新年佳節，西礁島昂貴的旅館家家爆滿。有家五星旅館每晚索價五百美元，要連住三晚才肯接受預約。但海明威故居對我們的吸引力實在太大了，我們便決定排除萬難當天來回，一探西礁島。

西礁島離邁阿密雖只有一百五十英里之遙，但一路上要經過一連串的小島，島與島間有二十幾座連綿不斷的跨海大橋相連，每部汽車只能以三十～四十英里的速度行進，要整整五個小時才能抵達，沿途車水馬龍，亦無令人驚豔的風景可賞，頗為單調。我們一大早就已上了高速公路，以一種朝聖的心情奔向西礁島。經過五個小時的折騰，終於抵達那個二十年來不停出現在我夢中的小島。

西礁島與古巴遙遙相望，當中只隔著墨西哥灣。不但天氣像古巴，食物的滋味也相似，柑橘類水果就是西礁島上的主要作物。島上著名的甜點青檬派（Key Lime Pie）是用當地特產的小青檬製成的，海明威最喜歡的飲料Mojito雞尾酒，也是以青檬汁或葡萄柚汁為主體的，加青檬汁的是碧綠色，加葡萄柚汁的是粉紅色，清爽宜人，是著名的「爸爸的飲料」（Papa's drink）。

在一家有西班牙殖民風味的餐室吃過雞肉沙拉、煎鬼頭刀（Grilled Mahi Mahi）的簡單午餐後，便直奔海明威的故居，口舌間仍縈繞著柑橘的清香。那生菜沙拉的雞肉塊用橘汁醃過，魚排上的醬汁也有柑橘的香美。海明威的故居在懷海德街上（Whitehead Street），是一棟色調明亮，深具邁阿密Art Deco風味的西班牙殖民地建築。檸檬黃的牆壁，雪白的法國窗，碧綠的芭蕉闊葉，豔紅的鳳凰花，碧藍的天空，亮麗的色彩對照，令人無法忽視它的存在。一樓餐廳的牆上懸掛著許多照片和畫像，最令人矚目的是海明威四位妻子的獨照，我的思緒一時奔向了他浪漫的羅曼史之中。

海明威的第一任太太海德莉（Haderley Richardson）短髮俏麗，是青梅竹馬的戀人。

他當時擔任《多倫多時報》派駐巴黎的記者，海德莉陪著他共同生活了五年（一九二一～一九二六）。他們甜蜜的婚姻生活，最後卻被巴黎《時尚》雜誌的主編葆琳・懷佛（Pauline Pfeiffer）所破壞。出身巴黎富家的葆琳・懷佛是海明威的仰慕者，她特意與海德莉結為閨中密友，設計把海明威給搶走，成為他的第二任太太，震驚了整個巴黎社交界。

照片上的葆琳・懷佛黑髮黑眼，俏皮的尖鼻，纖瘦的身材，戴著法國圓帽，回眸顧盼，百媚橫生。兩人婚後不堪流言蜚語，從巴黎搬去遙遠的西礁島居住，共同生活了十三年（一九二八～一九四〇）。葆琳・懷佛極重時尚品味，濃濃的歐洲風格表現在家居布置上。她特別喜歡威尼斯手工吹製的玻璃大吊燈，每個房間都吊著一盞。臥房雙人床的床頭板，是一扇十八世紀西班牙雕花木門，床邊各有一盞鳳梨形的鍍金鏤花座燈，閃著昏黃的光暈。她甚至斥資二萬美元（相當於現在的二十五萬美金），在家裡建造了西礁島上的第一座游泳池，希望可以把丈夫留在身邊。但這都留不住喜新厭舊的海明威，他仍喜歡出門到處狩獵，除了狩獵野獸外，也狩獵美女。

古巴裔的美國女作家瑪莎・葛洪（Martha Gellhorn）成為海明威的新獵物。她貌美如花，性烈如火，是美國最出色的戰地記者之一。海明威住西礁島時每天一早就寫作到中午，下午與友人出海釣魚，晚上去朋友開的酒吧「邋遢喬」（Sloppy Joe），與友人高談闊論，就在那裡認識了瑪莎・葛洪，陷入情網，一起去西班牙採訪內戰，結婚後一起搬到古巴居住。兩人的五年的婚姻生活卻如驚濤駭浪，最終只好痛苦的離異。

他的第四任太太是《時代雜誌》的名記者瑪麗・威爾許（Mary Welsh）。第二次世界大戰時，他在倫敦認識瑪麗，一見鍾情，後在哈瓦那結婚（一九四六），一起搬回巴黎居住了三年（一九五四～一九五七）。一九六〇年兩人一起搬回瑪麗的故鄉愛達荷州居住，次年（一九六一年）他就因病自殺，結束了他多彩多姿的一生。再回巴黎時，海明威在懷舊的情緒中寫下了著名的回憶錄《流動的饗宴》（*A Moveable Feast*），說他一生中的最愛還是第一任妻子海德莉，感嘆人生已經不能回頭：

> 巴黎的生活永遠寫不完，在巴黎住過的人回憶也迥然相異。不論我們變，巴黎怎麼變，也不論去巴黎有多容易，有多困難，我們總要回到巴黎。巴黎總是值得眷戀，不管你帶去什麼都能得到回報。不過，這裡寫的是早年的巴黎，當我們很窮，但很快樂的那段日子。

看到海明威的書樓時，我的思緒才飄回他的創作生涯中。那是棟獨立的兩層小樓房，位於西班牙豪宅之後。我們沿著鏤花的鐵梯拾步而上，他的書房便落入眼簾之中。海明威每天上午在這裡寫作，圓形的木几上放著一部老舊的英文打字機，便是他寫稿的工具，令人感到他對寫作的投入與熱忱。牆上的大角鹿頭與曹白魚標本，也顯露出他狩獵與海釣的嗜好。

海明威對女人的感情雖然多變，對寫作的熱情倒是持久不變的，數十年如一日。一九五八年時某位巴黎記者訪問他時，問了他一個有趣的問題：「你記得在哪一剎那下決心成為作家的？」（"Can you recall an exact moment you decided to be a writer?"）他乾脆俐落的回答道：「不記得了。我一直就只想當作家。」對我有如當頭棒喝。

寫作是一種終生的耕耘與承諾，而非一時的衝動與熱情。寫作很孤寂，作家透過作品與讀者交流，過程中有狂喜，有哀傷；有獲得，有失落；有成功，有挫折。寫作極耗心神，作家的創作力就像一枝燃燒的蠟燭，總有燃盡燒光的時候。但好作家總不會寂寞，生前死後都餘燼未熄，持續在文壇發光發熱。

弔詭的是：作家盛名的頂端，通常也是衰落的開始。一九五四年海明威在領諾貝爾文學獎時也說過：「當作家終於擺脫了他的孤寂，聲名日盛時，他的作品也開始敗壞。」之類的名言。他在得獎後的確也沒再寫出優秀的小說來，幾年後他就因神經衰弱自殺身亡了。他深知成名的作家易迷失於掌聲之中，隨盛名而來的大量文學活動，也會減少他創作的時間。而「名滿天下，謗亦隨之」，盛名後常是巨大的身心壓力。孤寂與掌聲，成名與敗落，成為一種必然的弔詭。這不但是海明威的悲劇，也是許多重量級名作家的悲劇。我參觀完海明威的故居，像是上了一堂生動感人的文學課，令我永誌不忘。

作者簡介：

朱琦，學者、作家。一九九〇年在北京大學中文系獲文學博士學位，一九九一年遊學日本，一九九二年秋到美國訪學。曾任教於加州柏克萊大學東亞系，後任教於史丹福大學亞洲語言文化系。出版散文集《黃河的孩子》、《東方的孩子》、《讀萬里路》等。曾獲得台灣中央日報文學獎、中國廣播電視部星光獎、中國首屆老舍散文獎、中國首屆華僑文學獎。

兩種吹牛

朱琦

常常聽說某個人是吹牛大王，其實在吹牛這個領域無人可以封王。牛皮是無極限的，無論誰吹得有多麼厲害，總還是有人超過他。且不說某大都市多不勝數的吹牛家，隨便把鏡頭拉到一張鄉下的酒桌前，甲乙兩人就已是勝負難分。甲說有一個女人愛他愛得發瘋，乙就說有兩個女人為他死去活來。甲不服，把乙的數字再翻番。如此類推下去，可以吹得日月無光，天地變色。要在這兩人之中推出一個吹牛大王來，竟也不易。據我來看，吹牛只能以境界等而分之，最高的境界是吹得連自己都相信。但是，其致命缺陷是除了吹牛者自己相信，別人全都不信。

這樣的吹牛純是病態，不在尋常之例。尋常吹牛滲透在日常生活之中，無處不見，就像流行感冒，因此也算不得什麼大毛病。我現在之所以要說說尋常人的吹牛，是想看看中國人吹牛與美國人吹牛有何不同，或許還可以從中嗅出兩種文化的不同味道。

先說中國人的吹牛。大而論之，分作「四吹」。

其一是血緣之吹。所謂血緣，不只是祖父母、父母和兄弟姊妹，也不只是所有的近親。父母無可吹，就吹祖父母，祖父母無可吹，就吹老祖先。上可通兩千年以前的祖宗，遠可達九個彎以外的親戚。家族再衰落，也可以從古代找一個了不起的祖宗，從遠方找一個做小官的親戚。只要是同姓，即使相隔兩千年，而且根本沒有族譜可查，似乎也可以找到一條清晰的血緣。這種吹牛在中國源遠流長，漢朝的皇帝自稱是夏朝馴龍的劉累的後代，北周皇帝則以炎帝神農氏的後人自居，唐朝皇帝說他們的老祖宗是老子李耳，連品節高尚的屈原和志趣高遠的陶淵明也不能免俗，屈原說自己是「帝高陽之苗裔」，陶淵明說「悠悠我祖，爰自陶唐」。韓愈看不慣這種祖傳的風氣，寫了篇奇文叫做《毛穎傳》，以遊戲筆墨給毛筆尖作傳。他仿效司馬遷《史記》的筆法，一開頭就說：「毛穎者，中山人也。其先明視，佐禹治東方土，養萬物有功，因封於卯地，死為十二神。」毛筆尖乃兔毫所做，韓愈由此而為兔子兔孫們尋找光榮的祖先，把它們的祖宗追溯到五帝三王。文章的最後更把聖人的後代與兔子兔孫等而論之，極盡諷刺之能。但韓愈大概沒有想到，幾百年後他也成了後人妄加攀附的祖宗。「文價早歸唐吏部，將壇今拜韓淮陰」，這是許多韓姓人家特別喜歡的春聯。你看，姓韓的可以找到漢王朝開國的名將韓信和唐代的文學領袖韓愈，一文一武，何其了得！依此類推，姓趙的可以找到趙匡胤、趙子龍，姓謝的可以找到謝安、謝靈運，姓李的只要能追溯到唐太宗李世民那裡，就可以再往上追溯上千年，直至春秋時的老子李耳。我們姓朱的，雖然發音難聽，卻是朱明王朝的皇家姓氏，宋朝還出了個朱熹。中國人聚會閒聊，常會說到姓氏，說到姓氏常會說幾個光榮的祖宗，有人是嘻嘻哈哈說笑，有人是認認真真吹牛。曾經有個姓陳的說他是陳後主的後代，還曾經有個姓鄭的說他是鄭和的後代。陳後主荒淫好色，乃亡國之君，卻也曾是一國之主，因此有姓陳的以他為傲；鄭和是個宦官，就算有後代，那也不會有血緣關係。

其二是名片之吹。大陸近年興起名片熱，無奇不有。名片本是名字之片，不少人卻把它當作出名之片。小小一張紙片，恨不能把平生得過的所有頭銜或榮譽都塞上去，印滿了密密麻麻的字。有個笑話說，某村莊的黨支部書記兼村長印了張名片，頭銜大略如下：中共中央國務院××省委省政府××地委地政府××縣委縣政府××鄉委鄉政府××村黨支部書記兼村長×××。前年歲暮我回大陸，有兩張名片砸得我頭暈眼花，張口結舌。有張名片是成都一位老先生的，正反兩面都印滿了微雕般的小字，除了「副主席」、「副會長」和「理事」之類的頭銜之外，還有一份近乎履歷的光榮史，連曾經與某某名人共宴之事也羅列其中。另一張名片是昔年某位熟人的，名片上有一個總公司和幾個分公司的名稱，有十多個電話號碼，其中美國分公司的電話號碼我越看越似曾相識。略一追究，對方笑了：「這就是你在美國的電話號碼呀，我從你老同學那兒要來的。別見怪，我這是唬人的，反正不會有人往美國打電話。」老天啊，這還是我剛到美國時的電話號碼。那時我住在貧民區，如果有人打這個電話，或許會聽到大街上傳來警車的鳴叫聲。

其三是師朋之吹。中國人說「名師出高徒」，因此吹捧自己的老師多麼出名，好像就顯出自己的不平凡了；中國人又說「物以群聚，人以類分」，所以吹捧朋友多麼出色，好像就抬高了自己的身價。有人聽過哪個大師一節課，就終生托庇在大師門下而自豪；有人與哪個名人說過幾句話，儘管這位名人早就忘記了他，他還是到處炫耀某某是我朋友。與人初次見面，僅僅三句話，就把所謂的名師名友拉入話題。這樣一說，自己的個頭都似乎長高了許多。

其四是同鄉之吹。實在沒有什麼可吹的了，就吹自己的故鄉出了什麼名人。小到方圓十幾里，大到方圓幾百里甚至上千里，總能找到名人的。現在找不到，歷史上總會有。千古流芳的找不到，遺臭萬年的也可以。從前在火車上遇到一位河北人，他一開口就說：「我是霸縣人，韓復榘就是我們那裡人。」小鄉鎮的歷史上沒有狀元，沒有舉人，前清某位迂腐的秀才居然也被拿出來炫耀。

除了那些特大號的吹牛家之外，中國人一般不直接吹自己的能耐和本事。一種情況是自己沒什麼可吹的，只好拉大旗，做虎皮；另一種情況是不敢直接吹自己，因此用別的方式婉轉地吹牛。有位作家來美國某大學演講，總共只有一個鐘頭的時間。本來聽眾是來聽他談他的作品的，他也不妨宣傳一下自己的作品；但他卻用了半個多小時講他正在擔任或曾經擔任的各種頭銜，講他與某個中央領導的密切關係。終於等到他言歸正傳講自己的作品，卻又謙虛起來，說了一大堆客套話，聽得眾人大倒胃口，乘興而來，敗興而去。

與中國人不同，美國人很少吹父母兄弟、親戚朋友，更很少誇耀他的家鄉出過什麼人物。要吹就吹自己，吹得不加掩飾。有個美國人瀟瀟灑灑地告訴我他會說漢語，最後我才知道他只會說「你好」和「謝謝」，數數只能數到「六」，「七」是什麼就不知道了。還有一個美國人說他乒乓球打得不錯，於是約他打了一場，原來他的「不錯」就相當於中國人剛學乒乓球時的水準。你把球很柔和很緩慢地送過去，他能接住就是「不錯」。

美國是一個廣告世界，美國人很會宣傳自己。申請新工作的時候，美國人特別善於給自己編寫履歷，能把一丁點兒的經歷編寫得十分輝煌。譬如說學過幾天漢語，會說幾句日常話，履歷裡就可以吹自己熟悉中文。曾經做過什麼工作，哪怕只做了一兩個月，但他能讓你相信他是非常勝任這種工作的。在高科技公司，中國人通常只是埋頭從事科技尖端的研究，有些美國人在這方面或許不如中國人，但他們擅長推銷，懂得跑外交，善於宣傳造勢。有位中國人是美國一家電腦公司的高級主管，當電腦市場最熱的時候，他跟著公司總裁去華爾街尋找投資人準備上市。白人總裁在幾個銀行家面前介紹公司產品，暢談本公司發展前景，眉飛色舞，氣壯山河，華人主管聽得心驚肉跳。事後他問總裁，有些產品還沒研究出來，怎麼就說即將上市？有些領域從沒涉及，怎麼就說正在研發？總裁微微一笑說，這裡邊的文章你不懂，放心便是。後來他們公司上市，股票大漲，主管對總裁敬服之餘還是有些惴惴不安。再後來，公司的股票又大掉，總裁還是能把公司的發展前景講得燦爛誘人。

美國人直接吹自己，中國人含蓄婉轉，繞著彎兒吹自己。看起來只是民族性格的不同，其實也與文化的不同頗有關係。美國社會注重個體生命，一個人的成功與否要靠自己，誇耀自己家人和親友如何了得沒什麼用處，況且美國人也不想讓別人覺得他是仰仗著什麼背景什麼人物才獲得成功的。要找到好工作把握好機會就得推銷自己，推銷自己就常常是廣告化的吹牛。還有些美國人，自我膨脹而自視過高，自吹而不自知。中國社會是群體化社會，中國人特別注重血緣關係以及與周圍人的關係，個人與親朋好友組成一張網。《紅樓夢》裡四大家族有一張大網，一般人也有自己的小網，哪怕這張網脆弱得如同一張蜘蛛網，沒有網那就是無依無靠、孤家寡人了。活得滋潤的人，通常都有一張堅硬的大網做背景，網裡邊那些有權有名的人物就是後台。說我舅舅是縣長，你就不敢欺負我，你就得給我留點面子。吹我舅舅，實際上也等於在誇耀自己的勢力。又因為特別看重血緣關係和鄉土關係，吹我先祖是什麼舉人，就似乎證明了我的聰明；吹我們燕趙出了什麼人物，就好像我也帶著燕趙之氣。

寫到這裡，忽然有些惶恐。吹牛乃人類生活中的尋常之事，我自己同樣不能避免，為何竟做出高人姿態？去秋出版一本散文集，前邊需要幾張照片，我從影集裡翻來找去，最後挑出十來張，其中竟有兩張是分別與時下兩個正走紅的名人合拍的。我暗叫慚愧，最後沒採用，卻也由此窺見了內心：我不也想拉出名人以自吹嗎？

作者簡介：

程寶林，一九六二年出生於湖北省，先後畢業於中國人民大學新聞系和美國舊金山州立大學英文創作系，獲藝術系碩士（ＭＦＡ）學位，係中國大陸八〇年代「大學生詩歌運動」代表詩人之一。一九九八年移民舊金山。曾任職中美媒體文學編輯、新聞編譯，外語學院中文教師，兼任荊楚理工學院文學客座教授。程寶林著有中英文詩集、散文集、隨筆集，長篇小說等共二十二部。

松風之間

程寶林

1

沒有想到，今生今世，會有守望一大片林子的這一天。

十九世紀六〇年代，舊金山市議會決定，在州政府贈送給市政府的一塊緊鄰大海、幾乎寸草不生的沙丘上，修建一座巨大的公園。據楊芳芷女士所著《一個讓人留心的城市》所述，當時，舊金山的城區還很小，尚未開發到雙子峰以外的區域。將長達十一英里、寬達半英里的偌大一塊人跡罕至、荒無人煙的沙地，預留成公園，遍植草木與花卉，想必當時的議會裡，也定然是有一番激烈爭論和交鋒的。慶幸的是，議會作出了正確的決定。

輪到我來擔任這座森林的守林人時，已是一百三十年之後。當年屢種屢死的小樹，如今，任何一棵都粗壯得非兩三人不能合圍。成千上萬的巨樹，連綿成一片森林。沒有圍牆，更不收門票的這座公園，成了我隨心所欲徜徉與徘徊的樂園。而漫坡漫野的草地，也任憑我肆意踐踏與躺臥。這座公園的第二位締造者、愛爾蘭裔的設計師約翰・麥克拉倫，在十九世紀八〇年代，力排眾議，廢除了「請勿踐踏草地」的禁令，也因此為自己贏得了一尊銅像。在美國這個以「自由」為最高價值的國家，他的破天荒舉動，解放了遊客的雙腳，大大增強了他們與公共綠地之間的親和力。都市森林這碧玉妝成的紐帶，拉近了市民與大自然的距離。

我遷居到與金門公園僅一街之隔的這個住宅區，原本沒有將公園列入考量之中，心中只想著讓孩子就近讀書。等到搬入新居，將一應家具、書籍各就各位，抽閒往門外一走，這才真正意識到，在兩、三分鐘的閒庭信步中，不經意就走進、融入、消解於那一片林海、那一片松濤的蒼莽與蒼茫之中了——如果是在暮色降臨、華燈初上時走入金門公園，你真的可以觸摸到所謂「薄暮」，一份薄如蟬翼的「薄」，竟帶有絲綢般的質感和紋理。在公園的西邊盡頭，是落日熔金的太平洋，西風殘照，不是漢家的陵闕，而是金山的林莽，幾縷漸暗漸沉的餘暉，先是將綠色的葉片塗暗，繼而將樹幹與樹幹間的空隙填滿，不知不覺中，痴迷於大自然聲色變幻的這雙眼睛，也驟然暮色四合了。這時，你準可以聽到林子深處，在一片灌木叢和蘆葦的環繞中，傳來三兩聲「嘎嘎」的鴨鳴。

滿湖都是水禽，少說也有數百隻，白的、灰的、褐的、黃麻色的，我認得出的，卻只有野鴨。妻子是崇尚浪漫、具有唯美傾向的人，比如，她稱這個小湖為「天鵝湖」，而我，寧肯叫它「野鴨塘」更為貼切一些。一條穿過公園的馬路，正好經過這個鴨塘，便時常有好事的人，將車停在路邊，帶著麵包、餅乾等零食，來討這些野鳥的歡心。

在美國，連一隻鳥都是自由的，卻並不見得安全。有一天，晴空萬里，湖中的野鳥都在嬉戲，悠游。突然，從天空中，一隻黑鷹像一道黑色的閃電，垂直地掠向水面，「噗」地一聲，引來鳥群的譁然騷亂。所有的翅膀都向天空展開，無論是捕獵者，還是逃亡者。這一切發生在瞬間，湖邊的遊客，全停下了腳步，向這波瀾不驚的一池春水望去。那隻黑鷹，沖天而起，利爪下撕扯著一隻褐色的水鳥。鷹與鳥向更高更遠的天空飛去，幾根羽毛飄飄搖搖，向樹林、湖水和大地，緩慢地挨近。鷹翅掠過太陽的時候，將鳥影投入我的雙眸之中，我不知道，我黑色的眼睛，是否因為鳥影，而在瞬間變得更黑。大自然的律動，與造物主的律法，在經過了瞬間的演示後，歸於無聲與無形。對於一隻鳥，以及另一隻鳥，我又能作些什麼或說些什麼?它的發生與結束，也正如閃電，我既不能收藏，也無力摹寫。在麗日藍天之下，一場命運的雷暴，就這樣降臨在鳥群之上。

樹的自由我卻可以體會。它們的恐懼來自金屬與火。我敲了敲身邊的一棵冷杉，問它生長在美國的土地上是否快樂。它一聲不響，顯然聽不懂我用漢語提出的這個問題。不過，我相信，草木無語，卻自有草木的敏感。它一定能感覺到，我是一個與鋸子和斧頭毫不相干的人。

2

夏天是我盼望的，因為野草莓漸漸成熟了。

今年夏天，一天散步時，偶然發現了一籓野草莓：暗紅的、大紅的、深紅的，盡是硬而澀的果子，兩三個日頭之後，星星點點的，都變成淺黑、紫黑的熟草莓了。伸出手去，摘下最飽滿豐潤的一顆，放在鼻子前，輕輕一嗅，吸入的，絕然是草莓，而非櫻桃的果味。放入口裡，先是微微的酸，細微到似乎覺察不出，隨後便是很誇張的那種「野甜」。對於這樣野生的果子，對於一粒一粒果子中儲藏、釀製的來自陽光的甜蜜，我只有杜撰這個詞語，才對得起它們給我的口感和美感。

發現了一籓野草莓後，四下一望，原來，公園裡這樣的野草莓，竟然遍地都是。

這真是我不小的福分。很多年，我都不曾如此在意、如此盼望時序的輪迴了。在夏天裡，我們可以做更多的事情，其中就包括，一大早，拿著一個專用的塑料袋，跑到公園裡，採摘還帶著露水的野草莓。這個時候的感覺，特別像一個勤勞的果農，而你自己比誰都清楚，在書本和書齋之外，這一片都市裡的林木、花卉、禽鳥、植物，都是你生命的元素，並成為你活下去，愛一切美好與美麗事物的理由。它們作為一個整體，賦予了大地以鬱勃的生機；它們作為個體，則構成了大自然美麗的陷阱。我陷落在一枚甜熟的野草莓中，與一隻蜜蜂陷落在一朵快要開敗的花蕊中，又有什麼區別呢？

不稼不穡，採果而食，令我遙想《詩經》的年代：「采采卷耳，不盈頃筐」，或是《楚辭》的年代：「朝飲木蘭之墜露兮，夕餐秋菊之落英」；甚至，想起「採蓮南塘秋，蓮花過人頭」的漢樂府年代。時光的箭矢，就這樣從後工業時代，逆時而飛，一瞬千載，讓我重回恬靜、安寧、人與大自然融為一體、合二為一的理想境界。果實從原生的狀態，經過簡單的清洗，而成為腹中的食物、心裡的歡喜，這樣的機遇，這樣的場景，已經越來越難以遭逢了。當我伸手採摘更遠一點的一枚野草莓時，我的手被草莓刺輕輕地划破，一道白色的劃痕中，滲出幾絲血珠來。植物保衛自己果實的尖刺，讓我的手在被野果染紫的同時，也不得不暗懷難以覺察的血痕，這真是公平之至的事情。

鄉村憶，最憶是田野。成長的過程，恰如野草莓在陽光下，漸漸褪去青澀，艱辛和貧困已是過眼的雲煙，記憶深處沉澱下來的，盡是嬉逐於野、赤足奔跑的快感。這種最本真的歡樂，源自泥土，也最終歸於泥土。當田間的稻秧一片青蔥時，田埂上偶爾一見的野草莓，也結出了一粒粒果子。將熟透的幾粒，盡數摘下，順手用荷塘邊的一片荷葉包了，握在掌中，向在附近放牛的鄰家女伴走去。一片荷葉，綠得純粹，襯托著幾粒紫色與黑色的草莓，看上去，不是瑪瑙，就是寶石，說不定，更是一輩子姻緣的媒證呢！反過來，如果將野草莓包在潔白的手帕裡，悄悄牽牽你的衣角，塞在你沾滿泥巴的手中的，是那個少年時代的女伴，你後來走遍天涯海角，娶嬌妻、駕名車、錦衣玉食，但只要一想起「青梅竹馬」這樣古典、這樣遙遠的詞，難保沒有幾分不合時宜的感傷，幽幽地，不經意地，飄過你的心頭，如晨嵐，如夕霧，你看得見，你握不住。

夏天來臨了，我要偷偷地去採摘公園的野草莓。畢竟，我是詩人，野草莓帶給我的，不僅是夏天，而且是童年；不過，我也是俗人——我怕遊客們驚詫的眼光，更擔心妻子嚴厲的禁令——她不知道，一粒野草莓，由採，而洗，而食，我的心靈經歷了一場小小的洗禮。在對天地萬物的感恩中，我這顆有時落寞，有時慵懶，有時甚至厭世的心，綻放出它勃勃的生機來。

3

把整座森林變成我的閱覽室，這種奢侈歸功於妻子的辛勞，使我暫時不必為衣食所憂，同時，也是與公園比鄰而居帶來的最大享受。

早晨起床，開車將妻子送到上班的地方，將兒子送到上學的地方，我就該到自己讀書的地方去了。先燒一壺開水，用一個細長的日本清酒瓶，權充茶杯，沏一瓶好茶，開車兩分鐘，就隱入公園的蒼松翠柏、野草繁花之中了。我最喜歡的一個去處，是一個類似中國鄉村堰塘的小湖。如果說其他的湖，棲息悠游的都是水鳥、野魚的話，這個水塘裡，多的卻是烏龜。塘邊長著一大片蘆葦，隨風搖曳，秋深時，葦花如雪，給四季如春的舊金山，平添幾許純潔與疏朗的雪意。如果是太陽最熱最亮的晌午來到公園，則是另外一番光景：烏龜都到岸上來曬太陽，而在不遠處的草地上，也有閒散的男女，鋪了浴巾，抹了防曬霜，就那樣脫得只剩下幾條窄窄的布片，遮住人體的緊要處，交頸而眠，或者，乾脆就像烏龜那樣，赤裸的背，抵著赤裸的背，一雙白色的腿與一雙黑色的腿，在膝蓋以下，糾纏在一起。

停好車，搖下車窗，呼吸第一口林間夾雜露珠、剛割過的草莖、與松油馨香的空氣，直覺得渾身的每一個器官、每一個毛孔，此刻都已浸潤在大地的呵護和寵愛中。讀什麼樣的書，常常讓我猶豫不決：作為一個熱愛英語的人，生活在英語的國度，並決心今後靠英語謀生，我對於英文書籍的喜愛，已經有了漸入骨髓的感覺，而我也深知，其實我最想閱讀、高聲朗誦的，卻是中國古代的典籍。我是想修身、齊家、治國、平天下的孔子的傳人；我是仁者愛人、行仁政，以德服人，近者服、遠者歸的孟子的後人；我是知其不可為而為、知其可為而不為的老子的後人；是鯤鵬展翅、扶搖直上九萬里，逍遙於南海北溟的莊子的傳人。生在當代，身寄異國，在一片落地生根的喧嚷中，我獨享這一份透澈靈魂的孤獨和謙卑，俯身草木，仰望祖先。

其實，最美麗的風景，正在人間。前幾天，我發現在我停車的大樹之側，停著一輛廂型車。開車的是一位年約七旬的老太太，銀髮、鶴顏，面容慈愛而堅毅。只見她從車上，搬下一張輪椅，穩穩地放在車門口，然後，從車內攙扶出一位老年男子，將他安頓在輪椅上。在將輪椅推到林間小道上之後，老婦人扶起男子，兩人在林間跳起「舞」來。可那是多麼奇異的一種「舞蹈」啊！男子的雙腳拖在地上，隨著老婦人的舞步，象徵性地挪動著，完全不聽使喚。我留意到，老婦人的腰間，紮著寬大的黑色「護腰」，是雜貨店下貨的搬運工所束的那種。這樣的「舞蹈」持續約二十分鐘後，老婦人將男子安放回輪椅裡，開始讀報給他聽。

男子的臉彷彿在歲月中凝固了，表情漠然。不知怎地，我突然想起我們中國的一組古老的詞語：「白頭如新、傾蓋如故」。婚禮上的誓詞，教堂裡的鐘聲，已經飄逝在幾十年的歲月裡了。這一對垂暮之年的恩愛夫妻，竟讓我呆坐在車內，許久，思緒無法收歸書本。

一陣風起，松針飄墜，落在車頂。細小的聲響，傳遞出無窮的禪意。我已非我，我已忘我，我已化入松風之間，無懼、無言，生命的甘露如絲如縷，潤溼了我對於一草一木、一涓一滴的萬般感念。

作者簡介：

劉荒田，原名劉毓華，一九四八年出生於廣東台山，早年當知青，在鄉村教書，一九八〇年移居美國，創作生涯始於新詩，近年來鍾情散文隨筆，寫新舊移民生存滄桑，已出版詩集《北美洲的天空》、《異國的粽子》、《舊金山抒情》、《唐人街的地理》共四本以及散文集兩本，曾先後在大陸、台灣獲得四次詩歌獎。

「回來」散記

劉荒田

1

在中國大陸居住了大半年以後，我飛到三藩市。普通人在交通發達的現代一次普通行旅，讓我表述，卻頗為撓頭，因為膠著在一個字眼：回來。

從三藩市到我出生和成長的母國去，是名正言順的「回去」，和唱「田園將蕪，胡不歸」的陶淵明；和「少小離家」而被兒童「笑問客從何處來」的賀知章；和「未老莫還鄉」的韋莊，都沒什麼兩樣，反而和因嘴饞而回去的懷鄉病晚期患者拉開距離。因為海龜們都知道，那裡除了蓴鱸這等絕妙土特產之外，還有地溝油、瘦肉精、三聚氰胺，而且鱸魚因了江河污染，蓴菜由於田野濫灑農藥，張季鷹若再世也不能大快朵頤。那麼，我奔赴三藩市（那裡，依然住著兒女和多數親人）算不算「回去」呢？若算，就是語意重複；若不算，那只好把自己置於旅客的位置。然而，我在日落區有一棟房子。門旁的山茶樹，是不是為我這「前度劉郎今又來」結下繁密的花蕾？後院的草坪，我離開前為了壓制瘋長的野草而鋪下的舊地毯，被幾束粗壯的薊草撐破，劍葉向我擺出迎迓的姿態。最教人留戀的天穹，宛如高加索美女的眸子一般蔚藍，帶著夢幻的迷離，使我更感到腳下稔熟的馬路不大「實在」。

幸虧，這點無聊的思辨，不妨礙我步行到三個街區外買日報（仍舊五毛一份），去點心鋪買排骨飯（貴了五毛）。問題不是沒有，那就是：不大像「回來」。

2

好在，出了一趟門，不靠譜的鄉愁，霍然而癒。

乘71號巴士。去時車上稀落落的，歸程在四點以後，車次變疏，站在街旁，吃夠從街盡頭輪渡大廈旁邊灌入的海風，才擠進一輛。乘客之多，教人卻步。我一路說著請讓讓，挪進裡面。站著，一手扶橫槓，一手翻開從香港寄來的雜誌（六個多月前出版的月刊，我此刻惡補過時的時評），恍惚間像廁身於九龍彌敦道的雙層大巴底層。車過遍布廉價客棧的田德隆區，乘客下了不少，但上來的更多。老年人和殘障人專座上，一位元老得頗具規模的拉丁裔男子蹣跚下車。座位空著好一陣，居然沒人要坐。和我面對面站著的一位男同胞，和我一樣，有意占據，但這位可能比我老一年半載的斯文人看了我一眼以後，沒有動作，我明白，他的心思和我近似——以為對方比自家老上不只一年半載，讓給對方以表示無意僭越。我只好就座，翻開雜誌繼續讀《再思日本核事故》之前，給同胞一個微笑，但他沒注意到（可能在構思一首精警的七律）。

美國的巴士文化中有一定之規：保持緘默。不管車內多擁擠，也很少喧譁，只有私語和激蕩出來的熱氣。多年前，一位來自希臘的紳士，怒氣衝衝地質問我：「你們中國人在巴士上吵架似地說話，我一概聽不懂，真憋氣！」他不像一般人那樣，為車上的聒噪所苦，只拘泥於能不能「聽明白」，近於變態的窺探欲教我又好氣又好笑。不過，今天我得給車上的同胞（多數是女性，以「三個女人一個墟」算，可組成七八個神侃會）平反，我們此刻，屬於沉默的大多數。

右側的同座忽然說起話來，我的目光從核輻射的資料移開，扭頭看他，一位黑人，六十八歲。我寫出這個確數，是因為他在大聲宣告：「我過去在海軍陸戰隊服役，退伍二十多年了，今年這個歲數了，看不出來？哈哈，謝謝。」黑氈帽，黑大衣，三件頭西裝，從上到下都皺巴巴，不大乾淨，可是，派頭是有的。血色甚佳的厚嘴唇，頻繁地動著。這丰儀和談鋒，教我馬上想起當過兩任三藩市市長的布朗先生。他在大發議論，他的四周，卻沒有對話者，連作出恭聽之態的也沒有，遂斷定他是在用藍芽對話器，憑手機和別人交談。他偏愛語氣助詞，「哎喲」、「嘩」、「喔」、「嗄」、「嗨」，點綴在誇張的描述中，「你說在西德基地？那一場比賽絕對刺激！對！航空兵一一八大隊對地勤隊，航空兵三個達陣，呱呱叫的四分衛，叫賽門……」我推測他和對方曾是同袍。過一會，他又抱怨退伍軍人醫院，服務差勁，開的止痛藥沒效。愈談下去愈放得開，聲若洪鐘加上出語幽默，和他隔三個座位的白人老爺爺，本來在閉目養神，聽下去卻連連點頭，嘴角露出一個隱秘的微笑。十分鐘以後，演講者的左肘微微動了一下，加上一陣嘟囔：「太擠了！」我曉得，他是向我提出溫和的抗議。我說，不關我的事，我也是給人擠著。他順著我的視線，看到同一張長椅，剛剛坐下一位體重超過三百英磅的漢子，明白了。

他繼續演講，高亢的英語在擠成蜂窩的車廂上面游走。我想，多年前那位抗議在車上用他「聽不懂」的語言高聲說話的中國人的希臘佬，如果此刻在這裡，該大大地滿足了。車內另一邊響起女士的嗓音，不必看，也知道是白種，聽音質，年紀該和黑人差不了十年。兩人呼應得如此緊湊，隔著三重以上的人牆對話。我想了好一陣，才理出頭緒來，他們是老朋友，剛才用手機通話，一路聊下來，欲罷不能，女士跨上同一輛巴士以後，依舊進行。我暗暗嘰咕：他們是什麼關係？該是愛火剛剛點燃的情人，不然就是超級話癆。「喂，海軍陸戰隊的將軍有幾級？」「上將，中將，少將，准將。」「那麼，在俄亥俄基地管倉庫的那位麥克，是哪一級？」「准將，還想再高麼？」「馬克准將叫我的名字，『哈囉，南施，你今天看起來真漂亮。』……那甜蜜勁！噢，不知道是不是對我有意思？那時，我的官階是二等士官。」「不用『假如』，肯定是，你年輕時，可性感了，男人見了都恨不得……」「哈哈！」車廂內響起的大笑，尖利得像迎面疾馳而來的消防車警笛，好幾個乘客皺了皺眉，那位把座位禮讓給我的老同胞，可能正在推敲《賦得三藩市秋日梧桐》的頷聯，被笑聲擾亂了，扭過頭去，朝聲源恨恨地挖了一眼。我心裡附和他，對年輕時迷倒過准將，如今已遲暮的女子更充滿了好奇。

巴士駛近金門公園旁邊的施丹岩街，光禿禿的梧桐樹枝條在車窗次第映現。許多衣著新潮，鼻子或者肚臍戴環的青年乘客在海街下車，這裡，四十年前是嬉皮士運動的重鎮，如今它的居民一樣以前衛著稱。巴士一下子空下來。隔著人牆通話的男女，終於面對面。前任海軍陸戰隊女士官，年約六十，一頭捲髮已完成由金色向銀色的蛻變，闊大的慈祥臉盤，架著眼鏡。她喜氣洋洋地站在舊日袍澤面前。她已十分地發福。身體的中段，足以抵得兩位體型中等的中國女性，教我想起美國作家德萊塞形容豐臀的妙語：「海洋一般寬廣」。他們含情脈脈地對視，手機對談終於結束，輪到眉目來溝通。

3

在日落區第31街車站，懸掛在太平洋上的日頭，把光芒披在下車乘客的獍皮手袋上，反射出慈藹的光澤。我起身，走近車門。背後，兩位舊日袍澤還在聊天，題目已進入個人情感的範圍，下一步，紳士該請她進公寓，喝一瓶價格在二十美元上下的納帕谷夢露葡萄酒。

我輕快地跳下車。穿過諾里愛格大街，走上鋪著花旗松疏影的小路。我回到生活了三十年的環境。一道銀漆剝落的鐵閘，一道雕花紅木大門，在我手中三把鑰匙的作用下敞開，又是「家」好聞的氣息。

作者簡介：

吳唯唯，筆名唯唯，出生於青島市。醫學院本科畢業。一九八七年赴美，定居加州。在美國藥物製品公司從事生物醫學和腫瘤藥物學研究。作品有詩歌，散文，小說，隨筆等。《紅杉林》雜誌社編輯部主任。出版詩集《柔軟的金剛鑽》，詩歌被收入《中國詩歌選》等詩集。散文隨筆及小說則多傾向心理描寫及人性反思。

一順子婚禮

唯唯

琳和瓊的婚禮星期一在市政府門前舉行。

一般人結婚多選在週末，星期一並不是大多數結婚人挑選的日子，但對於同性戀的琳和瓊，確是非這天不可。因為就在這一天，加州最高法院通過了同性戀婚姻合法的法律，這個反反覆覆百經周折的法律在星期一傍晚五點鐘生效。

五點的鐘聲剛敲響第一下，來自加州和全國各地的同志們，洪水般忽地一下衝進三藩市市政府大廳，佔領了「東宮」和市長辦公室，外面走廊也被擠得水泄不通。

市長繆森是個淺頭髮綠眼睛，高個子的帥哥，剛從一場異性戀的婚外情曖昧關係政治災難中緩過勁兒來。一直很賣力為同性戀婚姻合法而奔波。今天這個人類嶄新概念的具有歷史意義的時刻，他代表市長，當然也包括他個人，在眾目睽睽之下，正為八十七歲的黛爾和八十四歲的菲麗主持婚禮。兩個老太太像是他的祖母，滿是皺紋的臉笑容滿面地望著他。

再回到琳和瓊的故事。她倆都是四十左右豐滿的女人，在一起很多年，也不知到底多少年。五年前搬到三藩市這個傳說中的同志們的搖籃。在這裡過起可以公開表現出完全自由的生活來。瓊設計服裝，琳為報刊寫作。她們還有兩個孩子，近七歲，一男一女雙胞胎。孩子的來歷是很長的故事，簡述如下：

琳在認識瓊之前是個放蕩不羈的女人。吸毒酗酒什麼都幹過。長年在美國印第安人的部落間流浪，過著她「從一出生就夢想的自由自在的生活」。後來也許遊逛得累了，在一個部落定居，並與一對印第安夫妻成為很好的朋友。三年後的某個夜晚，這對夫妻駕車出門不幸車禍身亡，當時琳正在照看他們留下的三歲的女兒。出事後琳決心收養這女孩，她到處寫信公正奔走求助。但印第安人部落有規定，印第安的小孩子不許被白人領養。她上訴一直上到加州最高法院，儘管一位印第安女法官出乎意料幫助她，還是沒能領養到這個孩子。絕望中她離開了印第安人居住區，來到紐約。據說她走後印第安部落舉行了一個奇怪的儀式，說是要驅走她留下的蠱氣。

一身蠱氣的琳在紐約遊逛，心情沮喪到極點，以至於她的左腿甚至瘸了起來。她想像自己做了卵巢切除手術，於是總覺得小腹部有一種空曠感。

在一個偶然機會，她認識了瓊。遠遠看到瓊的一頭紅髮，她一瘸一拐地走過去微笑著緊挨著瓊站住。兩人是真正的「一見鍾情」，琳小腹的空曠感也消失了。相識的第一個月，琳就聲淚俱下地講了印第安女孩的故事，說她的左腿並不是生來就瘸的。瓊擦乾她的淚說，「親愛的，別傷心，你這麼喜歡孩子，我給你生！」

瓊跑了幾家精子庫，不厭其煩地精挑細選，她生來就是個完美主義者，後代自然也要完美。終於，她找到了金髮碧眼的一百四十七號，簡單檔案裡主要介紹了智商和體育項目，瓊付了錢後得到一百四十七號的一管精子，十個月後，生了一對雙胞胎，一男一女。

一男一女！沒有比這更完美的人類選擇了！這是動物們無法擺脫的最基本生存圖騰。所以人類由始至終無論在哪兒都有這麼一男一女在那裡招搖。琳和瓊認為她們的世界兩個女人足夠。僅僅要一百四十七號男人出來幫了個小忙。

琳和瓊和她們的一男一女雙胞胎過著幸福的生活。很久以來她們並沒想到結婚，她們知道那是不合法的。但社會在不斷變化，或者說進步。憲法中對權利的解釋也引伸出許許多多更加細微的解說。同性戀們開始覺得即使不需要結婚這道手續，但也要爭取婚姻這個權利。雖然婚姻會給同志們帶來很多麻煩，比如報稅，美國目前只有加州和麻省等個別幾個州同性戀婚姻合法，而聯邦法律同性戀婚姻並不合法。因此在這兩個州，同性戀家庭的州稅是否要按已婚來報，而聯邦稅要按單身來報呢？想想這個稅將怎麼個報法？

但權利是完全兩碼事。琳瘸著腿帶著瓊和兩個孩子，為必須擁有的權利找到那位印第安女法官，並且一路遊說，從三藩市說到加州政府大樓的每一層，一直說到華盛頓美國國會，她是經過風雨見過世面的人，多年來上訴不斷經驗豐富，懂得不少美國法律的細節和美國法律的漏洞。憑她毫不在乎權威的勁頭和三寸不爛之舌，加上女法官的幫助，終於為加州的同性戀，全美國的同性戀，以及全世界的同性戀，掙來一面合法的旗幟。使她（他）們可以以「A方」和「B方」的名義（Part A and Part B，而不是丈夫和妻子的名義），結婚為「同伴」（Partner，而不是夫妻），但在法官面前表達同樣的「我願意」（I do）。

好了，現在回到星期一市政大廳的婚禮。我作為琳的朋友來參加這個速成婚禮。人群前排站著琳的母親、哥哥和幾個朋友，他們穿戴整齊，胸前戴著白色小花。政府大門周邊的人越來越多，除了結婚人的親戚朋友外，還有一些下班閒逛喜歡看熱鬧的過路人。每一對兒新人從大廳門口走出來，人們都是一片歡呼雀躍，口哨掌聲。最先出來一對新婚「女夫婦」，因無法用男方女方來形容，姑且說左邊那位穿一身雪白西服，打白領帶，右邊那位穿一件拖地白紗裙，白色閃光頭飾。兩人手牽手，從前門大理石台階上緩緩走下。笑迎著歡呼、雀躍、鼓掌、口哨。

包括我大部分參加人都是「外行」，外行總有看不懂的地方。比如既然爭取同性結婚的權利，為什麼不乾乾脆脆大大方方以兩個同性的身分裝扮？還要扮成一男一女的樣子？看來這一男一女的陰魂也不那麼好散。要是我來設計，兩人都穿拖地白紗裙，戴閃光頭飾，那才是真正的宣言。

再出來的兩個男人就是這樣，他們都穿著黑皮夾克和牛仔褲。一樣的雄性十足的派頭。人們不禁鼓起掌來。但不知為什麼掌聲靜下來後總覺得有點不對勁。兩個人就像兩隻腳都穿著左腳的鞋，鞋尖都朝左方一順子地站在那裡。人們不由低頭看看自己的腳，一左一右，謝天謝地。這時後面出來的一對兒平衡掌握的非常好，A方穿著黑底大白點，B方穿著白底大黑點。人們加倍的歡呼、雀躍、鼓掌、口哨。

在這些陸陸續續出來的新人中，不時夾雜著幾對兒一男一女傳統結婚的。這些人很早以前就計畫在這天結婚，沒想到正趕上同性戀結婚的特殊日子，於是就變成了湊熱鬧的。觀眾看慣了一順子，一下子也難以分辨真假男女，照樣歡呼雀躍。仔細看看才發現是真的一男一女，竟然板下臉來，好像這些真男女是故意來搗亂破壞的。

門口自然也不乏搗亂破壞的。不少人在抗議同性戀結婚，比如基督教和天主教徒，也有代表個人意見的散體。他們擠在大樓一邊，舉著標語，皺著眉頭憤怒地高喊著。這種反自然的結合完全是褻瀆神的意志，真噁心！他們喊道。至少這條法律和這種儀式完全沒有必要。這些一順子們不該占領婚姻這個神的子孫的最後一塊神聖領地。

都說神創造了男人和女人。當今世界，男人女人已不是婚姻的全部，而只是婚姻的一部分。另一部分是個體和社會的權利。這些權利把「人」們搞得暈頭轉向，幾乎不知所措。這個權利似乎可以膨脹得無邊無際，甚至超過理性、自然和真相。但我們也不必太操心了。社會是社會，歷史歸歷史，一切該存留的總會存留，該消失的也總會消失，冥冥中，一切都已有定數。

二〇〇八年六月二十日

作者簡介：

楊芳芷，台灣台北縣人。國立政治大學新聞系畢業，曾任中央通訊社記者、聯合報系民生報記者、美國舊金山世界日報採訪組副主任等職。作品有：《一個讓人留心的城市》、《天空不盡是彩虹》等。曾以「紫禁城夜總會」獲第一屆「新美國傳媒」最佳專題報導獎；以「嬉皮運動卅周年」獲「北加州華文傳媒」最佳專題報導獎。

天燈下的故鄉

楊芳芷

美國有線電視網（CNN）最近公布：二〇一三年值得民眾參與的新鮮事，全球總計有五十二項。其中，拍照上臉書，名列第一優先；而到台灣平溪觀賞施放天燈，排名第八。「今年二月二十四日（農曆一月十五日），正是蛇年首度月圓，亞洲多個城市民眾都會提燈籠放天燈，但以台灣平溪放天燈活動，最有看頭。」CNN推薦說。

每年元宵節，台北縣平溪放天燈，猶如南台灣的「鹽水蜂炮」，動輒有數萬人前往參觀，熱鬧非常。

二〇〇八年十月回台探親停留時間，專程走訪了有「天燈的故鄉」之稱的新北市平溪，終能一償我多年來的宿願：即探訪我外婆的家鄉，也是我母親的出生地。雖然我小時候也來過，畢竟那是近半世紀前的事了。

我母親有兩個媽媽：一個生母，一個養母。生母一生都住在平溪，母親出生才十三天，就被送給住在汐止的顏家撫養，但母親跟著養母姓林。記得小時候，我們稱平溪的外婆為「石底阿嬤」，汐止外婆為「汐止阿嬤」。

長久以來，我一直以為平溪以前叫「石底」，所以母親才讓我們叫平溪的外婆為「石底阿嬤」。現在才搞清楚，原來平溪區（以前行政單位是鄉，二〇一〇年隨台北縣升格為新北市而升格為區）位於台北縣東北方基隆河上游，東與瑞芳、雙溪相接；南與坪林毗連；北和基隆、汐止為界；西與石碇相鄰，面積約七十二平方公里。劃分為薯榔、菁桐、白石、石底、平溪、嶺腳、東勢、望古、南山、十分、平湖及新寮十二個村。全區屬於狹長的丘陵縱谷地形，平原稀少，舉目可見層峰翠巒，是一獨立且布滿芬多精的綠色山城。

平溪外婆生有二男五女。外公做什麼我不知道，壯年就因疾病驟逝。外婆家境貧寒，只留下兩個兒子，也就是我的大舅、二舅，親自撫養。至於五個女兒，包括我母親在內，都送給在新北市境內不同的人家做養女。

我母親非常幸運，養父母對她疼愛有加。她出生十三天就被送養，因此，終其一生，與生母十分疏離。台灣習俗，農曆大年初二女兒必須回娘家。我母親從來不願遵從習俗，在這一天回平溪去見生母。大概從我小學四年級起，就代我母親執行這項任務。

猶記得，每年大年初二早晨，母親就叫我穿上最好的衣服（通常是學校制服），單獨一人從汐止站搭往宜蘭線的火車，在三貂嶺轉車到平溪。外婆家就在火車站附近，我總在中午以前到達，午餐滿滿一桌年菜，大舅一家人和外婆同住，當然同桌吃飯。外婆總會給我一隻雞腿，飯後再賞一個紅包。下午再搭火車回汐止。有一年，大概是我初中的時候，因在火車上看書，錯過三貂嶺站轉車，但我並沒有因此急得跳車，還好整以暇的到下一站才下車，等待火車從終點站回頭時再搭乘。那時，小小候車亭除了我，闃無一人，但面對群山翠巒，我安然自在，心裡並不害怕。

這項代母親回娘家的任務，從小四起執行到進高中後才停止。之後，我母親自己照樣不回娘家，也沒有另派我姊或我妹代班，此事就這樣不了了之。後來多次聽母親說，每當石底有人來傳話說：「你老母病了」，她就發愁，不是擔心老母親的病情，而是擔心，萬一老母親因此有個三長兩短，必須回去奔喪，到時候她「哭不出來、沒有眼淚」怎麼辦？

母親和外婆長得很像，簡直是一個模子印出來的。外婆話不多，印象中她很有「威嚴」，所謂「不怒而威」。我已不記得跟她有過什麼對話，讓我至今印象深刻的，還是她給我整整的一隻雞腿，及幾塊錢的壓歲錢。要知道，在那物資極端匱乏的年代，一年當中，只在這一天，我才可獨自享受到「整整的一隻雞腿」，這對一個小孩子而言，是多麼大的享受啊！至今刻骨銘心。

根據平溪地區老一輩人描述，天燈的施放始自清道光年間，福建安溪移民陸續到達十分（地名）地區開墾。因地區偏僻，常有盜匪騷擾聚落。村民於是避難山中，等危機解除後，才由村中壯丁於夜間施放天燈作信號，藉此通知村民返家，當時正是正月十五日元宵節。後來時局雖然安定，「放天燈」活動卻保留下來，成為當地習俗。如今天燈的施放，象徵祈福納喜的活動，每年元宵節吸引數萬人潮參與盛會。

我小時候到平溪外婆家，從未聽人提及有「放天燈」的活動，也是這幾年才從媒體報導得知，所以至今沒親眼看過放天燈。二〇〇八年回台告知朋友想走訪平溪區，她欣然同意帶路，還強調鐵路平溪線是台灣碩果僅存的三條「觀光鐵道路線」之一。另兩條分別是集集線及內灣線。

四十多年間不曾涉足平溪區，外婆與母親都在八十六高齡時辭世。大舅、二舅也作古多年。去平溪探訪前，只聽說我的二舅媽仍然健在，八、九十歲的老嫗了，還住在外婆的老房子裡。我已不記得外婆房屋地址，還是決定「隨緣」找一找這位幾十年不曾見面的二舅媽。

當天，朋友與我從台北火車站搭宜蘭線觀光火車在瑞芳站轉車到平溪。這列車由兩節像基隆至中壢之間通勤列車的車廂組成，車廂內乾淨明亮，寬敞舒適；朋友卻哇哇叫說，怎麼不是那種木造座位的老骨董車廂？列車長笑說，那種老車廂老早淘汰不用了。

火車車廂都變了，平溪我外婆的老房子還在嗎？抵達目的地前，一路上，我思緒洶湧，小時代母親回娘家的記憶鮮明，外婆的臉龐不時浮現著。猶記得，母親說，外婆終其一生，精明能幹，八十多歲時還掌管家中財務，每天趿著木屐，滴滴噠噠，親自到傳統市場買菜。直到她去世前，大舅、大舅媽每月所賺的工資，還分文不少地交給老娘親管。

菁桐是平溪線的終站，平溪是倒數第二站。這一天，朋友與我先到菁桐遊覽，參觀了有八十年歷史的菁桐車站、昭和十四年建造的太子賓館（原台陽俱樂部），並到一家名為「皇宮」（原是台陽煤礦員工宿舍，日式木造建築）的茶藝館品茶。之後，才意猶未盡地到平溪。

與兒時記憶中印象不同的是，平溪車站怎麼變成「高高在上」？不記得小時候出車站後要先下台階才能到外婆家。但是，我清楚記得，外婆的房子後院臨著溪流，溪流的另一邊就是山。

我居高臨下，站在火車站前往平溪街道瞭望，景觀與小時印象全然不同。但看見車站右邊不遠一排只有三、四百公尺長、約十多間房屋的街道，厝後正是臨著一灣溪流，溪流那邊就是山。我十分確定，外婆的房子必在其中之一，雖然這些房屋改建過，不是我記憶中的樣子。

我與朋友就順著這條街道走到街尾，不過十來間住宅而已，看到兩位中年婦人坐在厝前聊天。趨前說明來意，告知她們，我大舅、二舅的名字，要找他們的房子。婦人聽了，兩人不約而同手指同一方向說，「噢！達仔兄（我大舅的名字「林曾達」），厝前停一部機車的那間就是！」就在數十公尺外。我們正要走開，婦人又提起二舅媽的名字，說她正在街尾另一頭和人喝茶。

簡直不敢置信，從平溪站下車不過十來分鐘，我就找到了四十多年不曾造訪的外婆的房子，及不曾見面、已八九高齡的二舅媽。儘管物換星移，人物全非，向二舅媽說明我是誰的女兒後，她一口咬定，我跟我母親長得很像！二舅媽思路仍舊清晰健談，在她家——我外婆的房子裡，不用我問起，她就細數我其他阿姨、舅舅們家族後代的近況。可惜我與他們數十年不曾來往，對他們實在太陌生了，完全無法產生聯想，聽時不解，聽過就忘。我想，從我母親當年抗拒回平溪探望生母的那一刻起，平溪原鄉已成了她的不歸路，指派我大年初二到平溪探訪她母親，大概是試圖要維繫住這份已然生疏的親情。

外婆的房子已經在原址改建過，臨街大門從外表看是一樓，實際上是二樓。進門客廳右邊就有往樓下的樓梯。樓下客廳、餐廳、臥房、廚房齊全，還有一處寬敞的後院，臨著流水淙淙的溪流。房屋內部格局與我小時所見，幾近相同。可是在屋內，環顧四處牆壁，居然連一張外婆的遺照都沒有，內心不免惆悵！

滄海桑田，物換星移。小時候大年初二到平溪外婆家，總是細雨霏霏，因為是雨季。沒有熱鬧喧譁的街道，沒有人來人往的車流，是個非常寧靜純樸的小村落。從來沒有料到平溪如今會成為熱門觀光景點，放天燈習俗變成國際性的活動。

其實，平溪也曾經有過繁華的歲月！西元一九〇七年，平溪附近發現煤礦，而開啟了平溪的黑金歲月，使它搖身一變成為一座繁華的山城小鎮，平溪支線鐵路才因應而建，來此追逐發財夢者最多時曾高達數萬人。一、二十年前，在礦產減少、礦坑災變、國外燃煤進口等多重因素下，當地礦場紛紛關閉，平溪的繁華逐漸褪色，年輕人口流失，整個村落更顯寂寥。

不過，平溪自有它「天生麗質難自棄」的優勢。一九九二年四月，平溪被台鐵選定為「觀光鐵道路線」，自三貂嶺起至菁桐全長約十三公里，停靠大華、十分、望古、嶺腳、平溪及菁桐六站，沿途經渾然天成的山澗水畔、經過高懸的鐵路、經過漆黑的隧道、更經過民宅和屋頂，加上煤礦遺址獨特的煤鄉風景，以及每年元宵節擴大施放天燈等活動，吸引著一波又一波的人潮前往尋幽探勝。如今，平溪黑金燦爛歲月雖然遠逝，取而代之的「無煙工業」，卻為它注入了新的生命活力。

這次探訪，我不是其中旅人，卻也不想只當過客。重遊兒時地，我對它有了多一分的思親，及相當於尋根的情懷。畢竟，平溪除了是「天燈的故鄉」外，它也是我外婆的家鄉！

小說卷

作者簡介：

施叔青，台灣鹿港人，紐約市立大學戲劇碩士，曾任教於政大及淡江，著有《愫細怨》、《維多利亞俱樂部》、《香港三部曲》、《台灣三部曲》等二十餘部小說，第十二屆國家文藝獎文學類傳主，作品曾獲《中國時報、開卷》年度十大小說獎、文學推薦獎、台北市文化局文學獎、上海《文匯報》散文獎，《香港三部曲》入選《亞洲週刊》二十世紀中文小說一百強。作品有英、日、法、韓、西班牙、捷克文等翻譯。

立霧山上的日本庭院

施叔青

橫山綾子跟丈夫轉調立霧山上，住在山寨一樣的位於駐在所旁的宿舍中，四周環繞著蒼莽的高山。

從宿舍前木頭鋪設的階梯一路走下去，下到一處斷崖前，峽谷絕壁高懸一座顫巍巍的鋼索鐵線吊橋，它是山中唯一與外界的通道。吊橋鋪兩尺寬的木板，比榻榻米還要狹窄，橋身又長，站在一頭望著煙霧籠罩的吊橋，往往見不到另一端盡頭，峽谷更是深不可見底，懸崖的落石墮落深谷，久久聽不到掉入水裡的噗通聲。

這座孤懸的鐵索吊橋，不要說橫山綾子看了膽戰心驚，往往連膽子小的山地少年也不敢過橋。來到橋頭，嚇白了臉，死命往後縮，同行的族人把少年推到橋板上，他趴了下來，狗爬式的匍匐前進，還是不敢過，族人氣沖沖的把他打昏了，一前一後抬過了橋。

不要說是人，連豬都怕過吊橋。橫山綾子看到一頭豬在橋頭磨蹭著不敢過，主人只好拿繩子綁住牠的前蹄，硬拉過橋。

駐在所的日本警員坐轎子過橋，也經過一番折騰。山地的轎夫先拿腳踢動橋板，讓它搖晃，然後順著起伏配合呼吸搖擺過橋。竹搭的轎子很高，又沒有頂蓋，轎中的人高出鐵線橋兩側的保護網，人等於坐在網外。膽子再大的也不敢往下看那萬丈深淵。倘若掉了下去，肯定屍骨無存。

轎夫看到坐轎子的日本人害怕，故意惡作劇，把人抬到橋中央說是累了，停下來休息抽煙斗，以此示威。

咚比冬駐在所增加警力，從新竹調來一個年輕的警員，他帶著新婚的妻子來上任。妻子顯然有備而來，紅梅和服罩上厚厚的外套，頭戴上山防寒遮雨的頭罩，顎下圍上領巾，她知道霜降後，山上早晚溫差大。

腳踏足履，新娘子來到吊橋的一端，從雲霧騰騰的空隙，看到寒風中搖擺的吊橋，她身體隨著搖晃，高山症發作了。新娘子手撫著頭，思索了好一回，突然以一個大動作轉過身，背對著吊橋往回走，讓丈夫獨自一個人上任。

要回去的路也不那麼平坦。午後一場大雨，沖下斷崖幾株大樹，連同岩石滾落梗在路當中，花蓮派來接人的車子過不去，那新娘子只好拖泥帶水走了兩里泥路，一身狼狽才上得了車。

年輕警員的新婚妻子不敢過吊橋，聽說搭船回返北海道的娘家。橫山綾子留了下來。她自覺被拋棄在這山上與世隔絕。接連兩個月的霪雨，雨勢大的時候，群山不分遠近，染成一片白色，豪雨形成的瀑布藏在原始叢林裡，伴著雨聲不捨晝夜的奔騰下瀉，吵得她頭痛欲裂。

雨終於停了，山谷靜極了，橫山綾子挺身打開套窗，被自己穿著布襪走在榻榻米上的聲音所嚇到。她跌坐下來，撫摸著臉，不知自己為什麼會在這裡，被放逐到這個壁虎、蜈蚣出沒的山巔，與毒蛇、黥面的番人為伍。

橫山綾子只想做一個安分守己的女人，在她小小的世界安身立命。

她嫁的是名古屋一家和服綢緞店的夥計，這家古風的店鋪招牌高掛，從外面掀開厚厚的暖簾，紅漆格子門內桐木衣櫥擺著昂貴精美的織錦、香雲綢、京都縐綢，店裡又亮又長，適合攤開和服布料讓上門的尊貴而多金的客人挑選。

綾子以為她和丈夫會在織錦綢緞堆中過一輩子。她可以用陪嫁的手搖縫紉機，從和裁師傅宮本夫人學的手藝幫人做下手貼補家用，有了小孩的話，最好生的是女兒，她會讓她穿上漂亮的長袖印花和服，在名古屋河邊草地上晾曬的綢子當中像隻花蝴蝶一樣穿梭玩耍！

等到丈夫熬到「番頭」當掌櫃，他坐在帳房桌子後面打算盤算帳，時時被請出來鑑定別人染好的友禪，讓夥計把它們鋪在藤席上，由掌櫃決定是否收下，人家把設計的腰帶圖案請他過目，他會給予意見，如果是要搭配少女的和服，腰帶不要太素雅，應該鮮豔一點，然後憑著多年經驗，他會介紹合適的手藝人用手織機來織腰帶。

春天河邊公園的櫻花盛開，丈夫請她一起去賞花，她會有點羞澀的接受了，走在丈夫身後兩步之距一起去賞櫻。

為什麼把她帶到她的世界外邊？綾子心中埋怨她的丈夫。山中長日漫漫，時光遲遲，如何打發應該被打發的時間？

橫山綾子以妝扮消磨時光。每天早上跪坐在臥室的角落，端出蒔繪漆器的方形鏡台，掀起上面摺疊式的鏡子，取出一條白紗細抹布輕輕拭去鏡面的灰塵。零污染的山間，鏡子纖塵不染，她還是細心地來回抹拭。

抹好了，把依然雪白的抹布摺疊出平齊的四個角，起身來到泥地的廚房，淘水洗手，一隻一隻手指分開來洗得很乾淨，然後回到鏡台前，打開下面的抽屜，取出粉盒，白粉是託人從家鄉帶來的，必須節省著用，薄薄的一層慢慢塗，塗得又細又勻，可花費多一點時間。

今天早晨，綾子一如往日坐在鏡台前，有點興味索然。那個不肯過吊橋返身下山的新娘子的背影，幾天來一直在她心中縈繞不去。機械地抹好了白粉，綾子看到鏡子裡一張白濛濛的臉，這是她嗎？拿手帕細細擦拭到唇緣的白粉，歪咧了一下嘴唇，鏡子裡齜牙咧嘴變了形的這張臉，像是在哭又像是不懷好意的在笑。

上半身趕緊往後仰，綾子垂下眼睛，不敢看鏡子裡的自己。她可不能失去自我控制。

日影爬過起居室的凸窗，平常這時候，她已裝扮妥當，已婚婦女的圓髻髮髻梳得一絲不亂，褪下藍絞染的浴衣，換上家居的和服，靜靜對著宿舍前的山巒等待天黑。

今天她蓬著頭坐著，心裡想著那個隻身上任的年輕警員，黃昏後會不會又吹起簫來？他以如泣如訴的簫聲思念離他而去的新婚妻子。迴盪山壁間的蒼涼簫聲，使山上更寂寞了。

既然住下來了也總得活下去。

四年半前她跟丈夫坐輪船在雞籠上岸，看到市面要比想像中的興旺，丈夫派駐花蓮當巡警，綾子很後悔沒將陪嫁的手搖縫紉機帶來。有了它，她可以幫警官夫人裁縫，甚至替富有的客家人的女兒設計結婚穿的日本禮服。

因為沉重搬運不便，綾子不得不把手搖縫紉機留在娘家，每次想到它孤伶伶地留在日本，眼眶都紅了。

太魯閣戰役後第二年，花蓮港廳太魯閣支廳下成立九所「乙種蕃童教育所」，實現佐久間總督讓番人邁向文明開化的理想，殖民政府出資，教導部落兒童日語，目的是把他們訓練培養成日本人。

綾子教部落的小女孩上縫紉課。這些山地的小女孩，用竹片削尖刺穿耳垂，戴著綴飾珠貝的耳環，脖子掛上貝殼、獸牙、琉璃珠、鈕扣串綴而成的項鍊。

比起琳琅滿目的掛飾，身上的衣服就乏善可陳了。她們用手動的織布機穿梭把苧麻織成粗硬的布，縫做沒有袖子的筒衣，再用兩塊布遮住下身，先從左腰圍起，兩端在右腰相接，成為腰布。為了遮蓋右腰露出的大腿，用袈裟似的披肩從左側肩部斜斜垂掛，和男人的披肩一樣，都叫做**Pada**。

綾子剛上山時，看到苧麻織的粗布都是素色的，灰灰黃黃、又粗又硬，最近一年才有在素色的麻線之間，摻雜紅、紫的絨線，重複織些幾何型的圖案。

然而，橫山綾子的和裁縫紉技術，在山地派不上用場。

兩年住下來，橫山綾子還是適應不了台灣的氣候。明明已經入秋了，該是茶色的秋衣上身的時候，但這裡卻連穿浴衣都嫌熱，楓樹的葉片還沒來得及變顏色凋落，枝頭卻又搶著冒出新芽來。不合時宜開的花尤其令她感到掃興，牆頭外那株九重葛紫豔豔的花，如火如荼怒放了一整年，從不凋謝。

花不知疲倦地怒放，看的人卻疲倦極了。

她多麼懷念四季分明的家鄉，雲月花時感受季節變化的情趣。四季之美使綾子感到幸福，春來了，雪融了，小草從地下鑽出，初春柳樹的新綠，美得不近情理，櫻花怒放的盛景，令人有不虛此生的感慨。

雲仙、杜鵑、石楠花謝後，秋天滿山楓紅，層林盡染，接下來初雪飄落……

綾子把手中的摺扇搧得叭叭響，立霧山上時節亂套，令她無所適從，苦惱極了。她拿出家鄉帶來的紙屏風，上面畫著日本每個月的歲時節物行事，稱做「年中行事」，綾子決定按照屏風上的時令過日子。

廚房櫃子裡的兩套碗盤餐具，屏風上的行事曆指出該是夏天吃涼麵的季節了，綾子不管外面的天氣，取出夏天用的碗盤吃涼麵。她無視於戶外豔陽高照，一過八月，告訴自己時序已是秋天，綾子收起夏天穿的白色、淺藍衣服，也不管夏蟬猶在嘶聲鳴唱，她還是汗流浹背。

綾子也只能在飲食使用的餐具、以及衣著顏色質料上，按照屏風上的四季時令一廂情願的過日子，隨著季節變化，家鄉所舉行的節慶祭典儀式，她也只能靠記憶回想重溫，這使綾子深感遺憾。她慶幸沒把女兒月姫帶到這蠻荒的番山上，讓她寄養在吉野移民村，與山本一郎家過著日本農家的生活，應該會有一個比較真正的童年吧！才幾歲大的女兒不在母親身邊，綾子對她充滿歉疚，每次見到月姬時都緊緊地把她摟在懷裡，心疼得直流淚。

綾子心目中的異鄉，身為咚比冬駐在所巡查部長的丈夫橫山新藏不能苟同。

怎麼會是異鄉？踩著腳下的土地，他莊嚴地說：

「這是皇土呀！」

妻子抱怨山上的冬季天黑得太早，下午四點鐘不到背著陽光的山壁就陷入一片幽闇，氣溫很低又不下雪，更覺得森冷。她的心也和外面的天氣一樣冰冷。

橫山新藏卻很欣賞山上的自然景致，他注意到春天清晨漸漸發白的山頂，敷上紫色的雲彩；夏天夜晚螢火蟲在樹上閃亮，與夜空的星星別苗頭；秋天的黃昏，可遠望雀鳥成群歸來。

「冬天，是啊，山上的冬天是寂寞了點！」

如何讓妻子在這山上有歸屬感？橫山新藏望著屋前一片未曾經營的礫石地，心中有了主意：在這兩千公尺高的山頂營造一座有假山曲水的日本庭園。

他叫人先把地整出來，周圍種花植草，又在角落搭了個花架，灑下種子讓瓜藤攀爬。橫山新藏從日本寄來的雜誌剪下石燈籠的圖片，讓部落擅長雕刻的石匠模仿雕刻了兩座，擺在人工挖的水池旁。

整地挖出的石塊，仿照水戶市的著名花園「偕樂園」的假山堆砌，又在入口到玄關之間開闢一條細石鋪的砂礫道。橫山新藏把一座日本式庭園搬到立霧山上，他佇立園中欣賞看似不假思索，其實特意堆砌的假山，很是得意，本來是為妻子造的庭園，完工後，橫山新藏自我感覺良好。

清晨，他走下庭園的踏腳石，欣賞攀爬籬笆盛開的牽牛花，摘下一朵，拂去花瓣上的露珠，心中有了觸動，牽牛花是茶道早上喝茶時所插的花，隨開隨謝，又名朝顏。

從前名古屋綢緞店的老闆舉行茶道時，茶室壁龕總是只插一朵花。一朵含苞待放的花。老闆說：一朵花比一百朵花更美。

橫山新藏望著庭園西邊角落空地，也許在那棵扁柏樹下蓋一個小小的茶室，茅草屋頂的草庵，竹片灰土砌的牆，散發著簡樸的鄉野自然情趣，富有禪意。茶室應該很小，才兩疊榻榻米大，只容他們夫婦對坐。

綾子建議把那棵台灣扁柏移開，種上日本松樹，地上擺置踏石，並配有洗手水罐與石燈籠，茶室的味道清雅風情才顯現得出來。

綾子出生在距離產茶聞名的靜岡縣不遠的村子，附近採茶的女工黃昏收工後，經常聚在她家旁村路上的茶室，捧著粗陶茶碗品茗消倦。喝茶之前，先把茶碗在手中轉動，欣賞茶陶之美。綾子的和裁師傅宮本夫人更是精於茶道，她耳濡目染，多少學習了沏茶的禮儀，知道如何與當季的鮮花，掛畫搭配。

婚後隨著丈夫到神戶搭輪船來台灣，順路遊覽產陶著名的瀨戶，在河邊賣工藝茶碗的小店鋪內，綾子憑著她對茶陶的認識，選了一套旅行的織部窯茶碗作為路過的紀念。

這套茶碗仿造著名茶人千利休的弟子古田織部的風格，他所做的茶陶一反早期素淡的單色釉，而是以多彩著稱，粗獷厚重的造型，釉上得很厚，而且故意塗得不均勻，黑褐色、綠色彩繪的海草植物，線條奔放簡約。

這套茶碗裝在木盒裡，至今還沒動用過，如果在番人聚居的山上派上用場，橫山新藏想到，該是別具意義吧！他想像茶室蓋好了，下班回家後，在茶室外脫下金線邊的黑帽子，卸下警官不離身的長劍，一如桃山時代提倡茶道的豐臣秀吉，武士以品茗靜心，進入茶室之前，必須把武士刀、劍等武器留在茅庵外，爬進狹小的茶室內，一杯在手摒除雜念。

橫山新藏希望公餘抽身退隱到茶室，靜心飲茶，觀照自心。

綾子從丈夫手中接過那朵陽光下正在逐漸軟垂的朝顏牽牛花，輕輕嘆息。這枝紫色的花如果插在葫蘆形的陶器花瓶，該有多別致！受到丈夫的感染，她也湊興構想茶室布局：

西邊角落擺放著炭爐、茶鍋，黑木盒裡放置沏茶時用的湯杓、茶匙等茶道用具，她想像從並列的木盒裡取出瀨戶買的茶碗，夫妻面對面坐著品茗：

「……春天喝黑中帶青的茶，春綠初萌，搭配的花是菖蒲，水盤插上美麗的菖蒲，壁龕的掛軸是春天的顏色……」

被丈夫賞花的姿態吸引，而到庭園的綾子，剛剛看到屏風上的時令，說出春天喝茶的講究。

茶室還沒動工，布農族聚居的丹大山凱西巴那駐在所出了事。

十月的一個中午，巡查部長南彥治和駐在所手下的九個員警聚桌吃午餐，突然十幾個蓬頭垢面的布農族人氣沖沖的衝進來，摔破茶杯，翻覆飯桌，揮起番刀亂砍。一時之間，槍聲大作，十個日本員警統統被馘首，番人把砍下來的首級綁在刀鞘，放火燒屋，駐在所在熊熊大火中付之一炬。

日本人稱布農族為「高山縱橫者」，認定他們生性剽悍，順應性低，族群遊走於海拔二千公尺以上的高山，行動飄忽，遠離統治者在山區開闢的交通路線，是日本員警最頭痛的族群。

在高山獨來獨往的布農族，與立霧溪畔聚居的太魯閣族並不友善，然而，兩個族群對日本人的統治同仇敵愾，視為共同的敵人，都抱著除之而後快的心理。

凱西巴那駐在所的慘案傳揚開來，太魯閣社人心浮動，橫山新藏聽線民報告，番人不滿山林場的漢人鋸木工勾搭太魯閣族少女，企圖藉出草獵人頭滋事。族中前額刺有黥紋的勇士出沒在懸崖林子裡，伏擊落單的林木工人，先發出令人頭皮發怵的呼嘯聲，挫敗敵人的膽子。

馘首成功，歡呼聲響徹山林，砍下來的首級綁在刀鞘，族人為凱旋而歸的勇士舉行慶功宴，通宵達旦又歌又舞，喧囂無比，故意向咚比冬駐在所的員警示威。

橫山新藏抱著胳膊沉吟，一臉陰翳。此次太魯閣番人不僅砍下漢人的頭，還攻擊山腰的漢人住家，用弓箭點火射擊燒屋，逼出屋子裡的人，被攻擊的吹海螺敲鑼示警，情勢大亂。

橫山新藏很清楚太魯閣番的射擊技術，他們精於這種無聲的武器，從來箭無虛發。

意識到他治下的番人蠢蠢欲動，萬一他們呼應布農族，聯合起來造反，山雨欲來，整個中央山脈危在旦夕，橫山新藏在駐紮於海鼠山的日本軍隊拔營之前，吩咐妻子煮一頓最豐盛的晚餐，他擔心在救援軍隊抵達之前大家已經遇難。

綾子拿出一直捨不得用的陶器食盤，那是和一套茶碗一起在瀨戶買的，仿照吉田織部的造型，扇子形狀的食盤，蓋子的把手是竹節的形狀，故意做得不完全蓋緊，留出空隙隱約可見盤底的紋飾，打開後，隨著食客夾走食物，盤底花紋漸漸顯露出來，一邊吃可一邊欣賞。

橫山新藏打開珍藏的月桂冠清酒，夫妻交杯而飲。他捋著被清酒浸溼的八字鬍，啞聲說：

「啊！也許是最後一餐啊！」

夫妻相敬對飲而泣。

丈夫顯出上山以來從未有過的軟弱，綾子在不安中更為憐惜，自然地向他依靠了過去。微醺中，丈夫放下酒杯，突然以近乎粗暴的動作把她按倒在榻榻米上，撩起妻子和服下襬，以前所未曾有過的熱情和她做愛。此生最後的激情，熱烈中帶著自暴自棄。

做丈夫的沒想到在他懷中雙肩顫抖的妻子，竟是如此動人，不禁俯下身，頻頻親吻她白皙的頸子。

隔天在秋蟬聲中醒來，他手肘撐著頭，以從來沒有過的眼光注視妻子黎明中的側臉，撫弄因昨夜的激情弄亂了有點扁的圓髻，就在這一刻，他愛上了他的妻子，想與她白首偕老的欲望竟然是那麼強烈！

綾子醒來，張開眼看到身旁的丈夫，轉過身子與他相擁，喜極而泣。

又活了一天！

（**摘自《台灣三部曲》第二部「風塵前埃」**）

作者簡介：

劉大任，台大哲學系畢業，一九六六年就讀美國加大柏克萊分校政治研究所，後因投入保釣運動，放棄攻讀博士學位，一九七二年考入聯合國祕書處，一九九九年退休，作品包括小說、散文、評論與運動文學等，出版有《劉大任作品集》十二種（皇冠出版），《紐約眼》、《空望》、《冬之物語》等。（枯山水系列）

西湖

劉大任

事情都從西湖開始。

那是尼克森訪華後的年代，文革已近尾聲但海內外卻很少人察覺的年代。因緣湊巧，我跟翔和在杭州的華僑飯店不期而遇。那個年代，獲准回大陸探親的海外華僑，人數不多，台灣出身的，就更屈指可數了，而我們兩個，差不多二十年沒有任何來往，卻在同一天到了西湖，又在湖濱的飯店餐廳裡面，碰見了。

若不是翔和發脾氣，跟服務員吵架，我想，那天我未必就敢認他。他正在火頭上，當然也不會注意我。彼此的臉型也許改變不大，身材早已不是當年成功嶺時代的模樣，但他雖然變成了個矮胖子，吵起架來，指手劃腳、口沫橫飛的態勢，仍不減當年。我於是大著膽子，試探：

「是翔和嗎？三連二排一班十一號？」

半天沒有動靜，我以為自己認錯人了，有點尷尬，吵架的場面倒因此冷了。

那男子還在繼續攻擊。

「什麼態度，你這是為人民服務嗎？」

面色緊繃的女服務員，一面退回廚房，一面回嘴。

「不吃拉倒，八點關門，什麼都沒了。」

接著，老朋友的口吻，讓我從多少有些猶豫，立刻變成驚喜。

「二號？你這些年，死哪兒去啦！」

那天晚上，我們在「樓外樓」喝了個痛快。

當然，那時候的「樓外樓」，也不怎麼樣，就是特別招待外賓的樓上「雅座」，桌面油膩膩的，滿地下碎骨爛菜香煙頭，服務員的臉色，一樣大義凜然。

我是當天上午到杭州的。賓館報到，撂下行李，就迫不及待出遊了。

多年魂牽夢縈的西湖，沒半天就索然無味。為什麼呢？

沒在那個年代親歷西湖的人，是無從想像的。

那半天的西湖獨遊，只能用「心驚膽戰」四個字形容。

偌大的西湖，遊客寥寥無幾，除開船工，幾乎一無例外，都是外賓華僑。怎麼知道呢？

很簡單，穿著打扮，把西湖裡外的所有人，分成截然不同的兩類：有顏色的和沒有顏色的。所謂「沒有顏色」，也不盡然，應該說是灰、黑、綠幾個單色吧。

更讓我吃驚的，是「單色族群」，臉上那種木然的表情。湖邊蹲著遊手好閒的，店鋪裡面管理買賣的，馬路上排隊行進叫口號唱軍歌的，好像全按照某一天書操演於己無干的故事。山光水色依舊，但是，看到的人，異樣陌生，讓我有點怕怕的。

我到處逛了一圈，越來越覺得自己孤魂野鬼一樣，無端墜入醒不過來、無法逃離的夢魘。

不過，從第二天開始，我的心情出現了意想不到的變化。

應該說，從巧遇故友那一刻，變化就開始了。

因為白天的經驗，見到本來並無深交也鮮少往來的朋友，仍覺特別溫暖，簡直像得救了似的。

然而，這個「救贖」，又不太可靠。原因是，交談中，翔和透露，他這次的杭州行，是來相親的，雖邀我同遊，我不免猶豫，怎麼能做電燈泡呢！

第二天一早，我更後悔答應他，但我脫身不了。因為，他說：對象是親戚介紹的，從沒見過，聽說一心為了出國，你幫我出點主意嘛！

根據前晚商量好的計劃，未來三天，翔和堅持：你就跟我走吧，這裡，我熟得不得了，保管你愉快盡興……。後來我才知道，他所謂「熟得不得了」，是因為他約好的嚮導，就是他的相親對象，杭州土生土長的。

這是我第一次見到雲英，也是我第一次感覺，儘管時代凶險，大環境暴戾恣睢，還是有些東西，似乎永遠撲滅不了。

是因為山溫水軟的西子湖嗎？

雲英是杭州藝專的畢業生，父親是該校教授，雖與徐悲鴻都是留法的，但他的畫風，接近後期印象派，始終拒絕寫實路線，如今打入了牛棚。

一見面，雲英介紹她自己說，她一輩子從沒離開杭州，連近在咫尺的上海都沒去過。這在那個紅色年代是難以想像的，難道席捲全中國的紅衛兵串聯活動她都置身事外了嗎？現在又動腦筋，想出國，這不是有點奇怪嗎？受人之託，我心裡存著這個問號。不過，這個問號，沒半天，便釋然了。雖然初次見面，我完全相信她用不著說謊，她是我見過的大陸女子中最不「大陸」的女子，外形給人的感覺就一見難忘。那時代的大陸女子，基本分為兩大類型，一胖一瘦，胖的都顯浮腫，瘦者則乾硬，雲英屬於後者，但跟這兩類人不同的是，她雖瘦卻毫不枯燥萎黃，好像汲取營養無需外求，內斂而自足，別有一種滋潤。皮膚下固然隱約可見淡青血脈，卻似深秋紅楓，葉脈與葉色渾然一體，反把她的膚色襯出一種幽幽的光輝。一旦看到這種只能在暗淡背景中顯露的光輝，她的五官四肢身材體態便讓人覺得特別舒服，就像在博物館觀賞玻璃櫃中珍藏的古瓷，一面被深深吸引，同時又不免擔心，如此稀有又如此脆弱，能永遠留住嗎？

同遊一天之後，我的印象更讓我自己都不敢相信了。這樣的年代這樣的地方，怎麼還有這樣的人活著？大概要到若干年後，在香港的雜誌上讀到《傅雷家書》和楊絳的《幹校六記》，才算是有些理解。

我們三個人，由雲英帶路，在西湖玩了整整三天。三天裡，雲英主張，名勝古跡就不必看了，雷峰塔倒塌未修，岳王墳遭到破壞，封閉了。靈隱寺只剩空殼，既無和尚，也無香火。蘇小小墓早就刨了。孤山梅花已謝，西泠印社殘破不堪。蘇堤倒是順路走了一下，季節已過，桃李無花，只剩煙柳，其實遠觀更好。恰好是六月天，我們就看了三天荷花。

也許因為還有生產價值，雖在文革動亂期間，西湖的荷花保持完美。

據雲英介紹，西湖賞荷，主要三個地方：別號小瀛洲的三潭印月，岳墳與蘇堤之間的曲院風荷，以及距離最近的白堤與裡西湖之間的湖濱馬路一帶。因為只有三天時間，我們就按照距離遠近，逐片賞遊。

三片荷塘風味不同。裡西湖一帶，須黎明即起，划小艇，過斷橋，繫舟孤山放鶴亭下，上岸入亭，躺籐椅上，吃軟紅藕粉，飲碧綠豆香龍井。早餐伴隨荷香陣陣，但荷香天色愈明愈淡，所以非早不可。天色未明，我們就在雲英事先安排好的碼頭上船了。

第二天遊小瀛洲，上岸後，過九曲橋、十字亭，便可見處處葉田田而花亭亭，最意外的是，湖樓上，陳承鋆所書名聯「四面荷花三面柳；一城山色半城湖」居然逃過浩劫，只是字跡略顯剝落。那裡吃到的熟藕，藕孔中填滿糯米，蒸熱後切片拌糖，鬆軟可口，有一股清香。

終於在第三天出遊的曲院風荷見識了雲英特別推薦的「並蒂蓮」。我們看到的不多，而且，都是粉紅品種。她說：杭州人一向把一枝兩蕊的白荷看得最為珍貴，只可惜這幾年，稀有品種不知怎麼的，好像知道世道人心似的，都拒絕開花了。

三天相處中，這可能是她說過的最激烈的話。即便帶著些抱怨的語氣，聽到後，並不覺得刺耳，反而有點像檸檬茶，微微的酸味，更覺雋永。

歲月蹉跎，文革時代的西湖遊，雖然短暫，卻永遠有個不可磨滅的印象：一想到西湖，眼前便是荷花，而雲英與荷花，尤其是並蒂蓮，彷彿無分彼此，成為融合的影像了。

然而，正因有此自覺，西湖別過之後，便主動減少了跟翔和的連繫，即使他找我，我也盡可能推託，不久就不再來往了。但我確曾收到過雲英的兩封來信。第一封只是平常問候，我沒回。不久又收到一封，這封信，我至今還保留著。

終於聽人談起，翔和費了九牛二虎之力，一直鬧到最高層，才獲得批准。至於他們的婚禮和婚後情況，我都不太了然了。

現在重讀雲英的那封信，發現字裡行間，隱約埋藏著一些消息。

信一開頭便提到：「杭州數日相處，談得非常投機。」當時以為只是客套，不曾往深處想。讀到翔和的那一段，更加明白。她寫道：「我跟他好像不是一類人，也對他的直來直往脾氣，有點害怕。」

那麼，她確實是在何去何從的重要關頭，試探著，向我求援了嗎？

可是，我也自問：我能夠像翔和那樣，不怕任何困難，一往直前，不達目的，死不甘休嗎？

我相信，我大概是做不到的。所以，這封信，我也沒回。

我跟雲英，後來又見過兩次。

第一次，是她嫁給翔和的不知多少年之後，我鼓起最大的勇氣，到醫院去探望中風病倒後坐在輪椅裡面的翔和。雲英送我出來，我們在那個病人曬太陽的長椅上，坐了幾分鐘。那幾分鐘，真比一生還長。兩個人都沉默著。然後，她說了這麼一段話：

「現在，我總算可以愛他了。他是那麼無助，完全沒有希望。」心裡不覺絞痛，卻什麼也沒說。

再一次見面，是在海外華文報紙上刊登了華人圈為之騷動的「自殺殉情」新聞之後，就在雲英、翔和的共同葬禮上。棺中的雲英，化了妝，白裡透青的臉上，雖略施脂粉，仍然像一朵純淨素白的荷花。

既無天災，也沒有人禍，那兩天，「殉情案」成了頭條，著實取得轟動效應。記者的生花妙筆，把一對老夫妻的非自然死亡，渲染得悽豔絕美。警方的調查報告，似乎配合著這種邏輯，現場沒有任何掙扎痕跡，兩人的胃液，都查出致命劑量的毒藥，來源毫無疑問是翔和，他原是化學專業。遺書雖是翔和一人的手跡，但雲英確在書尾簽了字，因此根本排除了他殺嫌疑。

報上翻印了遺書，字跡看來相當冷靜，反映了決心。內容也簡單，只說：我倆自願結束生命，與他人無關云云。我相當肯定，雲英簽字時，也一樣冷靜。

然而，這個「殉情」的說法，我無論如何都難以接受。頭條新聞，從來不問也看不見新聞背後那隻巨大無形的手。而我，卻像一個小孩，第一次看見玻璃酒瓶裡帆桅齊張的海盜船，不能不問：這條船，怎麼開進去的？

這是完全看不見任何外傷的死亡。海盜船進瓶、張帆、封瓶，應該有個過程，這個過程，必然複雜，必須準確，我無法理解。

雲英沒有留下任何遺言，一切無法追尋。

我不知道他們的最後一夜是怎麼過的，不過，我的感覺自己很清楚，這些日子來，我經常看見，雲英的頸部，留有化妝難以掩飾的指痕。

是翔和的手指，也是我的。

（二〇一〇年十二月五日初稿，二〇一一年一月二十八日修改，二月十五日改定）

作者簡介：

哈金，本名金雪飛，一九八五年赴美讀書，在波士頓 Brandeis大學讀英美文學，於一九九三年拿到博士學位。八九年六四事件後決定留居美國，並開始用英文寫作。一九九九年獲美國國家書卷獎，至今出版了三本詩集，四本短篇小說集，六部長篇，和一本論文集。他的作品已被譯成三十多種文字。

孩童如敵

哈金

孫子和孫女都恨我們。男孩十一歲，女孩才九歲，兩個都是自私、邋遢的傢伙，根本不尊敬老人。他倆對我們的敵意從他們改名的那天就開始了，那是大約三個月前的事。

一天傍晚孫子抱怨說同學們叫不出他的名字，所以他要改名。「他們好多人管我叫『雞肝』，」他說。「我想要一個跟別人一樣的普通名字。」他名叫習奇敵，對老外來說的確不容易發音。

「我也要改名，」他妹妹習花插嘴說。「他們誰也發不準我的名字，有的叫我『娃』。」她撅撅嘴，臉脹大了，兩腮仍帶些嬰兒膘。

沒等他們父母回答，我老伴兒說，「你們應該教他們怎樣說你們的名字。」

「他們老是笑話我的名字，」孫子說。「『奇敵』，我要不是從中國來的，我也會說『雞肝』。」

我告訴兩個小孩子，「改名的事要小心。我們拜訪了一個有名的算命先生之後才選定了你倆的名字。」

「呦，誰信那玩意兒？」孫子嘟囔一句。

我兒子插進來對他的孩子們說，「讓我好好想一想，行嗎？」我們細眉小眼的兒媳婦曼迪也開了口。「他們應該用美國名字。如果名字太難發音，將來麻煩多著呢。我們應當早就給他們改名。」

我們兒子古冰好像同意，不過當著我們的面他沒多說話。

老伴和我對這件事不高興，但沒盡力阻擋孫子和孫女，於是曼迪和古冰就開始為孩子尋找合適的名字。女孩的名好改，他們就叫她**Flora**，既然她的原名的意思也是「花朵」。但男孩的名字太難找了。英語裡的姓名比較簡單，大部分已經失去了原來的意義。「奇敵」的意思是「神奇勇猛」。在英語裡你上哪兒去找一個具有同樣含義和氣勢的名字？我剛指出這一點，孫子就嚷起來，「我不要複雜古怪的名字。我只要個平常的名字，像查理，或萊理，或喬理。」

那可不行。名字事關禍福和命運——這是為什麼算命先生根據名字的筆劃順序和數目就能預測人生中的沉浮。誰也不應該隨隨便便地換個名字。

曼迪去公共圖書館借回一本關於嬰兒的名字的書。她翻閱了這本小冊子，選定了「Matty」。她解釋說，「『Matty』是『Mathilde』的縮寫，是從古德語演變過來的，意思是『英勇善戰』，跟『奇敢』的意思相近。另外，在英語中它有『mighty』——『強大』的回音。」

「聽上去有點兒不對勁兒，」我說。我心裡老琢磨著我們的姓，沒法把「Matty」跟「習」結合起來。

「我喜歡，」孫子喊道。

他好像故意跟我作對，所以我沒多說。我希望我兒子能拒絕那個選擇，但古冰一聲不吭，只坐在搖椅上喝冰茶。這件事就這樣定了。孫子去學校告訴老師他有了新名字，叫Matty。

隨後的一週裡他好像挺高興，但他只快活了一陣兒。一天晚上他對父母說，「我的朋友卡爾告訴我Matty是女孩的名字。」

「不可能，」他媽說。

「當然是真的。我問過一些人，大家都說聽起來像個女娃。」

我老伴兒在圍裙上擦擦手，對我們兒子說，「為啥不查一查呢？」

那本關於嬰兒名字的書還沒還回去，於是古冰查了一下，發現那個名字後面印有「m. or f.」。顯然曼迪沒注意到該名對男孩和女孩都適用。她的疏忽或無知讓她兒子火上加火。

該怎麼辦呢？十一歲的孩子氣得快哭出來，埋怨他媽給了他一個性別模糊的名字。最後我兒子拍拍膝蓋說，「我有個主意。'Matty'也可以是從'Matt'演變過來的。為什麼不能拿掉『y』這個字母，就叫你Matt呢？」

孫子臉色一亮，說他喜歡這個名字，但我反對。「看吧，這書上說『Matt』是『Matthew』的縮寫。這跟『神奇勇猛』的意思不搭邊嘛。」

「誰在乎那個！」孫子高聲說。「我就要叫Matt。Matt! Matt!」

我沒再說話，覺得臉在繃緊。我站起來去涼台上抽袋煙。老伴兒跟了出來，她說，「老頭子，咱們孫子的話你別往心裡去。他不過是有點兒迷惑，急眼了。快回屋吃飯吧。」

「等抽完這袋煙，」我說。

「別耽擱太久了。」她轉身回公寓裡去，瘦小的肩膀比以前駝得更厲害了。

樓下汽車在溼漉漉的街上來回滑過，像是彩色的鯨魚。如果來美國之前我們沒把在大連的財產都賣掉就好了。古冰是我們唯一的孩子，所以我們認為最好和他住在一起。如今我真後悔來到這裡。到了我們這把年紀——老伴兒六十三，我六十七——要適應這裡的生活太難啦。在美國好像你越老就越卑賤。

我和老伴兒都明白我們不應該干預孫子孫女的生活，可是有時我控制不住，偏要給他們提點建議。老伴兒相信是我們兒媳婦把孩子慣壞了，使他們蔑視我們。我倒不覺得曼迪有那麼可惡，雖然她的確是個溺愛的母親。除了他們喜歡的幾樣飯菜，孫子和孫女瞧不起任何中國的東西。他們痛恨週末學校，因為去那裡得學習讀寫漢字。孫子宣稱，「我才不需要那些狗屎呢。」

每回聽到他那樣說，我得費好大勁才能把火壓下去。他們父母逼著他們上週末學校，雖然孫子和孫女不再學寫漢字了。他們去那裡只跟一位台灣來的藝術家學畫國畫。孫女敏感嬌弱，可能有點兒藝術細胞，但孫子什麼都不行，光會做白日夢。我真擔心他會淪落成叫花子。他既不畫竹子，又不畫金魚，也不畫山水，而卻捏著毛筆在紙上列出些橫道道，聲稱這是抽象畫。他用著墨的濃密度來做各種試驗，好像那是水彩顏料。有時候他還在家裡瞎畫一氣。看到他作畫時那副認真的樣子——眼睛細細的，臉盤胖乎乎的——我就想笑。有一回他把一張畫上了豎條條的東西給他們學校的藝術老師看。真邪門兒了，那女人倒讚賞它，說這些線條使人聯想到瀑布；你要是把畫橫過來看，又會看見雲層或某種地貌。

這是什麼鬼話！我私下對古冰抱怨，勸他給孩子些壓力，讓他們學習真正的課程，比如科學、經典著作、地理、歷史、語法、書法。如果孫子真地應付不了那些功課，他將來應該考慮學修汽車或做廚師。汽車修理工在這裡挺掙錢——我認識一個在修車廠做工的小夥子，一句英語也不會說，但他每小時掙二十四美元，外加年終的大紅包。我對兒子說得清清楚楚，幾招「藝術」的小道道兒不會讓他的孩子有出息，所以他們最好別再耍弄毛筆作畫。古冰說兩個孩子還小，不該強迫他們，不過他同意跟他們談談。與古冰不同，曼迪站在孩子們一邊，說我們應當讓他倆自由發展，不該像在中國那樣限制他們。老伴兒和我都對兒媳婦的主張不高興。每當我們批評她，孫子和孫女就嘲弄或喝斥我們，全力保衛他們的媽媽。我對美國的小學教育有嚴重的保留。老師從不強迫學生用功。孫子在三年級時學過乘除法，可是兩個月前我讓他計算$ 1,586的百分之七十四是多少，他根本不會算。我遞給他一個計算器，鼓勵說，「用這個。」就是這樣，他仍不知道可以用那個數乘上0.74。

「你不是學過乘除法嗎？」我問他。

「我學過，可那是去年。」

「那你也應該會算呀。」

「我們今年沒練習乘除法，我就對它們不太熟悉了。」那話是他給我的正當理由。我無法使他明白一旦學過一門功課，就得掌握它，把它變成自己的一部分。這是為什麼我們說知識就是財富。你不斷地積累，就變得越來越富有。這裡的老師不給學生布置真正的作業，卻給他們很多「項目」。有一些論題不過是想入非非，容易讓孩子們的自我沒邊沒際地膨脹。我兒子不得不幫助他的孩子們完成那些項目，好像那都是給家長布置的作業。有些題目就是成人也無法應付，比如「文化是什麼?它是怎樣創造的?」「以你自己的觀點來支持或反對伊拉克戰爭」，「膚色怎樣劃分著美國社會?」「你認為全球貿易有必要嗎?為什麼?」我兒子必須不斷上網或去公共圖書館查詢，才能找到討論那些問題所需要的資訊。我承認，這些論題可以開闊學生們的眼界，讓他們自我感覺良好，增強自信，但他們小小的年紀，不應當像政治家或學者那樣來思考問題。學校應該教他們遵紀守法，首先成為負責任的公民。

每回我問孫女她在班裡排名第幾，她都聳聳肩膀說，「我不知道。」「妳不知道——這是什麼意思？」我懷疑她排名一定低於平均線，雖然她不可能比她哥哥還低。

「吉倫太太從不給我們排名。」那是她的回答。

如果真是那樣，我對這裡的學校就更失望了。要是他們不給學生灌輸出人頭地和出類拔萃的意識，他們怎麼能使學生在這個全球經濟中具有競爭力？怪不得許多亞裔的父母不看好法拉盛的公共學校。說實話，這裡的小學教育傾向於誤導孩子。

五週前，孫子吃晚飯時宣布他必須改姓，因為那天上午一位代課教師把「習」（Xi）發成了「十一」。結果全班哄堂大笑，有些學生課後還開孫子的玩笑，叫他「邁特．十一」。孫女插話說，「是啊，我也要改姓。我的朋友莉塔剛把她的姓改成吳。有些人發不出『Ng』，就叫她『莉塔．壞蛋』（Reta No Good）」。

他們爸媽大笑起來，但我不明白這有什麼可樂的。我老伴兒對孫女說，「等妳長大結婚時妳就可以跟老公的姓。」

「我才不要男人呢！」孫女搶白一句。

「我倆必須改姓，」孫子堅持說。

我喊道，「你們不能那麼做。你們的姓是屬於咱們家的，你們不能把自己跟祖宗切斷。」

「狗屁！」孫子的鼻子和眼睛擠到了一起。

「你不能這樣對爺爺說話，」他奶奶插嘴說。

曼迪和我兒子互相遞了個眼色。我知道他倆在這一點上跟我們看法不同。也許他們一直在計畫給孩子改姓。我火了，把飯碗往桌上一摔，指著曼迪說，「妳想方設法地慣他們。現在妳高興了，讓他們從家譜上分出去。妳是什麼媳婦？我當初就不該讓妳進這個家門。」

「爸，別發這麼大的火，」我兒子說。

曼迪沒回嘴。她哭起來，葫蘆形的鼻子上露出皺紋，而兩個孩子卻動了氣，怪我傷害了媽媽的感情。他們越胡說我火氣就越大。最終我控制不住了，高喊，「你倆要是改姓，你們就出去，離開這裡。你們不能人住在這個家裡卻用別的姓。」

「你是誰？」孫子平靜地問。「這不是你的家。」

「你們只是我們的客人，」孫女加上一句。

這話把我老伴兒惹急眼了。她對孫女嚷起來，「我們把在國內的一切都賣了，包括房子和糖果店；我們到這裡來是為了做客，嗯？沒心沒肺。誰告訴你這不是我們的家？」

她的話把孫女噎住了，雖然女孩仍舊怒沖沖地瞪著奶奶。我兒子央求大家，「快別吵了，咱們吃頓安靜飯吧。」他繼續嚼著炸蝦，兩唇閉合。

我想高喊他是飯桶，就知道吃，不過我控制住自己的憤怒。我們怎麼養了這麼個沒有脊樑骨的兒子？

公平地說，他學有所成，是橋樑工程師，幾乎拿六位數的年薪，但他怕老婆，寵孩子，從來美國後就越來越走下坡，好像變成了一個沒有脾氣、沒有主張的人。我常常想直言告訴他，他必須活得像個男人，起碼跟他過去一樣。他母親和我經常私下揣摩他是不是床上不行；要不，他怎麼能老聽曼迪的？

吵了那架後，我們決定搬出去。古冰和曼迪幫我們填了表，申請市裡為老年人提供的房子，不過我們得等好長時間才能排到。如果不是年紀大了，身體又不好，我們會住得遠遠的，完全自立，但在這個國家他們是我們唯一的親人，於是我們只能搬到一個附近的地方。我們暫時住在四十四大街上的一個單間公寓裡，是古冰給我們租的。有時他過來看看我們過得怎樣，需不需要什麼。我們從沒問過孫子和孫女現在用什麼姓。我猜他們一定有了美國的姓名。這多讓人傷心啊——你在紙上看見孫子孫女的名字卻認不出他們了，好像這家人斷了香火，消失在人民大眾之中。我一想起這事，就心痛。離開中國前我多考慮一下就好了。如今回不去了，我們不得不在這裡度晚年，在這個地方連你的孫子孫女都會狠如仇敵。

孫子孫女通常躲避我們。要是在街上碰見，他們就警告我們不要再「折磨」他們的媽媽。他倆甚至揚言要叫員警如果我們沒經得同意就進入他們家裡。他們不必警告我們。自從搬出來，我倆就再沒登過他們的家門。我跟兒子說過只要他的孩子用不同的姓，我們就不接受他們作為家庭成員。

古冰從未提起這件事，雖然我仍在等著他回答。現在這事就這樣懸著。有一天老伴兒越想越氣，要去曼迪的籤語餅工廠舉起一個大牌子，對大家宣布：我兒媳婦鄭曼迪是地球上最不孝的人！不過我攔住了老婆。那有什麼用呢？曼迪的公司當然不會因為她不讓公公婆婆開心而解雇她。這是美國，在這裡我們必須學會自立，只管好自己的事情。

作者簡介：

張系國，台大電機系畢業，留美專攻電腦科學，獲柏克萊加州大學博士，現任匹茲堡大學教授，並創辦了知識系統學院。張系國的文學生命發端於大學時期，作品兼採科幻、寓言和寫實手法，亦極重視時代的脈動。其代表作《棋王》，現已翻成英文、德文等，並曾搬上銀幕、改編成音樂舞台劇、電視劇等。另著有《地》、《昨日之怒》三十七種。

賭國仇城

張系國

先生請坐，理髮還是修面？要理髮的話，我先給你洗頭。對，我們這裡也是洋規矩。

先洗頭再理髮確實不合理。廿多年前初來此地時我也覺得奇怪，怎麼會有先洗頭再理髮的道理？而且理完髮後，理髮師幫你擦油吹風就算了事，那些髮針都藏到領子裡，真正扎得難受哩！洋人就是天生比較蠢笨，從他們理完髮不懂得洗頭就看得出來。但是廿多年下來我也習慣了。大多數洋人顧客，甚至華人下一代青年，你替他理完髮要再替他洗頭，他還覺得奇怪呢。不過今天客人不多，先生等會你理完髮，我再替你洗次頭，不算錢。哪裡，不用客氣。

先生住在郊區？不常來華埠吧？陪太太來買菜？應該應該。這裡幾家超市買菜便宜，附近餐館也還算可以。二十年前我剛來此地時，清一色都是廣東館，這幾年可大大不同了。什麼江浙館、川揚館、上海館，一家家開出來，生意都不錯。也有你們台灣人開的台菜館，不過我喫不慣。先生喜歡喫辣嗎？如果喜歡喫辣的話，街口有一家湘鄉味道滿好。先生剛才就在那裡喫中飯？怎麼樣，我說的不錯吧？湘鄉的程老闆是我的好朋友。你下回再去，就說我小杜介紹的，他一定會吩咐師傅燒幾道好菜。

要怎麼修？過不過耳朵？沒有問題，你怎麼說我怎麼剪，這就是語言講得通的好處。

我好些老主顧都像你一樣住在郊區，可他們理髮還是來我這裡，不為別的，就是因為語言講得通，當然我的手藝也是一流，哈哈。剛才說的湘鄉那位程老闆，他理髮一定來我這裡。先生你說什麼？你問我程老闆是不是那位和人家賭錢輸掉半個老婆的程老闆？喔唷唷真糟糕，先生你來這城多久？才兩年？你看看，才來兩年而且並不常到華埠走動的人居然都知道了，你說糟糕不糟糕？

這故事是不是真的？哎呀，我都不好意思說了。程老闆是好朋友，仇老大也是好朋友，大家都是好朋友，我實在不該說。先生你去湘鄉喫飯，一定見過程老闆，他總是站在櫃台旁親切招呼客人，戴玳瑁眼鏡，人很忠厚老實的樣子，對吧？可他一場豪賭輸給仇老大半個老婆，這故事簡直鬧得天下皆知。人們直到今天走過湘鄉仍然指指點點說：看，就是這家餐館老闆，和人賭錢竟輸掉半個老婆。

傳說總會被人渲染誇大。有人上山不小心碰到老虎，心驚肉跳好不容易用木棍把老虎趕走，三傳兩傳就變成赤手空拳上山打虎，再三傳兩傳打死的大蟲就不止一條而是一窩了。但是程老闆豪賭的故事，不論人們怎麼傳都不會走樣。從來沒有人說他賭輸掉兩位老婆，也沒有人說他賭輸掉一打老婆，永遠不多不少只有半個老婆。

先生你問半個老婆怎麼輸法？對呀，這數目實在太離奇，難怪無論怎麼傳都不會走樣。

我只能說仇老大缺德，想出這個法子來修理程老闆。也怪程老闆那晚不該口出狂言，自誇賭遍天下無敵手。這話程老闆關起門在家裡說說可以，能在仇老大面前說嗎？激惱了仇老大，結果栽個大跟頭。

仇老大這人現在已經不在了，想當年是華埠響噹噹一號人物。他身材高大，滿臉絡腮鬍，兼又姓仇，所以人們都對他敬畏三分，尊稱他仇老大。他本名叫做仇鑄，鑄造的鑄，名字就厲害，對不對？像我爹給我起名叫杜問，我這輩子無論如何都厲害不起來。人家仇老大就不一樣，只要報出姓名是仇鑄，就把別人都給鎮住了。

頂上要不要打薄？先生你頭頂中央稍稍有些禿，還好並不嚴重，我吹風時會特別注意，以後你自己吹風，盡可能往中間吹。那位仇老大其實人滿好的。他在市政局做事，家小都留在大陸，沒有別的嗜好，就是好賭，和程老闆碰到一處真是天造地設的一對。這兩人的相貌和賭品完全相反，所以說人不可貌相一點也不錯。仇老大你別看他人高馬大，上了賭桌永遠保持君子風度，不論輸贏都不動聲色。程老闆呢？平常文質彬彬還有點書生氣質，上桌立刻原形畢露，贏了就口出狂言，輸了就胡亂罵人。他們兩人都單身，在牌桌一旦幹上了就難解難分，直到那場豪賭才真正分出高下來。

雖然事隔多年，我仍然記得很清楚，那晚我們照例在會館樓上聚賭。會館裡不能賭博，所以先生我是當你自家人隨便說說，你聽過就算。那天晚上我們賭梭哈，程老闆、華富麵廠的老郭、張師傅、馬老闆還有我，八點鐘不到就開始賭。程老闆手氣最好，就他一家贏，但是他隔一陣就要問：「仇老大怎麼還沒來？」所以你看這人賭品有多壞，難道我們在場的人都不算數？他眼裡只有仇老大一個人，實在令大家氣憤。

後來仇老大總算來了，鐵青著臉，一副心事重重的樣子。他也是理髮店的常客，所以一看他的表情我就知道準是又接到家書。大家拉他入局，仇老大卻連連搖頭不肯上桌。仇老大的毛病我們這些好朋友清楚得很。別看他隻身在外多年，對留在大陸的家人依舊記記掛掛，這麼大的漢子仍然鬧情緒。仇老大一直不肯上桌，程老闆大概急了，先譏笑仇老大不敢跟他賭，然後更說了幾句絕不應該說的話。程老闆說，仇老大這麼想家，就回大陸去好了，別讓家人掛念一輩子。這話說給別人聽，別人多半一笑置之，比如說有人勸我再娶老婆我並不會生氣，但你如果叫仇老大再娶老婆，剛好就傷了仇老大痛處，他會跟你拚命。

那晚仇老大的反應正是如此。誰也不明白他哪裡來的力氣，一把將程老闆提小雞般提了起來，眾人又是勸解又是央求忙了半天，他才把程老闆放下來，咬牙切齒說：「你要賭，今晚老子讓你賭個痛快！」

程老闆早已嚇得魂都沒了，但這時即使他不想賭也沒有發表意見的餘地。仇老大一上桌，形勢完全改觀。他平常賭梭哈你就猜不出他手裡的牌，這晚他殺氣騰騰，更沒有人敢跟他比狠。只有程老闆勉強跟到最後，索性把面前籌碼都推到牌桌中央，說：「仇老大，全在這裡了，你有本領都拿去。」

仇老大板著臉說：「不夠看，再下注吧。」

程老闆雖然喝了點酒其實並不糊塗，搖頭說不能再下注。他這人的缺點是嘴裡不乾不淨，不下注就不下注吧，他偏偏要說：「仇老大，不要想騙我上當，無論如何我不會押掉我的餐館。」

仇老大說：「誰要你的餐館？我又不是幹你這行的。但是你還有個賭本。你可以賭半個老婆看我手裡的牌。」

半個老婆的賭注是仇老大這樣提出來的，當時我們在場圍觀的人都想笑而不敢笑。程老闆並沒有結婚，如何能夠賭半個老婆呢？但是誰也不敢取笑仇老大，倒是程老闆笑著說：「仇老大，你太抬舉我了。我連老婆的影子都沒有，這輩子恐怕沒有福分，你這回可賭錯了。」

「賭錯我認了。要是你這輩子沒有老婆，賭債就一筆勾銷。」仇老大說。

仇老大在牌桌上永遠顯得從容不迫，但是程老闆也絕非弱者。要是換了別人，一定臨陣退縮，他居然一敲桌子說：「輸掉半個老婆還有半個呢。好，仇老大，我跟你鬥到底！」

仇老大把手裡的牌攤開來。同花大順。程老闆架著深度近視眼鏡的臉變成灰綠色，喃喃說：「怎麼可能？怎麼可能？」

仇老大微微一笑，說：「老程，記住了，你從此欠我半個老婆。」

先生，你問程老闆後來還了賭債沒有？這賭債的確不好還。尤其華埠流言特多，有一陣子程老闆的日子難過極了。有一天，仇老大正好在我這裡修面，程老闆直衝進來，氣急敗壞扯著仇老大的衣襟說：「仇老大，你說，欠你的半個老婆將來究竟怎麼還？難道好好一個人劈開兩半給你一半？總不能你要下半身，上半身留給我？仇老大你未免太狠了！」

整個理髮店的人都被他逗笑了，這故事後來就越傳越廣。但我記得當時仇老大風度很好，被程老闆拉拉扯扯也不生氣，只是淡淡說：「老程，父債子還夫債妻還是天經地義的事。你得了這個教訓，從此既不賭錢也不娶妻，不就好了？」

先生，就因為仇老大這番話，程老闆果真從此戒賭，他也不敢娶妻，一戒就戒了十一年！一直到仇老大從市政局退休回到湖北老家養老，程老闆才膽敢結婚。當然他是算準了仇老大不會再回到華埠來追討賭債，但是程老闆的膽子也夠大，因為他是回大陸結婚。難道他不怕仇老大聞風而至討回賭債？整個華埠因此議論紛紛。大家不僅佩服程老闆大膽，也佩服仇老大是個君子人。

等到程老闆將新婚妻子接回華埠，眾人又是譁然，更不能不佩服程老闆老謀深算。先生，待我告訴你她是怎樣一位女子，你也會驚訝不已。是怎樣一位女子呢？她的年紀並不算大，不過三十來歲，從左側看去，細皮白肉是個標致少婦。可是從右側看去，天哪她簡直不成人形，眼鼻都黏在一起。程老闆告訴大家，她年輕時家裡發生火災，為了救陷入火場的母親，不幸被一根燃燒的大樑擊中右側，把她燒成這般模樣。不但母親沒救活，她自己也成了怪人。程老闆到老家探親，恰巧聽到她的故事，為她的孝心感動，毅然決定娶她回來。

人們不僅佩服程老闆俠義心腸，而且也佩服他足智多謀。萬一仇老大真正回來討賭債或把賭債追討權轉讓給他人，那人只要看見程老闆的老婆就會驚而卻步。究竟仇老大只贏得半個老婆，並沒有指定哪一半。而程老闆會讓給仇老大哪一半也就不問可知了。

仇老大始終沒有回華埠，聽說不久前在老家病逝。人們逐漸遺忘了他，但是每當他們走過程老闆的餐館時，仍然會指指點點說：看，就是這家餐館老闆，和人家賭錢竟輸掉半個老婆！

先生，你問程老闆和他老婆現在怎麼樣？他倆感情其實很好，我最清楚不過，因為我常去他們家打牌。不錯，程老闆這死不悔改的傢伙現在又敢打牌了，不過他現在牌品稍有進步，總算沒有忘記仇老大給他的教訓。說起仇老大，還有一件有趣的事。前幾天我在程老闆家打牌，內急入廁所小解，出來時恰巧看到他家香案上，竟然供著仇老大的遺像。然後我注意到牆上掛著程老闆和他老婆的結婚照裡也有仇老大。照片裡仇老大把絡腮鬍全剃掉，笑得挺開心。新娘子完好的左側對著鏡頭，顯得挺美麗，而且似乎有幾分像仇老大，你說奇怪不奇怪？

所以程老闆畢竟是個有義氣的人，不僅在結婚時不計前嫌邀請仇老大參加，甚至家裡都供著仇老大的遺像，也算難得了。他兩人間的賭債，隨著仇老大入土，從此也該一筆勾銷。

先生，我再給你洗次頭，好不好？在美國理完髮都不洗頭，但是先生你第一次來，我就特別為你洗頭。不用客氣，以後請多光顧。謝謝。

月滿樓

孟絲

作者簡介：

孟絲，本名薛興霞，台灣師範大學英語系學士，美國普渡教育研究所肄業，匹茲堡大學圖書館碩士。任職新澤西孟郡總圖書館資深行政負責人多年。多年來中短篇小說及散文，經常散見海內外各報章雜誌。先後出版小說集《生日宴》、《白亭巷》、《吳淞夜渡》等。另出版傳記及旅遊文學《漫遊滄桑》等。

1

曼哈頓鬧區，四十二街附近有一家頗負盛名的中國餐館。黑漆燙金字招牌，魏碑體寫著「月滿樓」三個大字。夜市初上，這一帶霓虹飛躍，燈火燦亮。百老匯劇院林立，加上附近不少高級小型酒吧，或以性感探戈舞為號召的夜總會，或具異國風情的餐館，再加上豪華昂貴珠寶首飾禮品店，摩登名牌電腦電視攝影機專賣店，獨領風騷的奇裝異服女裝店等等，入夜後走馬燈似的閃亮活動廣告，越發襯托出這黃金地段的綺麗繁華。

「月滿樓」前身為一家頗負盛名的義大利餐館，年代久遠，屬於曼哈頓老字號高級餐館。然而近年來星移物換，熱愛番茄醬拌麵條的歐陸子民，大都紛紛遷往郊區。取而代之的是來自世界各地的族裔，對於中餐沒有成見，大都喜愛中餐的價廉多樣。附近也是喜愛音樂戲劇藝術的年輕人聚集之地，他們流行素食，簡食，更喜歡中餐的變換精緻，反而漸漸冷落了這家招牌響噹噹的義大利老字輩餐館；高價位當然也是令顧客裹足不前的另一個原因。年漸老大的義大利店東，遂決定把店面忍痛出讓。張力這時便獨資把它買下。

這樣的決定算是相當有魄力。那是九〇年代初期，紐約市跟全美國一樣，經濟蕭條，股市萎靡，通貨膨脹，升斗小民叫苦不已。他認為那只是暫時現象。人們日子越難過有時卻更喜歡上餐館酒館消磨時光。他從蘇州請來兩位技師，四位水泥木工，出資代辦來美觀光手續，代購往返雙程機票，包辦一切食宿交通瑣事，花去八周時間，把餐館裝修得滿壁珠翠。令人置身其間如跨越時空，恍惚間彷彿回歸至漢唐盛世。

月滿樓開張那天，他席開好幾十桌，遍請親朋好友之外，更輾轉託人請來不少紐約政要。最緊要的是當地掌權的衛生部門人員、警察局人員、市議員、報界及電視台新聞界記者等等。果然開張不久，紐約幾家報紙餐館評論欄裡，便對月滿樓給予好評，再加上漂亮的照片，更有西方顧客所喜愛的酒吧，赫赫然三顆星，一切完全依照張力所期望的實現。月滿樓很順利的招攬來大批固定顧客。而柯林頓上台以後，果然全國經濟狀況大好，人們荷包充足，更有足夠的理由光顧餐館騷包花錢，酒吧的生意更是空前的好賺。

張力如今雖過得豐衣足食，十分滿意，卻也常想到當年初來的潦倒歲月。當年為了解決居留和生活問題，週末到唐人街雜貨店做搬運工，結識隔壁一家餐館老闆，都是上海附近崇明島小同鄉。老闆來美國二十多年，在靠近小意大區附近唐人街內開了一家餐館，規模不大，但專賣上海小吃，像生煎包、小籠湯包、蝦仁餛飩、春捲年糕之類。張力每次都去吃個夠，覺得既可以解饞又可以解解鄉愁。後來在小餐廳常常遇見唐美妹，她是老闆的姨侄女，從崇明移民來這兒，在餐廳裡做總管兼帶位。聽說她很能吃苦，店裡的大小事學得很快，許多事老闆漸漸讓她一肩挑，自己樂得清閒些。老闆娘身體本就瘦弱，如今唐美妹來了，算是得到最好幫手，自己兩個在美國長大的女兒，對餐館的經營絲毫沒有興趣，全都成家立業，住在郊區，偶爾進城，也總是對父母的慘澹經營不以為意，總勸父母早些退休，安享晚年。唐美妹既然可以總覽全域，老闆夫婦便樂得安閒，唯一憾事是唐美妹來了好些年，已經三十出頭，一直沒有遇到合適的對象。

張力當時抱著一份對戲劇的熱愛，平時在紐約大學戲劇系選課，遇到機會就到百老匯去碰運氣。有時一個小腳色出缺，應徵人來了好幾十，甚至上百，站了一整天的隊，輪到進場表演三分鐘，大都是不了了之。從側面打聽，結論都是一樣，表演夠水準，但英文太差，這是表演，對英文的要求要比平時口語高出許多倍。一晃便是好幾年，上百老匯舞台的夢似乎越來越遠。有一次，心情不好，多喝了幾杯，出了小車禍。老闆把他當親人看待，尤其唐美妹，噓寒問暖，半個多月下來，他咬咬牙，不再做演戲的夢。年紀也老大不小了。君不見紐約街頭，多少和他一樣抱有同樣美夢的年輕人，無論白黑黃，莫不才華橫溢，多少生長在本土受過專業訓練的演員，跟他一樣公平競技，不也時時失望徬徨？最後多半向興趣喜好揮手，捲鋪蓋回鄉另謀出路。他決定向命運低頭。

到法院公證和唐美妹結了婚，先是在原來小餐館入乾股。增添菜式和外賣，本來黃昏七時打烊，現在餐廳直至晚上九時半才關門，生意立刻增加將近兩倍。本著張力的藝術天分和用不完的充沛精力，把小小餐廳從頭到尾整個重新粉刷修飾一番。壁燈散放著溫柔氛圍，輕緩的古典樂在空氣中輕輕放送，餐廳雖小，卻透露著典雅和浪漫。無意間被一位探尋美食小餐館的報社記者發現，把許多上海合口小菜餐點詳加報導描述，小小餐廳上了紐約時報生活版，得了三顆星。從此小店聲名大噪，經常門前大排長龍，尤其週末。三年後，原來的老闆把餐廳轉賣給張力夫婦，自己拿了豐厚的利潤，享受起悠閒的退休生活。老闆偶爾來幫幫忙，聊聊天。既然有了自己的餐廳，張力便格外經營得起勁起來。

日子便這樣緊湊忙亂地過著，匆匆好幾年過去，兩個稚齡兒女開始上小學。日子過得真快，小小餐廳賺了足夠的錢，首先在郊區買了一棟漂亮房屋，學區好，讓兩個孩子可以放心地進入好學校。現在小小餐廳難以滿足張力的打拚力道，決定把餐廳賣掉，得了好利潤，得知鬧市中心區的知名義大利餐館要低價出售，便毫不猶豫地獨資頂下它，一則地段好，再則早就有她的遠播聲名，於是就大張旗鼓地推出了月滿樓，建造了富麗堂皇的中式高檔餐館。張力經營月滿樓煞費苦心，不停改進菜式，迎合大多數顧客口味，盡量採取薄利多銷的原則。

轉眼間月滿樓開業好幾年，不僅生意鼎盛，口碑極佳，人氣更是旺盛。週末人們往往要等候半小時才能入座，好在酒吧間氣氛溫馨浪漫，調酒大班由俊男美女輪流當班，許多顧客樂於和他（她）們周旋。有些顧客似乎專為喝幾杯而來。許多公司行號人員，在公司工作緊張整日，往往下班後先到酒吧喝兩杯，疏散一下胸中鬱悶再回家，有的根本在這兒混到三更半夜才走人。賺這些人的錢又簡單又窩心。最近有位女顧客花笑儂偶爾也來這兒小酌，每逢想起這人，張力心底便有說不出的混亂情緒。尤其近來，偶爾側目斜視身邊這矮小嶙峋婦人，竟是結縭許多年的髮妻，禁不住對她感到十分陌生。

2

記得那晚花笑儂出現在月滿樓，餐廳客滿，她獨自來到酒吧櫃檯前，往櫃檯前唯一剩下的空凳坐下，其他飲酒客向她行注目禮，她卻視若無睹。她自玲瓏小手提包裡抽出兩張二十元鈔，往櫃檯上一放，對著臨時充任調酒大班的張力示意。

「瑪格麗特！冰塊檸檬加倍！」

她那神情，帶著幾分自信自傲，卻又帶著絲絲落寞。她慢吞吞地自包包裡掏出手機似乎在欣賞手機上的畫面，似乎又在查看手機裡的資訊。她纖細的長長十指，閃著晶瑩發亮的戒指，細看好像每根手指上都帶著大大小小的戒指，只除了左手無名指，她仍然單身？而腕際是成串的K金手鐲，也是那樣閃閃發光。黑色低領無袖鉤花衫，渾圓的胳膊襯著渾圓的胸部，上罩絲質網線露孔短小玲瓏披肩，下面是黑絲緊身褲，足蹬同色鏤空高跟鞋，猩紅色腳趾甲不時在高腳凳上扭動。那模樣看在張力眼裡，真是要多性感就有多性感。他幾乎被她即刻迷惑住了，把調好的酒端到她面前，諾諾地討好著。

「歡迎貴客首次光臨。」

她只對他淡淡地瞄了一眼，未置可否。

「這杯請讓店東贈送，免費。」

「喔？」

花笑儂端起酒杯，輕輕用嘴唇抿了一口，拋給他一瞥，似笑非笑，大約算是對他致謝？張力雖也算是經歷了不少世事，卻被這姿態逗得有些心神蕩漾。對女人他已不知多少年沒有如此動心過。此時此刻竟有些手足無措，終於即時拋下一句：

「第一次來這兒？」

她不經意地點點頭，把玩著手中酒杯。

他轉身往四處張望一會兒，裝作處理業務。見她手中酒杯已空，即時開口：

「要不要再來一杯？」

花笑儂輕輕點頭，面上展現一絲若有若無的笑意，那神情看在張力眼裡真是讓他神魂顛倒。啊！也許是酒力，她輕輕舉起第二杯瑪格麗特，興味濃郁地喝起來，剛進門的那點兒矜持漸漸消散，代替的是一份慵懶一絲落寞。那晚不知花笑儂究竟獨自喝了多少，張力忙著接待顧客，處理店務，又到廚房轉了兩轉，幾個轉身，待回至酒吧櫃檯，卻不見伊人身影，也許獨自去餐廳用餐？也許要等候的朋友已經來到，同去餐廳？往各個可能找到伊人的角落搜尋，竟全無蹤影。一時間心情變得非常低落，彷彿失落了神秘珍貴寶物。雖然在回家的路上，髮妻唐美妹興奮地對他喋喋不休，誇張地講說著今夜進賬奇佳，利潤若如此繼續，他們可以另在新澤西州購買一棟更高級的豪華住宅，那樣的夢想可以很快實現。他只諾諾幾聲，顯得索然無味。惆悵落寞的情緒久久不去。

「你怎麼啦？」

「沒什麼！」張力一面暗暗怪自己粗心，沒把她的電話號碼要來。「有點累！」「真是的，今天小羅沒法來酒吧當班，乾脆今晚不賣酒，不就算啦。偏偏自己去當酒保。當然累了……」

張力只默默在想，假如今晚自己不去當酒保，那損失才真是慘重呢。那損失可能永生永世都沒法挽回。你知道什麼？女人！花笑儂那妁妁耀眼的風姿又在他眼前晃動。而身邊髮妻，一時間竟顯得如此陌生。頭髮剛剛燙過，十分捲曲，兩隻透著世故的眼睛，近年來由於發福的緣故變成兩條細縫。而她整天在廚房幫忙督促監工，面目泛著油光光的亮。身上也散發著陣陣各樣食物混淆的氣味，可不？全是蔥薑蒜醬油麻油魚腥肉腥……各樣調味品的總和，全從她身上散發出來，充滿了整個車廂。難怪在車廂裡，他從沒有聽聽古典樂或是戲曲精選的情趣，而當年作為窮學生卻樂此不疲。多年來，為討生活，和這女人竟已生活了如此多年。撫育了兩個兒女……以後無止境的歲月，漫長的人生，還要如此親密的廝混下去？張力禁不住渾身打個寒顫……如今他張力已到中年，仍如此兢兢業業地活著，所為何來？當年自己熱中戲劇，尤其熱中表演，在戲劇學校也曾拔過尖，也有滿腹理想。即使在紐約，剛來的兩年不也咬著牙，追逐過演戲的夢？而今，多少年來，百老匯舞台對他已不復存在，青春時代夢想就那樣埋葬心底。這樣的人生！值得？這是許多年來，他第一次對現狀不滿。那晚，他整整一夜未曾入眠。

3

自從花笑儂初次去月滿樓酒吧獨飲，悄然失蹤以來，張力時時感到若有所失，悵惘不已，常常幻想著她再次出現。這樣至少過了一個多月，啊，那晚她果然來了！張力慶幸自己就站在大門入口附近，他不知為什麼，為她的出現，竟有些緊張。這次她的衣著裝束和首飾和上次不一樣，依然十分時尚。只是秋天快到了，她逕直往酒吧走去，腳下是一雙短靴，隨手把一件黑色軟絲短外套搭在椅背上。那神情要多瀟灑就有多瀟灑，看在張力眼裡，更令他神魂顛倒。他為她的再次出現，簡直興奮得有些手足無措了。急忙親自為她調製了一杯瑪格麗特，還特地為她多放了冰塊和檸檬。為避免再次失落伊人，他特地告訴辛辣的酒保小羅，你今晚這兒顧客多，忙不過來，這位顧客我來招呼，她是我熟人。小羅似笑非笑，點點頭，忙著招呼其他顧客。

「你還記得這樣清楚，多謝！」

花笑儂接過酒杯，很爽朗地對他說。張力開心地笑了。他暗下決心，這次決不讓她不告而別。他腦中一直轉著一個念頭，要怎樣對她緊迫釘人。這時，她卻從腳下一只流線型手提包裡，掏出一疊印妥的文件，對他很謙和的說，有事要請他幫忙。他根本沒有問她什麼事，立即滿口答應。心中感到無限寬慰。

她解釋說業餘參加了亞裔助選業務協會，每次選舉季節到了，都選定某個對亞裔友善的參選人，予以支持。這位候選人目前正代表紐約本區，競選國會參議員。此人不僅對亞裔充分瞭解並同情，更答應當選後要為華裔爭取利益……花笑儂見他沒有反對的意思，便一面飲酒，一面對他細細解說在美國參與主流政治的重要性。他癡癡地望著她，似乎十分專注地聽她解說，其實他什麼也沒有聽進去。

酒吧間像人間幻境，滿天星斗樣的小燈泡暗暗發光。巨無霸水池樣的金魚缸，浮滿了海芋葉和含苞半開的睡蓮。多彩的熱帶魚，悠然忘我地遨遊水間。大小高矮的水晶杯，懸空而掛，閃著倨傲冷漠的光。滿壁的玻璃酒櫃，陳設羅列著各樣包裝華麗的進口名酒。這片神秘誘人的世界裡，飄散著花與酒相混的冷香和柔光。張力雖然沒有飲酒，卻因為花笑儂那晚的出現而深沉地醉了。

自從花笑儂留下那疊要華裔幫忙競選籌款的文件以來，張力覺得從此為生活找到了另一種人生的意義。他不僅自己慷慨捐款，而且積極說服許多顧客朋友為同一候選人捐款。那一疊原有的文件早已不夠用，他親自去文具店複印了許多份。花笑儂因為他的大力支持，感到非常高興，彷彿突然遇見了知音。她的專業是時裝設計，為競選籌款，她從三十七街時裝展覽室一下班，便直接趕來月滿樓。因為十一月初就是大選投票的日子，她計劃很快要為候選人舉辦兩場籌款餐會。張力決定用月滿樓來舉辦這兩次籌款。既然張力在曼哈頓中國餐館界有他的知名度，而花笑儂又具備辦事的能力及熱情，再加上兩人的廣大人脈及業界關係，所以，這第一場籌款餐會辦起來便非常熱鬧。

那是初秋九月的第一個星期六，是良辰吉日，兩人認識已經三個多月。那晚月滿樓裝飾得非常氣派。黑漆鑲玉石高大的屏風，明亮光潔，靜立於進口廳堂之際，平添幾分肅穆。幾座青花仿古大瓷瓶一字排開。角落裡立著一叢修竹，宮廷意味濃重的走馬燈，隱隱約約有宮女在朦朧燈光中緩緩移動，彷彿在喋喋講述著遙遠古老的神話故事。餐廳裡早已準備就緒，空氣裡飄浮著喜氣洋洋，人們或相互寒暄或熱烈談論。幾個漂亮醒目的黑色大字：「弗洛立參議員籌款大會」懸掛在猩紅絲綢布幔上。

這次籌款大會由亞裔助選協會主辦，由月滿樓協辦。張力身著深色西裝，配著暗紅色純絲流行寬領帶，雖略帶倦容，神情卻清矐抖擻。那晚出席的賓客很多，大家談笑風生，花笑儂以司儀身分介紹今晚的候選人、貴賓們、主辦單位主持人、協辦單位主持人、嘉賓……人們安靜下來。她穿一襲黑色低領閃亮片晚禮服，身段修長，儀態高雅，一口流利的中英文，聽來悅耳動聽。

候選人是美國政壇知名人物。他的演講以各族移民來新大陸奮鬥的簡短歷史為主題。波蘭人、愛爾蘭人、日爾曼人、猶太人、黑人、亞洲人……他們的血淚故事，以及他們終於在美國異軍突起的成功事例……貴賓們及當地政要也一一上台講話，人們次次報以熱烈掌聲。張力也應邀站起來說了幾句歡迎詞。當然在這種以英語為主要表達工具的場合，他仍深感到自己語言能力的欠缺與不足，對於花笑儂的英文修養，便格外敬重起來。

那晚的籌款晚會非常成功，輕易籌得六位數字。許多中外媒體都刊載了這個消息。張力感到一種從未有過的良好感覺。看來，賺錢雖好，給人的滿足和成就感卻不能同日而語。從此，他竟然也在亞裔助選協會上，成了一個很受人們重視的重要人物。這樣一來，他也有機會和紐約政界人士往還頻繁起來。當然，花笑儂是他這片新天地的開拓人，每當紐約政界有什麼集會的場合，他和她通常結伴而行。看在新結識的朋友眼裡，他們是名正言順的一對璧人。

4

唐美妹是典型的中國傳統婦女，尤其是典型吃苦耐勞的貧家婦女出身。當年和張力一同打拚，毫無怨言。如今雖貴為月滿樓老闆娘，卻沒法丟棄幾十年來養成的積習。她向來節儉慣了，有時便流於吝嗇。許多花費她都認為是浪費。就拿這次為紐約國會議員捐款而言，她就忍不住抱怨，她認為這樣花錢完全是無聊，他當不當選與我何干？我們好不容易混到今天，全是我們自己的努力，當年我們貧困的時候，怎麼沒見他來幫忙？等等等等。她認為目前最重要的事是為兩個孩子著想，為他們的前程做準備。刻苦耐勞一輩子所積攢的一點錢，被他隨隨便便捐出去，將來怎麼辦？她雖然口齒不夠清楚，但她的惱怒是真。再以登廣告為例，她認為登廣告就是把錢丟到水裡，連響聲都沒有，以前小店從不登廣告，還不是熱鬧得很。因此，凡有媒體業務人員來兜售廣告，只要碰見她，她絕對滿口拒絕。

張力最初試著向她解釋，但漸漸便感到不耐。尤其，當他把她和花笑儂比較時，便覺得唐美妹的心胸太過狹隘，知識極度貧乏，又近年來餐館經營得比較成功，便增添了一份自大和自卑混合的矛盾心態，對待餐館中的工作人員尤其如此。張力提議她抽空去學習英語，或到健身房去做做運動，或到圖書館去借幾本書回來看看。對這樣的建議，唐美妹根本聽不進去。儘管已有足夠的財產，她仍然萬分缺乏安全感。日子一如既往的過著。張力對自己當年因生活需要而結婚的髮妻卻是越來越不滿意了。花笑儂在張力眼中依然有些神秘，有些矛盾。但她對他的吸引力卻是絕對的。第二次他們再度合作，為相同背景和理念的候選人籌款，那時候，他們兩人便變得十分熟膩，幾乎每晚都有電話往還。花笑儂替他出了一個主意。義賣他的《上海小吃食譜》。

事情是這樣的。她幫助他和媒體打交道。曼哈頓南端有家有線電視台，每星期三午間有《美食節目欣賞》，由花笑儂的好友藍星夫人主持，便邀請張力去示範。觀眾反應熱烈，紛紛去電視台詢問，因此張力的示範節目便由客串變成定期表演。張力在電視台示範食譜時，除宣揚上海小菜的烹調技術外，更強調清淡爽脆的原則。不加味精，不用市場上出售的醬油調味。他研製了一種以雞湯為調味品的作料，以之調製出的菜式色佳味美，符合食品天然衛生的基本原則。至於甜食，則以水果為製作的根本，不用澱粉，少用白糖。總之，一切符合現代健康標準。

花笑儂很快和藍星夫人談妥，出版一本《上海小吃食譜》，中英對照，多幅照片輔助說明，定價低廉。部分用來贈送月滿樓長期顧客，其餘便在電視台銷售，三七分成。第二次籌款時，將《上海小吃食譜》拿來義賣。不僅兩千本很快賣光，還有許多人要求再版，三版四版，真有洛陽紙貴之勢。第二次為同一候選人，又籌得了六位數。十一月初，他們所支持的國會議員順利當選。元月份的就職典禮，這位參議員特別邀請張力和花笑儂作為他的貴賓，懇請他（她）們去華盛頓國會大廈觀禮。

那天議員準備了兩輛大型豪華專車，黎明五時就動身往華盛頓開去。兩人同坐前排，不知花笑儂是不是用的香奈兒，隱隱約約間一股清香蕩漾在空氣裡，張力感到心神恍惚，有絲醉醺醺的感覺。助理們端咖啡送早點，一路上說說笑笑。三個半小時很快到達。國會大廈在隆冬裡顯得十分熱鬧，各路人馬紛紛往大廈走去。大家被熱情地招待著。這是張力第一次到議會大廈做觀禮貴賓，感到既興奮也驕傲。全國各州新上任議員在各自指定的議事廳裡就職宣誓，儀式簡單隆重。許多華府重量級政治人物都到場祝賀，他們雖如蜻蜓點水，祝賀卻代表著對新議員的重視和尊重，原來今天在大廈裡宣誓就職的議員何止百人。而後是紐約新當選參議員邀請賓客去他的辦公室拍照，並親自向大家致謝。中午人們在大廳裡享用精美午餐。下午是一些參觀節目，對於張力而言，真是大大地開了眼界。待一切完畢，剛好下午六時，冬日的夜來得早，外面已是漆黑一片。一整天的緊湊節目終於結束，大家都有些累了，他們坐原車往紐約開去。花笑儂靠在他的肩頭朦朧睡去。

他對花笑儂的感情，此時格外複雜起來。她不僅美，更多才多藝，渾身散發著對世事的一份瀟灑。那晚一路塞車，停停走走，專車到紐約已經很晚。他決定送她先回公寓。天氣很冷，她晨起出門穿的大衣很時尚卻很薄。在街頭站了好一陣，才招來一輛計程車，他們進入後座後，她竟冷得發抖。他伸出右臂把她摟住，她沒有拒絕。路很長，兩人都沒有說話，他的手臂越摟越緊，她似乎默默接納了這份情意。到達她住處的時候，他很自然地進入她的公寓。

那晚，他便留宿在她的公寓裡。沒有太多的語言。他和她在她那泛著淡淡清香的大床上做愛，一次又一次，他幾乎昏死過去。整個大宇宙裡沒有比這樣的纏綿更令他興奮沉醉的了。也許這便是他從未經歷過的，遲來的愛情？他終於在她身上獲得了補償？她也驚異於自己對他的全然迎合。難道全然死竭的火花再度被他撩燃？第二天，兩人萬分慵懶地躺靠在床上，不接電話，不說話，讓一切停擺……

她住在蘇荷區不少年了。當年這兒十分蕭條破落，如今這區卻成了曼哈頓的驕傲。她租的公寓在四樓，面積將近一千八百公尺，算是相當寬敞。她記得剛搬去的時候，整棟樓是個巨大的倉庫。一位朋友的朋友買下來，以低價分租給收入不高的年輕人。那時她剛離婚，倉促間恨不得拋開所有舊有的一切，越快越好。那時既不計較地段，也不在乎設備，只要躲開那段痛苦的婚姻就好。沒想到，破落蕭條的蘇荷區，十多年後竟成了摩登現代的代名詞，成了許多一流商家的搶手貨。她安定下來以後，花去不少心力和金錢把住處裝潢得非常漂亮舒適而溫馨。

當年她念的是時裝設計，畢業於響噹噹的紐約時裝設計學院。不少世界級名牌設計大師，到她們這兒來露過臉，講過課。她那時在學院算是出過不少風頭，可惜很快掉入所謂愛情的漩渦，完全失去了理性。那人比她年長九歲，那時爸爸擁有一家實力雄厚的水產罐頭包裝公司，那人會逢迎，業務能力強，對於花笑儂使用了許多手腕，在公司裡也取得了爸爸信任。他很快在精神和肉體上占有了年輕無知的花笑儂，當時作為未婚媽媽可是件見不得人的大事，只有委曲求全下嫁此人。但這人看中的是爸爸龐大的資產，對於獲得花笑儂只是手段。婚後兩人性格愛好格格不入，雖然婚後有個孩子，卻未必增添兩人間的情意。於是，許多難堪醜惡的場面一再在家中上演。終於，結婚四年後離婚，那人趁機從爸爸那兒詐取了一筆可觀的資產，從此遠走高飛。那段夢魘般的痛苦婚姻，令花笑儂低沉了很長一段時日。

近年來，花笑儂又回到時裝設計的路上去。一方面培養心性，一方面享受人生。在市立大學選了一門西洋戲劇欣賞，在歌劇院訂有長期季票。可惜父母都已先後去世，水產包裝的事業在生前就以高價出售。留下的遺產足夠花笑儂豐衣足食一輩子，她交給專業經紀人處理。當年的男孩如今早已在華爾街找到一份實習工作，工資雖不算多卻足夠自己花用。偶爾母子在一起午餐，倒也清閒自在。因此，她有足夠的精力時間金錢為亞裔助選協會做義工。而今，認識了張力……

5

唐美妹那天到律師樓倒是穿戴得很整齊。一套深紫色套裝，配上黑色名牌皮包，足蹬一雙半高跟名牌皮鞋，耳際帶了一副珍珠耳環，乍看倒也免去幾絲平日的庸俗和市儈氣。她是來簽離婚證書的。雖然這些日子來，彼此早已有些形同路人，但真要分手，張力還是免不了有些歉疚。

「以後有什麼事就和我聯絡……」

「好的。反正孩子們都已長大成人……」唐美妹冷冷地。「我會先回上海住一陣再說。」

「妳多保重！」

「你也一樣。」

張力把大半財產分給了她和兩個孩子，這樣比較心安。張力此時的心境十分平靜。自從認識了花笑儂將近兩年以來，他似乎格外體會泡沫人生的短暫虛空。到美國二十多年，為生活為名利付出的代價太大。自幼他便熱愛表演，熱愛戲劇。當年從上海戲劇名校畢業，擠到紐約來，原是為追尋百老匯的舞台夢，如今人生的寶貴歲月消耗大半，何曾看過一場舞台劇？為經營餐館，竟日裡渾身透著暴發戶的庸俗，自己有時對自己都感到厭煩和不耐。

月滿樓的霓虹燈仍然閃耀著燦爛的光亮，顧客們依然駱驛不絕，只有週末的時候才偶爾看到老闆張力的身影。他平時到大學裡選修了一門戲劇欣賞，一門古典選曲。他也購買了紐約歌劇院季票，常和花笑儂結伴而行。至於百老匯舞台劇，他常趁週三下午買廉價票，能看什麼就看什麼，無所謂熱門冷門，反正他是用半專業眼光觀賞，正所謂「外行看熱鬧，內行看門道」。那時恰逢演出多年的幾場熱門戲都將停演：像《貓》，《西貢小姐》，《悲慘世界》，《歌劇魅影》等等。他抽空一場場地觀賞，他慶幸他終於為自己的興趣做了這樣的決定，人生剎那間充實了許多。

離他住處不遠，有一批熱愛話劇和詩歌朗誦的朋友，他毫不猶豫地參加了這個業餘藝文團體。他很快在團裡受到大家的敬重和喜愛，因為他當年所受的專業訓練功夫深厚，為各樣公益活動，他們編寫不同短劇演出或選取精粹詩歌朗誦，得到聽眾熱烈掌聲。他有時兼任編劇導演和演員……日子過得十分豐富，十分光燦。月滿樓的經營依然煞費心力，瑣事無窮無盡，他終於決定把它轉手出售。他覺得許多年來從月滿樓獲得豐富的人生經驗，也賺取了足夠財富。人生還有更多樂趣讓他追求。

買主很多，最後由一家上海財團購得。

簽約的那天到來，他往律師樓趕去。在會議室剛坐定，對方人馬到達。經紀人所說的上海財團最大股東來到，沒想到出面的竟是唐美妹，他的前妻！仔細想想倒也不算意外，唐美妹是非常精明的生意人。他禮貌地趨前握手，驚見她滿身珠翠，雖穿著考究，畢竟沒法掩飾多年養成的錙銖必較，小生意人的精明幹練積習展露無遺。唐美妹自從和他分手以後，顯然又給自己增添了幾分自信。她對他似乎不再有什麼怨恨，眼光裡所透露的是憐憫和不解。他們兩人原本不是一路人馬。善於經營的商人頭腦和喜愛創作，天寬地闊的藝術天才，根本是相互排斥的兩極人物。當年因需要而合，如今因不再需要而分，似乎是天經地義的事。簽完字，大家客氣地揮手而別。

曼哈頓街頭依然熙熙攘攘，他內心卻十分平靜。初春的天氣陽光溫煦，他信步而行。從鬧市走往大都會藝術館，一點兒也不寂寞。除了店鋪的琳琅奪目，街頭行人的奇裝異服，紐約的天空透露著無限繽紛，這是他往年從沒注意到的。啊，悠閒的人生多麼美好。藝術館門前三三兩兩布滿遊人，層層寬闊階梯，許多人閒散地坐著，站著，講著，笑著……世界似乎無限美好。人潮中花笑儂對他輕輕招手，手裡拿著剛從門前小攤販那兒買來的火燒，他往她身邊走去。那天藝術館有來自收藏家的名家書法特展。他們相偕往二樓蘇州花園亭閣走去。進門迎面而來的便是一對巨幅：「風恬浪靜中，見人間之真境。味淡聲希處，識心體之本然。」他們在藝術館裡慢慢踱步，看埃及館來自尼羅河的千年石壩，看中國館來自敦煌石壁的巨幅壁畫，看充滿中古意味的歐洲油畫……世界似乎從來沒有如此優美，如此感人過。

原載《彼岸雜誌》二〇〇四年。二〇一二年十一月定稿。

作者簡介：

趙俊邁，台北文化大學大眾傳播學系畢業，北美華文作家協會會長（二〇一二～二〇一四），台灣的外省人，美國的台灣人，中國的美籍華人。歷任台灣、北美華文媒體工作。現任職紐約世界日報，被稱之為「資深媒體人」，作品以紀實文學、小說創作為主。作品常見諸北美主要華文報刊。

還魂記

趙俊邁

貼在渾圓屁股上的緊身牛仔褲並沒有減少她賦與杜麗娘的端莊，剛到凸聳胸部下緣的露臍短衫襯托出秀色妖嬈的身段，勻稱白皙的藕臂在甩水袖的當兒，柔軟如緞子般款款揚起又緩緩飄落；馬莉瞑目，配著簫聲最後一個音節，恰恰將身子依偎在柳夢梅的胸前。

她怕熱，執意不肯穿戲裝排戲，但她很滿意這段排練，舞台下教戲的姜老師也投過來嘉許的眼神。

唐興華，也就是柳夢梅，身上的戲裝早已汗透，馬莉看在眼裡，不禁笑了，她以兩個人聽得見的音量問：「你是累得流汗？還是嚇得流汗？」換來的是唐興華的白眼。

「你真跟她提離婚的事啦？不會吧！」這話說的有點促狹，顯得輕挑，有失杜麗娘的身分。

「正經點兒！瘋丫頭似的！」唐興華有幾分倉皇，話音未落就轉身走向後台。

「作賊心虛吧？」馬莉接著捏著腔念白道：「天下女子有情，寧有如杜麗娘者？」

這句念白被台底下的姜傳芳聽到了，她苦笑搖搖頭轉身而去。

馬莉在NYU修視覺藝術傳播，兩年前偶然一次攝影實習機會，在崑曲社彩排現場，拍了許多自己一生從未見過、也從沒想像過的畫面，這些畫面都是活生生的古代人物，尤其是杜麗娘和柳夢梅，如歌如詩、如真似幻的影像，她幾乎被震懾了。

她加入了「紐約崑曲藝社」，跟姜傳芳老師學閨門旦，下週末即將公演的〈遊園驚夢〉，就是她兩年苦練的成果。

實際上，馬莉對崑曲的認識與喜愛也就僅止於這齣〈牡丹亭〉，吸引她的除了湯顯祖寫的大家閨秀杜麗娘和書生柳夢梅的生死戀之外，她最愛的是這齣戲的原始篇名〈杜麗娘慕色還魂記〉。

有回在姜老師給大夥說戲的場合，馬莉突然發話：「這杜麗娘真酷！她真的是貪戀情色而還魂？酷斃了！老師，您說她是情在先還是色在先？」

＊　＊　＊

彼德是紐約第二分局少數會講中文的警探，剛從唐人街巡邏回到局子裡，聽到隊長大聲吆喝：「穿上防彈背心，帶足子彈，出發！」

線民密報，有一批毒販在布魯克林橋下交易。便衣警探密布橋頭附近，個個槍上膛，屏息等待執行逮捕任務，避免打草驚蛇，因此沒有設路障或驅趕路人。

馬莉邊跑邊跳出了地鐵站，朝布魯克林大橋方向的公寓走去，她計畫著晚上Party要穿剛在第五大道買的那件豔紅色小禮服。

印有「紐約崑曲藝社」紅色毛筆字樣的卡其布背袋，隨著她的步伐有節奏的在背後晃盪著，脖子上掛著的雙眼相機貼在胸前，也有些騷動不安，像隻好色的小黑貓賴在她的乳房上。

馬莉輕快的走過彼德的身邊，兩人不約而同的互望了一眼，彼德還對這小辣妹吹了聲口哨，她拿起相機喀嚓給這浪蕩小夥子拍了一張，並大方的對他眨了眨眼。

就在這當口，一輛黑色廂型車悄悄停在對街大樓下。

車門開啟，五、六條黑衣大漢魚貫而出，其中有非洲裔、西語裔和兩個白人，一個帶著墨鏡的黑胖子，左手提著一只銀色鋁箱，箱子提把上一串白鋼鍊子連在胖子左手腕上，夕陽下閃閃發光。

這群人呈傘狀散開，齊齊往橋下移動；街口這時轉出一部警車，發現停在路旁的黑廂型車，剛閃亮警燈準備探查，廂型車忽地啟動，在加速駛離的時候車胎發出巨大刺耳的摩擦聲，這聲響引起情緒緊繃的現場探員，「砰」的平地一聲雷，行人穿梭的大街上突然傳出槍響，炸鍋似的，人群轟的四下奔逃躲避；黑衣大漢們吃驚的四散掩蔽，長短傢伙各持手中。緊接著，警匪雙方火力齊發，子彈呼嘯橫飛，煙硝味流散在空氣中，男男女女仆踣街頭，尖叫四起；行人優閒的大橋畔，頓時變成槍林彈雨的戰場。

馬莉嚇得兩腿發軟，她看到剛才對她吹口哨的小夥子，正舉槍朝大橋方向的黑衣人射擊，她傻了，這是怎麼回事？彼德也發現她的張皇失措，對她大叫：「蹲下！別亂跑！」

馬莉聽他一叫，趕緊躲在一根電線桿下，她習慣性的拿起相機想拍下現場畫面，鏡頭紅線框裡，轟的竄出一朵火花，她下意識的趕緊移開相機，以為子彈也會隨著移開了，「咻」的一聲，馬莉覺得頭皮一涼，一顆子彈貼著她的太陽穴擦過，耳邊迷迷濛濛聽到那小夥子驚慌的喊聲：「趴下！別動！我來了！」

彼德不顧頭上飛過的子彈，低姿躍到馬莉身旁，一把將她接進懷裡。

＊　＊　＊

馬莉光著身子走出淋浴間，水氣從青春有彈性的皮膚上霧靄蒸騰，她走近長型的梳妝台前，鏡中看見水珠滲著血色從髮尖滴下，她撥開挑染成紫色的長髮，取過一支棉花棒，輕輕的拭去太陽穴上的血漬，然後挑了一小圓型的OK繃貼蓋上，這才開始化妝打扮；今晚的舞會可以好好鬆散一下連日排練的緊繃神經。

馬莉過今年這個生日，正好三十歲，她生於一九八一年十月十日，名字被取為「國慶」，馬國慶。

現今她在必須填年齡時，總是寫上「26」，自從二〇〇七年生日那天起，她告訴自己：今後每年生日都是二十六歲。而自從抵達紐約當天起，她取洋名Mary，此間，朋友只知馬莉而不知馬國慶。

「妳算是熟女了吧？」唐興華第一次上她床的時候，無厘頭的問了一句，就這一句差點鬧出悽慘的悲劇，床上好事沒辦成，兩人倒是床下打了一架；女子一腳把興匆匆正將汗衫脫到頭上的男人蹬下了床，男人摔了個倒栽蔥，一頭霧水，沒來得及爬起來弄個究竟，女子順手抓起床頭櫃上的檯燈，硄啷一下，正砸在剛從汗衫裡冒出來的那顆大腦袋瓜子！

從床那頭傳來淒厲的吼聲：「美女就是美女，什麼狗屁熟女！」

＊　＊　＊

東村的夜店Party現場，五彩燈光幻化，人影綽綽，震耳的嘻哈音樂喧鬧而有歡快的氣氛，舞池裡擠滿了各色族裔的紅男綠女，吧檯上更是擁成一團，人堆裡連個站腳空隙都沒有，酒杯在半空中來回飛梭，武俠片裡高手過招似的。

馬莉一身紅豔，迷你裙小禮服緊緊裹住保養有方的軀體，曲線玲瓏而凹凸有致充滿青春野性，配了一雙黑色露趾高跟鞋，高兩吋，腳趾蔻丹和衣裙一般紅，行走間婀娜生姿，「夜晚的杜麗娘啊！可要天下男子競折腰哪！」她心底興奮的想著。

儘管這些傻老外不懂這種風情，但她對自己東西方兼具的魅力，有十足的信心。「中國崛起，我沒理由趕不上！」有次，她對崑曲社從北京來的二胡姑娘這麼說，「咱們別虛擲了天賦的本錢，要嫁當嫁美國郎！」

二胡姑娘嘴一撇，頭搖得像撥浪鼓似的：「不行！不行！我媽警告我，絕不能被那些白眼狼、黃鼠狼勾搭上！」

每每她對二胡姑娘說「咱們別虛擲了天賦的本錢，要嫁當嫁美國郎！」聽者都以為她是跟剛到美國的內地同胞逗著玩兒的；馬莉自己明白，這些真是心裡話！

馬莉發現崑曲社裡的老少爺們、阿姨姐妹們，都是在唐明皇、湯顯祖那裡洗過腦的，只知有我華漢，哪知身在亞美利堅的大紐約啊？跟他們唱唱曲、甩甩水袖倒是最好不過，若要談生活情調、感情歸屬，就還得回到學校或夜店裡找二胡姑娘口中的白眼狼和黃鼠狼！

現在，她正置身在狼群之中；馬莉心底有一絲抓不到，卻又搔得心癢癢的感觸：「這裡可有癡情如柳郎者？」

＊　＊　＊

燈光幽幽冥冥，馬莉以鬼旦妝飄盪於舞台上：「妾身杜麗娘鬼魂是也。泉下長眠夢不成，一生餘得許多情，魂隨月下丹青引，人在風前嘆息聲……為花園一夢，想念而終。」每次唱念至此，她總會動情不能自已，淚流滿面。

她續唱：「趁此良宵，完其前夢。想起來好苦也！妾千金之軀，一旦付與郎矣，勿負奴心。每夜得共枕蓆，平生之願足矣。」

柳夢梅回應：「賢卿有心戀於小生，小生豈敢忘於賢卿乎？」

唐興華曾把這句唱詞，從台上搬到了床上，當時，馬莉被他感動得痛哭失聲，繼而又破啼大笑，她一邊抹淚一邊搖頭說：「不可能的，你離不開她，我也不會跟你每夜共枕蓆！」

色與情，對馬莉來說，可以一分為二，前者，是賀爾蒙作用，純屬生理反應，允許偶爾釋放一下。後者，是內心深沉的層次，她不懂自己何以如此執著，對於愛，她的憧憬勝過追求，曾經自我分析，發現自己自我保護的成分居多，而且多到有些自戀的地步！對愛的感覺，一如〈離魂〉中杜麗娘唱的那番感受：「心坎裡別是一番疼痛！」

Party現場，喧鬧的音樂蓋過所有的聲音。

「Hi！記得我嗎？」一個金髮的「黃鼠狼」從人群中擠了過來，手中端著兩杯「長島冰茶」，遞給她了一杯，扯著嗓子說「我叫彼德！」一口紐約腔。

「你是來追我的？」馬莉提高分貝在彼德耳邊問，她用流利的英文展露美式幽默，同時張開捕狼的獵網。

「不，妳沒犯法，我不是來追妳的。」彼德居然用中國話回答。

「God！你會講華語？」

「會！我媽媽是上海姑娘！」

「哈！她三十年前是上海姑娘，現今可早就是美國人的媽了！」

「Right，妳說的有道理。」

「好啦，別扯了，你說你是來找我的？」

「對，我是來找妳瞭解今天下午的情況！」

「下午的情況？你還開槍了呢，應該比我清楚，幹嘛還問我？」

「對不起，我講的不明白，我是來瞭解妳的情況！」彼德大概喊得口渴了，啜了一大口手中的飲料。

馬莉也舉起杯子抿了一抿，皺著眉說：「哇，長島冰茶喝著順口，其實可烈的很哪！」

「沒錯，它是八種酒調成的，很容易醉的，我住長島，可是天天喝的呀！哈哈！」彼德被自己編的笑話逗笑了。

馬莉也笑著說：「那我豈不該喝bloody Mary？」

「馬莉流血了！」突然有人驚叫。

彼德也看到馬莉髮後右太陽穴小圓點的ＯＫ繃底下沁出的血絲痕已流到臉頰。

「怎麼還在流血？妳沒去看醫生？」彼德不加思索的用手去抹她頰上的鮮血，可是，他越抹血越多，紅泱泱散滿她白皙的臉龐。

「別怕，貼上片子，再化好妝，就看不見了。」迷迷濛濛的，馬莉說得玄乎，彼德也聽迷糊了！「不行！我送妳去醫院！」說著，就扶起馬莉的臂膀尋出口走去。彼德把馬莉扶上車，發動引擎，直駛下城醫院。

* * *

皇后區靠凱辛納大街一條巷道底，一排連棟小樓，倒數第二家傳來伊呀伊呀的胡琴聲，間雜著聽起來像小鑼的敲擊聲。

「傳芳，準備碗筷，可以吃飯啦！」廚房裡傳來唐興華的叫喚，接著又是兩下鍋鏟碰炒鍋的小鑼聲，姜老師安坐書房裡，雙眼微闔，輕輕拉著京胡，腦後紮著的馬尾隨她微微搖擺的身軀蓬鬆的晃動。

姜傳芳做學生的時候，就喜歡把頭髮攏在腦後紮成馬尾。很多人說，她的模樣像言慧珠，也有的說像周璇。她沒趕上看到這兩位家喻戶曉的大明星，倒是趕上文革後期，長髮一下子剪到耳根，哪敢奢望紮馬尾辮子？

頂著一頭短髮進到劇校的時候，老師差點把她當男孩，要她學小生。她也真的學了一年小生戲，第二年頭髮長長了，她就紮成馬尾拖在腦後，後來一位女老師過來向教小生戲的老師要人：「她的臉蛋太秀氣啦，該唱閨門旦，祖師爺賞她這行飯，別可惜了人才！」

就因為長得漂亮、身材勻稱，就被改了行當，學起旦角。

後來成了蘇州崑劇團當家旦角，曾貼過〈牡丹亭〉的杜麗娘、〈玉簪記〉的陳妙常、〈長生殿〉的楊貴妃。唱腔、口白及身段細膩端莊，尤其舉手投足間透出內心的情感，可說是人戲難分，一時紅遍大江南北。

她的啟蒙小生戲是〈拾畫〉裡的柳夢梅，後來改學旦角，第一齣學的正是〈遊園〉裡的杜麗娘。因此，在學校以致後來劇團裡，她是唯一同時裝得下柳夢梅和杜麗娘的角兒。

在她內心深處認的是杜麗娘，偏巧真的嫁給了「柳夢梅」，這個冤家唐興華是學小生的同班，畢業又分發到同個劇團，兩人成了舞台上生、旦的搭檔，後來竟成了一生的搭檔。

廚房裡忙著炒菜的柳夢梅，哼起京劇〈坐宮〉楊延輝的唱腔：「想起了當年的事好不慘然，我好比籠中鳥……」

「你呀既不是楊延輝、也不是柳夢梅，你是關雲長：身在曹營心在漢！」進廚房拿碗筷的傳芳沒好氣的接上腔。妻子不冷不熱陰陽怪氣的言語，他早已充耳不聞。

唐興華炒出的空心菜，看著油綠油綠的，可是嚐到嘴裡卻淡而無味，傳芳咂咂嘴說：「你是體貼我三高吧？鹽也不放了？真是空心菜！」「空心」兩字，在她嘴中幾乎是咬牙切齒迸出來的

他還是沒接碴兒，這回是心虛。也是，整個下午，他心裡空蕩蕩的、坐立難安，因為，失去馬莉的音訊，不知道這小妖精又瘋到哪去了？連手機也不接。

那天，正排〈魂遊〉一折，旦角掩袖而上，拍的是「水紅花」曲調，馬莉唱：「則下得望鄉台如夢俏魂靈，夜熒熒、墓門人靜。」才一句詞兒，就停住沒往下唱，她把掩在臉上的水袖一甩，扭身走到台口，沒頭沒腦問台下盯戲的姜傳芳：「老師，這杜麗娘是怎麼死的？」

老師睜大眼瞅著她：「被妳氣死的！」

「才不是！」她轉向舞台後側的唐興華：「柳夢梅，你告訴我，杜麗娘是怎麼死的？」

自從和唐興華上過床之後，她就不再叫他唐老師，而直呼戲中人名——柳夢梅。

「癡情而亡！」唐興華轉頭以小生念白回應，他正和二胡姑娘拿著胡琴在調弦。

「就你明白，多嘴！」姜傳芳狠狠瞪了老公一眼；她覺得這兩人是當眾打情罵俏，心頭不禁窩火。

「那你說柳夢梅是真人還是夢中人？」馬莉簡直不依不饒，成心的嗎？唐興華裝作沒聽到，乾脆轉到後台去了！

姜傳芳把這一幕幕看在眼裡，卻痛在心裡，不禁脫口說：「他不是夢中人，是活死人！」

* * *

前兩日整齣戲彩排，上午剛過十點，姜老師和唐老師就到了排演場，比通告時間早了一小時，傳芳對興華說：「師哥，咱倆上了妝先玩一段？」有幾十年了吧，她沒這麼叫他師哥了！

偷偷上妝，先玩一段，是他倆當年在劇校排演的時候，常玩的把戲。

「師妹，這會兒妳唱的比平常演出更見真情！」每回玩一段，師哥都這麼說，而她總是紅著臉低頭笑笑，不言語。

有一回她答了：「因為這都是真的！」

師哥聽了，激動的蹲在台上嚎啕大哭。
興華反正等下要彩排，先上妝也無所謂，只是納悶，老婆今天又哪根筋不對了？他上好妝更了衣，走上台來，見傳芳已站在台中央，背對著他，穿的是杜麗娘〈離魂〉時所披的大紅披風；「妳怎穿這身？」興華詫異的問。
讓他更訝異的是，轉身過來的傳芳一臉蒼白，慘然無血色。
「妳怎麼沒上妝啊？」
「為什麼要上妝？」
「我們在排戲啊？」
「排戲？這輩子我對你，何曾演過戲？可都是真真的呀！」
話沒說完，她的嘴角居然汩汩流出鮮血來，猩紅的一如她披的那件大紅披風。
這天的彩排取消了，社團總幹事的說法是：「姜老師這些天排戲太忙……胃潰瘍又犯了，送到醫院去了。」
二胡姑娘悄悄蹭到馬莉身邊神秘的對她說：「才不是胃潰瘍呢！她吞了耗子藥，因為唐老師有小三兒！」以前挺喜歡這口京腔的，這會兒，怎麼聽這「小三兒」的兒音忒彆扭？
「別胡說！當心唐老師拿胡琴捧妳！」馬莉虎起臉，似乎在自我防衛。
「真的！姜老師的琴弓鬆了，我重新換了弦，前天到他們家給她送去，還沒進門兒，就聽他倆在吵嘴，姜老師說：你這老癩蛤蟆想吃天鵝肉，光看她水靈漂亮，可別忘了，你這把年紀當她爹綽綽有餘！」

二胡姑娘模仿姜傳芳的腔調，有幾分神似，馬莉聽了心頭霎時冰冰涼，一言未發，兩眼失焦的瞪著二胡姑娘。

「喲，小姑奶奶，別介，咱們還得如期演出哪！妳可別再出岔子！」二胡姑娘一溜煙的消失在她的視線裡。

馬莉想起第一天學戲的情景，端莊而具風韻的姜傳芳，舉手投足間，散發著一代名伶的貴氣，當她婉轉啟腔：「……可知我一生兒愛好是天然？……」嬝嬝孤絕之音繞梁不去，醺然已令她陶陶欲醉！

下課後，師徒二人搭地鐵回家途中，姜老師沒來由的說了一段話，似乎是對她說的，又像是自言自語，至今言猶在耳：

「〈牡丹亭〉演的是『至情』，湯顯祖說的：情不知所起，一往而深。生者可以死，死者可以生。還說：生而不可與死，死而不可復生者，都不是至情。可嘆俗人都說世間根本沒這種『情』，杜麗娘肉身不壞？才又還魂了？不是呀！那是她的一口氣等待感情的復活，人的肉體腐朽了，唯有那口氣仍還輪迴幾世不散，那氣就是『至情』。這情，可是千年不減的痛啊！」

馬莉不禁感慨，心想，此刻躺在病床上當年紅極一時的杜麗娘，如今可還依戀那千年不滅的痛？

＊＊＊

車上，馬莉執拗的不肯去醫院，纏著正開車的彼德，近乎撒嬌的沒話找話：「你看過中國的崑曲嗎？」

「No！」

「Never？」

「Never！」

「那你太遜了！崑曲可是咱們中華文化的寶貝哪，我一定要你看回，明天，就明天，我要演〈牡丹亭〉，我請你做我的貴賓，你看了一定會愛死。」

「什麼是〈牡丹亭〉？」

「就是〈還魂記〉，是茱麗葉死了以後又還魂陽世，跟羅密歐再續前緣。」

「妳演茱麗葉，對吧？」

「對，我演杜麗娘！」

大幕拉起，聚光燈下，杜麗娘在舞台中央，正要起唇吟唱，發現貴賓席上的彼德，夾雜在觀眾當中，目不轉睛的看著她的演出，二八年華青春美麗的思春少女幽幽唱道：「沒亂裡春情難遣，驀地裡懷人幽怨……揀名門，一例一例裡神仙眷，甚良緣，把青春拋的遠……」

杜麗娘把一雙媚眼拋向台下的彼德，卻見彼德居然身穿了一襲月白綢緞寬袍，上有彩線繡勾粉紅梅花，面頰還撲了粉、描了眼，配上蓬鬆金黃頭髮，真是荒謬又滑稽。

杜麗娘笑了。問他：「這是幹嘛？」

彼德莫明所以的答：「我怎麼了？」

「你怎麼化了柳夢梅的妝？」

「我沒化妝，我就是！」

「笑死人了！還真希望你就是！」

馬莉回神唱到〈驚夢〉中的：「可惜妾身顏色如花，豈料命如一葉乎？」才將身子如落葉般轉過，忽見她頭上右側貼片下又滲出鮮血，血痕映著舞台燈光瀲灩閃著猩紅光影，觀眾席上傳出驚呼的雜音，彼德衝上台來，一把將她抱住：「別唱了，妳不能不要命啊！」

柳夢梅也奔至前台，唐興華的扮相還是那樣風流倜儻，他瀟灑的對彼德作揖行禮，開腔道：「不！她不能不唱，另一個能唱的現正躺在醫院，除了她，沒有第二個杜麗娘！」

「荒唐！你讓開，別妨礙公務！」彼德左手還抱著馬莉，右手推開唐興華。

「老唐，對不起，你去照顧姜老師吧！」馬莉說完，轉頭對彼德說：「奴家真要為你一夢而亡。」

* * *

「趕快叫救護車過來，一名路人被流彈擊中頭部，需要急救！快！」探員彼德用手機呼救。

彼德手摀著馬莉太陽穴旁受傷的部位，鮮血自指間汩汩湧出。

布魯克林大橋下，警匪駁火，槍聲呼嘯，人群雜遝，場面混亂已極。

淒厲的警笛聲，馬莉朦朧間聽見的是幽幽簫聲，恍恍惚惚看到自己身穿戲服，貼著頭片，吊眼濃妝，配著簫聲最後一個音節，水袖輕甩，將身子輕輕依在柳夢梅的胸前，可是眼簾像鉛一樣沉，沉的抬不起來，她掙扎著撐起雙眼，吃力的凝視著彼德；不知不覺的舞台大幕緩緩降下，她鬆了口氣，深情的笑了：「柳郎，原來你在這兒……」

作者簡介：

章緣，本名張惠媛，台灣台南人。台大中文系學士，紐約大學表演文化研究所碩士。曾任雜誌社編輯，報社記者，旅居美國多年，現居中國。曾獲聯合文學小說獎、文學獎，中央日報文學獎等。著有短篇小說合集《更衣室的女人》、《大水之夜》、《擦肩而過》、《越界》、《雙人探戈》，長篇小說《疫》、《舊愛》等。

丹尼和朵麗絲

章緣

這是北新澤西的一個小鎮，樹木繁茂，人口不多，幼稚園、小學和中學，都只有一所，在這裡長大的孩子，男生一起打棒球、踢足球，女生一起打壘球和學跳舞，華裔家庭的孩子多了項課外活動：彈鋼琴。鋼琴老師布朗小姐，是所有學鋼琴孩子的老師，當然包括丹尼，從七歲開始。

凱若總提早二十分鐘把丹尼送到門口，看他抱著琴譜推開布朗小姐家的門，她就加速開走了，沿著那條林蔭小路往前再開個十五哩，是一個華人超市，每星期她都要去採辦一回。她是一家診所的助理，負責排定看病時間、整理檔案，還要幫病患量身高體重和血壓及種種雜務，從早到晚沒有一刻休息，午餐往往是在家做好的三明治和三合一熱咖啡打發。她在超市裡同樣眼明手快，只買美國超市沒有的東西，像是活鱸魚，一去就讓他們撈一條宰殺，等待的時間先買其他，台菜烹飪的特殊調料像醬油、黑醋、蝦米、八角，肉鬆和麵筋罐頭，當然還有吃慣的空心菜、豆芽菜、細長條的茄子等。她總能在丹尼下課前趕回來，來得及跟布朗小姐寒暄幾句。

上完課的丹尼笑咪咪的，他喜歡這個老師。他從沒有什麼特別不喜歡的人，陽光開朗，嬰孩時就少哭，只是笑，甜蜜地笑。凱若的心被那笑整個融化了，媽媽，兒子，他們的兩人世界。那時，丹尼的爸爸已經搬出去了。

第三次上完課，她就聽到朵麗絲這個名字。

「朵麗絲開始彈滿天星了，布朗小姐說我再努力一點，下回也可以了。」

「誰是朵麗絲？」

「朵麗絲就是朵麗絲。」

朵麗絲是在丹尼之前上課的孩子，早到的丹尼總能聽到她學什麼新曲子。一年後，丹尼跟朵麗絲一起參加了學校的才藝表演。小鎮的學校才藝表演，只要有膽量的孩子都可以上台，但上台有一半以上的孩子是華裔，他們嫻熟地彈奏鋼琴、跳芭蕾舞或踢腿翻滾表演武術。其他族裔的孩子表演街舞或唱歌，也有人表演魔術。這些表演的技術含金量不同，有華裔家長低聲用中文議論著：唱歌的孩子音準有問題，街舞和魔術很可愛，但，你也知道⋯⋯

凱若坐在觀眾席裡驕傲地等著她的丹尼出場。台上彈奏著小步舞曲的是朵麗絲，披散著一頭烏溜溜的長髮，戴一個閃閃發亮的頭箍，穿粉紅色的小洋裝，有蕾絲的白襪、白鞋，就像童話裡的公主。她知道丹尼是這樣覺得的。

節目單上，丹尼和朵麗絲的名字並排著，一上一下。這是頭一回他們的名字同時出現，後來又出現了好幾次，最轟動的是出演羅密歐與茱麗葉，那是中學的事了。朵麗絲有時會到家裡來，跟朋友一道，或只有她，跟丹尼一起聽音樂，有時在客廳裡看電影，她總是在不遠處，廚房裡榨果汁，地下室洗衣服，或打開客廳一角的櫥櫃，那是隱藏式的書桌，揭蓋架在拉開的第一層抽屜上成了寫字板，她在那裡開支票付賬單。她沒說，但朵麗絲那雙細細的吊梢眼，永遠像瞌睡般慵懶，哪裡比得上丹尼充滿活力的大眼，讓人感到希望無限。

她從不曾要求丹尼的琴彈得多好、當選年度模範生，或是成為學生代表會主席，但是丹尼卻一一達成了。她的丹尼就是這麼好，假日還去養老院彈琴給老人聽。天使，他是上天賜給她的小天使，補償她這一生在各個方面的欠缺和遺憾，例如二十年死守一份工作，沒有升遷，薪資少得可憐。但這份工作給了她完善的醫療保險，還有能信賴的醫生隨時請教。在美國，一生病，哪怕只是牙痛，都能蝕盡你微薄的積蓄。更重要的是這份工作讓她認識了許多人，人人都知道她是張醫師診所的凱若，在路上遇見了，總會親切招呼。再沒有比住在一個小鎮而沒有人認識你更讓人難受了。

但不是現在，不是過去這三個月。她不要任何人過來跟她招呼，問候她：「妳覺得怎麼樣？有什麼我可以幫忙的嗎？」如果可能，她會立刻搬離這個地方，搬到一個沒有人認識她、認識丹尼的地方，如果可能，她願意搬離這個國家。這種事不會發生在台灣啊！但是原鄉的親人，他們的詰問可能更令人窒息。怎麼會發生這種事呢？他們會一直問一直問，直到把她逼瘋。

她曾學過一陣子瑜伽，想治背痛。老師尤金是個極瘦的白人，留著灰白的長鬍子，終年穿一件棉布袍。他教的瑜伽不僅是動作，而是身心靈的結合，至少這是他標舉的目標。他常談論養生的道理，並親身實踐，她印象最深刻的是他奉行「食不語」。用餐時要專注在你的食物，這樣才真的吃到食物的味道，在填飽肚子時，感官也得到充分的刺激和滿足，幫助消化系統迎接食物的來臨。「吃得對時，吃飯也是一種冥想。」他這樣說。但是，在人群裡吃飯呢？像她這樣的上班族，吃飯時免不了有人打擾。尤金說如果外出吃飯，或跟朋友一起，他會帶一個牌子，上頭寫著：「抱歉，我吃飯時不說話。」有人想跟他搭訕，他就指指那牌子。

凱若也想要那樣一個牌子，掛在胸前，上頭寫著：「抱歉，我哀悼時不說話。」

在小鎮唯一的報紙上，丹尼和朵麗絲的名字一次又一次被提起。這樣的悲劇聞所未聞，或者說匪夷所思，在這個有太多人際關係聯結的小鎮上，從學校到健身房，從寵物店到霜淇淋店，人人嘴邊一度都掛著他們的名字，或者，被冷血的陌生人簡約為「那兩個蠢蛋」。

蠢蛋。事情發生的時候，她也狠狠啐過，真蠢啊，孩子！你怎麼會做出這種事呢？但是丹尼已經冷了，硬了，不能再回答她，那甜蜜的微笑永遠消失了。十三歲時矯正好的一口齊整的白牙，在泛紫的唇間閃著冷光。花了幾千塊，忍受兩年的怪模樣，以為會受益一輩子。是一輩子，只是太短了。所有的努力，房間裡那些獎牌和獎狀，常春藤名校文憑，還有紐約市一份夢寐以求的工作，結果呢？陽光小孩給了媽媽這麼多的期望，結果呢？

最後一次，丹尼和朵麗絲的名字同時出現，是在追悼儀式的節目單上。朵麗絲的母親已於一年前因為癌症去世，哥哥姊姊趕回來，都希望朵麗絲跟丹尼可以一起舉行追悼式，他們本來就有共同的老師和朋友。只有兩個人不那麼樂意，一個是喪子的凱若，另一個就是喪女的約翰余。

約翰余是藥劑師，余太太在郵局上班，周日在中文學校義務教中文。早年，中文學校由台灣移民創辦，師資都是台灣人，教的是注音符號和繁體字。隨著中國移民越來越多，這些學校也逐漸轉成漢語拼音及簡體字教學了。凱若原本教的年級，後來就由余太太接手，那時丹尼和朵麗絲都已離開中文學校。他們的中文程度因為父母的要求，比一般華裔小孩來得好，能聽得懂父母說的家常話，也能說一點帶腔調的中文，讀和寫則不行。中文跟英文是南轅北轍的兩種語系，很多時候，這些象形指事會意形聲轉注假借，這些奇特的以調定字，還有同音異字，成了背景裡的一種雜音，讓他們的美式存在無法純粹。

不純粹還在於他們跟父母的緊密關係。父母影響了他們在服裝、交友、課外活動、申請大學等方方面面的選擇。有個用來形容華人下一代的老詞「香蕉」，外皮是黃的，內裡是白的，其實更準確地說，蕉心應該是白裡透黃。

余家的家教嚴，三個孩子都非常乖巧，學業成績優良，還多才多藝。余先生最疼愛的就是么女朵麗絲，不但因為這女兒來得晚，跟兄姊差了十歲，而且跟奶奶年輕時長得一個樣，也是那麼文秀。余家是上海人，在法租界蓋了兩層洋樓，七個房間四個衛浴，有噴泉花園和大草坪，門口有警衛。解放後，一家九口擠在洋樓的兩間房，其餘都給流民占了。但是，不管時局如何動盪，家運如何敗落，余家的家訓是傳下來了，於是有了在美國北新澤西小鎮乖巧的三兄妹。這不容易，尤其美國校園多的是吸毒和濫交，父母不見得管得了。

朵麗絲，在約翰余細心看護下長大，如一朵玫瑰初含苞後徐徐綻放，她的純潔和清芬讓為父的多麼驕傲。然後，出現了一些蜜蜂一樣擾人的男孩。那個叫丹尼的最常出現，在前院跟朵麗絲有說有笑，後來竟然要跟她一起演出羅密歐與茱麗葉。他堅決反對。為何教中學生這種故事？難道教育者不知道年輕的孩子是一堆乾柴，輕易可以著火燒成灰？羅密歐和茱麗葉是兩個背著父母偷嚐禁果的逆子逆女。但是朵麗絲眼淚汪汪求他：「爹地，我真的想要演這個角色，每個女孩子都想要，我好不容易才有這個機會……」他最怕女兒的眼淚。好吧，妳想當茱麗葉就去當好了。

進入十年級時，他對已經出落得亭亭玉立的女兒發出警告：「不准談戀愛，不管是那個丹尼，還是其他小夥子，都不可以理會，一切，等進了大學再說。」

「誰在談戀愛了？我們不過是朋友。」朵麗絲的眼睛閃亮如星，話語似真似假。

不管真假，女兒如願進了能光耀門楣的名牌大學。然後，余太太開始抱怨疲倦，體力不濟，張醫師建議她照片子，片子裡出現了不該出現的白點，然後……那是一場註定要失敗卻不得不盡全力去打的仗，仗打完，他發現自己已是個年屆退休的老頭子了。

朵麗絲畢業了，她知道老爸寂寞，回到北新澤西的家，在一家電信公司上班。當別的美國小孩遠走高飛去闖天涯時，他的寶貝女兒鳳還巢了。新的人生才剛開始，就發生了那件事。

如果，如果他的朵麗絲一定要死，一定要在如花盛開的此時死去，為什麼不讓她車禍、生怪病、或讓她滑雪時出意外撞上大樹之類，為什麼不讓她像其他人一樣正常地死去？為什麼要讓她死得如此，如此，如此不像個余家的小孩？他無法告訴上海的親友朵麗絲的死因。「她死在車子裡。」他這樣說，這也是實話，「跟她的男朋友一起。」另一句實話。沒有人敢向這傷心的老人多問一句。

幾乎是同時，當朵麗絲回到家，丹尼也回來了，二手斯巴魯車廂及後座載滿大學四年的書本和衣物。他已經寄出幾份求職信，返家等待面試通知。回來的當天晚上，他在家吃媽媽精心烹調的乾煎鱸魚和宮保雞丁，吃過飯就出去見朋友了。凱若很有理由猜測，那朋友就是朵麗絲。一個母親的直覺，她知道朵麗絲一直在那裡，他的茱麗葉。後來，她也有理由相信，丹尼願意住在家裡，儘管工作的地點在紐約市，也跟朵麗絲有關。她對朵麗絲平添幾分感激。

八月最後一個週末，白天仍十分燠熱，凱若在廚房裡燒豆腐味噌湯。這幾年，中國超市裡也可以買到味噌了，不需要開遠路去日本店買。她喜歡在湯裡擺點鮭魚。鮭魚肥美不輸鱸魚，魚油化到湯裡讓湯頭更加鮮濃。丹尼在旁幫忙切蔥花，吹著口哨。「什麼事那麼開心？」她問。「哦，我每一天都很開心。」丹尼把蔥花放到一個蓋碗，每回喝湯放一小撮，湯味更鮮美。然後丹尼問：「媽，爸爸是妳的初戀情人嗎？」

丹尼從沒問過她跟他爸爸之間的事，離婚前是太小，之後成了禁忌。這是第一回，也是最後一回，而她並沒有回答。

週末的午飯向來吃得晚，下午兩點，丹尼去沖澡。她記得這個細節，因為她在心裡嘀咕著，才吃了飯又洗澡，有礙消化。丹尼沖了澡，刮好鬍子，換上一件新襯衫，一米八的個子站在她面前帥氣十足。「我要出去一下，不回來吃晚飯了。會給妳帶霜淇淋，草莓的，對吧？」

這是兒子給她的最後一個允諾，也是兒子對她說的最後一句話。草莓霜淇淋。那碗蔥花後來成了蔥乾，在冰箱的角落窩了一個多月才被清理掉。

快九點，她正在看電視，電話響了。是約翰余，提著嗓子近乎嘶叫：「出事了！」

「出了什麼事？」

「妳快來，我家！」

她到的時候，兩部警車已經停在余家長長的車道上，路邊點著燈的窗，百葉窗捲起，露出一或兩個人頭。黃色的塑膠條拉起，這是命案現場。但塑膠條擋不住鄰人好奇的眼光，還有媒體，還有整個小鎮。她把車子停在路邊，前頭就是丹尼的斯巴魯，她腳一軟，幾乎就要撲到車上去。但她深呼吸，勇敢往前走，走進余家。

隔天報紙的頭條寫著：一對華裔年輕男女，在拉上捲門的車庫裡親熱，車子開著空調，一段時間後，兩人一氧化碳中毒身亡。女方的父親發現他們時，女的癱倒在車上，男的半身倒在車門外，顯然是發覺有異但來不及求救。男的是二十二歲的丹尼陳，女的是二十二歲的朵麗絲余，兩人都是小鎮的居民，生於斯長於斯，不幸也命葬於斯，他們的父母拒絕了本報的採訪。

那只是序曲。第二天，丹尼和朵麗絲的故事繼續被挖掘，小鎮裡有太多他們的師長和朋友，他們深切痛惜哀悼。第三天，出現質疑，這個悲劇告訴我們什麼？兩個大學畢業、前途無量的年輕人，為何要在密不透風的車庫裡親熱？為什麼不在自己的房間裡？據悉，那天朵麗絲的父親出去了，家裡沒人。

為什麼？凱若問，跟那些沒心沒肝的好事者問同樣的問題。這些華裔學生功課雖好，缺乏常識，好的，這是問題的第一層意思，還有第二層、第三層……像洋蔥一樣可以一層層往下剝，直到淚水模糊了視線。她知道，兒子是不能把朵麗絲帶回家來關進自己房間的，她總是在那裡看著他們。而朵麗絲的家沒人，為什麼不？

事情發生後一個月，她開始能正常飲食，雖然還是睡不好，她把在兒子房間裡找到應該是屬於朵麗絲的東西集中到一口紙箱：幾件衣服、寫著朵麗絲名字的書和光碟、一個粉紅色的音樂播放機、髮夾、一個停擺的女用錶。

她先打了電話，約翰余的聲音聽起來沙啞，無可無不可：「如果不嫌麻煩就送來吧。」

撳了兩回門鈴，門才開一條縫，一個老頭子從裡頭充滿戒備看出來，眼睛布滿血絲，像一隻困獸在洞裡準備反撲。「就是這些。」她把箱子擺在門口，看來對方不準備請她進去。

她已經很久不想跟人說話了，不過，如果他請她進去，她會的，會坐下來跟他喝一杯咖啡，如果他提議，因為，好幾個無眠的夜裡，她痛苦到要窒息時，她會想到他，約翰余，這個世上唯一能瞭解她失去了什麼的人。她怨恨他，卻又渴望跟他分擔。是的，如果能聊聊丹尼或朵麗絲該有多好，他們是多好的兩個孩子啊！別人不會曉得，他們是心頭的一塊肉，現在這塊肉被殘忍地剜去了，傷口還在滴滴答答淌著血。

「你那裡，有什麼東西是丹尼的嗎？」她探問。

「沒有。」約翰余冷然說，「她姊姊把她的東西都打包了。」

「你，還好嗎？」她顫抖著聲音問，彷彿是在問自己。

約翰余瞪著她，充血的眼睛是兩個紅燈，警告她不要再往前一步，停止。

太過分了，這個女人還有臉跑到這裡來，問我好不好？養的是什麼兒子？到人家家裡來，做出這種事？他的朵麗絲，他的玫瑰啊！他純潔美好的女兒，盛開中的一朵花，就這樣被折斷了。在那該死的車裡，他的女兒一絲不掛。他忘不了女兒臉上的表情，眼睛瞪得很大，嘴巴張開，不知道是窒息前的驚恐，還是作愛中的高潮。不，他多希望不是他發現的，老天，把那影像從他腦裡永遠刪除吧！他癱倒在門後，聽到車子遠去的聲音。

他的女兒是在犯罪啊，然後神就從天上劈死他們。為什麼不聽爸爸的話呢？爸爸說，跟男人在一起要當心啊，他們隨時想占妳的便宜，占到便宜拍拍屁股就走人。妳沒看到報上寫的那些未婚生子的故事？

「爹地，我已經成年了。」朵麗絲即使在抗議，聲音也永遠那麼溫柔，她知道爹地是為她好。

「無論如何，」這是每次談話後，他作結的習慣語，「無論如何，妳要記住，我不許妳亂來，絕對不能丟余家的臉，只要妳還在我的屋簷下。聽見了沒有？」

朵麗絲咬著下唇，那副楚楚可憐的模樣，他幾乎要心軟。老伴在的話，可能也要拉住他別再說了。但是他怎麼能不說？這物欲橫流道德淪喪的世界，只有這屋簷下是他能捍衛的淨土。

想到他週末常要去老友家打牌，空著一個房子，他又加了一句：「這是我的房子，我不允許！」

他知道很多華人父母被迫接受了美國的性開放文化。上海的親友跟他說，中國現在也比以前開放很多，時代不同了。但他離開中國時，未經婚姻認可的性還是禁忌，他維持著這份禁忌，就像維持著他的中文報、龍井茶和麻將。

他的女兒卻以這種方式離開人間，留給小鎮茶餘飯後的談資。這樣的事，總是女的倒楣。那個丹尼，不過是個聞到花香的臭小子，不知道用什麼花言巧語騙了妳，在車裡親熱，多麼美式，多麼廉價啊！難道我沒警告過妳，我可憐的朵麗絲？

時光向前流淌，凱若繼續失眠，然後她接到信用卡的索債信。是丹尼的卡債，他拿的是副卡，由凱若授權使用，所以凱若得負責還債。她早該處理丹尼的卡債，不該坐等利息罰款累積到如此驚人的數字。她必須承認，自己不再是那個診所裡麻利的凱若了，她現在往往歸錯檔案，記錯名字，排錯看病時間。「這是暫時性的，」張醫師告訴她，「妳會度過的。」她微笑。是的，她終究會恢復正常，但那只是旁人眼中的正常，能吃能睡能工作，但她不會再有真正的寧靜了。

丹尼在學校的信用卡用度，她每個月都付清，從學校回來不過三個月，吃住都在家，怎麼會欠下這麼一大筆錢？她查了一下，發現最大的一筆開銷就在他死前兩個星期，一家網上珠寶店。

她上了這家店的網頁，這是針對年輕人的珠寶設計專賣店，網上下單，十天內可到貨。她打了客服電話，客服小姐問有什麼可以幫忙的嗎？貨早已簽收。

「我只是想確認買的是什麼？」

「根據訂單，是一枚戒指，更確切地說，是一枚白金婚戒，純手工雕刻。」

凱若力持鎮定，「我可以看一下它的樣子嗎？」

客服小姐把貨號告訴她，在網上的婚戒一欄可以找到。掛電話前，她提醒凱若，因為訂作的戒指內圈有鐫字，恕不退換。

約翰余接到凱若電話，說有重要的事要當面告訴他。還能有什麼重要的事？生活裡甚至沒有什麼有意義的事了。「你過來吧，我在後院。」

凱若走上余家那長長車道時，無可避免又想到那天晚上。那輛車可能還停在車庫裡，希望它還保持原樣，沒有送洗或賣掉。車道上停了一部馬自達，是余先生的車，擋風玻璃上積了些落葉。因為一直停在車庫外吧？凱若繞到後院，余先生兩手握著大耙子站在那裡，腳邊一丘色彩繽紛的落葉。

看到她，他木然問：「什麼事？」

凱若沒有馬上回答，她再走近點，走到這個拒人千里的老人面前，極力克制心裡的激動。是一家人啊，本該是一家人。她很快說了，發現丹尼買了個婚戒，婚戒內鐫刻了字。

「唔？」約翰余望著她。

「刻的是，」凱若調整一下呼吸，「丹尼和朵麗絲，永遠的愛。」

「所以？」

「我怎麼也找不到。我相信，戒指已經給了朵麗絲。」

約翰余沉默著。

「朵麗絲走的時候，有沒有戴著什麼？」

約翰余臉一沉。他最不願意回想的就是女兒是赤條條走的，他粗魯地哼著：「沒有。」

凱若想再說什麼，看約翰余的臉色，忍了下來。讓他消化一下這個消息吧，這是好事，不是嗎？雖然在某個層面上它讓人更心痛。但她的丹尼至少是愛過了，也找到人生的伴侶，他的茱麗葉，伴著他到天堂去了。兩個年輕人是在求婚成功後的狂喜中做愛，不幸同赴黃泉的，不是像一些人揣測暗示的，不過是一時慾火焚身，不過是一對露水鴛鴦。

「他們相愛，你曉得的，不是嗎？」最後她用英文說。

約翰余不知道自己在院子裡站了多久，等他回過神來，腳邊掃好的落葉又被風吹散了一半。他扔掉握在手裡像拐杖支撐自己或像劍棒可以擊退敵人的大耙子，在出事後第一次打開車庫門。有人打掃過了，原來在這裡的，那些多年積存的垃圾，無用但沒有丟棄的紙箱和發黴的書，來不及種下的陳年種子，過期的殺蟲劑，壞掉的割草機和淘汰的烤麵包機，蟲蛀的梯子和落齒的竹耙，還有，那些散落的衣物，生死一線間殘留的痕跡。

清空的車庫裡，僅有的是朵麗絲的紅色福特水星，找到工作後貸款買的新車。

約翰餘打開後車門，就在這裡，丹尼裸身僕倒。壯實的小夥子，那身肌肉卻沒能助他逃生。車裡所有屬於朵麗絲的東西都清空了，她的音樂光盤、太陽眼鏡和薄外套。伸手撫摸那皮椅，近乎全新的皮椅，他的朵麗絲就倒在這椅上，再也沒有醒來。青筋墳起的老手，顫抖地摸索著，一吋吋在皮椅角落夾縫，在地毯上，那麼溫柔，那麼輕，彷彿他的觸摸會讓一切崩塌瓦解。就像頭一回把她抱在懷裡，小小的眼，小小的鼻，張大嘴哭泣時粉嫩的牙床和舌頭，輕輕握住她的手，小而白的手背上浮著青紋，像一片蝴蝶蘭花瓣貼在掌心，那大小懸殊的比例，柔軟與粗礪的差距，讓他幾乎無法承受，絕對要輕啊，輕輕地……你總是這麼聽話，你為什麼要這麼聽話？爸爸不在家也不敢違抗。不能在房子裡，不能在爸爸的房子裡。朵麗絲啊，你真的訂婚了嗎？你真的……他的手指觸到一個金屬圈。

白金戒指，細緻的玫瑰雕花，圈內刻字。他的老花眼怎麼也看不清那行字，但他知道，是丹尼和朵麗絲，永遠的愛。

作者簡介：

韓秀，出生於紐約市，曾經在台海兩岸居住三十餘年。曾任教於美國國務院外交學院、約翰霍普金斯國際關係學院。一九八二年起持續華文文學創作，並在台、美華文報章雜誌撰寫專欄。迄今出版長、短篇小說集、散文集、書話、傳記等三十餘種。

守候

韓秀

那是一個深秋的早晨，我還是和平常日子一樣，在六點零三分的時候醒來。屋子裡黑洞洞的，聽得見雨聲沙沙披灑到窗玻璃上。這準是一個溼透了的早晨，我嘆著氣，使勁地揉搓著痠痛的肩膀，套上厚厚的晨褸，把腳伸進毛茸茸的拖鞋裡，一搖三晃摸下樓來。

開亮了廚房的燈，把水壺坐到了爐台上，開了火。選一只顏色鮮豔的馬克杯，放了三勺即溶咖啡進去，感覺好得多了。我永遠相信鮮豔的顏色會帶來好情緒。在這麼一個溼冷的早晨，我絕對需要好心情。水壺看起來很快樂的樣子，壺身很快就熱了。嗯，一切都對勁。

拉開大門前，我稍稍猶豫了一下。這種下雨天應該在車庫裡換鞋，撐開一把傘，然後從車庫大門出去，在車道上拎回兩包裹著層層塑膠袋的報紙。但是，最近，我常常發現不知是哪位好心的晨跑者會把我們的報紙放在廊簷下，大大減少了我在冷風冷雨裡挨凍受寒的機會。

這一天我懷著僥倖的心，打開了大門，果然，這好心人又把報紙放在了廊簷下！這可實在是太好了，我不至於受涼了！正高興著，卻發現這報紙好像不大對勁，一份英文報沒什麼問題，一份中文報似乎是不大對。拎起來拿到燈光底下仔細瞧瞧，竟然是一份日文報紙！真是的，我還得打個電話給報館，請他們明天送報的時候再補上一份今天的。

「早安！對不起……」一把泛著水光的黑傘下面，露出一張蒼白的小臉，那是一位穿著運動衣的東方女子，她從人行道上向我走過來，她手裡舉著一個正在滴水的塑膠袋，看起來那應該是一卷報紙。

「對不起，早上跑步經過這裡的時候，把您的報紙放到您門前，看到其中一份是日文報。我跑回家，看到放在我門口的是一份中文報，一定是匆忙之間，送報人弄錯了。所以我就在這裡等您出來，好把報紙換過來……」

這女子就這麼站在冷風冷雨裡等著我開門出來嗎？我目不轉睛地瞧著她，她走在甬道上，腳下的落葉溼漉漉地在燈光底下閃著亮，一陣風吹過，雨水橫潑，樹梢上的積水也直落下來，劈劈啪啪打在她的傘上，掃到她的身上。這女子，真夠倔強，風狂雨猛的，連閃避一下的意思也沒有，就這麼直眉瞪眼地拎著一袋報紙走上前來。

隔著雨霧，她就打算跟我換報紙了，我把報紙丟在簷下的長椅上，一把拉住她，「進門暖和一下再說。」

她竟然猛搖頭，「不可以，我已經溼了。」

我不由分說接過她的傘，放在牆邊，推她進門。

她先站住腳，蹲下身，優雅地脫下鞋子，鞋頭併攏放在門外，這才小心邁步踏進門檻。髮梢上的水珠滴到肩上，她根本不覺得，反而緊張地盯著腳上的白襪子，「襪子也溼了，怎麼好走進去？」

「妳在雨地裡站了多久了？」我一邊把一條大毛巾遞給她，一邊把她按坐在廚房的椅子上。

她縮起雙腳，筆直坐著，用毛巾的一個小角在肩頭按了按，就把毛巾疊起來遞還給我，笑了笑，「不到二十分鐘吧？」

她很年輕，大概不到三十歲，五官端正，漆黑的頭髮剪得短短的，向後梳，整整齊齊抿在耳後，露出光潔的額頭。她不肯在早上六點多鐘的時候按門鈴，寧可站在這種天氣裡等，不知要等多久她還是要等，等到門開等到把報紙換過來。這是什麼樣子的一種精神，一種性格？我很有些感動了。

爐子上的水開了，「咖啡還是茶？還是熱巧克力？」

「您有什麼樣的茶？」她很小心地問，抬起眼睛好奇地瞧著我。

「鐵觀音啊、天霧啊、金萱啊，噢，對了，我也有日本白茶，有柿子的味道，妳要不要試試？」一邊說著，一邊將一罐標明「御茗清茶」的白色茶罐遞給她。

她小心旋開蓋子，驚訝出聲，「噢，是茶包呢！」湊到鼻子下面聞聞，「真有柿子的味道，清香。」她的鼻子非常秀氣，手指勻稱、修長，指甲像貝母一樣飽滿溫潤。

她就這麼一手擎罐一手執蓋，將茶還了給我。我就夾出一個茶包丟進一只馬克杯，用滾水泡了不到一分鐘，丟掉茶包，把這只熱呼呼的杯子放在她面前。當然，在「泡茶」的過程裡，我也不失時機地泡好了我的咖啡。

兩雙手各自捂著自己的杯子，臉色都好看起來，這女子的臉上竟然有了些許紅暈，淺淺一笑深深兩個酒窩。

「可不可以告訴我，妳叫什麼名字？」我問她。

她輕輕問，「我寫，好嗎？」

我馬上拖張便條紙給她，遞給她一枝圓珠筆。她把便條紙翻過來，在背面劃了劃，確定圓珠筆寫得出來，這才再翻到正面，工工整整寫下來，「高田英子」，「這是我本來的名字。」她解釋說。又在旁邊註明，「Takada eiko」。然後，她又寫下「井野英子」，「這是我現在的名字。」她看我一眼，再寫「Ino eiko」。

「所以，不變的是英子，可愛的 Eiko！」我笑笑。她也笑了，一雙眼睛笑得彎起來，非常甜美。

「我知道，妳是 Teresa，我在報紙封袋上看到妳的名字。」她很誠懇地告訴我。

「要謝謝妳啊，幫我把報紙放在廊下，讓我少受多少風寒。」

「晨跑的人有時候不看路，他們會踢到報紙，有時候甚至會踩到報紙，那都是對文字的不敬啊⋯⋯。我跑步的時候，順便就把各家被丟在人行道上的報紙挪動一下位置。妳的報紙有兩份，其中一份是中文的，是這條街上獨一無二的，我就送到妳門前……」

原來如此，竟是因為敬惜字紙，我們才有緣坐在了一起，在這種颳風下雨的日子裡。

英子告訴我，三個月前他們夫婦買了坐落在巷底的房子，這是第一次走進一位鄰居的家。她覺得很不好意思，因為她溼答答的，「不像個樣子」。

我跟她說，「不要擔心，水一下子就乾了，人不受涼比較要緊。」

她笑笑，張著兩隻眼睛看著我家廚房的四壁，「這淺顏色的壁櫥真好看！」

「是五年前重新裝修的，那時候顏色更淺更好看。」我就這麼跟她隨便聊著，她很快就完全地輕鬆下來，活潑潑地跟我說這說那。

她忽然問，「真的有 Lazy Day 嗎？」

「當然，像今天這種天氣就很想端杯熱咖啡，窩在沙發上看書，什麼事情也不做！百分之百的慵懶的日子。」

「那麼，為什麼不是 Cooking，而是 Cookin'？對於我來說，最難的就是標題。」英子的眼睛注視著小餐桌上的一本食譜 *Lazy Day Cookin'*，語氣裡滿是虛心求教的意思。

這本書是《讀者文摘》出版的，裡面彙集了九百多條使用「慢鍋」來調理餐點的食譜，完全是「在這慵懶的日子裡小煮一下」的最佳體現，很有些哲學意味，「換句話說，我們只要把所有的材料丟進一只 Slow-cooker，讓它替我們努力工作，我們就可以放心倒頭大睡、上網上到天昏地暗，或者和朋友聊天聊到地老天荒。」

「不會燒焦？」她有點急切地問。

我解釋給她聽，這慢鍋是用電的，很少一點點電而已。指定的鐘點到了，它還會自動保溫四個小時。「比方說，妳想燉三磅到四磅牛肉，將慢鍋定時在八小時，八小時之後，湯鮮肉爛，再加上保溫四小時，也就是說，妳有十二小時自由時間，可以睡覺、看書、發獃、逛街、跑步，等等。如何？這慢鍋是不是個好東西呢？」

英子點點頭，「我沒有妳說的那種慵懶的日子，那日子一定很美，我沒有，沒有那樣的日子，也沒有那樣的想法。但是，我需要這樣一只鍋，需要一些食譜，這樣，無論什麼時候井野先生進門，他都可以聞到食物的香味，而我自己還可以抽出一些時間，去做我的事情，也不必擔心鍋子會在爐火上燒乾。」

我覺得有些為難，一位不能定時返家的丈夫和一位必須隨時端出熱飯熱菜上桌的妻子，如果那女子還有夢，還想做一點自己想做的事情，其中的掙扎是不難想像的。但是，那是她和她丈夫之間的事情，更重要的是，那還牽扯到日本人的文化習俗、價值觀等等問題，外人最好不提供任何意見。

最簡單的辦法是「就事論事」。我翻開這本食譜，告訴英子，我已經做過幾道菜，效果很不錯，她可以先抄下來，待有了慢鍋，再來實地操演一番⋯⋯。

她略一躊躇，在很短的時間裡克服著羞澀，抬起頭來，目光堅定地開口問道，「我可不可以詢問這只鍋的價錢？」「一百美元，加上購物稅，一百零四元五角，如果郵購的話，則需要一百二十元。」一邊說著，我一邊打開廚具櫃，捧出這只體積碩大的寶貝。英子畢竟是外國人，她看到了實物再去買還是保險得多。看樣子，這女子的愁苦已經很不少了，我沒有理由增加她的困擾。

她眼神裡滿是感激地看看我，然後仔細地察看著這只鍋，兩隻手捧著瓦藍色的鍋身，仔細瞧著上面的按鈕，再掀開透明的蓋子，用手指輕輕碰碰黑色的陶瓷內鍋。她和這只鍋好像從第一秒鐘起就成為同盟者，他們得一塊兒去對付非常難以對付的困局。我這麼感覺著。

然後，她坐下來工工整整地抄寫食譜，都是些紅燒或清燉牛肉的條目。她的英文字都好像印刷體，一絲不苟。

告別的時候，她深深鞠躬，謝謝我的「時間」，謝謝我的「幫助」，神情莊重地表示她今天就會去買這只鍋。然後，她說，「我在維州旅遊局工作，負責陪伴日本遊客參觀美國內戰戰場，天氣不好的日子，不必上班。長長的冬天，也有不少時間在家，希望還有機會登門請教。」

我怎麼會拒絕這端莊、賢淑的女子？於是微笑著將雨傘、報紙遞給她，拍拍她的肩膀表示隨時歡迎她到訪。雨勢更大了，她舉著傘、頂著雨、靜靜地走了。我趕快回身，回到暖融融的廚房。那只慢鍋還蹲在流理檯上，一副克盡職守的模樣。好吧，這種溼透了的天氣，乾脆來燉個肉，丟進去三磅半的牛肩肉，一袋子用來做沙拉醬的義大利佐料包，再來十二盎司啤酒。蓋上鍋蓋，插好電插頭，定時八小時。慢鍋紅燈亮起，顯示Cooking。

一個小時之後，濃濃的香味飄了起來，外子從樓上電腦房摸了下來，搓著雙手笑容滿面，「好香啊！這是什麼做法？」

「義大利！」我毫不含糊。順便告訴他，「威廉姆斯—索尼瑪公司該給我發獎金，今天，我幫他們推銷了一只慢鍋！」

「這種天氣，誰會出門去買鍋？」外子驚問。

「我們的新鄰居，英子。」不知什麼原因，我隱去了她的姓氏，雖然她去買那只鍋大約是為了她的丈夫井野先生。而且，我覺得，今天，我認識的是可愛而意志堅定的英子。她一定會頂風冒雨去捧回那只鍋。

果不其然，兩個小時之後，英子的聲音在電話線另一頭怯怯地響了起來，一聽到我的聲音，止不住歡欣鼓舞，「好香啊！整個廚房都是熱氣騰騰的香味。一隻小小的洋蔥而已，竟然讓牛肉的香味傳得那麼遠！」我想了想，就問她說，「妳用的這條食譜是不是還包括馬鈴薯、胡蘿蔔和辣椒粉？」

「噢，妳猜得真準！」她在那邊笑得咯咯的，「我正想請教呢，食譜上說三個馬鈴薯，我可不可以放六個進去呢？不會太乾吧？」「長時間燉煮，馬鈴薯會出水，所以，成品出鍋的時候會有比較多的湯汁。乾倒是不會乾，只是燉菜變湯菜了。」老實說，這種千錘百鍊的食譜，實在不應該隨便加減食材，但是到底是「新朋友」，話到嘴邊還是被我硬生生地嚥了下去。

晚飯前，雨停了。外子和我出門散步，走到英子門前的時候，那扇門竟然開了，門口站著笑咪咪的英子。我把外子介紹給她，她斂衽為禮，畢恭畢敬。外子笑說，「聽我太太說，今天妳嘗試新炊具，一舉成功。」她開心得笑，還請我們進門去看看她的成績。

外子躊躇，「事先沒有約好，不方便打擾。」

英子調皮地笑，「今天天剛亮，我已經到府上打擾過了。」就將門大開，歡迎我們走進去。到日本人家裡去是應該脫鞋子的，我們正笨手笨腳地解鞋帶，英子已經把一大一小兩雙拖鞋放在我們面前。

真正窗明几淨，玄關和客廳都冷冷清清，唯有廚房飄著暖意和香味，流理檯上放著一塊厚厚的砧板，上面高踞著那只溫柔敦厚的慢鍋。英子趨前揭開鍋蓋，外子馬上大聲讚美，「一出手就不同凡響，待妳先生到家，一定驚喜萬分。」英子臉都紅了，連連稱謝。

我瞄了一眼，準確地估計出鍋裡的馬鈴薯不會超過三個。眼光一掃，廚房角落的小方桌上放著一小碗味噌湯，一只飯碗裡堆滿馬鈴薯。飯碗旁邊放著一雙竹筷，那想必是英子的晚飯了。我急忙轉過身去，只當沒有看到。

外子很高興地和英子聊著，甚至很內行地表示，這鍋燉菜的提味妙品是辣椒粉，洋蔥的功能還得屈居第二。英子驚訝道，「沒想到先生也精通烹飪。」外子笑說，「哪裡精通，不過是從太太那裡聽到一星半點而已。現在，半退休狀態，比較有時間在廚房陪太太，這才學到了一點皮毛……」

我惦記著那碗快要冷了的湯，就催促著外子繼續散步不要等到天黑。外子配合默契，又說了幾句十分得體的告別辭，這才走出門去。

不知是何緣故，整個晚上，我眼前總是晃動著那碗味噌湯和那堆得高高的馬鈴薯。

桌上只有一雙筷子。井野先生在忙什麼呢？不能按時回家吃晚飯嗎？一鍋燉菜，那麼多牛肉，英子竟然都不碰嗎？她餓了，就靠馬鈴薯充飢嗎？在這裡，在這個富裕得不知如何是好的社區裡，這簡直是奇聞！我心裡很有些忿忿不平起來。

一本書攤在膝上翻不了幾頁，我這個酷愛在燈光底下默默看書的人，這個晚上，反常地靜不下心來。把一本歷史書放開，拉過一本小說來，男女主角小肚子雞腸地在那裡鬥來鬥去，讓我更加心煩。外子不聲不響到廚房泡了一杯無咖啡因的咖啡給我，在我身邊坐了下來。

「妳在惦記那位日本女子，是不是？」

「你大約沒有看到放在小桌子上的那碗湯和那堆馬鈴薯。她為什麼要這樣自苦？我們這個區的房子已經這樣昂貴，他們買得起房子，足證他們的經濟情況不差，再說慢鍋和牛肉都買了，牛肉也燉好了，她竟然連碰都不碰，那先生也奇怪，連影子也不見！在我們這裡，沒有什麼地方安撫那些夜不歸營的男人！他把年輕的英子丟在家裡，到底去了什麼地方呢？英子這個樣子孤苦伶仃守候在家，不是太淒涼了嗎？」

外子笑了笑，「我們這個世界上，每個視窗都在閃爍著溫暖的光，但是視窗後面的故事都是很不一樣的。我也看見了那張小方桌，只把它當作英子故事的一部分，也覺得沒有什麼必要去過問，那畢竟是人家的私事。」

「但是，她是一個外國人，在這裡住得不夠久，家人大概都還在遙遠的日本，如果連自己的先生也不知道在哪裡流連忘返，那不是太糟糕了嗎？」我不肯罷休。實際上，愛惜字紙的英子早已被我看作「自家人」了，自家人在外面受委屈，我當然不會甘心。

「那麼，怎麼樣，妳真想跑過去陪她喝杯茶嗎？」外子竟然是行動派！我只是在這裡唸唸叨叨，他見說不服我，乾脆建議我行動。

門外又飄起了細雨，街上連遛狗的鄰居也看不到一個，也沒有車子經過，畢竟已經九點多了，人們都在乾燥的溫暖的家裡享受溫馨。

我們穿上套鞋，把自己包裹得暖暖和和，手挽手，在一柄大傘之下朝著巷底進發。沿街的房子不但簷下有燈，車庫兩側有燈，樓上樓下的房間裡也都閃出溫暖的燈光。遠遠看去，巷底英子家只有簷下一盞燈，廚房一盞燈，整個房子黑漆漆的，那兩盞燈就亮得格外突兀格外刺目格外冷清格外寂寞。

忽然，一輛銀灰色豐田車從我們身邊駛過，在英子門口停下。車庫門靜悄悄沒有動靜。只見駕車男子匆匆拾階而上，瞬間，門燈大亮。就在他抵達簷下的時分，大門在他面前無聲開啟，那門後面似乎有一個人就正好等在那裡的。

我們繼續慢慢走著，因為我們看得很清楚，豐田不但沒有熄火甚至連車燈都沒有關，那輛車恐怕是要速速上路的。果然，連一分鐘的時間都沒有耽擱，駕車男子又出現了，在燈光下，他捧著的一個漆器食盒閃出暗紅色。他打開車門，將食盒放妥當，這才坐進車裡，在巷底圓環掉轉車頭，順原路疾馳而去。他開車再次經過我們身邊的時候，我們看清楚了他那張目不斜視的臉。那是一位東方男子，神情專注，他絕對不難看，應該說，他是一個很好看的男人。

英子家的燈光開始變化，門燈熄滅，玄關的燈亮了。簷下和廚房的燈熄滅了，樓上的燈亮了。然後，玄關的燈又隨之熄滅了。最後，整棟房子只有樓上亮著燈，在厚厚的窗簾後面閃著模糊的光，那光線漂浮在巨大的黑色背景上，成了模糊的一小團。從我們這裡看上去，頗有些隔膜頗有些不解頗有些冷淡。

英子大概已經不必再守候，她也不會需要鄰人的陪伴，我們兩人都明白了這一點，同時車轉了身。回程上，我們不再言語，只是不約而同加快了腳步。我們都渴望著回到我們自己的十二分暖和的家，關起門來過我們心安理得的日子。

大概是晚上的折騰讓我覺得了累，第二天早上，睜開眼睛的時候已經是六點三十三分。哈！整整多睡了半個鐘頭。

打開門一看，兩份報紙整整齊齊擺在簷下，英子已經來過了。

以後的日子，我們偶然會看到英子。那是些烏雲密布的午後，英子在頭上紮著一條髮帶，穿著運動衣和跑鞋，手裡握著啞鈴，從我們的門前跑過。畢竟認識，除了「哈囉！」之外，也喘著氣寒暄幾句。關於「小煮一下」的經驗，也被提到過。我甚至還問過這麼一句，「牛肉的滋味如何？」她竟然笑咪咪地表示，「牛肉大概是很不錯的，那湯汁已經這麼鮮美了，無論下飯、煮麵都好得很。要謝謝您啊！這只慢鍋在我家廚房工作得很勤奮呢！」然後，深深一鞠躬，姿態優雅地跑掉了。

「她的氣色可是真好！紅紅白白的，妳可以大放寬心了。」外子微笑著。

「是啊，人家吃肉，她喝湯！不知那好心情打從哪兒來？」我仍然感覺著不痛快。

「無論如何，她和她的丈夫配合默契，他們究竟在做什麼，我們不清楚，但是絕對是夫妻聯手，外人沒有什麼可操心的。」外子正色道。我不能不承認他的話有道理，也就把忿忿不平的心緒丟開了。

秋去冬來，大華府地區下了當年第一場大雪。這場雪下得鋪天蓋地，連後園的松樹都被枝頭的雪壓彎了腰，垂到了地面上。我們還是六點多鐘開門，簷下不但放著報紙，連甬道上都被清掃過了，從大門到郵箱之間布滿了掃帚留下的痕跡！除了英子，哪裡會有旁人做這等好事！

我們等到十點鐘左右，聽到周圍鄰居鏟雪的聲音，這才打開車庫門，準備與積雪奮戰一個上午！車道上的雪足有一呎深呢，我深深吸氣，將雪鏟推了出去，勉強清出一個站腳的地方。外子卻杵著雪鏟不動，站在那兒眉開眼笑。原來，竟然是援軍到了，英子正扛著雪鏟快步走來！

她呵呵笑著問了早安馬上開工，她手裡的雪鏟像一部開足馬力的小推土機似的，一下子就在車道中心開出一條路來。外子精神大振，身手矯健地跟在英子身邊揮動雪鏟，一邊開心地回頭建議，「妳不要在這兒礙事，回廚房給我們弄杯熱可可吧！」我可不那麼好打發，開口問英子，「妳家門前的雪已經收拾乾淨了嗎？」英子開心回答我，「井野先生一大早就把巷底圓環都清乾淨了。我也遠遠地瞧著這邊好幾趟了，等到您開車庫門，這才趕過來。要不是擔心鏟雪的聲音吵到您，您門前這點雪我早就幫您清乾淨了！」她嘰嘰喳喳說了一大堆。

哇！這神秘的井野先生居然現身了！這可是太陽打從西邊出來。我心下盤算，等一會兒，我可是要好好盤問英子一番，這打啞謎的時間可是不短了呢！

熱可可頂著綿軟的奶油，我問進門來的英子，「要不要肉桂？」英子紅撲撲的臉上滿是喜色，那麼深的酒窩都盛不下那許多的笑意。忙著點頭忙著道謝。

「這些日子，一定讓兩位擔心了。對不起！」不等我發問，英子先開口。

外子急忙丟個眼色給我，要我耐心聽不要打斷她。

「井野先生有一位女性朋友，兩人從小就認識。兩家的大人卻少有往來，井野先生的母親尤其不喜歡那位朋友。」英子的眼睛清澈見底，選擇著最能夠達意的句子來說明一個相當複雜的故事。

在這種情形裡，那位朋友先是遠遠地嫁到美國來，井野先生也在幾年後與英子結了婚。

「最近兩年，那位朋友老是遇到不幸，先是她的先生車禍去世，留下了兩個幼小的孩子。」英子眉頭皺了起來，神色間很難說是同情，大約可以說她只是在平靜地敘說某個不相干的人遇到了無可奈何的事情。

「就在幾個月前，她自己又患重病。病勢來得很急，她不但不能工作，也不能照顧兩個小孩子。」

到了這個時候，井野先生才告訴英子，他和那位朋友的友誼。於是，井野夫婦從便宜得多的瑪納薩斯搬到昂貴的維也納，就是為了方便井野先生可以就近照顧那母親和兩個孩子。

「那時候，我是有些擔心的，因為實在不知道要撐多久？井野先生又要上班又要照顧病人，非常辛苦，我只能幫忙煮些飯菜。但是，那時候真的不知道，這樣的日子要過多久啊！」

我馬上想到了那輛疾馳而去的豐田，想到了暗夜裡昏黃的那一盞孤燈。

「二十多天前，那女子去世了，井野先生又將兩個小孩子送到加拿大，送到那女子的姊姊家裡。井野先生這才有時間在家吃晚飯。他已經有半年沒有在自己家裡吃晚飯了呢。」英子笑了，非常舒坦地笑了，低下頭去喝可可，小心著不讓奶油蘸到鼻尖上。我遞給她一把小茶匙，不用言語，她馬上明白，用小匙攪動一番，奶油沉入可可，就可以放心地喝了。

「其實，井野先生和我都不十分喜歡牛肉，只是病人和她的孩子喜歡。昨天，我做了燉豬排，放了兩、三個馬鈴薯，一個大青椒，一罐番茄，用海鹽、胡椒調味，井野先生吃得好歡喜。他還是頭一次看到我們的這只慢鍋呢！前些日子，他對家裡的什麼東西都是視而不見啊！」英子開心地笑了。

那鍋菜，要是放了一茶匙的奧勒岡，才真的不但好吃而且好聞呢！我在心裡盤算著，要買那本《慵懶的日子，小煮一下》的食譜送給英子，作為告別的禮物。我覺得，當一個「應該要盡的責任」、「一件必須完成的事情」結束了之後，井野夫婦是一定會離開的。他們沒有理由要繼續住在昂貴的維也納小鎮。

迎春花尚未綻放，黃水仙剛剛露出頭。一個晴朗的午後，井野先生出現在我家門口，他身後站著低眉順眼的英子。他們是來告別的。

井野的英文流利，他含笑感謝我們「照顧英子」，雙手捧上一只錦盒。我們祝福他們搬遷順利，回贈一本包裝精美的大書。井野先生對我們的「有所準備」相當驚奇。外子拍拍他的肩膀，再次表示，「我們會想念你們。」

兩人站在甬道上深深鞠躬，我看著這一對漂漂亮亮的男女，想著這半年來他們經受的煎熬，不知是悲是喜。

他們走了，再無音訊。留下一對日本玩偶，「男的」一臉嚴肅，「女的」笑容滿面，與井野夫婦似乎並沒有關聯。

一家新鄰居住進了巷底的房子，兩夫妻帶著一個女兒和一條大狗。那是一對平凡的夫妻，過著平凡的日子。主婦對原來的房主讚美有加，「那地板啊，鏡子似的！被那日本女子擦得連木頭絲都看得一清二楚！不知道她哪兒來的時間……」

傍晚，那巷底的房子燈火通明，前門大開，小女孩和大狗先跳出來，後邊緊跟著當家男人，女人的聲音在房子深處什麼地方響著，「十五分鐘，晚餐就上桌了啊……」

英子現在也過著這種日子吧？我尋思著，挽著外子，散步回家。

送晚報的男孩子騎著自行車，把報紙丟到各家門前車道上。

人行道上，偶爾會看到報紙，外子會很勤快地彎腰拾起來，再甩出去，甩到人和狗都踩不到的地方。

收錄於《食慾共和國》（台北知識領航出版社‧二〇〇六年）

作者簡介：

陳九，一九八二年畢業於中國人民大學經濟系，一九八六年赴美，就讀於俄亥俄大學國際事務系，紐約石溪大學資訊管理系，獲碩士學位。主要著作包括，詩集《偶然》、《漂泊有時很美》；小說選《紐約有個田翠蓮》；散文集《車窗裡的哈迪遜河》、《域外隨筆》等。第十四屆《小說月報》百花獎和第四屆《長江文藝》文學獎得主。現居紐約。

紐約有個田翠蓮

陳九

田翠蓮姓王叫師師。不對，應該是王師師姓田名翠蓮。聽著有點兒亂，反正她倆是一個人，她就是她，她也就是她，住在紐約的第二唐人街法拉盛。

初見田翠蓮是因為一次大型義演，我是召集人之一。有個朋友對我說，他認識個東方歌舞團的女聲獨唱演員，嗓子不錯。我說行，叫來試試，好壞一聽就知道，如果真好肯定給她機會。沒想到話音剛落，這位仁兄衝著房門一聲大喊：田翠蓮，進來，九兄讓妳進來呢。我一楞，誰啊我就讓進來，連襪子我還沒穿呢，你你你讓她等等。最後這個等字尚未說利索，一個三十來歲的女人，高䠷個兒長方臉，豐乳肥臀地呈現在我面前。

九哥吧？她問。看來男人稱兄女人叫哥。

啊。我糊裡糊塗地答應。

我唱一段〈在那桃花盛開的地方〉咋樣？

好啊，別介，那是男聲獨唱。

是，我就愛唱男的歌兒。

說完她舉起嗓子就唱，「在那桃花盛開的地方，有我可愛的家鄉」，底氣十足聲音脆亮。家鄉的家字有個拖腔，其實妳悠著唱就行，跟著調兒往上走，可她卻來個點擊式，把一個家字分成好幾段兒，一聽就是唱梆子的出身。您這是，東方歌舞團的？她笑笑臉紅起來。最後一落實，果然是唱河北梆子出身。可話說回來，她點擊式雖用得不是地方，但梆子唱得確實不錯，高得上去低得下來，這是唱梆子的難度所在，這路戲就是靠音調上的大反差宣洩情感。我說妳看妳，何必搬什麼東方歌舞團，紐約這地方唱歌兒的多得是，可唱河北梆子的妳恐怕獨一份兒，乾脆就來老本行，妳唱段兒《寶蓮燈》，裴豔玲的絕活兒怎樣？

就這幾句話，差點兒把田翠蓮眼淚說下來。她說九哥你真行，還以為紐約洋地方沒人稀罕這土了巴嘰的玩藝兒，你咋知道《寶蓮燈》，你咋知道裴大師？這我算遇到知音了！我連忙說妳別介，我也是皮毛。小時候家裡老爺子愛聽河北梆子，帶著我到北京天橋兒，天津下瓦房，專竄小戲院子，那時候妳那個裴大師也在小戲院子唱。我就知道這麼丁點兒，千萬別捧我。那行，九哥喜歡我現在就給九哥唱一段兒。她剛要張口被我果斷叫停，梆子戲唱起來會聽的還行，不會聽的特別是隔壁鄰居大老美，真以為這邊兒鬧家庭暴力，非把員警叫來不可。田翠蓮這才作罷。

那天演出田翠蓮的《寶蓮燈》並未大紅。其實我也想到了，紐約華人還是南方人居多，他們更喜好杏花春雨的越調，不大適應梆子戲那種沙塵暴般的粗獷風格。田翠蓮下台時顯得有些落寞，鬱鬱寡歡站在後台無語。我安慰她說，妳這就不錯了，好怎樣壞又怎樣，不當飯吃，別太認真了。她看著我，楞楞地，突然冒出一句，那我可咋活呀？我漫不經心地答道，打工唄，大家不都這麼過來的。可我，可我欠那麼多錢……，說著田翠蓮把頭埋進懷裡，半天沒抬起來。

台上有戲，我是舞台監督沒法聽她嘮叨。我忙活時她在一邊靜等，我告一段落她就接著剛才的往下說，一點兒不亂，就這麼斷斷續續點擊式梆子式地，總算把她的故事聽個大概齊。鬧了半天田翠蓮只是個縣城的梆子劇團演員，她工武生，老公唱旦，兩人有個七歲的兒子。前些年鬧承包，劇團不景氣，城裡沒人聽就下鄉，有時僅夠混個吃喝。那年老公摔斷了腿，明明工傷，團裡非說自己弄的，一分醫療費不給報，老公連氣帶病一臥不起。幾個月前有個遠房親戚對她說，只要出二十萬，把妳弄美國去，到美國還愁沒錢掙？人家一塊是咱的八塊，幹一年頂八年，幹八年頂一輩子，多合算。田翠蓮想想是這個理，拚他八年，把兒子上大學和養老的錢都攢出來。她東拼西湊磕頭作揖，總算湊足二十萬，接著就一猛子扎到紐約。

有本事，能借這麼多錢。我感歎一句。

我，我把兒子押給人家了。

什麼，兒子也能押？還不上怎麼辦？

死我也得還上。九哥，你看幹按摩來錢不？

那得有執照，不容易。我覺得她說的是醫療那種執照？這也得起執照？

打那兒以後，就沒了田翠蓮的音訊。紐約這地方的華人活得都不易，睜開眼就奔吃奔喝，有工給人上工去，沒工給人找工去。海外華人看上去什麼都不缺，喝酒吃肉有房有車，但有一點他們沒有，永遠沒有，就是片刻悠閒，真正從骨子裡透出的悠閒。他們甚至連休息度假時，潛意識都在思考著生意或工作。無論貧富，命運狀態基本差不多，都不敢多事，遇到麻煩同樣一籌莫展。人的社會地位不光看財富多寡，也看遇到危機時的命運。交朋友也是這樣，來美時間越長朋友越少，平時各忙各的，遇到了打個招呼，遇不到先放一邊兒。田翠蓮就被我放到一邊兒，其實乾脆淡忘了。像她這種新移民多了，咱又幫不上人家，想也白想。

那天下班到家，一進門電話正響著等我。緊跑幾步拿起來，竟是田翠蓮。她說九哥我能過來嗎？我琢磨著，妳個孤身女人又豐乳肥臀，我當然是歡迎了，可老婆馬上就回來，她是否歡迎還真吃不準。特別是老婆大人最近不知來哪門子神，在單位跟一幫小丫頭練女子防身術。那天比劃著給我看，讓我做她的道具，說你來摸我。我說怎麼摸呀？就像調戲婦女那種，你沒調戲過婦女呀？廢話，我怎麼會調戲過婦女？假裝地假裝地，快點兒。我剛出手，尚未到達指定部位，只覺一陣飛沙走石，稀裡糊塗被她壓在地上。想到此，算了吧，妳田翠蓮還是別來了。俺們紐約華人玩兒不起浪漫，房子一棟棟買孩子一個個生，鬧起離婚可就虧大發了。

田翠蓮覺出我的躊躇，改口說算了吧，她就想最後再唱一次河北梆子，希望旁邊有個懂行的。我說幹嘛最後唱，哪天找個地方九哥專門聽妳唱。她說晚了，這次唱完就不唱了，不僅不唱，恨不得連名字都想改，過去那個田翠蓮不存在了。我聽著怎麼像赴刑場的架式，殺了我一個，自有後來人。就問，妳不叫田翠蓮叫什麼，宋朝汴梁城裡有個快嘴李翠蓮，刀子嘴豆腐心，是千古傳唱的烈女子，這名字不挺好的。她沉默片刻說，九哥，我就在電話裡給你唱一段兒吧，你聽著。

多蒙大人恩量海
終身孝子古之常
梁千歲設圍場
大膽賊人起不良
……
辭別大人把馬上

我說這好像是裴豔玲的《連環套》，我們老爺子活著的時候一喝高就是這段兒。田翠蓮咯咯笑出聲，說她這個電話沒白打，河北梆子沒白唱，還說遇到九哥是運氣，告別九哥是良心……，我連忙打斷她，打住打住，妳今天話怎麼這麼多，哪兒還都不挨哪兒，神神叨叨的，沒出什麼事兒吧？她說好著呢，九哥別擔心，她要大幹快上，提前完成四個現代化的宏偉目標，從此不做田翠蓮了。那妳做誰？我問。話筒那邊靜了一下，接著嘟地一聲，掛了。嘿，妳個小娘子，來如風去如影唱的是哪一齣？早幹什麼去了妳，熱乎勁兒快過了又想起我，還來段兒河北梆子搞得纏纏綿綿，好戲都讓妳耽誤了。我心裡突然感到空空的，不知是擔憂還是遺憾。

田翠蓮就此結束了，你想啊，連名字都改了，又不樂意告訴咱，肯定是不來往了。可生活有時很怪，會繞著彎兒跟你兜圈子。我有個老同學的兒子來紐約讀書。他爸託我幫他租房子，越洋電話裡特意囑咐，得乾淨啊，別太貴了。廢話，不要錢最好，誰讓你住啊。我最煩這種事，找好了是應該的，老同學嘛，找不好就落埋怨。都什麼年頭了，天下都快大亂了，哪兒去找又娶媳婦又過年的好事。

說來也巧，那天來個朋友。聊起租房之事，他說剛看個房，就在法拉盛，離地鐵兩分鐘又便宜又安靜，只是較小不適合他們倆口子，問我要不要？我說要，馬上帶我去。我倆風風火火找到地方上前敲門，「王小姐，王小姐」，這位朋友一個勁兒叫，邊叫邊對我解釋，房東姓王，叫王師師，人挺和氣。說話間門打開，一個女人，高䠷個兒長方臉，豐乳肥臀地呈現在我面前。我一驚，田，這個田字未出口，我朋友先行一步對她說，王小姐，我哥們兒要租您的房，人家押金都帶來了。王小姐看著我，你要租啊？我一聽聲調更確定她是田翠蓮，唱戲人說話都帶著舞台腔，吐字清晰像洗過一樣。是，我馬上點頭說是給我侄子租，他來紐約讀書。王小姐面無表情，毫無認識我的意思，晚了，租出去了！不是，我朋友一聽急了，五分鐘前我剛來過怎麼就？五分鐘，王小姐用鼻音擤了一下，一分鐘都能租出去，五分鐘老娘我五間房都租好了。說著她轉身昂首，砰地一聲撞上大門。

你，你你，我朋友都傻了，他一急就結巴，你他媽有什麼了不起啊！好容易才把話說全。聽他的意思，王小姐剛才還好好的，很溫和，怎麼才五分鐘就老娘老娘的，聽著像開妓院的母夜叉。你看，這位朋友忿忿不平地說，她叫王師師，宋朝汴梁有個妓女叫李師師，同名嘛。我聽罷一笑，又是宋朝又是汴梁，怎麼風花雪月都離不開宋朝。上次李翠蓮這次李師師，還是本家，但願李師師也是李翠蓮變的。我連忙勸我朋友，算了算了，李師師也不全是妓女，人家侍候皇上十七載，皇上說她「幽姿逸韻在色容之外耳」，實際上是情人。不租就不租，沒準兒這房子也是給皇上預備的。你消消氣，對面「東王朝」的燒臘一級棒，咱倆弄一杯？

話雖如此，我心裡著實很受傷害。本來說租突然變卦，明明田翠蓮非說王師師，莫非是專衝我九哥來的？好妳個田翠蓮，九哥可沒虧待過妳，沒大恩也有小惠吧。當初不是我一句話，妳能在美利堅合眾國的地面上喊河北梆子？還認我做知己，若不是老婆會幾手防身術，弄不好咱倆早上床了，怎麼變成王師師就翻臉不認人，心變得也太快了吧？王師師，沒錯，這名兒起得要多曖昧有多曖昧。秀蘭兒大鳳，翠花兒也行，什麼不比師師強，有點兒水準懂點兒歷史的能起這名兒嗎？等等兒，好像不對，這娘們兒不是欠了一屁股債，怎麼搖身一變當起房東？傍大款了，嫁給姓王的了？妳嫁人跟我甩什麼臉子，我又沒攔妳。

算了，好男不跟女鬥，出國的人本來就瞬息萬變，我見得多了。當年朦朧詩創始人之一山川，來美探他老婆。她老婆在機場遞給他五百美金，說，對不起山川同志，你好生照顧自己。說完轉身挽著個男人就走。才分別一年，用山川自己的話說，虧他飛機上光睡覺沒吃沒喝，要不真就尿一褲子。還有一小子，跟我在紐約同所大學讀研究生，本來見面打招呼，後來他找了個美國女友就不和中國同學來往了。不來往就不來往，可有一次在電梯裡遇到他，我習慣地用中文問，電梯是上是下？他裝著不認識我，擺擺手用中國腔英語說，「我不會講中文」。你知道當時我想幹什麼？抽他大嘴巴，碰上誰都想這麼幹。到美國的人全想洗心革面重活一把，總聽人家說如果能重活一次還會怎樣怎樣，千萬別信，都重活這世界非亂套不可。不能實現的夢是美好，能夠實現的夢就是瘋狂了，什麼都可拋棄，也什麼都敢索求。

這天晚飯後我又如常看電視報導。我喜歡看紐約一台，講本地的事兒多於世界的事兒。世界的事兒聯合國秘書長安南都管不了，你不讓打伊拉克人家非打，你說伊朗不該有原子彈人家偏造。全世界都在幹安南不讓幹的事兒，也就是安南，換了杜十娘早投河了，換了崇禎皇帝早上吊了，活什麼勁啊。這時，一則消息躍入眼簾：員警今天搗毀了一家位於法拉盛的地下妓院，並逮捕了老闆王師師。誰，誰？這名字怎麼這麼耳熟，快趕上安南了。由於是英語，老美念王師師幾個字不分四聲，讓我不好判斷，可當螢幕上出現王師師被抓的畫面時，我一下認出她就是田翠蓮，背後的建築正是當年我要租屋的那棟房子，她高䠷個兒長方臉，豐乳肥臀地呈現在我面前。我一把捂住嘴不讓自己叫出聲，脈搏瘋狂地跳蕩。妳，妳……，我一下想起當時租屋的情景和田翠蓮說老娘老娘的神態，難道她是怕？望著螢幕上田翠蓮平靜的面孔，我恨不能跳進去拉起她就跑。我要是李小龍多好，神探邦德也行，只要能幫她躲過這一劫，我實在無法接受田翠蓮被押進警車的鏡頭。

時光荏苒，像雨像霧又像風。

若干年後的一天，我跟朋友去法拉盛吃飯，我們輪流做莊這次是我。早聽說「雁鳴春」的西湖醋魚不錯，大家慕名而來。落座後有個朋友去洗手間，回來時面帶訕笑地說，你猜怎麼著，我聽見隔壁有人哼哼河北梆子，紐約這地方咋什麼鳥都有？大家權當一笑繼續吃喝。突然，旁邊桌上傳來高聲調侃，回頭看才發現是一群頗為豔麗的女性。有人悄聲說，九兄，知道她們是幹啥的？不會是，我猶疑著。沒錯，全是雞，中間年長者就是法拉盛著名的老鴇王師師，此人背景很深，幾進幾出不在話下。我一震，連忙回頭再看，只見那個女人也正盯著我。田，我終於認出她正是闊別已久的田翠蓮。她變了，長臉變寬了，原來的豐乳漸與全身贅肉混成一片，臉上塗著厚厚的脂粉，眉毛描得又彎又細。我呆呆望著她，直到她扭過頭去。

這還有什麼心情吃飯。我不時用餘光瞥向田翠蓮，可她再沒注視我。快吃完時，我把信用卡遞給侍者結帳，他卻說只收現金不收信用卡。媽的，有這種事，讓我到哪兒找這麼多現金，附近又沒銀行！侍者只顧一遍遍道歉說不好意思，堅持把信用卡還給我。真現眼，好容易輪到我九兄請客卻掏不出錢，人家怎麼想你？我臉一陣紅一陣白，不知如何是好。這時前台經理走來，他一身黑衫笑容可掬地對我說，您這桌的錢已經付了，連小費都付了。什麼，誰付的？朋友們詫異地叫起來。黑衫經理神秘一笑，付就付了，管他誰付的，我總不能收兩份兒吧。

透過大玻璃窗，我發現田翠蓮一行剛出大門正欲遠去，緊追幾步趕了出來。田翠蓮，翠蓮兒！情急之下我怎麼連「翠蓮兒」都喊出來，殊不知帶不帶這個兒化音意思是完全不同的。有個年輕女子問田翠蓮，「乾媽，這小子喊誰呢？」田翠蓮回過頭看也不看我，對身邊女子們一聲吆喝，來生意了姑娘們，還不快給朕拿下！話音未落，幾個女孩兒轉身走向我，先生啊，咱們好像在哪兒見過吧，你不認識我了？我嚇得抱頭鼠竄，只聽背後輕浪的笑聲一陣接一陣。漸漸地，那笑聲變成歌聲，是女聲小合唱，唱什麼聽不清，因為她們的口音有南有北，好像是，

多蒙大人恩量海
終身孝子古之常
梁千歲設圍場
大膽賊人起不良

……

辭別大人把馬上

但願此去早還鄉

這不是河北梆子嗎！媽的，田翠蓮怎麼把這當成她們的隊歌兒了。

作者簡介：

陳漱意，紐約市立大學藝術系學士，六〇年代赴美。著有長篇小說《無法超越的浪漫》、《上帝是我們的主宰》、《蝴蝶自由飛》等。陳漱意懷念她出生地台南縣，和生活過的屏東市、台北西門町。目前家住紐約市哈德遜河邊多霧的小鎮，這些地方供給她寫作的養分。

哥兒們

陳漱意

他的書桌上除了電腦，更醒目的是，倉子穿橘紅色泳裝的放大照，裝在一個8×10的鏡框裡。照片旁邊附一封信，用不太通順的英文寫著：「親愛的艾倫，這張照片是在尼斯的海灘拍的，就是我們相遇那天……那個下午，直到那個晚上，我永遠不會忘掉那天。那天，我們其實有機會發生性關係，在天黑之後，我們在餐廳喝過酒，你送我回旅館，我以為我們一定會做那件事。知道嗎？我在等待。我也暗示你。可是，你沒有讓那件事發生。我雖然遺憾，卻感到，你因為那般自制和自重，而更像一個男人。愛你的倉子。」

他看過信的第二天，立刻出去買來相框，把照片和信框起來，做為他的獎狀。是他發給他自己的獎狀。想起來真是得意，尤其再看一眼倉子豐滿健美的身材，他的心胸立刻整個被驕傲占滿了。

那已經是六年前了，他大學一年級那年的暑假，他和幾個哥兒們揹著背包，到歐洲玩了一圈，尼斯是他們的最後一站。在海灘遇見倉子的第二天，他們就回紐約了。倉子跟她一位女伴，在一個星期後才回東京。他們分手的晚上，在海灘，和後來從海灘走到餐館，再從餐館送倉子回旅館的一路上，倉子的身體摩擦著他的身體，那樣火熱滾燙的愛和慾望，交織著多半沒有明天的淒涼，是那麼難捨難分。他不知費了多大的力氣，才能克制自己，把已經酥軟的兩個身體分開。

後來他知道，其他三個哥兒們，跟他們在海灘遇到的荷蘭女孩，各有一夜情，只有他是異數。他心裡難免想到，他那幾個哥兒們跟荷蘭女孩都是白人，他和倉子是亞洲人，這其中是否意味一點什麼？他沒有認真尋找答案，也無法回答哥兒們拋過來的為什麼。為什麼？他不是沒有遺憾，其實，那個深夜，告別倉子之後，一個人又回海灘走了許久，內心之惆悵，使他差點以為，他已經愛上倉子。那時候，他還沒有戀愛過，而且，還是處男，是純潔的，他相信倉子也是。

現在回頭看那件事，看那一天那一夜，已經毫無意義。他現在是個帶點滄桑的成熟的男人，有過幾段不深的戀情，都是萍水相逢的兩個人，回公寓睡一覺之後，兩不相欠的分手。

畢業三年了，他換了四個工作，換來換去，就在幾家電影公司裡。所謂電影公司，指購買世界各地的影片，再販賣給美國各個電視台，跟他所學的政治學沒有什麼干係。他至今不知道要做什麼才好。他的幾個哥兒們，義大利後裔的傑克，繼承他父親進出口歐洲的食品生意；猶太和荷蘭後裔的艾迪，醫學院畢業後，將來也要進入他父親的牙科診所；西班牙和愛爾蘭後裔的吉比斯，在大旅館裡當經理；族裔複雜的菲利浦，他父親早年亡故，母子二人靠社會救濟金度日，大學四年一直當酒保工讀，貪圖酒保賺錢容易，畢業後繼續做酒保。菲利浦本來就胖，越來越胖，他父母都是大胖子，他母親尤其胖得幾乎無法站立。初二那年，班上最大個子的丹尼老是欺負菲利浦，極盡嘲笑之能事，連菲利浦的母親，都被拿來當笑柄。

「菲利浦的胖媽喲……牙齒黃得像牛油喲……」

菲利浦漲紅的胖臉上扭曲著，汗涔涔流下，艾倫看得心中不忍，他是班上唯一的中國孩子，個子細長，卻第一個跳出來揪住丹尼的領口，傑克和艾迪見狀也一擁而上，三個人聯手跟丹尼，和陸續加入的丹尼一夥混戰，教室裡被他們打鬧得雞飛狗跳，阿汗就在那時候給他們助陣。紅臉銀髮的訓導長來後，把他們一起痛罵，再罰站一個小時。但，那次之後，他們的五人小組多了阿汗，變成六人。不久前，菲利浦除外的五個人，先湊足五千元，準備給菲利浦去找整形醫師，削除他身上的肥油。卻被菲利浦一口拒絕了。

菲利浦其實因為超級的肥胖，出過一次大笑話，兩年前，他剛找到一份待遇更好的酒保工作，上班第一天，卻因為上廁所的時候，坐垮掉一個馬桶，水瀉滿地，嚇得他一聲也不敢吭，趕緊溜回家打電話辭職了。這件糗事，菲利浦只告訴艾倫一個人，千叮萬囑不許洩漏。艾倫早已笑翻了，實在熬不過，偷偷的告訴傑克，並且叮囑千萬保密；傑克一聽，照樣笑得人仰馬翻，立刻又偷偷的告訴艾迪……如此一路下去，他們一夥人全都偷偷摸摸的知道了。

終於有一天拆穿，全體捧腹哄笑成一團。但也因此決定，一定要幫助菲利浦徹底解決肥胖的問題。

那段無憂無慮的日子，是他們生命中的清風明月，儘管距離並不遙遠，然而過去也就過去，永無回頭之日了。畢業日久，艾倫漸漸感到心事深沉，因為他父親開始提醒他，「你做的到底是什麼工作？你這種工作也需要大學畢業嗎？你知不知道像你現在這種生活態度，就叫沒出息！你現在改過還來得及，再拖兩年你改不過來，那就真正的墮落，將來你的每一天，都要為了付房租，為了餐桌上的食物，需要很辛苦的掙扎。」

「爹，你在說什麼？說我賺不到錢？說我找不到像樣的工作？」他眼裡噴火地瞪視他父親，「你也不過是要我進法學院，將來跟你一樣當律師，沒說錯吧？可是，我再告訴你一次，我不是當律師的料，行吧？」而他父親總是成竹在胸，一到關鍵時，立刻身形一矮地好言好語起來，「兒子啊，你最平坦的路，還是趕緊準備進法學院，將來當律師。」

「你不用替我操心，我不需要你幫忙。」艾倫說完轉身走了。這是上次見他父親，一個月前吧。他知道他不是一個好兒子，其實，他連作夢都夢到他自己，喊破喉嚨地喊著，要做一個好兒子。但那不是憑空可以做到的。他即使不能小有成就，至少要理直氣壯地穩定下來，如此，他的父母便無法再苛求什麼。他也可以從自己給自己的壓力中釋放出來。是的，他其實也給自己很多壓力。有一次，面對他母親憂傷的眼睛，他說，「媽，等我知道要做什麼的時候，我同時會做一個比較好的兒子。」

他真不願意想這些事，還好畢業後，他和他的哥兒們總是變著法子，不斷製造歡聚的機會，那多半在酒吧間，一年六個生日，加上各種節慶，再加不時冒出一些女孩子們的邀約，使他們的週末忙碌不堪，麻醉不堪。他們偶而也像中學時代一樣，回到山林間或海濱，毫無目的地奔跑，或閒躺。那也許是在鱈魚岬；也許在紐約上州深山裡的溪流邊，無論在什麼地方哪一個角落，他們所談的，無非是泡妞，或者「最好玩的那次……」

每年的除夕，在時代廣場等大燈球降落，除舊迎新。在等待的四五個鐘頭裡，他們喝足啤酒，把膀胱喝得快爆炸了，廣場裡面水泄不通，根本擠不出去。後來，「是誰想出來的救命點子……艾迪嗎？不對，是你！」傑克指向艾倫，「是艾倫想出來的！」他們幾個人面朝外的圍成一圈，圈內站一個人撒尿，一個接一個的輪流，這一招解救了大家的膀胱。頭幾年這樣過除夕夜，使他們興奮不已，進入大學四分五散之後，他們還是趕在一起迎新年，卻轉移到時代廣場的邊緣上，威士忌代替了啤酒，室內的餐館酒吧，也代替了室外擁擠嘈雜的廣場，過年變成一種麻木的儀式，不再歡欣雀躍地等待了。

「對了，好像是二〇〇〇年那年的除夕，在五十街附近的酒吧，菲利浦又坐垮掉一個馬桶，真慘，一群人排隊等著上廁所，他卻把馬桶坐垮了。」吉比斯說，「這是前幾天在電話裡，菲利浦不小心說漏嘴，告訴我的。」

「唉，真的嗎？」艾迪難以置信的問，「所以菲利浦總共坐垮掉兩個馬桶，不光是一個。」

幾個人一起沉默下來，很奇怪，這件笑話不再好笑了。他們已經很久沒有看過菲利浦，他去拉斯維加斯當酒保了。阿汗這時插嘴，「也許明年，我把工作辭掉，我不想在任何機關行號上班了，我想開餐館。到時候要把菲利浦找回來。」

阿汗是一流機械工程師，自幼喪父，他母親一手帶大他和一個姊姊，他母親是水利工程師。阿汗一向勤奮好學，是他們之中程度最好的，但他是埃及人。世貿中心被阿拉伯人炸毀之後，最近常聽他說辭職不幹的話。必定是在辦公室裡感受到壓力，知道沒有前途，他曾提起經他訓練過的一個工程師，竟搖身一變成了他的頂頭上司，這使他感到屈辱難耐。他說這些話的口氣雖然很淡，除了性情使然，多少也考慮到傑克、艾迪等人的白人身分，雖然哥兒們之間，從來都拿膚色和族裔，肆無忌憚的開玩笑。

「阿汗，無論你做什麼我都支持，我要做你的合夥人，你們還有誰要參加？」傑克率先問。

艾迪第一個搖頭，「我沒有錢。」那是可以瞭解的，他正在他父親的診所工作，他父母早已離婚，又各自嫁娶，他們沒有錢給他。

吉比斯也垂頭喪氣的搖搖頭，他父親是小學教員，母親酗酒，每天都是醉的。他在豪華旅館當經理，並沒有任何積蓄，只造福了幾個哥兒們，每次出門旅遊，吉比斯總能在豪華旅館裡，給他們弄到超便宜的客房。現在只剩下艾倫了，艾倫在他們的注視下，低頭想了一會才開口，「為什麼是餐館？我們沒有一個人懂餐館生意。」

阿汗苦笑，「餐館比較容易做到，我們需要一年的時間準備籌錢，找地點，寫企劃書。」

艾倫不禁羨慕的說，「看阿汗辦事多牢靠！我們這個團體真幸運，有阿汗在裡面。企劃書準備好，我就去找我父親，我相信他會支持我做生意，他不喜歡我現在的工作。」

他們五個人一起擊掌，預祝成功。艾倫很久沒有回家了，他這個週末正好藉此回長島家裡。晚飯桌上，他父親為了歡迎他回家，照例開一瓶紅酒，艾倫等酒過三巡這才開口，「爹，我想開餐館。」

他父親微微一愣，平視著他沒有反應，倒是跟他對面而坐的母親搶先發話，「怎麼想到開餐館？……是酒吧嗎？你們這些年輕人！」說著一副心知肚明似的笑起來，他不確定他母親為什麼笑，只是禮貌的陪著笑。他父親終於說，「可以呀，開餐館，但是怎麼開呢？廚師在哪裡？」

「菲利浦是酒保，他會帶一個廚師一起過來。」艾倫小心的應對著，「這是阿汗提議的，他不想當工程師了，我也不想上我的班，傑克的父親會給錢投資我們。」

「跟你這幾個朋友合作，嗯，不錯，傑克、阿汗我很喜歡，你的每一個朋友我都喜歡。」他父親轉向他母親說，「艾倫很會交朋友，這很難得，而且他的幾個朋友都很好。」

他父親說著邀艾倫乾杯，「傑克跟阿汗出多少錢你就出多少，如果需要你出更多也可以。」他父親說著，又因為專業而敏感的補上一句，「不過，股份都是均等的，他們不會讓你多出。」

「謝謝，爹。」艾倫大喜過望，起身湊近他母親腮邊，在上面重重的親了一下。他走出餐廳的時候，忽聽他父親用中文跟他母親說，「一定要給他打打氣，沒辦法，唉，兒子是自己的。他平常有一點高興的樣子都是裝出來的，他在他朋友面前也在裝。我非常受不了看他那個樣子。」

他不由得錯愕，胃裡面忽然一下抽痛，使他差點嘔吐出來。他回他自己房間，推開門，微微一股悶味迎面撲來，至少一個月沒有人進來過了，房間裡收拾得整潔有序，這沒什麼，只需幾分鐘，他就可以把整個房間完全搗亂。他仰面朝天地往床上一躺，心裡面想著，他自己都不清楚他是否快樂，他父親憑什麼知道？他氣極地兩手往床上猛捶，卻一點不著力，於是一躍而起對牆揮去一拳，一陣巨痛，他齜牙咧嘴的捂住手，還是痛得彎腰，甚至脆弱的哆嗦起來。心頭的怒氣，卻在巨痛裡不知不覺消失。

人真是動物啊，動物最禁不住毒打。他又一次省悟，怪不得自古就有嚴刑拷打的手段。對人最殘酷的還是人，因為人最瞭解人的動物性……他坐在床沿，不知胡思亂想些什麼？手機這時響起，他望住手機呆了一下，繼續思忖著，還是忘掉他父親那些話吧！忘掉吧！他接過手機。

是傑克打來的電話，問艾倫什麼時候回曼哈頓？接著，傑克迫不及待的問：「你爹怎麼說？」艾倫對著話筒咕噥一句，「搞定了。」傑克說，「我父親也搞定了。」

傑克正在熱戀，最近沒有跟他預約，就見不到面。他跟他女朋友合夥，剛在布魯克林的高級區Park Slope一帶，買了一間公寓。阿汗卻失戀，不知是他的日本女友家裡反對，或是阿汗的寡母，希望阿汗娶他們自己人，或是單純的兩人個性不合。總之他們拆夥了，是女方提出來的。阿汗今天晚上也回家跟他母親吃晚飯，艾倫已經在電話裡跟他報告，有錢投資餐館的喜訊，並且打電話去拉斯維加斯找菲利浦。菲利浦很喜歡他目前的環境，不過既然哥兒們召喚，他到時候一定回紐約，而且保證帶一個好廚子一起回來。

艾倫放下手機又倒回床上，這件讓他們一提起來，就興奮莫名的大事，不知怎麼，剩下他孤獨一人的時候，並沒有什麼感覺。莫非還是他父親造成的？或者只是，他現在還手痛得興奮不起來？

他本來要在長島家裡睡一晚，第二天星期日中午才回曼哈頓。但阿汗不久又打電話來說，阿汗的姊姊莉汀，要順路送他們回曼哈頓。他立刻去跟他父母告別。他母親照例囉哩囉嗦的百般挽留，「你要知道，跟你父母親在一起的時間，只會越來越少，不會越來越多，你真的一點也不珍惜？」他知道他母親試圖動之以情，但見他母親說著說著，發現是白說之後，狠狠瞪他一眼，立刻住口。「對不起，媽。」他愧疚的口吻。

車子在長島公路上飛馳，近十月的夜晚，天已經轉涼，路上車子並不多，有幾段路特別暗，從車燈恍惚的照明裡，隱約看到兩邊樹林的影子，他老覺得他逝去的親人，會從黑暗的樹林裡走出來，雖然他們遠在台灣，他對他們也沒有什麼印象。也許因為二十年前，一個深秋的夜晚，也在兩邊樹影幢幢的公路上，他在車裡聽他父母談他叔父病逝的噩耗，後來每次在黑夜裡的公路上急駛，那種死亡的荒涼的感覺，就會從心底湧現。

莉汀在方向盤後面，一邊開快車，一邊打聽他們幾個哥兒們的近況，「傑克跟他女朋友合買的公寓，花費多少錢？什麼？六十萬？要這麼多錢？」莉汀只大他們兩歲，從前常常玩在一起，她一直是頂尖的模範生，為人也親切隨和，但她長得不像阿汗，阿汗高大岸偉，十分帥氣，莉汀卻渾身上下，連五官都粗粗壯壯的，而且還胖。有人勸她開刀整形，她卻說，她的體態遺傳自她的母親，這就是她天生的模樣，如果愛她，只能是愛她天生的模樣。莉汀這段話，當時在學校裡廣為流傳，人人欽佩。莉汀現在是內科醫生，艾倫印象中，她總在醫院裡上夜班，難得有空。「艾倫，你好安靜，怎麼一句話也不說？」莉汀從後視鏡裡看一眼後座的艾倫，問道。

「我在聽你們說話。」艾倫微笑。

莉汀又從鏡裡看他一眼，車裡黑，艾倫只好挺身伏到前座，莉汀於是側轉頭盯他一眼，同時抿嘴一笑，那樣近距離一笑的樣子，使艾倫心中微微一震。他慢慢靠回椅上，阿汗坐在駕駛座旁邊，兩眼直視車燈前面的公路。艾倫在黑暗中鎮定下來，其實，已經是小時候的事，那時候他們幾家都住得很近，常常互相串門子。阿汗一家三口，住在三個小臥室的公寓裡，只有一間浴廁，而且，從客廳的沙發望過去，側對著浴室的門。艾倫原來沒有注意這些，是那天之後。寒假裡的一天，他在阿汗家看電視，阿汗靠窗而坐，艾倫自己坐在長沙發的另一頭，浴室的門忽然張開，莉汀失去重心的身體撲了來，她赤裸裸的一絲不掛，碩大的乳房顫動著，身上所有的肥肉都一起顫動著，她驚慌的一把拉上門，但是那一剎，艾倫看到莉汀跟他四目相對，他內心難受，因，他知道莉汀一定羞死了。

阿汗一心一意看電視，阿汗的角度只看得到電視，運氣真好。後來莉汀穿好衣服出來，在艾倫身邊坐下，莉汀身上有淡淡的香皂的氣味，扭頭跟艾倫抿嘴一笑，就像剛才那樣。那年，他十二歲，莉汀十四歲。第二年暑假，莉汀回埃及探親，給他帶回來一頂沙漠裡傳統的呢帽，和一隻布縫的駱駝，至今仍擺放在他的臥室裡。這件插曲，艾倫沒有告訴任何人，倒變成他跟莉汀間的私密，好像兩人間有點什麼默契似的，不過這幾年，那種默契已經淡了。

莉汀把他送到公寓大樓門口，阿汗邀他去酒吧待一會，「明天吧，我有點累。」艾倫扶住他紅腫的手背，低聲告別。「艾倫，吻別怎麼樣？我們有三年不見了吧？下次見面，不知道又是什麼時候？」莉汀按下車窗，艾倫略為羞澀的過去吻她，聽到阿汗在旁邊驚訝的問，「你們那麼久沒見面了嗎？」

「是呀，從你們畢業那年到現在。」莉汀喟嘆著說，「時間過得好快。」

「今年除夕，妳不需要值班了吧？」艾倫好心地問。

「當然不需要，我已經是正式醫生。」莉汀驕傲的說。

艾倫微笑，順口邀約，「到時妳來參加我們的聚餐。」

「一定。」莉汀爽快的答應。

艾倫在路邊目送他們車子離開，轉身走向公寓大樓。這一帶在蘇活區邊緣，也有好幾家有名的餐館和酒吧，他住的這一棟樓不大，總共七層，每一層四間公寓，前後各兩間，他住在最頂樓靠右的一間。站在大門前望上去，只見每家窗前一座逃生用的防火梯，排列成兩行，垂直而下。兩行當中相隔約六呎吧，他老看不順眼這些防火梯，但這是規定，就像開車，規定要綁安全帶一樣，肯定使開車的瀟灑大大減分。

他開門進入大樓，裡面沒有電梯，他每天出入要上下七層樓，每一次上樓梯都是提一口氣飛奔，他一直以為這樣最省力，但是兩年前，他去泰國旅遊，有一天在山路上遇見一個老和尚，老和尚告訴他，爬山要提一口氣爬三四步，停下呼出一口氣，再爬。這樣慢慢換氣慢慢爬，才能爬得高且持久。兩年來，他就按照這個方式上樓梯，腳步放快的時候，他覺得自己換氣的功夫特別好，慢慢爬的時候，又覺得有禪的境界。爬樓梯因此成為一件美事。

他臉不紅氣不喘地到七樓，進入公寓，直接到書桌前按了按電腦，一邊脫下錶，又從口袋裡掏出沉墜的皮夾，一邊漫不經心的溜一眼倉子的比基尼泳裝照，那上面蓋一層灰，跟屋裡其他東西一樣。他一年打掃兩次，夏天一次，冬天一次。有時候女孩子來他這裡過夜，要順手幫他清掃一下，他一定攔著。他不願意看她們做這些事，那會太像一個家，他沒有想過跟她們任何一個成家。

他還是無法不想到他父親，他最不能苟同他父親的是，他父親還當他是中學生，可以隨時改換跑道，只有他知道自己要改變什麼已經嫌晚了。其實，他既然從來不知道要做什麼，也就沒有什麼好改變的。他去打開電視，又到電腦前回了幾封短訊，再到電視前看球賽。他忽然注意到他這些小動作，顯得既懶散且沒有秩序，然而，都按照他自己的意志，很堅定地在進行。因為這時候，要他做其他任何事，他都是不幹的。下一次，一定要把這種小動作隱含的意義告訴他父親。他兩眼對著電視機，努力的想。

第二天傍晚，艾倫在沙發上看書，正看得昏昏欲睡的時候，吉比斯和阿汗來找他，他在光膀子上套件汗衫，就跟他們一起下樓。

吉比斯在樓梯間說，下一家脫口秀的酒吧，歡迎有表演慾的人上台表演，不需要經驗，「聽說一些脫口秀演員，都從這種酒吧起家。」

「真的不需要經驗？」艾倫興致勃勃的問。

「不需要。」吉比斯說，「我認識一個主持節目的女孩，她好像是韓國人。怎麼樣？我們兩個人上台表演一段吧？」

「好哇，我們準備登台。」艾倫笑起來，「要找一大幫人來捧場。」

「你看，這就是那些酒吧的生意點子，是不是？」阿汗興奮的問。

「哎，對！對！」艾倫跟吉比斯一起叫出來，「原來他們生意是這樣做的。」

他們出了大樓，繼續一會兒餐館一會兒脫口秀的談著，進入一間他們熟悉的酒吧，坐下來之後，又開始拼湊笑話，準備登台用。如此玩得樂不可支，卻忽然發現，「別人用過的笑話不行，一定要自己寫。」艾倫說。

「那就要靠你來寫了，你向來能寫，你可以寫。」阿汗對艾倫說，阿汗這個穆斯林，在酒吧裡也不喝酒的。他只喝軟性飲料，也因此一向是大夥的司機，只是這幾年大家住曼哈頓，沒有開車也就不需要他了。

「嗯，如果能寫點什麼，我的生活會比較有意義。」艾倫努力思索，他感到醉了，除了三大杯啤酒下肚薄有醉意，被阿汗如此賞識，也令他飄飄然。

「艾倫可以寫，艾倫向來可以寫。」吉比斯大聲附和，他看起來也有點醉了，他接著望一下腕錶，「我們出去吹吹風。」

三個人於是出了酒吧，外面已經有點黑，吉比斯和阿汗都穿著長袖襯衫，只有艾倫穿得單薄有些涼，「我回去套件衣服。」他們於是又回到艾倫住的大樓門口，艾倫一摸口袋，「怎麼？我忘記帶鑰匙出來嗎？」艾倫皺緊眉仔細想，阿汗跟吉比斯怔怔的看他，「完了，鑰匙在桌上。」

「管理員沒有你的鑰匙嗎？」吉比斯問。

「我沒給他。」艾倫懊惱的大聲嘆氣。吉比斯從皮夾裡掏出一張信用卡，「用這個試試看，怎麼樣？」

「試試看吧。」

可是，他們連大門都進不去，只好在街邊等著，七點半的禮拜天，一時間竟沒有人進出大樓。艾倫抬頭望住他的兩扇窗，有一扇窗前搭架著防火梯，他指著防火梯說「我的窗沒有上鎖，從防火梯可以進入屋內。」

阿汗兩眼同樣盯著防火梯，沒有說什麼，那防火梯一路相連下來，離地面不到兩層樓的高度，卻無論如何跳不上去。

「最好的辦法，是從第一層防火梯一層一層爬上去，可是防火梯太高了。」吉比斯咕噥著廢話。

艾倫這時卻興奮起來，「從我隔壁的防火梯可以跳過去，跳到我的防火梯。」他再目測一下兩家防火梯的距離，「你看沒有超過六呎吧？」

「大概六呎多，那非常危險的，如果不小心摔下來，一定粉身碎骨。」阿汗說著，扭頭看住艾倫，「你母親不是有你的鑰匙嗎？我陪你回家拿。」

「那要耗到半夜去了，怎麼行？明天還要上班呢。」艾倫正說著，見有人在大門前停下，「走，有人回來了，我們跟他一起進去。」艾倫快步上前，等在一個正在掏鑰匙的男人後面，進入大樓，哥兒三人一起飛奔上樓，來到七樓門前，艾倫絕望的轉兩下門柄，又用信用卡在門縫裡連試了幾下，「操！不做工。」

阿汗跟吉比斯也連試了幾次，都不做工，艾倫這時卻眼睛一亮，摩拳擦掌的說，「現在看我的。」他興奮得臉紅耳赤，「你聽隔壁有人，總算也有點好運氣。」說著就要去扣門，「等一下，你剛才喝多少啤酒？」阿汗一把攔住他，「是三大杯吧？你行嗎？」

「怎麼不行！」艾倫推開他，在隔壁門上扣了兩下，阿汗正色的接下說，「我沒有喝酒，我替你去。」

「就是因為你沒喝酒，所以不行！」艾倫前進一步，緊貼著門站，「這是我的公寓。」

西語裔男人拉開門，迎面見到艾倫，招呼了一聲。艾倫拉開嗓門說，「我需要借用你的防火梯。」那聲音聽起來醉醺醺舔膩膩的。阿汗在他身後，這時一陣蹦！蹦！亂響的，逕自跑下樓梯。

「為什麼要用我的防火梯？」西語裔男人好生奇怪的問。

「我要從你的防火梯到我的防火梯，到了我的防火梯之後，再從我的防火梯進入我的窗戶，最後進入我的屋裡。」艾倫因為帶點醉意，態度特別可人地解釋，「總之，只借用一下你的防火梯，其他通通是我的。」

「進來吧。」西語裔男人作勢請進，多看了一眼艾倫身邊的吉比斯。

「小心。」吉比斯在後面叮嚀。

艾倫跟隨西語裔男人進入裡面的臥室，臥室裡面昏昏的，家具和窗簾都暗沉厚重，整個屋裡瀰漫一股低俗的西語裔的氣息，大概是沒受什麼教育的。艾倫住他隔壁，對他竟如此陌生，心裡暗自慚愧。西語裔男人拉開一扇窗簾，「你開窗，防火梯就在後面。」面無表情的說完，轉身出臥室。

艾倫開窗，秋楓瑟瑟迎面撲來。他一矮身鑽出去，一腳踩在鐵條搭起的鏤空的防火梯上，兩腳站穩後，往下一看，發現整個人好像在七樓的高空間虛懸著，不由得心驚肉跳，又一陣風浩浩蕩蕩吹過，他看到阿汗站在街心喊他，「艾倫，不要動，員警馬上來了！」

「沒膽！」艾倫一咬牙一鼓作氣趁著風勢，兩腳懸空地飛躍過那六呎多寬的距離，竟像在地上跨過一個不起眼的水溝一樣輕易。

防火梯卻好像難以承受急遽間壓下的重量，顫動起來。然而這一跨過，「Yeah！」艾倫興奮得握緊拳頭喊了一聲，「Yeah！」再喊一聲。

「好樣的！艾倫，好樣的！」阿汗站在街心大喊起來。旁邊兩個員警從警車下來，抬頭大聲問艾倫，「嗨！上面那個！你在做什麼？」

「我可以進屋裡了！」艾倫朝他們喊。接著彎腰開窗進入屋內，大步到客廳拉開門，漂亮地微鞠躬，大大的畫出一個請的姿勢，張嘴大笑迎進吉比斯。

艾倫雖然還是心跳不止，卻沉住氣的默默穿上衣服，是一件防風的紅夾克，他平時很少穿，因為不喜歡他母親挑的顏色，這時卻感到恰恰好。

他們哥兒三人走在街上，商量著轉往一家帶電視，可以看足球賽的酒吧，酒吧在地下室，他們三個人一前一後下階梯，在桌前坐下。各點一客培根起士漢堡，球賽已經開始好一會了，酒吧裡安安靜靜的，卻不時的會猛然響起一片暴喝。那是球迷在為他們的球隊喝采，也許是扼腕，總之氣氛好極了。跟一個人在自家看電視，味道完全不同。艾倫邀阿汗跟吉比斯碰杯，他啜一口威士忌，眼裡跟唇角閃爍的笑意，直蹦出來，蹦出許多星光，罩住他。

「嗨！」一個長髮的東方女孩，不知道什麼時候出現在艾倫旁邊，這時舉起她手裡的酒杯邀飲，她小啜一口後說，「我剛才坐在階梯旁邊的位置，你們一走進來，我就看見了。我看見你臉上，有一種很奇異的神采，一般人都沒有。」她說著，朝吉比斯和後面一群眾人努一下嘴，又回到艾倫臉上，「後來我就一直在注意你。你天生一種神采飛揚的氣燄，恰恰是我很多年來，一直在亞洲男生的身上找尋，可是一直找不到的。」

「什麼？」艾倫失笑，轉臉問向兩個哥兒們，「你們聽見她在說什麼沒有？她那是在說我嗎？」

女孩也跟著笑起來，自我介紹，「我叫妮娜，從芝加哥來，明天回去。」

「嗨，妮娜。」三個人跟妮娜一起碰杯，「妳來紐約多久了？來觀光嗎？」艾倫問。

妮娜又微微一笑，艾倫注意到她笑起來，兩邊唇角往上彎的樣子，十分甜美，眼光不由得就停留在那裡。聽她應道，「是出公差，我做室內設計。」

「室內設計，」艾倫略想了一下說，「參觀過大都會博物館了嗎？」

「昨天去過了，你看這個。」妮娜說著，拉開地上一個背包，抽出一本精裝的《故宮珍藏之明清精選圖》，「我已經讀了三章。」

艾倫略翻了幾頁，閒閒的問，「這跟室內設計有關係嗎？」

「一點東方元素。」妮娜也淡應。

酒吧裡忽然又爆出一陣歡呼，紐約隊又贏了，吉比斯跟阿汗也在旁邊呼喊，艾倫瞄一眼螢幕，跟著喊起來。半晌，又回到妮娜身上，「妳也是紐約隊的吧？」

「一向都是。」妮娜半真半假的說。

他們才看了半場球賽妮娜站起來要離開，「我明天清早五點，要去機場。」她說。

艾倫跟著站起來，「我也該回去了。」

「一起走吧。」阿汗跟吉比斯也站起來，他們一起出了酒吧。妮娜在路邊掏出一張名片給艾倫，「我會等你的伊眉兒。」

他們送妮娜上計程車，臨上車，妮娜扭頭，兩眼盯住艾倫，依依不捨地問，「真的沒有人告訴過你，說你有一種非凡的神采嗎？」

艾倫聽得又是一愣，妮娜不屈不撓再拋下一句，「我很喜歡那樣的神采。」

「可那不是我呀。」艾倫終於說，「我剛才，就在妳看到我進入酒吧之前，成功地做了一個高難度的動作，從七樓高的一個防火梯，跳到另外一個防火梯，這不容易吧？妳說的神采，就是指這個吧？」艾倫說著笑起來，妮娜若有所悟的側頭想著。艾倫接下說，「妳知道，沒有妳所說的什麼……氣燄神采，那才是我的本色！」

艾倫說完，把妮娜輕推入車裡，計程車立刻揚長而去。

送走妮娜，艾倫陪阿汗跟吉比斯走向地下車站，吉比斯說，「我看你到現在還很high！」

艾倫搖頭，「已經過去了。不過，下次要經由你們的口，把這件事告訴我父親，尤其妮娜那一段話。」

三個人一起在燈影下放懷大笑出來，笑聲在濛濛的光暈裡迴轉，向上迴轉，直衝上暗色的雲霄，停留在那裡，笑聲，迴轉。

二〇〇六年二月一日刊載於美國世界日報新春小說大展

二〇一三、二、二十二修改定稿

作者簡介：

劉愛貞，原名劉馨蔓，出生馬祖，淡江大學英文系學士，紐約理工學院傳播藝術系碩士，曾任世界日報記者，現為美國電視節目製作人。著有短篇小說集《紐約的13種可能》，其中獲獎的小說《藍色燐火》（Blue Fire）被改拍英文電影，獲紐約第二十四屆亞美電影節以及其他多項電影獎。其他著作包括《遊紐約學生活》等。

藍色燐火

劉愛貞

黑夜與白天最大的差距是什麼？

不是視覺的錯亂，而是感情與感覺的迷惑，

在白天的空氣中隱藏，而在黑夜中想要釋放卻迷惑找不到一個窗口，

墓園的靈魂過得多幸福，至於困惑與隱藏，只是留給活人。

他看看錶，深夜十一點四十八分，駛往法拉盛的七號地鐵車廂大部分乘客都閉著眼休息，同是城市的夜歸人，曼哈頓的地鐵站內是尋歡歸來意猶未盡的享樂者，而七號地鐵則是為生活奔忙的勞工階級，中南美洲人、印度人、中國人、韓國人，構成半下流移民社會的縮

影。

車子經過席亞球場時，不知是疲累還是視覺不佳之故，球場上的藍燈，像是藍色的燐火，在他昏眩的瞳孔裡懸晃不止，像是有人提著藍燈籠飄飛；球場上空平時夜裡是一片漆黑，此刻卻有一團團像不帶火的光芒若隱若現。

這種氛圍讓他想到住處後方的那片墓園，白天美得像公園，植滿了花、青嫩的草，任誰也不會想到死亡，但實際上，它的確是死亡的聚合，他只能用「優美的死亡」來形容這片墓地。因為入夜後，所有的色彩沒入黑色中，它就是一片與死亡結合的陰森墓園，通常的夜裡他極少打開窗簾，不是因為恐懼，而是不想看的拒絕。

離終點站還剩下兩站，車廂內的乘客已剩下不多，他閉上眼假寐，讓眼睛睜開一條縫，角落裡一對情侶在擁吻，是一對拉丁裔的男女，矮小豐滿，他看見男人漲滿情慾的手在女人身體上游移，女子欲拒還迎，發出咯咯的笑聲。

「媽的！連幾站都等不得了嗎？」他很想站起來走到他們面前，大聲咒罵。在異鄉，又有多少人把道德放在心頭？人們要的就是當下、現在、立即，一刻也不願意等待……。

車子進入地下隧道，窗外又成了一片漆黑，到站後，他立即出站，公車剛好還未開走，他迅速跳上車，恍惚中，他看到車內好像充斥許多重疊的影子，擁吻的男女、朝著他媚笑的女人……。

到家門口時，二樓隔壁房間的燈亮著，表示她回來了，一個月有一半以上的時間，這個房間的燈是暗著的。

一上樓，就聽到國語流行歌曲的音樂開得很大聲，他快步走過她半掩的房門，瞥見一個紅色身影，在他的標準裡，這個女人是不合格的，這裡的住戶都很清楚她真正的行業，但很少人會跟她打交道，然而她倒是一點也不在意，只要在家，總是把音樂開得大聲，逕自哼著歌。

他與她不曾有過特別的對話，應該說他根本沒有與她對話的意願。跟妓女當鄰居？這是最劣等的選擇，不過這個結果早在他不知情搬入前已經存在，所以沒有改變的可能。他的態度跟其他人一樣淡然，偶爾在客廳遇到她，不點頭、不打招呼、沒有眼神相觸，就跟陌生人一樣。但奇怪的是，每次看見那盞燈亮著，他的情緒則陷入一種鄙夷混雜一絲莫名亢奮的矛盾中。

回到房間，他發現窗開著，一定是早上出門時疏忽了，因為窗外正對墓園，他為了避免夜晚一開燈就看到那片墓園，通常出門時都會把窗簾拉上。

住在這裡一年多來，他從沒有在這麼晚看著窗外的墓園，當初剛搬進來時，房東很坦白的告訴他，窗外正對一片墓園，不知他會不會介意？「一點也不會，死人比較安靜，不是嗎？」當時他笑著對這個美國老太太說。

的確，這個區域靜得很，只有假日時，偶爾會有親屬來憑弔。墓園四周用鐵網做成高牆，網內邊緣開滿黃色的小花，像風景明信片的花海，那時正是炎夏，在陽光的照耀下，每個白色墓碑都像天使一樣純白，電影中描寫的那些蒼白、可憎、猙獰的面貌他無法想像，「看，他們多美呀！」當時他心裡這麼想。死亡的聲音是如何呢？躺在地底下的感覺孤不孤獨？他沒有想過。

此刻，從房內往外看，墓園一片漆黑，遠處似乎有不時閃現的燈火，微小的，像螢火蟲之類的小亮光，跳躍式的移動，過了一會兒，小火點開始移動起來，從墓園四周慢慢聚集，他好奇地乾脆把屋內的燈關掉，走到窗邊專心看這些微火是怎麼回事。這些微火像一團藍色燐火，慢慢移向墓園角落樹下的一個小墓碑，一個很不起眼的墓碑，與其他的墓碑分隔很遠。墓碑下埋葬的是一個怎樣的靈魂呢？男或女？為何被孤零零地放在角落？它的存在有多久？曾經有過的夢想是什麼？

不一會兒，小火點已經愈聚愈多，已經不是從各方飛來，好像是在墓碑中繁衍出來一樣，跳動、閃亮，火點聚集處好像有一個黑色的物體，被簇擁著移動，一陣寒風吹進來，他打了一個寒顫，伸手要拉下窗戶，發現窗戶被卡住，怎麼也拉不動，遠方小火點開始跳動地朝他的方向移動，速度愈來愈快，藍色的光暈拖著那個影子飛向他，他覺得寒顫迅即傳遍全身，身體每個細胞開始躁動，如果要用什麼字眼來形容他現在的感覺，那就是「恐懼」。慌亂中，他趕快拉下百葉窗，把恐懼暫時關在屋外，如果這些燐火是靈魂，也許已經進入他的屋子了。

他扭亮燈，打開房門，走到客廳，那個女人正站在客廳兼廚房的洗碗槽邊洗東西邊哼著歌，她穿著紅色紗質短睡衣，細肩帶，由於太透明，黑色內衣褲幾乎可以一覽無遺。他看著女人的背面，她的性感睡衣只遮住三分之一的臀部，弧線美好的臀型，沒有下垂，保有彈性，身材豐滿而勻稱，她其實是一個面貌清秀的女子，但因為對她的鄙夷，他從不願正眼在她臉上停留太久，現在面對她的背影，卻無法把眼光移開，一股灼熱感從腹部下方開始燃燒，這是男人的本性，因視覺引起完全動物性的感官反應。

他裝做連招呼都懶得用上，打開冰箱拿出一罐啤酒，就坐在沙發上喝起來，全身因方才的冷顫滲出一些冷汗。

「見鬼啦！很可怕吧？」女人轉過身，突然冒出一句話。

「聽不懂妳在說什麼。」他滿不在乎的回答，難道她見過那些燐火嗎？還是真的看過什麼？

「我在這裡住很久，該看的都看過了。」她邊說邊轉身在水龍頭下搓洗，漫不經心的。她房內的窗戶與他房內的是同一方向，同樣面對這片墓園。

「喂，請妳不要在洗碗槽裡洗內衣褲好不好，噁心死了。」他不想接續她的話題。

「高興！」女人冷哼一聲，語帶嬌嗔。

「還有，不要把這種衣服穿到客廳好不好，妳不覺得很不得體嗎？」他繼續批評。

女人故意走過來坐在他身邊，「得體？我只知道男人想得到女人時，什麼不得體的事都做的出來。」她側過身，一隻手搭在沙發背上。

他把啤酒一飲而盡，懶得再答腔。

「大部分的男人都是一樣，嘴裡罵著女人，心裡卻想得要命。」她交疊雙腿，把手上的溼內褲抖開。他像刺蝟一樣立即跳開，把啤酒罐用力丟進垃圾桶，大步走回房間，砰一聲關上房門，屋外女人關掉客廳的燈，穿著拖鞋的聲音朝他房門走來，「我看你只能看著墓園那些死人乾過癮」她在門外說，聲音相當刺耳，好像穿透房門，像風一樣吹進他的房間。

他連澡都懶得洗，脫了衣服，蒙上棉被躺到床上，卻難以入睡，仍感到灼燒的熱度在下體不退，女人弧線美好的臀因搓洗手上的衣物而輕微的抖動、地鐵車廂內擁吻的男女、公車裡朝他媚笑的女人、似有若無的女體、窗外的藍色燐火……，這些影像不斷在他的睡眠中重疊、浮動、放大、漂浮，像煙一樣抓握不住。

隔天晚上回到家時，女人的房內沒有燈光，大概出城做生意去了。

回到房內，他盯著百葉窗發呆許久，決定用手輕輕掰開一個小縫，在認為安全的心理距離下，想確認昨天那團燐火是不是自己的幻覺。

透過水準的隙縫，那個小墓碑很快閃進他的瞳孔，沒錯，小墓碑上是有一團藍色火燄圍繞著，上下輕微地跳動，那些燐火像發現了他似的，立即往他的窗縫飛過來，他反射性地放開手，這到底是怎麼一回事呢？他無法再仔細去想，到冰箱拿出一罐啤酒，一口喝完，回房睡覺。

夜裡，朦朧中，他聽到隔壁房間發出男女調笑的聲音，他起床，扭亮客廳的燈，女人的房門口沒有鞋子，表示她不在家，原來是自己的幻覺。他覺得頭痛欲裂，蒙上被繼續睡，夢境依然與昨天相似。

那個星期天，他一覺睡到下午，拉開百葉窗，一片繁花盛開的墓園在陽光下閃耀，他決定到墓園去看一看。

墓園裡只剩下一對夫妻模樣的男女停在一個墓碑前小聲交談，這個墓園不算大，他想找到夜裡看見的那個在樹下的小墓碑。一般墓園都會植滿高大的樹，但是放眼望去，這座墓園內一棵樹也沒有，那麼晚上看到的那棵樹呢？他一邊走著，覺得冷顫再起，這到底是怎麼一回事？

在墓園繞行一圈，最後他被一個特別小的墓碑吸引，覺得自己好像被兩隻眼睛直視，一種無需求證的直覺告訴他，這就是晚上有著一團燐火的墓碑。

它是一個跟其他墓碑同樣形狀的普通的墓碑，甚至可以說是很寒酸的，沒有特別的雕飾。唯一特別的是，一張年輕長髮女子的肖像嵌在墓碑上，笑得像陽光一樣燦爛，記載死亡時是二十一歲，一般墓碑上是沒有照片的。從照片上看，她是那種走在紐約街頭，隨時可以看到的普通女孩，如果說因為這張照片而有什麼屬於心電感應或情感上的神祕情愫，倒也找不出來，死人就是死人，他不相信電影或小說中描寫的那種陰陽界交流的奇遇。

這個墓碑只有水泥色的石頭，沒有其他裝置，四周是相當空曠的綠蔭，那麼火點到底從哪裡發出來的呢？他無法想像白天安靜的靈魂，到了夜裡是否會有不同的故事，就像夜裡看見的那棵樹一樣，那麼這一切有可能都是幻覺了。

離開前，他再看她一眼，那個笑容讓他覺得有點不自在。此時太陽還是高掛在天空，四周已經空無一人，這是一座美麗的墓園，美麗而寂寞。

入夜後，他決定到市中心那家咖啡屋去坐坐，把這些天奇特的遭遇忘記。

今晚這家咖啡廳似乎特別安靜，燈光也顯得黯淡，客人不多，多半是看報紙或是看自己的書，很少有人聊天，連今天播放的音樂都讓人覺得有很不舒服的氣氛。

他正專心看報時，聽到一個奇怪的聲音發自他的身後，是好像有人在踢他椅子的聲音，咖啡廳並不擁擠，邏輯上來講，他後座的客人不應該會踢到他的椅子。他循著聲音往右後方看去，幾乎就在一秒不到的時間裡，他全身的汗毛快速直豎，冷顫從頭頂直落腳底。

一個女人，一頭捲曲長髮、普通長相，坐在他右後方靠牆的位置，對著他笑，桌上沒有咖啡、點心、書報，好像那樣坐著就是為了等他回頭。以距離來看，她不可能踢到他的椅子，所以那個聲音可能並不是踢椅子的聲音，他接收到她笑容的時間也許只有零點一秒，但那種恐怖的感覺卻一直凍結，無法消除，因為那個笑容在他的直覺中，不是人在笑。她沒有恐怖的面容，沒有突眼睛、吐舌頭，但卻可以把恐懼傳導到他身體的每一個細胞內。

他鎮定下來，仔細整理思緒，也許是自己看錯，也許右後方根本沒有人，他決定用最快的速度離開前再看一眼那個角落，以確定是自己看錯，但是，情況仍是一樣，那個女人無聲地朝著他笑，好像已經準備好迎接他的視察一樣，他加快步伐走出咖啡廳，迎著屋外的冷風，墓碑上年輕女人的照片一起浮現腦海，朝著他笑。

夜裡，他開始作夢，墓園裡那團藍色燐火穿透他的百葉窗，化成一團紅色，在他身上穿梭，彷彿一個女人形狀的形體控制他的四肢，讓他動彈不得，等到掙扎醒來時，已經午夜，窗簾仍是緊閉的，他感到全身像被火燄包圍過一樣灼熱，打開燈，決定走到客廳拿啤酒喝。

扭亮客廳的燈，發現隔壁的女人正坐在黑暗中的沙發上抽著煙，因為毫無防備，他驚嚇的叫出聲來，「幹嘛三更半夜坐在這裡，想嚇死人哪？」他回家前並沒有注意到她是不是回來了。

「等你呀！」女人挑逗地說。她依然穿著那件紅色紗質短睡衣，這次沒有穿內衣，可隱約看見她乳房的輪廓。

「神經病！」他拿出啤酒，坐在打開的窗邊喝著。

「全身發熱對不對？」女人似乎可以看透他似的，他很不喜歡這種被人放在顯微鏡下的感覺。

他沒有理會，自顧自地喝啤酒，剛才夢境中的女體還迴盪在他的腦海。

「我知道這裡的人其實看不起我，但是你要知道，這裡是紐約，有多少人希望在都市裡淘金，每個人都有他生存的方法，雖然有些方法並不受人尊重，但很多部分其實是很無奈的。」女人說著，吸了一口煙。他想到自己也是鄙夷她的一分子，覺得有股小小的愧疚。

「像墓園裡的墓碑一樣，被安排在這裡，作出什麼形狀、大小，其實並不是自己的選擇。」她說這話的時候，與平日的風騷迥異，「那些看不見的靈魂其實也跟我們大多數人一樣迷失、茫然、活在不確定的等待中，不同的是他們不必像人一樣等死。」

「別自作聰明了。」他其實不知該說些什麼。走到她身旁的茶几，伸手拿她放在那裡的煙，女人突然按住他拿煙的手，用力一把把他拉進沙發，他因為這個突如其來的動作失去重心，整個人跌進沙發，手掌碰觸到她的乳房和柔軟的身體。

「看吧，你根本是一個連自己都掌握不住的人。」她說完，起身向房裡走去，丟下錯愕跌坐在沙發上的他。

他愣坐在那裡，身旁她坐過的地方有著溫度，他覺得心臟急劇跳動，全身的灼熱感再度加溫，這是引誘？還是決絕？他的腦子一片混亂，身體被一股無法控制的力量拖起，一種單純的慾，無法抑制的，單純被她的身體所引誘，體內那股快崩裂的慾望，他不想再忍耐。

於是他向著那個故意敞開的大門走去，「我不愛她，我只是要發洩，是她惹我的。」他這樣告訴自己。

在床上，她發出呻吟，他不認為那是喜悅，他告訴自己那是她職業性的呻吟，他很想閉上眼，卻看到她的臉露出興奮的痛苦表情，一種嫌惡與不屑混雜著身體的快感同時升起，他隨手抓住旁邊的枕頭要蒙在她的臉上，他不想看到她的臉，這個動作卻被她一把甩開，反而睜大眼睛看著流汗在她身上起伏的他……。

完事後，他閉上眼，連喘息都不必，在她滿足地靠過來之際，他跳下床，迅速穿上褲子，衝出房門，丟下一句：I will pay you！他跑進自己房間，慌亂的找，他記得今天剛領了錢，他拿著皮夾立即衝向她的房間「告訴我該付多少？」他叫著。

「Fuck You！」女人氣極敗壞地把他推出門外，砰一聲關上門。

隔天早上，他出門時從樓下往上望著二樓她的窗戶，帶著複雜的心情步上一天的工作。他是掌握不住自己嗎？還是被她的話所掌握？

晚上回到家，女人房門的鞋子不見了，表示她不在家，一直等到深夜，隔壁房間並沒有動靜，也許她出遠門了，他為昨晚事後的行為感到後悔，卻不知該用何種方式補償，最重要的矛盾就是他不想與這樣一個女子有瓜葛，他寧願那是一種交易。

窗外那團藍色燐火是不是仍在繼續，他已經不好奇，躺下後，腦中一直盤旋的是女人那雙睜大的眼，與夾雜興奮的呻吟。

三星期後的一個晚上，他因為疲累睡得特別早，不知過了多久，被一陣敲門聲吵醒，打開房門，隔壁的女人穿著運動短褲和背心站在他的門口，朝著他微笑，他一句話也沒說，一把把她攬進房裡，關上門，一句對白都沒有，用最快的速度脫掉兩人身上的衣服，女人並沒有抗拒，任他處置，他幾乎連愛撫她的動作都沒有，用自己的器官與她的器官進行一場動物性的交媾。血液迅速、迫不及待地，從身體的每一條血管流竄，轉換陣營，不安地，不知所措的流竄，在黑暗中閉上眼時，沒有什麼是可以禁絕的，潛藏的那股渴望，像海綿一樣的需要澆灌，從心裡面看，那彷彿不是自己，既然不是自己，就可以為所欲為。

高潮後，他覺得整個人突然變得好空虛，那一刻，因為體內當時的精液散盡，他彷彿覺得「沒有了，用盡了」，不會再有了，一直要等到下一次的射精，整個人好像被掏空了似的，像被人從體內拿走一樣重要的東西，像被人摘去某種機械，不能再運轉，至少暫時不能，於是一股強烈的空虛感像潮水般襲來，像針一樣刺痛，而自己卻無力抵抗。

完事後，他只是與女人靠著，甚至沒有擁抱，這是怎麼一回事呢？

這一次，女人安靜地起身，坐在床沿。

「你沒有把我當女人，只是把我當作一個器官，一個滿足你自私慾望的器官。」說完她連衣服都不拿，安靜地走回自己的房間，她的安靜反而讓他更難受，她一針見血的說出他的自私，與掌握不住的情慾。

第二天一早出門時，他經過女人的房門口，很想敲門為他的自私說些什麼，但是依然沒有這麼做，上了車，經過墓園時，他彷彿看到那一棵在夜裡看到的樹矗立在墓園一角，墓碑上那個笑得很燦爛的女子坐在樹下自己的墓碑上，朝他微笑。

黑夜與白天最大的差距是什麼？不是視覺的錯亂，而是感情與感覺的迷惑，在白天的空氣中隱藏，而在黑夜中想要釋放卻迷惑找不到一個窗口，墓園的人活得多幸福，至於困惑與隱藏，只是留給活人。

晚上回到家，他買了一束鮮紅的玫瑰放在女人門口，好像是在哀悼自己的情慾與困惑，玫瑰一直到第四天才被拿走，那時玫瑰花已經凋萎、奄奄一息。那天晚上，他在樓梯口遇見正要出門的女人，在這麼晚的時刻，女人沒有熱切的打招呼甚或微笑，只是看他一眼表示交代，眼神中充滿堅定，但他看不出那種堅定到底是什麼。回到房內，他一口氣把百葉窗拉起，墓園漆黑一片，沒有任何活動的跡象。

一星期後的週末，睡醒時正值中午，他聽到隔壁房間嘈雜的聲音，打開門，發現兩個搬運工正在搬房內已打包好的箱子。她要搬家？他覺得相當訝異，是因為他嗎？他問搬運工屋主要搬去的地方。

「先生，不用找了，她要我們不能向任何人透露，好像一副很堅定的樣子。」

那天下午他又去了墓園，寂寞之潮像翻滾的浪一樣敲打著他，他倒羨慕墓園中的靈魂，不必像他一樣，每天承受著無聲的寂寞。

晚上，看著窗外的墓園，藍色燐火又出現，數量很少，離開的那座小墓碑，在滿天星空的墓園上方盤旋，他彷彿看到紅色身影，哼著歌，但是愈走愈遠……。

作者簡介：

陳少聰，出生於中國大陸，祖籍山東，台灣長大。東海大學外文系畢業後負笈美國。前後獲愛荷華大學英美文學碩士，及華盛頓大學社會工作碩士學位。作品有《女伶》、《永遠的外鄉人》等。曾獲中國時報散文獎，吳魯芹散文獎，及二〇一二年僑聯文教基金會文學著述獎首獎。作者現居美國加州灣區。

水蓮

陳少聰

趙宜的車子上了綺薩湖的浮橋，首先躍進眼簾的便是那一簇簇聚生在湖上的水蓮：白的、粉的、乳黃色的，一朵朵婷婷地托在濃綠的蓮葉上，穿插在水草浮萍之間，一環環地直向湖心漾開了去，趙宜的心不自禁的猛跳了一下。

雖然這景致已不只第一次出現，每次都會使她驀然心驚，在歡悅的感觸裡卻又摻著些許悵惘似的，那是一種幾乎覺察不出也無法形容的一絲幽幽的情懷，同時某種遙遠的飄忽的哀愁，也漸漸自心底浮升……。

* * *

這是星期五的下午，每週這一天都是去康乃馨小鎮心理診所上班的日子。週末在即，趙宜的心情也特別輕鬆，在那小鎮的診所裡，只有她和做實習生的助手兩個人，沒有平日在總院工作那麼繁重拘束，而且病人也不多。一下午預約的病人只有三兩個，下班早時，她還跑到田裡去採草莓帶回家。

在鎮上的病人之中，有一位長期顧客羅根太太，這位太太早已成了鎮上人的笑柄。她樣子與眾不同，而且嘮叨得教人不耐煩。但趙宜不知怎地反倒很喜歡這個病人。儘管她的病症很古怪甚至荒謬：這病人成天抱怨說她喪失了記憶。自從她生下第四個孩子之後，十年來她便沒有正常過。她總是一天到晚地嘀咕說她簡直不記得過去是什麼樣的人。

趙宜來康乃馨鎮之前，羅根太太已經不知見過多少精神科醫生了，也吃了不少藥物。羅根太太平日行為並無反常現象，過的是鄉間一般主婦的日子，燒飯洗衣，做不完的事。先生是加油站的汽車修理工人，兒女們也都進了中學或打工去了，只剩下十歲的小女兒在家。

趙宜回想起頭一次見到羅根太太，那是一年以前的春天。那時趙宜剛開始接任康乃馨診所的醫務工作，她的車爬過了小山岡，再進康鎮，一路的桃花李花盛開著，田裡好些隻乳牛在吃草。整個康鎮的市區不過是半哩不到的一條街而已，街上總共只有兩個飯館，一家酒店，一個郵局，一個診所，一個雜貨店，還有的是一家菜市場，一家加油站，兩個小鋪子，半個美容院，還有一個教堂，當然，還有著名的康乃馨牛奶廠。

有一個星期五下午，那時趙宜剛到康鎮不久。才停了車，遠遠的看見診所門口桃樹下站著一個長頭髮的中年婦人，凸出一個胖胖圓圓的肚子，在她那件緊緊繃繃在肚皮上的黑色

「T恤」上，畫著個好大的白老虎頭。趙宜禁不住多看了她兩眼。

趙宜進了診所門，這婦人也隨著跟了進來，原來她就是預約好來看病的羅根太太。趙宜早已翻閱過她的舊病歷，對她的「病況」一點也不陌生。

面對面剛坐下，不等大夫開口，羅根太太就像錄音帶似地又開始播放她那著名的說不下千遍的「語錄」：

「大夫，妳想我是不是患了『記憶缺失』症？自從十年前我生了我的小女兒安妮之後，我就得了這個病，變了個人了，一直沒好過。人家說是精神崩潰，到底什麼是精神崩潰呀？會不會好呢？大夫，妳想我的記憶力有沒有重新回復的一天呀？」

趙宜囑病人詳細形容她所謂的「記憶缺失」是怎麼個情形，問她記不記得小時的生活、父母兄弟等等，以及婚後的生活等等，趙宜拿筆在病歷檔案上詳細地記錄下羅根太太說的一切大小細節，並且也注意觀察她每說一件事時的表情聲調。

「那些事情我倒是記得的。」羅根太太說道，「但是我記得的好像只是事情的輪廓而已，不太像是真的，也不像是我自己的生活似的。大夫，妳懂得我說什麼嗎？」

趙宜搖搖頭，一味認真聽著，一邊仔細觀察羅根太太的表情，見她一臉天真，她的灰髮和皺紋又像是五十開外的人。她除了衣著滑稽說話略帶荒誕之外，倒看不出患精神分裂症人一般有的痕跡。

每次羅根太太來作心理治療會談，說的總是千篇一律的這些話：

「我什麼也不記得，這樣活下去真無聊，我活在世間，總覺自己像個陌生人似的。家裡的人外頭的人，大家都取笑我，說我莫名其妙。為什麼他們都不懂呢！為什麼沒人相信我說的話呢！我說我不瞭解日子是怎麼過的，過去這些年是怎麼過的，這些年來日子昏昏忽忽地過去，生命好像從我身邊溜走了，而我一點也不記得到底這些時日裡發生過什麼，我怎麼好像什麼感覺都沒有……」

＊　＊　＊

這樣想著，趙宜的車已駛到浮橋中心了，方才那一簇簇的水蓮的影子，留在心裡甜甜的，教她無端地興奮起來，隨即她不自覺地哼起了一首歌，是個好久不哼的調子——托斯里的小夜曲。一剎那間她的記憶陡地跳到廿多年前遙遠的台中公園……

時間是夏天的黃昏，她站在台中公園的蓮花池畔。晚霞逐漸向晚。公園裡的人慢慢地離開了，天邊還留有一抹緋色的雲，遲遲未散去。空氣滑潤得幾乎帶一絲潮溼。公園水池旁的蚊蚋之類可不少，不斷往趙宜的袖子裙裾裡鑽，害得她非不停地掀動她的裙子不可。那天她穿的是新做的粉紅夾淡灰條子的蓬蓬裙，白府綢綴白紗邊的圓領白襯衫，鏤花涼鞋。她在蓮花池畔兜了一個圈又一個圈，徘徊了半晌，踟躕地不忍離去，一心只盼望奇蹟出現，盼望她期待的人會湊巧在那叢矮樹邊，或是通向涼亭的小徑上忽然地出現，或許夾在一對騎單車的人中間也說不定……

他並沒約定在這兒見面，他來信上只說一個星期之內將隨父親到她住的城，沒說定哪一天會到。信上說他會透過她隔壁鄰居小玲通知她何時見面。他是小玲的表哥，小玲是趙宜的密友。這當然是他們三人之間的祕密，說什麼也不能讓家裡的大人們知道她有男朋友，因為她還不滿十七歲呢，而那時他也不過十九歲。

那幾天一吃完晚飯趙宜便溜出門去了，她告訴母親說她要到學校去排演話劇。一溜煙地她連跑帶跳地直奔到台中公園，就在蓮花池畔期待著，一心盼望他會意外奇蹟般地出現在公園的某個角落，出現在她眼前，她的目光不曾放過任何一個瘦高穿黃卡其制服的身影。

到了第三天的黃昏，趙宜終於因為長久的期待與渴望而變得異常焦慮不安了，甚至連胃也開始隱隱作痛。她落寞地在一個石頭板凳上坐下，這時眼睛也有點潮溼了。就在這一刻，她突然聽見了托斯里小夜曲的旋律，發自於附近某位遊客的收音機，那樂聲是如此的甜蜜，如此的纏綿，一時竟使趙宜忘卻了自己的悵惘。她坐在那兒靜靜地聽完了這一曲，隨即站起身來，離開了蓮花池畔。不過那一整晚，托斯里小夜曲的旋律始終在她耳畔縈繞不絕。

* * *

這段記憶發生的時間距離如今已有二十年了吧，然而多少年來，每當趙宜無意間聽到哼起這首曲子的時候，當年蓮花池畔的回憶，連同當時的心緒，便立即重又強烈地復活了，濃烈的程度，教她幾乎嗅得到公園裡的草香，並且重又看見那粉白淡綠的蓮花瓣在晚風中舒展著……

像這麼濃烈感應，每次也不過發生在倏忽縹緲的幾秒鐘之間而已。事實上過去這廿年裡，趙宜極少想起過這件往事。當年那個十九歲穿制服男孩子如今不知身在何處，那段淒美甜蜜的初戀情愫，也早已消失得無影無蹤了。

再一想，過去這廿年點點滴滴是怎麼過的，倒使趙宜十分迷茫起來，她目前所能記得的，不過是一連串的地名、人名、年表罷了，再就是些籠統的概括性的形容詞了：譬如說哪些年日子是「艱苦的」，哪些年是「順利的」，或是「不幸的」，或是「快樂的」。但是把這些形容詞和那些地名、人名、年表加在一起，就能代表她廿年生命的總結麼？想到這兒，趙宜忽然惶惑了，悵悵然若有所失。

車子過了浮橋之後，又向東行走廿哩，越過一個小山岡，就進入滿是桃樹李樹的康乃馨鎮了。這一下午托斯里小夜曲的調子不斷地在耳畔迴旋。到了診所門口，羅根太太早在那兒等著了。

* * *

今天趙宜對羅根太太的感覺似乎跟以前不大一樣，面對面坐著時，她彷彿覺得隔在兩人之間的一層層霧像帷幕般逐漸在揭開。

羅根太太又一如往常地開始她錄音帶似千篇一律的講辭：

「趙大夫，大家怎麼都不相信我喪失記憶呢！我委實不記得我過去究竟是怎麼樣的，我真是再也無法像從前一般地體會生活中一切了，反正不像從前那樣，生命就這麼一日日地溜過去了，我覺得好麻木似的，以前頗為在意或興奮的事，現在都無動於衷，這樣過活多沒意思啊……」

趙宜深深地注視病人淡棕色的眼睛，她在羅根太太的眼神裡意識出了一個人生命的過程，一如她清晨攬鏡，在自己的眼神中看到了過去歲月的痕跡，又如方才在綺薩湖邊的蓮花叢裡重新窺得自己逝去的遙遠的青春。

趙宜第一次用羅根太太的名字稱呼她說：

「露意莎，往日的歲月早就逝去了，很難再捕捉回來，如果妳認為這就算記憶缺失的話，那麼人人都患有這個病哩，我也是的。」

「真的嗎？」羅根太太張大了眼不信地問。

於是趙宜破例地把今天由水蓮花勾起的回憶講給她聽，平時作心理醫生的原則是不該談自己生活的。

「露意莎，我今天忽然明白了妳所謂的記憶缺失症指的是什麼，我覺得妳說的症狀好像並不是記憶力本身的問題，妳說的明明是想教過去的感覺重新復活，當時種種細微的或強烈的感覺體驗，妳渴望能深刻地再度去感受，但這事實上是不可能的，妳因此覺得失望，覺得痛苦，妳把這個叫做記憶缺失，是嗎？」

露意莎專注地聽著，似懂非懂，遲疑地點了點頭，隨即頭低了下去。

當她重新抬頭時，眼眶裡含著淚光，她把眼光一向窗外，遠遠看得見一片綠油油的草莓場，夏陽爍爍地照在翠綠的田野，遠處有些乳牛在田裡搖著尾巴，玻璃窗上有個蜜蜂嗡嗡的像唱著什麼歌，趙宜這時彷彿又隱約聽見托斯里的旋律在屋子裡裡外外四週迴旋……

羅根太太的目光由草莓場上收了回來，一時像是記起了什麼，一口氣地說：

「那一陣子每年夏天我們都去採草莓，採櫻桃，成筐成簍的扛回家。然後我一口氣把它們做成果醬，瓶裝密封起來。那時兩個大的孩子都上小學了，老三抱在手裡，肚子裡懷著安妮。孩子們都好愛吃果醬。妳不知道那時候我精力多麼充沛，一天不停地做活，裡外都得兼顧，當時山姆還沒停止他酗酒的習慣，家裡窮得跟教堂裡的耗子似的他也不管，好在我兄弟還在，大家幫忙接濟一些，湊合著過日子。當時反正年紀輕，不大在乎，後來生了安妮，我就病倒了，自從發生了那些事，從此我就不行了，人也成了廢物了。我老盼自己會好起來，要不然，成天這麼嘮嘮叨叨的，搞得山姆跟孩子們都對我不耐煩起來。那天我問老二一句話，他只顧對我吐舌頭做鬼臉，簡直不把我這個做娘的放在眼裡……」露意莎一邊撥弄她的手指，委屈而又無奈地自述著她的身世。

＊ ＊ ＊

她所說的「自從發生了那些事」，趙大夫早在病歷讀過，病人偶爾也提起過。那是一連串夢魘般的禍難，都集中在一個時期裡發生，其中有些到現在也鬧不清是當時露意莎精神混亂狀態下的錯覺，抑是真的，事過境遷，也無法去對證了。

這些事都是十年前在康乃馨鄉下發生的，牽涉到她的雙生兄弟被人謀殺（兇手始終沒查出來），也牽涉到病人的丈夫山姆和家裡住的一個姪女之間的曖昧關係，正在種種禍事鬧得不可開交之際，露意莎的一條愛犬又給汽車輾死了。當天夜裡露意莎分娩，生下了安妮，是難產，產後幾天露意莎生命垂危，半夜裡大吼大叫，指著床腳一臉驚恐，硬說她死掉的狗在瞪著眼看她。醫生給她不知服下多少鎮定劑，才教她安靜下來。

出了院之後，羅根太太從此給冠上了「精神崩潰」以及「精神病人」的頭銜，這頂帽子再也摘不掉了。

羅根太太出身貧寒，只讀過小學，小時候經常遭到酗酒的母親毒打，十八歲不到，她就逃離父母，嫁給大她十歲的山姆。十年工夫，一連生了四個小孩，加上大病一場，現在人才三十九歲，看來倒像五十開外了。山姆本是個遊手好閒酗酒的傢伙，倒是這些年來據說酒也戒了，規規矩矩在鎮上加油站做工，作起一家之主來了。

因此，這十年來雖然羅根太太患了「精神病」，他們羅根一家人過的日子反倒比從前幸福正常似的，羅根太太這一場大病，換來了平靜穩定的生活，代價可真付得不輕。

趙宜心想，真要感謝上蒼，在創造了人類的身體器官各種功能之外，還附帶創造了「潛意識」。這「潛意識」有時在暗地蠢動作祟，給人帶來無限的煩惱，有時卻又產生無窮妙用，在露意莎身上產生的作用正屬於後者。

根據趙宜一年以來的觀察分析，使她不得不做以下的臆測診斷：露意莎當年得病確實是因同時來襲的過度刺激促成的，使她發了狂，但以後十年的瘋癲，卻多多少少屬於潛意識的作祟。說她裝瘋，倒也不然。潛意識為了保護她，教她不再受刺激，不再崩潰，也為了教她能在種種逆境中活下去，索性唆使她不如不要清醒過來。何必返回她以往可悲的境遇中去呢？只要她繼續「病」下去，山姆便不得不繼續改邪歸正的端正行為，親戚們也不會再來騷擾這可憐的女人，給予她種種無情的壓力。

同時，也只有「遺忘」能教露意莎拋開過去，既往不咎，可怖驚悸的遭遇，只當作夢幻吧，在遙遠隔岸隱現似真似幻，別人可以抵賴，她也落得記它不清。

唯有如此地缺失了記憶，才能容她繼續活下去，甚至重新開始另一段人生旅程。帷幕一拉，往事便都遮蓋了過去，下一場戲開幕時，道具布景全都換了新的，方才的緊張刺激驚心動魄也逐漸沖淡下去，終至消弭了。

潛意識取代了現實感，弄假成真，時間久了之後，露意莎或許真不記得她的「過去」了。

＊　＊　＊

在歸途中，趙宜嚼著草莓的馥郁酸澀，不知不覺地又回到綺薩湖上的浮橋，一朵朵的水蓮又驀地躍現在眼前，一瓣瓣淡紅粉白的蓮花，在夕陽晚風中顫動著，舒放著……過去又在心底復活了。

在朵朵蓮影裡，趙宜彷彿看見一個羞澀的少女徨徨然期望的神色，她也看見一個碩壯的村婦在田裡採著草莓……。這一切分明早都已經過去了，偏偏又像都在這一刻才發生的。昔日的影子，隨托斯里的小夜曲，此時又像水蓮似的在心中一圈圈一環環地漾開了去，漾開了去。

麒麟兒

陳謙

作者簡介：

陳謙，筆名嘯塵。自幼生長於廣西南寧。一九八九年赴美國，獲電機工程碩士。曾長期供職晶片設計業。現居美國矽谷。著有長篇小說《愛在無愛的矽谷》、《繁枝》、《特蕾莎的流氓犯》、《望斷南飛雁》、《下樓》等；作品多次獲獎，並入選二〇〇八年中國小說排行榜。

葵葵起身的速度很快，以致有瞬間的眩暈。她知道這是因為清晨血糖低，自己又蹲得太久了。她握牢水池沿，看到鏡裡一張青黃的臉，被密實長直的黑髮蓋掉一半。

葵葵擰開水龍頭，在嘩嘩的水流聲中沖洗黏溼的手指。她默念著說明書上的話：尿液滴上後，若在試杆中間呈出一道粉紅色粗實線，懷孕的機率在百分之九十九以上——請盡快連繫醫生做進一步檢查。

那道線不是粉紅，是瑰紅。葵葵想著，低頭望向擱在地上的試杆。粗實線瞬間變成一根血紅的針刺進眼裡。她掬一把水往臉上拍去，再掬一把，又一把，從酸楚的鼻腔裡確認眼淚匯進水流裡給沖走了。

喜極而泣。這四顆掉進水裡的碎石濺出的水花打溼了葵葵的袖口。她停旋即擰掉開關。昏暗的屋裡一片死寂。

葵葵揩了把臉，衝鏡子裡的自己笑笑。她那兩道長眉的尾巴，幾乎要跟兩隻微凹的大眼的眼角碰上，讓她就是在大笑的時候，看上去也含著悲苦。自來了美國，冷不丁就會有人跟她說，妳跟時裝界那個華裔大牌設計師王薇薇真是很像。她聽了總是淡淡地苦笑，並不言謝。人家的本意是讚美，但她明顯地不買帳，他們的表情就帶上了尷尬。大衛在給她的第一封伊妹兒裡也是那麼說的。準確地說，那是她貼在北美免費交友網站上的照片給他的第一印象。怦然心動間，大衛立刻點擊了她的信箱連結。

看了照片上笑容溫厚的叫大衛的美國矽谷資深硬體工程師給自己的留言，葵葵趕緊上網搜了一圈。Vera Wang——中文名叫王薇薇，跟她的「王葵葵」擺在一起，果然像姊妹。葵葵真不願意自己像那個女人。她看不清楚自己，但她看得清楚王薇薇。無論王大師將婚紗華服設計得再美，也蓋不住她在中國臉譜圖上被打上的約定俗成的標識。葵葵不願意用「苦相」這樣的詞，但她承認，王薇薇看上去至少是跟自己的一樣缺乏喜氣。但是她迎合了大衛。她的回信裡友好而俏皮，為大衛將她和王薇薇的類比表達了興奮。大衛很快就告訴她，像她這樣自信又幽默的中國女子是罕見的，令他歡喜。非常喜歡這樣的妳，大衛又強調一句。大衛那時剛調到公司的生產部門，一個季度至少到深圳出差一次。

葵葵時任深圳一家台資電子廠的質檢部主管，日忙夜忙之餘，最重要的目標是要將自己再次嫁掉。「再次」是學盛離開的那個深夜被她扔下心井深處的大鎖——她執著地想，只有將它打開，才能獲得她在那個無邊的黑夜裡被學盛的死刻下的銘心一記：她要有一個孩子。

那是她深刻的願望。在學盛十二年前撒手人寰的暗夜，葵葵憋足氣力使勁從深黑的海底掙扎著浮出水面，這個願望利箭般地刺穿皮肉骨血，進駐她二十八歲的心臟。學盛只得三十一歲。從乙肝帶原者突變成肝癌病患，前後不過五個月。他留下的成包成包的中藥還在廚房的架上按序排列，等待煎熬，是夜已是天人永隔。學盛吐出最後一口黑血的時候，葵葵如往常一般，趕緊扯出紙巾要為他盡快擦淨嘴角，身旁的年輕護士一把抓牢她的雙臂，使勁將她拖開。葵葵掉轉頭去，一眼看到監視屏上那條直白的粗線。那條線先還微微抖了幾下，隨即凝固，在暗灰底色上變出結實的一道慘白。學盛母親突發的悲聲引來了門外的人圈。女人們畏縮著擠在門口陪著掉淚。她們的目光落到葵葵身上時，抽泣聲更響了。

後來再在樓道裡碰到葵葵，女人們就紅著眼睛圍上前安慰：往好點想，妳還這麼年輕，又沒有拖累，生活可以重新開始。葵葵搖頭，盯緊她們一張張嘴，恨不得將手伸進去，使勁掏出那團「拖累」。她曾一直以為有無限的光陰經得起無窮的計畫：考研、跳槽、創業、成功……別的都是拖累，孩子首當其衝。學盛當然也沒二話，果然志同道合。但在那夜二重奏的交響戛然而止的深黑裡，曾經以為是拖累的種種被淚水沖開，像河道裡突現的礁石。葵葵想，如果學盛給她留下個孩子，她就不會這麼害怕獨自面對那黑洞般浩瀚的空了。

要有一個孩子的願望，從學盛離開的那夜起，讓生活裡別的念想反轉成了葵葵的負擔。如今如果不對著照片，她常會覺得學盛的容貌已經模糊。她那招牌般的齊腰長髮裡，也已開始竄生銀絲。

葵葵在三十二歲那年去往深圳，以為一切可以重新開始。在那個移民城市裡，一路並沒人對她的來歷有過特別的關心。她甚至有機會在那兒遇到又選擇了離開令人心儀的同鄉大哥華源。之後也開始過兩、三次很認真的關係，讓她以為那果然是一個代表希望的新世界。但她和那些男人的關係，又都在他們得知她有過學盛之死後，無疾而終。層出不窮年輕貌美的女孩對比出她的苦相和不吉——這是她在見過其中一位的父母後，從老人的話裡聽明白了他們最終離去的理由。在生物鐘開始拉響警鈴的三十五歲那年，葵葵決定出國。到了這時，她親眼看到身邊被離婚拋離家庭軌道、拖兒帶女的大姐們，忽然一個接一個通過跨國社交網站在大洋彼岸找到了不錯的歸宿，心又活了過來。她到涉外社交網站上註了冊。照片剛貼出去，就碰到了大衛。

時年四十七歲的大衛送走因白血病去世的同居女友不久，正處於人生低潮。按大衛說的，葵葵深黑的頭髮和深棕的眼核、淺棕色的皮膚，都讓他想到他那個叫吉娜的來自南美的女友。大衛和吉娜同居了十五年，她幫他將第一次婚姻帶來的兩個乖巧的女兒拉扯大，自己沒有再生孩子。葵葵為吉娜流下了眼淚。她想，吉娜沒有生育自己的孩子，肯定跟沒有婚姻的保障有關，就直愣愣地問大衛為什麼沒娶吉娜。大衛回說：她就是我的妻。我是按她是我的妻送走她的。大衛後來告訴她，他不肯結婚，實在是被第一次婚姻傷透了。大衛和前妻是高中甜心，結婚很早。前妻生下老大不久就開始酗酒吸毒。從戒毒戒酒中心出來後有所好轉，待老二出生後再次重犯。大衛只得離婚。法庭將兩個女兒判歸他。大衛又當爹又當娘，直到遇到吉娜，生活才重上軌道。他跟吉娜講，兩情若是久長時，又豈在那一張紙？天主教家庭出身的吉娜，竟然不再提婚姻話題，陪在大衛身邊，直到離世。大衛傳來了兩個女兒的照片，兩個相貌乖巧的女孩子，分別在讀大四和大二。

葵葵跟大衛說起了學盛，這是學盛走後，她第一次能和人如此自然放鬆地談到他。葵葵這時意識到，跟大衛相比，她的故事太簡單了，一時有些愣住。大衛很快回了信，說女孩，我太懂妳的痛。為什麼妳這麼多年沒有再尋找伴侶？大衛又問。她說找不到。妳這麼漂亮美好的女孩，怎麼會？大衛不肯信。

他們在仲夏的深圳見面。大衛說，他在酒店放下了行李就過來了。大衛的頭髮有些花白，背著雙肩包，T恤短褲皮拖鞋配著硬朗的身板，一口雪白整齊的牙，對這個世界一副照單全收，全無脾氣的沉著，讓葵葵的心靜下來。大衛站在他們約會的華僑城餐館的門口等她。遠遠見一襲白色針織無袖長裙的葵葵迎面走來，他取下太陽眼鏡，露出深深的兩汪藍。一看就知道是妳！大衛微笑著，迎上前輕輕擁抱她。

葵葵和大衛吃完晚飯出來，在榕樹交錯成隧道的街市裡慢慢散著步。在南國溽溼的夜色裡，葵葵用語速緩慢的英文，有一搭沒一搭地穿插講著自己的生平，他們最後落坐到冷氣充足燈光昏暗的酒吧裡，看著窗外被霓虹用赤橙藍綠攪碎的夜色，她忽然想到學盛有過的那些年輕的夢被死亡擊碎的過程。學盛留下的那最後一條直線，是她跨不過的路障。她的淚水湧上來，對大衛說，她好像看到學盛跟吉娜正在舞池裡跳著莎莎舞。大衛捏住她的手，說她讓他處處想到吉娜，他非常心疼——葵葵接過大衛遞過來的紙巾揩淚，沒問他心疼的是她還是吉娜。在後來的一個多星期裡，他們幾乎天天下班後都在一起，大衛教會她跳正宗南美風情的莎莎——「正宗」是大衛強調的，當然跟吉娜有關。大衛完成在深圳的工作回美前，休假去往雲南麗江。飛機在昆明一落地，在奔往下一個機口的短暫隙間，他發來了短信：快過來，太想念妳。葵葵告假去往麗江。飛機在麗江機場下降時，暴雨初停，她看到一條筆直的白線，慢慢在天邊發散，彎成彩虹。在東河古鎮納西人家花木扶疏的居所樓上，清晨裡從小小的木格窗裡越過層層疊疊的飛簷，望著遠處玉龍雪山白色的頂峰，大衛摟緊她，反覆說，我要帶妳去美國。

葵葵果然在那個冬天，拿著大衛為她申辦的美國專為未婚夫妻發放的K簽證，飛抵三藩市機場。按K簽證的要求，他們必須在三個月內決定是否成婚，不然葵葵就要回中國。在大衛那棟塞滿了笨重老式鄉村傢俱的房子裡，他們開始討論婚禮的細節。葵葵告訴大衛，她最想要的禮物，就是一個自己的孩子，越快越好。大衛一臉的錯愕：妳為什麼不早告訴我？葵葵清晰地聽到一條裂縫被撕開的聲音。大衛沒有商量的餘地：我已經太老了，不想再生養孩子了。她想說，我還很年輕。但是忍住了。她的前面排著吉娜。他沒有給吉娜婚姻，也沒有給吉娜孩子。是她自己不肯看清。

葵葵和大衛的關係，從孩子那個裂口撕開。她在第一個月內就明確知道了他們無法成婚，卻連哭的時間都沒有。大衛幫她連繫學校，申請轉換學生簽證。她由大衛幫助墊交了聖荷西州立大學第一學期的學費，就搬離了大衛家。她不能要得更多了。靠在深圳工作的積蓄和課餘打工的收入，葵葵花兩年時間修出了電腦系的碩士學位，又由大衛介紹到他朋友新創的小公司裡工作。到了這時，葵葵才終於在新大陸喘順了氣。大衛也有了一個來自西安的同居女友。她再次清晰地聽到生物鐘鐘擺的聲響。那頻率越來越急，聲音越來越大。

現在，是橫在地板上的那條紅線讓那刺耳的鐘擺聲突然停住。葵葵微蹙著眉，將擱在地上的試杆拾起，從水池下的小屜裡抽出一只小塑膠袋，將試杆放進去，擱到屜裡。

合上抽屜的時候，葵葵聽到自己快速的心跳聲。在年屆不惑的當口兒，她的人生將被改寫的可能性達到了百分之九十九？葵葵下意識地摸了摸自己平坦的小腹。對生理週期精準的人而言，例假已經錯過三週意味著什麼，她當然明白，卻一直不敢證實。直到昨夜切開平素喜愛的胡蘿蔔，忽然噁心欲吐，葵葵才在夜裡冒雨去往超市，買回驗孕試杆，又拖到今晨才進行了測試。果然沒有意外。

葵葵走進窄小的臥室，拿起iPhone，看了一眼時間，是清晨五點剛過。她在暗裡快速搜著通訊錄上的名單。她需要與人分享這個喜訊。很快，高光鎖定在「華源」這個名條上。葵葵的手在iPhone平滑的表面輕動了幾下，又將機子扔開了。她倒到床上，看到天花板上頂著灰暗的圓形慢慢退遠，凝成一滴淚，從華源憔悴愁苦的臉上滑落，洇濕了她的臉。

葵葵沒有想到，隔了那麼多年，他們竟那樣碰上，又這樣關聯起來。

葵葵離開家鄉桂林去往深圳發展那年，原來單位裡的小姐妹華清將她在深圳的哥哥華源的手機號碼給了她，說已跟哥嫂都打了電話。他們很熱情，說葵葵到了深圳有什麼需要幫助的一定不要客氣。果然葵葵一到深圳，華源就來了電話，問她有什麼需要幫忙。葵葵那時最怕聽到人們同情關切的口吻。她謝過華源，說她喜歡深圳這個為移民存在的都市。她經研究生時代的同學介紹，在這裡找到了不錯的工作，衣食住行便一順百順，過得很好。華源在電話那頭就說，那我改天請妳吃飯，老鄉啊，而且妳是華清的好朋友，應該的。華源果真是講信用的人，不久就來了電話，約好開車過來接她，和他的太太和兒子阿麒一起見面吃飯。見面才知道，大學自動化控制專業出身的華源，當時剛離開旱澇保收的電信國企，和朋友一起在初創一家電子遙控防盜設備公司。

華源戴一副無框眼鏡，中等個兒，濃黑的眉毛和溫和的笑容讓葵葵想到學盛。和他握手時，葵葵的鼻子竟有點發酸。華源太太苗條修長，燙著短短的頭髮，一雙大而長的眼睛在瘦削白淨的臉上異常醒目，臉上的笑淡得有些冷，讓人想到漂洗得太久的絲綢。那太太在報社當編輯，話很少，只安靜地在後座上不時摟緊七八歲模樣的阿麒親一口。那是葵葵第一次見到阿麒，也是最後一次。

阿麒長著圓圓的腦袋，有著母親那樣的大眼，笑起來眼裡有著奇異的光亮，動作敏捷得讓人感覺是捲攏著風的，像極了一隻來自大森林深處的神鹿。那天他穿了一套翠藍的運動服，襯著他白白紅紅的臉，帶著靈異。葵葵忍不住也摟了他幾次。那次之後，葵葵和華源走動起來。華源的公司那時已有近六十多員工，租在一棟大樓裡，五臟俱全，樣樣卻都帶著初創的潦草。葵葵開始只是對他們質檢部門的專項給些口頭建議，很快就幫著帶起人來，幾乎所有的業餘時間都花在了華源的公司裡，連物流那塊也接管起來，做得有聲有色，引得人們有時都笑稱她為「老闆娘」。到了那年秋天，有天她和華源在深夜裡從公司出來，像往常那樣來到大排檔吃宵夜。華源問她願不願加入他們的團隊。工資、職務和待遇當然就不用說了，還可以給她些股份。葵葵沒有說話。和華源一起用功，讓她在深圳的日子變得有了著落的踏實。每次加班的夜晚，華源將她送到公寓樓下，她一轉身上樓，倒下就能睡到天明的那種感覺，讓她上癮。她喜歡這樣的格局，卻不知如何表達。她要了啤酒，和華源喝起來，好一會兒才說，還是這樣好，就這樣吧。華源攬住她的肩，兩人的頭靠在一起，忽然都有些哽咽了。葵葵就說，好的，我明天就去辭職。華源將她摟緊了，說，那就真的過來當老闆娘了。葵葵的視線有些模糊，突然就看到了阿麒那雙明亮的大眼，一閃而過。她輕叫了一聲：阿麒！華源就放下了酒瓶。握緊她的手，臉色凝重地說，只有一件事：為了阿麒，我不會離家的。葵葵再沒有說話。華源說，對不起，我只是想對妳講真話。葵葵點頭，抹了抹眼睛，說：謝謝你。那天夜裡之後，葵葵就再沒有接華源的電話。華源安靜地退遠，沒有一絲的拖泥帶水，令她感激。後來葵葵偶然也會想，華源也許跟那些與她交往不久就一拍兩散的男人並沒有太大區別，只是他更高手，能讓她自己知難而退。這讓她心下生出絕望。

葵葵在去年底耶誕節假期回到桂林探望闊別五年的父母，見到了華清。華清在茶室裡一坐下來，幾句話就說到了華源。葵葵握到茶杯上的手停住了，接著就聽到阿麒的名字——阿麒，妳見過的吧？葵葵點頭，說，那真是個精靈的孩子啊，好大了吧？華清鐵青著臉，搖著頭說，那可憐的孩子前幾年在深圳自家住的社區裡被綁架殺害了。葵葵一把抓住華清的手臂。阿麒走的時候，還沒滿十三歲啊。華清加了一句。葵葵想，那是她剛在美國開始打工上學的時候。人真的有命，華清輕歎。那是個週末，我哥嫂突然接到電話說表哥出了車禍，在醫院急救，他們就趕著過去。阿麒說他自己待家裡。我哥嫂想著那麼大個孩子了，也不會有什麼事吧，何況那是挺高檔的社區，保安很嚴。他們前腳一走，阿麒不知怎麼就想起要到同社區裡的一個同學家去。妳能想像嗎？就在社區裡失蹤了。從我哥家到阿麒同學家，只要穿過一塊草地，如果妳去看現場，那麼漂亮的花草，蒲葵，亭子，人來人往的，根本無法想像會在那裡發生過綁架。我哥嫂深夜裡接到勒索電話，要二十萬。報警後，搜查範圍很快縮小到社區裡，開始搜那些未售出的單位。阿麟就在其中的一套毛坯房裡被撕票了。是社區裡一個二十出頭的保安幹的。他在事發前兩天夜裡打麻將輸了兩萬塊錢，女朋友知道後，和他大吵完就搬走了。兩萬！為了兩萬，他就做出了這樣的事情啊！我哥嫂並不是所謂有錢人，這麼多年背井離鄉，辛辛苦苦討生活，人到中年遭遇飛來橫禍。阿麒那麼乖個仔——華清的眼淚下來了。葵葵給她添茶，輕輕拍著她的背。華清揩著淚，又說，家裡沒一個人撐得住，我只能硬撐著飛過去。是我親自去公安局看的阿麒，腦袋是給鐵錘生生敲碎的啊——葵葵看到了他那黑茸茸的圓腦袋，在他母親的臂彎裡不停地轉動。她蒙住了眼睛。遺體告別那天，我聽到我哥哥的嚎啕痛哭，我從來不能想像，一個男人會有那樣的哭法，真是天地變色。那個兇手最後給判了死刑。但我沒有感到一點的解脫。那也就是個二十出頭的鄉下孩子，很瘦很黃，穿得特別單薄。我想到他留在鄉下的父母家人，難過得不知怎麼反應。

葵葵握著華清的手。華清搖搖頭，說，整個家就這麼給毀了。我嫂嫂不再工作，去接養來一隻小白狗，天天抱著，取名阿麟。那狗有個小病痛，她就丟魂一樣的，那狀況看著真是讓人擔心。我哥哥話變得很少，頭髮一下白了好多。葵葵想，華源太太如今應該還不到五十，就輕聲問：他們這些年想過再生個孩子嗎？華清苦笑著說，我想是想過的吧，但一直不成功。我嫂的身體本來就單薄，如今就更弱了，很難了。葵葵本來就計畫回程時在深圳停幾天，見見過去的同事和朋友。聽了華清的這些話，她向華清要了華源的電話。

華源出現在賓館大堂的時候，葵葵第一眼竟沒認出他來。葵葵！是華源叫著她的名字迎上來。華源的頭髮真的灰白了。他看著葵葵淡淡地笑，說：妳一點都沒有變。葵葵搖頭，她看到他滿臉寫的都是苦，讓她想到自己在鏡中的臉。他們一起吃晚飯，一路沿著長街走著，直走到天黑。葵葵想起他們曾經有過的那短暫的過去，老有些想哭。他們吃完晚飯出來，到街邊露天咖啡座坐下，葵葵告訴華源她聽說了阿麒的事。葵葵看到華源握著杯子的手在抖，她傾身過去，兩人緊緊地擁抱在一起，很久都沒有再說話。葵葵看到大街上不時閃過的車燈，想起阿麒那天真如炬的目光。她想，如果阿麒活著，應該上大學了。再想到學盛如果活著，他們的孩子也該是少年了。葵葵的淚水下來了。那個夜裡，她跟華源都說了好些「如果」。華源後來說，可惜很多的事是沒有如果的，比如生養孩子。葵葵點頭，沒有人比她更懂這一點了。華源說，阿麒走後，他太太一直都想再生個孩子，但沒有成功。有一次好不容易懷上了也沒有保住，如今年紀大了，幾乎就不再有可能。華源苦笑著說，醫生告訴他們，按他們的身體情況，如果能找個代孕的還可以試試。可是代孕在中國不合法。華源苦笑著說，他們如今在辦投資移民，原來只是為了想要到一個沒有回憶的地方去。他太太後來聽說國外代孕合法，手續也不複雜，就抱著希望在焦急地等。

華源後來問起葵葵的近況，葵葵三言兩語講著，華源的臉色就有些淒傷了，說，妳剛來深圳那年，還只是三十出頭啊，我這些年來，常常會想起妳幫我們做事的那些日子，公司後來的不少規矩，都是延續著妳當時幫搭起的規矩呢。葵葵說，那是好久以前的事情了。兩人對視一眼，不響。華源開始叫酒。葵葵輕聲說：不早了，你回去要開車，不要喝酒了。華源說，她去峨嵋山進香了。兩人的話就少下來。葵葵由他點來一瓶紅酒，兩人慢慢地喝下去，看著街上的車燈越來越稀。華源送她回到賓館的時候，兩人的腳步都有些飄。華源一路將她送上去，她沒有拒絕。在他轉身離開時，葵葵突然從後面抱住他，他們開始一起哭。葵葵後來聽到了學盛和阿麒嬉鬧的聲音，她問華源是不是也聽到了。華源也笑起來，他們倒到床上。葵葵看著學盛領著阿麒在天花板上輕快奔跑的步伐。她指給華源看。華源點著頭。他們相擁著倒到了雪地裡，越陷越深，發出尖銳驚喜的呼喊，直到天花板上的影像在晨光中消融。

葵葵在第二天午後醒來，看到一床平整的潔白。那是一個夢。她想。很快地收拾好，提前退了房，從福田出關，取道香港踏上了回美的旅程。

那個夜晚，卻不完全是夢。它為四十歲的她留下了果實。葵葵感到眼裡的涼淚。她側過身，在暗裡摸回扔遠的iPhone。她要打這個電話。她想華源是會歡喜的，她希望他歡喜起來。她要告訴他，不管是男孩還是女孩，她都會給孩子起名叫阿麟。她和阿麟對華源沒有任何要求。她只是要他分享那百分之九十九的歡喜，給彼此浸在灰暗裡的天空鑲上一條彩邊。

葵葵撳鍵前瞄了一眼時鐘。北京時間夜裡八點剛過。她點擊「華源」，電話響了好一陣，對方才接起。一個男人粗急的喘氣聲，呼呼的，還有背景嘈雜的車聲人聲。喂！喂！哪位？說！——華源幾乎是在吼。是我，葵葵，她輕聲說。妳有事快說！華源又叫了一聲。葵葵感到了耳邊的熱氣，將手機放下，按了擴音器，說，我是想告訴你，我有了。妳到底在說什麼？華源吼出一聲，急促的喘氣聲又響起。葵葵的視線開始模糊，一字一字地說：我懷上了你的孩子，我要叫他阿麟。華源呼哧地邊喘邊叫起來：阿麟！我們是正在滿世界找阿麟啊！我老婆傍晚領著牠出門散步，牠只掙開了一下，到街角一轉，她再追過去就沒了！滿街的人，沒有一個人看見阿麟啊！我老婆已經要瘋了！——喂，喂，等一下，妳剛才說什麼？妳是葵葵？唉呀！啊！是不是在那邊？我等下給妳打回去！對不起，我等下一定打回去！電話就斷了。

葵葵滑坐到地上，她捂住小腹，彎下腰來，輕輕地叫著：阿麟，阿麟，現在只有我和你了！再一眨眼，滿目的雪花。

二〇一二年三月三十日定稿

作者簡介：

范遷，上海人，一九八一年出國，獲舊金山藝術學院碩士學位，藝術家，作家，自由撰稿人，長期為海內外各大報紙媒體撰稿。二〇〇四出版長篇小說《錯敲天堂門》北京朝華，二〇〇四出版長篇小說《古玩街》上海文藝，二〇〇八出版中短篇小說集《舊金山之吻》美國柯捷，二〇〇八出版長篇小說《桃子》陝西師大。

卦

范遷

沒人知道他是何方人氏，從何處來此，只見街巷中他的身影飄忽而過，一襲竹布長衫，兩袖瀟灑清風。在集市時他在砂鍋觀前擺了個攤子，黃桌布上書「測字占卦，風水命理」，下面一行小字「兼問診開方，治各種疑難頑疾」。自己端坐桌後，拿了本線裝舊書翻閱，一派姜太公釣魚之勢。有人上前問詢，他懶懶地抬起眼皮，上下巡睃一番，未等來人開口，便已知問求何事；或銀錢糾葛，或家宅不寧，或男女婚事，或子嗣難續。卦雖極為靈驗，但口氣總是居高臨下，話語又含譏帶諷。加之他的卦金昂貴，每卦收洋一圓，可沽食糜一擔，鮮魚兩筐。為此少有人上門，他並不以為意，依舊讀他的舊書，及日頭西斜，就收拾起卦攤，背了手，踱回砂鍋觀來。

砂鍋觀地處偏僻，只得一間正殿，供奉太上老君，香火並不旺盛，主持道士也是半路出家，收了一個棄兒為徒，作些打掃買辦雜事。院中一棵古樟，一池觀魚，兩溜廂房，南面三間廂房作了住處和廚房，北面三間出租給人，補貼點日常用度。

長夜難度，主持有時攜了一壺薄酒，兩件小食叩門，北廂窗裡燃起一盞孤燈，兩人對弈，少言寡語，棋子滴答落磐之間，聽得更漏鵲啼，野貓上樑。手談半夜而終，開門相送，只見月正當空，樹影匝地，萬籟俱寂。走到院中抬頭仰望天象，主持歎道：「群星皎潔，世道卻難得如此清明。」他只淡淡一笑，並不語言。兩人一揖相別，各回房中歇息。

他行蹤不定，常出門訪友，或在村嶺野地亂走，順便收購些藥材。二三日才返，常在半夜敲響山門，那徒弟便睡眼惺忪地趿了鞋出來開門。這日卻久叩無應，心中不免詫異，縱身逾牆而入，只見南房門戶洞開，並不見人影，北房與他相鄰的房間卻依稀有響動亮光。他擱下包裹，正想去看個究竟，卻與開門出來的道士撞個滿懷，一把拖住：「你來得正好，我剛差徒兒去鎮上叫藥局的門，本想胡亂救個急。你卻在這個骨節眼回來了……」

他詫異道：是誰病了？

道士喘吁吁地說：「一個租房的客人，小年輕，我可不敢讓他死在這兒……」

他進房，桌上點著一盞小油燈，昏暗的光線下看見床上躺了個人，呼吸急促，呻吟不斷，面目卻看不甚清晰。他伸出手去搭了脈，又去額上探了一探，燙得嚇人。他轉身問道士：「可有燒酒？」道士連忙去南房取了大半瓶過來。他接過傾倒在一個大碗中，吩咐道士：「把他脫光。」七手八腳卸下衣物，一具年輕白皙的軀體在昏黃的光線下索索顫抖。他取了一塊帕子，浸了燒酒，從心口擦起，及胸腹，及肩臂，及腿股，及手腳，及趾間。慢慢地，病人不再悸動不安，呼吸也見平順。待全身擦完，他自己已是渾身大汗淋漓，再看病人，已沉沉入睡。正好小道士回來，遞上藥局所配藥丸。他掰碎放在鼻下一聞，隨即扔入垃圾桶：「誤人性命。」去自己房中取出藥屜，配了兩副藥，出來交給小道士：「這副即刻急火煎好，撬開嘴巴灌下去，另一副文火煎兩個時辰，天明之後喚醒他服用。」吩咐完了去自己房中，靜坐半晌，調整吸納，然後上床安息不提。

天明即起，去隔壁看視病人，正好小道士煎好了第二副藥，扶了病人在灌藥，那年輕人軟弱無力，頭都抬不起來，小道士灌得滿身滿床淋漓。他走過去接了藥碗，吩咐小道士扶起托住病人，他左手捏了病人的鼻子，一張嘴，那碗藥就穩穩地灌了進去，一滴都不灑出來。

來到院中，老道士迎上來：「昨夜多虧了你，那麼高的燒，不是年輕撐得住，就一徑去了。我小小道觀擔待不起的。」

他冷面冷心：「他的壽數已近，性命暫存而已。」

老道士嚇了一跳：「他會死在這裡？」

他搖頭：「這倒未必……」

老道士再想問個究竟，他不肯作答，只是背了手在魚池前默觀。老道士知道天機不可洩漏，也不再追問，只是心裡存了個蹊蹺，想著病人一旦恢復就請他走路。

三五日精心看視，十餘日悉心調養，年輕人慢慢恢復，能坐起自己喝粥了，還吹不得風，整日困在屋內。他早晚兩次替他看脈，鐵板了個臉，沉默寡言，連一句安慰鼓勵的言語都無，藥方及所需雜事只是交給小道士去跑腿。年輕人噓嚅地說些感謝之語，他也像不聽見似地不置一言。

一天從外面回來，見年輕人坐在北房檐前的一把籐椅上，見他進門，強撐著站起，似有話說。他眉頭一皺，惡聲惡氣道：「關照過了，病根還未全部發散，吹風著涼，病體復發，我可沒耐心再陪你折騰。」

年輕人莞爾一笑，臉色雖蒼白，眼神卻閃耀：「我是來拜謝先生的救治之恩的。也調養月餘了，不好一直叨煩道觀，道長憑空添了個病人在此，諸多煩難，小道士兄弟也累苦了。長久在此我心不安，加之，我原要趕去某地的，與人都約好了，這一病耽擱久了，只怕誤事。所以行期也就在二三日之間……」

他盯視年輕人良久，似不經意地問道：「可是要去西北？」

年輕人一驚，隨即又鎮定下來：「先生明達之人，我不敢相瞞，同學相約了去延安。當今國家多難，政府又不作為，眼看國土大片淪陷，凡有血性者皆尋報國之途。我輩一介書生，手無縛雞之力，雖不如賣漿簞車之徒，有一腔蠻力可以上陣殺敵，但求能做些文職工作，抄抄寫寫，傳達記錄。雖力薄人微，也不枉十多年孔孟教化，祖宗垂訓。」

他的眼光愈見犀利：「你對那個地方有多少瞭解？」

年輕人搖搖頭：「無多。報章上偶見一二，多是同學私下傳說；謂那處有異於當下現狀，朝氣蓬勃，上下一體，人人都為拯救國家而拳拳出力。僅此而已。」

他口氣中分明帶了譏嘲：「僅聽了傳言，就不遠千里而去？」

年輕人眼中帶了一絲迷茫：「先生，你大概沒見過飛機轟炸吧，肢體橫飛，血肉模糊不忍卒睹。戰爭一來，大官逃了，老百姓就成了無頭之鳥，只要一聲呼哨，就紛紛攘攘往一處去，哪知處處陷阱，方方焦土。人到不得活之際，任何神話都會相信，只要有一絲活命出頭的希望。延安那地方我亦知甚少，但無論如何不會比這裡更差吧？我耽下去，書讀不成，天天跑難，與此還不如搏了命一試，也許是條解救之途也難說的。」

他語氣緩和下來：「家裡還有何人？」

年輕人道：「六十老母，三個姊姊，我係獨子。父親留下一家眼鏡店，這年頭誰來配眼鏡，生意早就蕭條得可以，已經關店幾個月了。靠變賣傢俱雜物度日而已。」

「那你出來家中是否知道？」

年輕人低下頭去：「知道了就走不脫了。還好母親與二姊同住，有個照應。否則我心也不安。總想到了那兒之後，一切安頓下來，再向家中報個平安。誰知一病就耽擱了這麼許時日。」

他剛想說什麼，瞥見主持從南房裡出來，只說：「就是要走，只怕你走不出二三十里去。那時再倒了可沒得又一個砂鍋觀。還是再將息幾日，養足精力再上路不遲。」

說罷攙下年輕人回房去了。

晚間主持照常攜酒來弈棋，兩人擺開棋局，掂起黑白，方寸天地，既是對弈，亦是溝通。弈至中盤他的一條大龍被主持圍住，一番打劫，掙出一口氣，向邊角地帶蜿蜒而去。主持評道：「你若堅持做劫下去，我也不敢過多糾纏。何以輕言放棄，去爭邊角瘦瘠之地？好不合你以往做派。」

他拈一黑子在手，頷首沉吟：「以前鋒芒畢露，一劫一眼都要爭個死活。現在突然想開了，以退為進也是人生必走的一步棋。」

主持搖頭：「你不是那樣的性格，棋格如人格，修正可以，全改卻未必。」

他落子於白地：「也許吧，雖說命格天定，但人往往不甘，有的時候想跟自己扭一下，明知扭不過去，心裡這口氣總要吐出來才是。」

主持也跟了一子：「還是不要跟自己作對為好。你看，你自己先亂了章法，給人可乘之機，我這一手下去已把黑棋逼入絕境了。」

他觀察了一陣，直起腰來：「是，我逸出了自己的常規，必輸無疑。」

主持道：「中盤認輸？那麼，再來一局？」

他把殘棋放進棋簍，不發一言。

主持把兩人的酒杯斟滿：「怎麼？有心事？」

他掩飾地一笑：「煌煌天地之間，只剩下砂鍋觀這塊清靜之地，觀魚賞花，飲酒弈棋，我亦知足，何來心事？」

主持道：「知足乃無奈之感，心為因，感為果。」

他答曰：「草木無心，感時而發。」

主持道：「人非草木，審時而度勢，避禍而趨吉，大難之際，唯求自保。」

他答曰：「我何嘗不知天命難違？只是想盡一點人事而已。」

主持長歎一聲，再無勸說，喝乾杯中剩酒，收拾起棋具，說：「你也別逼迫自己太甚，早點歇息吧。」

主持一走，他去院中洗了把冷水臉，回到房中，點上三支迦南線香，擺上爻草，天干地支羅列開來，在燈下細細地凝視良久，又閉目沉思，計算，推演，直到三更，才收拾完畢，上床歇息。

翌日傍晚，房門被敲響，他開了門，年輕人佇立於門外，著一件藍布中山裝，一排鈕扣整齊地扣到領口，修了面，頭髮朝後梳去，雖還有幾分病容，竟比一日前精神多了，像枝挺拔的幼樹，雖經風雨摧殘，很快地綻放蔥蘢新葉。他心中一顫，很快抑制住，只是微微頷首，示意年輕人進屋說話。

年輕人讓他在床沿坐定，退後兩步，對他行三鞠躬禮。再抬起頭來：「先生救治大恩，無以報答，唯有謹記於心，日後同樣施與人罷了。」

他一下子呐言，等年輕人坐下後，才問道：「確定了要走嗎？」

年輕人道：「先生一片好意，我豈不心領？我也想完全復元才啟程，但不瞞先生說，家道不景，出來不敢帶太多的銀錢，總要留些讓寡母度日。不想因病耽擱，囊中盤纏幾近用盡，前面還有好長一段路程。二則真是與人約好，在西安會齊，再由人帶路進去。晚了只怕被撇下，那可落個進退不得的局面。」

他道：「就是去不了，你可以回家啊。你老母看見多日未見的兒子返回，不知有多高興。古話還說：父母在，不遠遊。你父親不在了，老母更需你的陪伴。」

年輕人似被觸動了，低頭不語，須臾抬頭道：「父母養育之恩豈敢忘記？只是當下乃非常時期，國破何以為家？我如在家守了老母，別人的老母就可能被戮。人人守了老母，吾之母國就可能不復。我雖愚鈍，這點道理還是不敢忘的。」

他長歎一聲：「你既去意已決，我也不好再勸。只是一路小心。這兒有些藥丸，如路上身子感到不好，吞服兩丸，不致有事的。」

年輕人接過藥盒，揣入衣袋，謝過。又從內裡貼身口袋掏出一綿紙包裹的東西，放在桌上，打開，一枚杏子大小鮮紅若血的雞血石呈現在眼前：「先生施恩甚多，無以相報，這枚雞血石是家傳之物，不是什麼名貴之材，好在晶瑩剔透，留給先生作個念物吧。」

他也不推辭，只說：「還有一事……」

年輕人恭敬道：「先生請說。」

他卻略顯煩躁，起身在房內走了兩圈，回來坐定，正色道：「昨夜我為你起了一卦，卦象兇險，本不想驚嚇你。但心中不安，尋思解脫之道，半夜長考，只求得半解；即「甲乙」兩字在西北為大凶，凡是這兩字出現，必要走避，萬不可存了僥倖。切記，切記。」

年輕人一臉迷惑，不作聲。

他板起臉，再次叮嚀：「天機莫當兒戲。」

年輕人直語道：「先生好心指教，我當然銘感於心。只是想來有些不解，我想先生說的西北是指延安吧。如今延安招徠人才，共同抗日，我去投奔，只會歡迎。如果說是在西北與日本人作戰而傷亡，那我離家時已作了準備，萬不會逃避的……」

他打斷道：「你說的是人寰，人寰之上還有天道。」
年輕人不服氣地說：「還請先生解說釋疑。」
他斬釘截鐵地擋回去：「天道不能解釋，只能服膺，只能敬畏。」
年輕人不想爭辯，敷衍道：「好吧，好吧，我記著先生的話就是了。」
他卻進逼一步：「你不相信！是不是？」
年輕人道：「既然先生下問，恕我直言，我是讀新書的，關於算命占卦，風水命理，只是上古時代人對自然之事不瞭解罷了。照先生之說，人也是有靈魂的？可是現在科學證明了靈魂的虛幻，人一旦死了，就腐爛了，歸於泥土了，從這個世界上徹底消失了，從沒人見過靈魂是怎麼樣的。」
他眼光裡透出一股憐憫和不屑：「夏蟲豈可語冰？」
年輕人還想爭辯，卻想起他是老一輩之人，況且還剛救治了他的重病，便換了輕鬆點的口氣：「這卻是沒辦法驗證的事，既然我們活著說不準，哪一天死了，萬一真的發覺是有靈魂的話，那我的靈魂就來向先生道個歉吧。」
他心一寒，作不得聲，年輕人把生死說得那麼輕巧。
過了一會才正色道：「生死豈是你我隨便說得？你們年輕人，要活得長一些，活得好一些，我們老年人才覺得踏實。你母親也會如此作想的。」
年輕人趕緊說：「先生教訓得是，我會時刻想著老母在堂，自己處處當心。希望早日驅除韃虜，屆時回家奉侍高堂，也一定前來拜謝先生。只是明晨一早動身，還有些物品要收拾，也須與道長結一下賬，就此告辭了先生吧。」

年輕人走後，他若有所失了好一陣子，酒喝得多了，棋也下得心不在焉，時間一久，道士也看出來了，說：「道觀附近的野貓，餵了幾次食之後熟了，過一陣聽不到牠們的叫聲，見不到牠們的身影，也會擔憂起來。你親手救回來的性命，當然更為牽掛。不過，不管緣分深淺，人各有命，禍福最後承擔的也只有自己。旁人嘛還是丟開些好。」

他悶悶地不作答，意興闌珊。

道士又說：「你的老友泥鰍和尚不是一直邀請你去做客嗎？雁蕩山離這兒也就是十來天的路程。何不出去走走，散發散發，在山川之間滌蕩一下鬱氣，在杯酒之間品味一下人生？我們都是一副皮囊而已，這副皮囊什麼都能往裡灌，只是灌了太多的鬱氣要脹破的。」

他依了道士的勸說，收拾了簡單的行裝，往雁蕩山迤邐而去，日行桃林，夜宿津渡，登山川大谷，涉深澤淺灘。問路向樵夫，飲漿於漂女，遇大城則盤桓五六日，過小鎮也借宿一二晚，走走停停，隨心所至，倒也逍遙自在。他隨身攜了年輕人所贈那枚雞血石，獨處之際會取出摩挲賞玩一番，那石頭通體剔透，殷紅若血，焐熱了在手掌間如一顆心臟般地鮮活搏動。他凝神靜觀良久，終不忍看，仔細收藏於行囊中。

半年始返，主持接著，簡單晚餐之後依然安排在北房住下，連日奔波，筋骨勞乏，及枕入眠。睡至半夜，忽覺有人進門，立於床前。定睛看去，竟是分別大半載的年輕人，渾身土色，形容枯槁。坐起驚問：「你如何返來？幾時到的？」年輕人稽首長拜：「我已在此等候先生幾日了，先生再不來，我只怕等不及了。」他心知不好，遂問：「路上是否平安？病情是否有反覆？」年輕人道：「服了先生所贈藥丸，倒還撐得過去。經西安，到了延安，也被收編，開荒種地，開會學習，雖勞累疲乏，但也耽得過去。只是運動一個接一個，今天整風，明日交心，我們淪陷區去的人，哪經過這個？弄得人無所適從，有時不免發幾句怨言，不想禍事就此臨頭。三月前興起一場整肅AB團運動，諸多牽連，單獨關禁，刑具逼供，有人經受不起，胡亂攀咬，淪陷區去的人大部被牽涉進去，我也在其中……」

他詫異道：「何謂『AB團』」？

年輕人搖搖頭：「我至死也不明白何謂『AB團』，這兩個洋文字並無特殊意義，就像中國『一二』或『甲乙』……」

他驚跳起來：「我不是告訴你『甲乙』為大凶嗎？你真敢不相信？」

年輕人黯然：「網是一點點收緊的，等你發覺已身陷囹圄了，插翅難逃。其實我也是留了意的，只是沒想到洋文『AB』就等於我們的『甲乙』。這是我關在黑無天日的地牢裡才悟出來的。」

他如一桶冰水兜頭澆下，寒透骨髓：「天機難違。」

默然良久，他抖嗦著嘴唇再問：「後來呢？」

年輕人道：「沒有後來了。從關進黑牢起就沒見過天日，最後被拖出去也是一個黑夜，一排大坑等著我們，人被推倒在坑裡，一鍬鍬黃土就劈頭蓋臉地掩了下來，以致我今天來見先生還是滿身黃塵……」

他大慟：「還不如當初不救你，免了驚嚇，也存了尊嚴。」

年輕人再拜：「一日生命也是可貴，得先生援手，多活二百日，雖歷經苦痛，但悟出人間的慘烈與真情，也不虛枉了。此次前來，一為拜謝先生大恩，二為實踐諾言，來跟先生道個歉……」

他已淚流滿面：「如此世界，枉生為人。你此去絕不要再入輪迴，寧願化為頑石，或水流，或清風，無影無蹤，無形無狀，無來無去，同老於天地。」說罷不能自已，掩面痛哭。

慟哭驚醒，原來是南柯一夢。

翌日，他吩咐道觀為他準備幾味素筵，小道士捧了碗碟去北房中，驚奇地看到桌上供了一枚鮮紅的雞血石，三支迦南線香嫋嫋而起。

（謹以此文紀念早逝的王實味）

二〇〇八年十一月十八日　柏克萊

作者簡介：

呂紅，旅美作家，文學博士。現任《紅杉林》美洲華人文藝總編。美國華文文藝協會副會長。中國僑聯文協海外顧問，華僑出版社理事。自一九八六成為文聯簽約作家。旅美後，做報刊傳媒兼文學創作。著有長篇小說《美國情人》、小說集《午夜蘭桂坊》、散文集《女人的白宮》。主編《女人的天涯》、《新世紀海外女作家獲獎作品精選》。作品獲多項文學獎及傳媒獎。

不期而遇

呂紅

1

蕭萍打算去菲利蒙明星夜總會跳舞。這是她搬到靠海的地方以來第一次。

棲居在日落區一個沉悶單調的偏僻處，靜如死水。雲霧朦朧時，路上連鬼影都找不到。若非有深山老道一般定力，或修身養性耐得住寂寞十年磨一劍的功夫。否則真要活活給憋傻！

身為電腦族，天天呆坐電腦前盯著螢幕眼睛發花，社交瀕於枯竭，人也疲疲塌塌打不起精神。這還不說，從早到晚坐著不動最明顯的症狀是：脂肪堆積腰腹、線條趨向水桶化。這，可是最叫女人煩惱隱憂的呀。週末，她下決心要relax、loosen放鬆一下，電話張三約李四，李四約王五，然後搭順風車同行。

那人沒見過面，僅電話互通了名字和住址。他叫Jim，住的不遠。問他大概什麼時候到？他說可能十點吧。嚇人一跳，這好像不符合美國鄉居生活習慣。況且路上開車一兩小時，跳不了一會兒就是午夜，又興師動眾地往回趕，太不划算……蕭萍婉轉地說太晚了，能否早一點呢？他說，那就八點半吧。唔，性情倒還爽快。她思忖。

結果卻是在她兩度催促之下，那個名叫Jim的男孩，約莫九點半才飛馳而來。

銀色的新款跑車在她門口瀟灑的劃了個漂亮的弧形，戛然停下。好像小提琴家風度優美的即興演奏、芭蕾舞王子的輕快跳躍、游泳健兒從高台上彈起又縱身躍入碧波……自然連貫又戛然而止、一瞬間顯露出高超流暢平滑的身體技巧！

蕭萍彎腰鑽進跑車。互道你好，握手。濛濛天色看不清Jim的模樣，不過，那爽朗率性的笑聲和頗具磁力的嗓音裡分明透出一股蓬勃朝氣。他說其實剛才正和室友們吃火鍋還沒吃完呢，你知道，火鍋是很慢的，可是看看時間…哇，實在不好意思！

嘩啦啦這一連串的解釋下，你還能說什麼？蕭萍不禁莞爾。

銀色跑車一路發飆，每到路口STOP線、飛速又暫停的操作也讓人心驚肉跳。看蕭萍驚惶失措的樣子，他樂，說就這最後一個STOP了。話音未落車便衝上高速公路。別說Jim毛躁，眼還挺利，前方後方的警車都沒逃過他的視線。油門收放自如。原本一小時的路程被輕車熟路削減了一半。

車內沒音樂，就聊天解悶。蕭萍說，像你這樣又靚又快的跑車，路上被員警盯住的概率大大超過其他車。那，你有沒吃過罰單呢？哈哈，Jim笑得很忘形，吃罰單就像中了六合彩——上星期才吃了兩張呢！有一張是我正準備去上Traffic school，急著趕路，結果就被員警抓住。真倒楣。Jim說。那會被記分、保險費也會上漲吧？蕭萍擔心的問。她記得自己上Traffic school，那些被罰的年輕傢伙幾乎都犯同一毛病。連老師都忍不住說你們這個年齡呀，哼，不超速才怪！

當然是嘍。Jim心裡怪懊惱，嘴裡卻是滿不在乎。照樣我行我素。從880高速公路出口下來是一個大轉彎，也沒見減速就衝入一個小商業中心停車場，迎面和一輛正待出去的本田車險些擦撞上，略偏一下方向盤，避過。

蕭萍嘴裡不停提醒Jim小心，身上直冒汗。暗自感歎，年輕的風采就在這一招一式一飛一停中展現……

到明星舞廳門口，Jim打手機的樣子好得意——比南茜還稍微早到那麼一點。他嘰哩呱啦對女友笑話蕭萍，「她人還沒跳舞呢，已經一身汗。全給嚇的。」

2

哎，是你呀！怎麼，也來散心啊？蕭萍忽然感覺肩膀被拍了一下。身後是粉面含春，威而不露的鳳姐。她本名亦鳳，八〇年代末陪讀來美，因情感不合而與前夫分手。孩子歸她撫養，她發誓賭咒，要讓女兒考上名牌大學。日夜趕工連軸轉，除了在媒體兼職做廣告，還在矽谷經營一家洋裝名牌店，專掏洋鬼子腰包。

鳳姐平常跟蕭萍關係不錯，總勸蕭萍不要「將雞蛋放在一個籃子裡」，意思是手眼並用，多抓機會。其口頭禪是：牽一頭牛是牽，牽兩頭牛也是牽，何不多牽呢？蕭萍打哈哈自嘲，就咱這點本事，不被牛牽就算運氣啦！你牽兩條牛，一條往東另一條往西，咋弄啊？呵呵。

十點來鐘，一幫朋友基本上到齊。唯有那個名叫飛的朋友姍姍來遲。其實飛一點也不飛，一年到頭都老老實實蹲在矽谷高科技公司裡，沒日沒夜沒完沒了加班。三十好幾還打單身。都說要給他介紹女朋友吧，可人家壓根兒沒空，一年三百六十五日都在為老闆賣命。弄得倦意一臉、缺乏健康色素的蒼白。人到舞場，仍是神情恍惚。

遞上一瓶水，大家表情裡充滿了憐憫和同情。「星星還是那個星星，月亮也還是那個月亮；山也還是那座山喲，梁也還是那道梁。碾子是碾子，缸是缸，爹是爹來娘是娘……」此刻耳畔迴旋的是曾經熟悉的一段電視連續劇的插曲：〈籬笆牆的影子〉。

飛好不容易才偷空來陪朋友們跳個舞，手機頻頻召喚，全是公司的事。午夜已臨近舞會尾聲，手機又響，一看號碼顯示他就露出無奈：還是公司找。

Jim像老美一樣聳聳肩，說：何苦呢？你是老闆定製的機器人嗎？就是高薪高福利也沒意思嘛！我也在電腦公司做事，但我該上班上班，該休息休息。八小時之外屬於自己。

跳了幾圈下來，蕭萍喝著冰水。小歇片刻。剛巧是一段火熱的拉丁舞。欣賞高手表演也是一種視覺饗宴。舞會上滿場瘋狂旋轉的是南茜、羅娜等類型不同的美女，還有帥哥Jim、大款Peter、緊緊抓住暮春尾巴的麥克、給富婆鐘點包舞的戴維……至於，他們在追尋什麼樣的夢想？是精彩絕倫的煙花綻放？還是平平淡淡庸常人生？是像飛那樣玩命撲在事業上？還是像Jim那樣瀟灑走一回，誰知？

一個模樣似曾相識的男子上前邀請蕭萍跳吉特巴，激情噴湧在快速的旋律中。

他說，好久不見，妳好嗎？沒想到居然，我們又見面了。

原來是你。認出他，蕭萍也有些意外。

多年前，他和她曾經相遇在舞會。約莫記得他是上海交大的生物學博士，來美國讀了博士後，在矽谷大公司任職。他說自己在上海曾經有個女友，相處很短，因性格不合分手。女友有眼無珠，曾經對他前途不看好。如今見他讀完博士後謀得高薪買了洋房洋車，便想舊情復燃。他說心已經傷了，覆水難收。

他仍在滿天下尋找，苦苦尋找一個妻子，而不是女朋友。

蕭萍心裡一動。在美國，男人無論白皮膚的還是黃皮膚的，多半都喜歡交女朋友，卻不一定想建立家庭。似乎怕負責任，也怕將來搞不好鬧離婚分財產還要一筆贍養費。很現實。

他倒是有些不同了。

那天的舞會，幾乎每個舞曲他都來邀請她。目光和語言交流穿插在不同節奏的舞曲中。他說，妳的氣質形象還有內涵，都和我夢中感覺的一樣。希望能夠有更多的機會，加深彼此的瞭解。告別時，相互留了名片。從此便開始了頻頻的電話往來。

當時，正處於跌跌撞撞的命運低谷的她，似乎眼前出現一道令人眩目的彩虹。

他勸蕭萍暫時放下打工，去讀兩年書。他將盡力給予最大的支持。

蕭萍掐掐自己的手，莫不是作夢吧？好幾天都是心神恍惚。電話聊天時，就把這事兒跟鳳姐講了。電話那頭一聲歡呼，「傻瓜，那妳還等什麼？我相信這應該是這些年來，妳所聽到的最好的Offer吧？」

3

再說被一洋靚仔口口聲聲稱為「親愛的和甜蜜的中國乾媽」的鳳姐，日子也過得跌宕。時不時，常有洋靚仔來招惹，愛來店跟她套近乎。一來二去的，終於把個商場歷練多年的女人感動了：撂下這攤子，讓洋小子頂著，自個兒還可搞些公關、多攬廣告活計呢！（牽兩三條牛的口頭禪就要兌現了？）

一天，靚仔拎了一個皮箱進門，說這是給乾媽的禮物。讓她打開箱看看。

鳳姐滿腹狐疑開了箱，空蕩蕩的，僅有一張支票。她拿起支票，見上面英文龍飛鳳舞、數字赫然醒目：二十五萬。靚仔拍著胸脯對鳳姐信誓旦旦，保證十年兌現！

從靚仔常常光顧該店，到垂涎店主頭銜，到向「中國乾媽」祈求，再到以萬元押金頂下，並承諾兩年如何三年如何的，到皮箱放上支票禮物，簡直就像一系列喜劇。

鳳姐後來才知道，那些真金白銀的資本全是由他的女朋友南茜無償奉獻的。

這南茜別看是個白人女子，感情專一卻好像中國的舊時女子。從小與靚仔相好，十二歲就成了他的女朋友。兩人相愛了十幾年，而今靚仔又和另外的女友同居了，自己身患紅斑狼瘡，痛苦不堪。鳳姐見她如此癡情，又可憐兮兮的，就拉她到咖啡店坐了坐，聽她吐露苦衷。問及為什麼男人負心她還要付出錢財相助？她說：這顆心放不下。南茜就是不斷地付出，維持前男友生活需要和維繫自己的情感需求。最不可思議的是，她將私人帳戶裡的錢全數取出，幫靚仔買了名牌店「新老闆」的名。

鳳姐心有憐惜為她大抱不平，但人家的感情事也只能安慰罷了。這天，從南茜口中悉知乾兒子生日，鳳姐一早就從糕餅店預訂了一個大蛋糕，上以紅字寫著中文：三十而立。她笑問：準備要好好的慶祝一番麼？

那小子自顧忙活，頭也不抬地說：Maybe。

鳳姐原本還想給他開個大派對的，看那洋鬼仔不理不睬滿不在乎的樣兒，便暗自冷笑，哼，到底是洋仔！老中的孩子到這般年歲也該知曉人事、甚至有家有口了。這龜兒子根本就是還沒玩醒。既然人家無意與她分享，那她也省省心吧，於是敷衍一句：生日快樂。象徵性地抱他一下，登登登就快步離開，趕別的場子去了。

鳳姐還惦記那生日如何過的呢，第二天一早去店裡，不看則已，一看差點氣不打一處來：狼藉遍地、酒氣熏天，到處扔著空酒瓶，醉鬼們橫七豎八、東倒西歪躺著。鳳姐一把拎起醉醺醺的龜兒子，罵道：什麼叫三十而立你懂嗎？她兩手握拳，往上一舉，一串英語鏗鏘：30 years stand up very strong！

那段時間，彷彿世界顛倒了，出錯了。她眼睜睜看著別人肆意妄為，卻無干涉權利。押金人家已經給了，店主的名字也早已換掉，她不過是過渡期間收租金和等候新店主日後再付部分利潤的舊主，局外人。

店大門早就貼上啟事，赫然注明：從即日起本店易主。具上新老闆大名。再接下來便是轟轟烈烈的裝修和內部改造。那個牆一忽兒刷成紅的，一忽兒又刷成綠的；新店主好像忘了她，只是在按照自己的意圖改造世界，並一點點掏空和損毀她的生意基礎。最令人詭異的，她發現店內的東西似乎在減少、而店主並未開展生意、賣掉任何衣物時，她開始警覺，焦慮了。有天她趁傻小子夜晚不在的空子去巡查，發現一只大箱子擱在暗角。她猜測內裡有乾坤，決定搞個水落石出。

當晚她沒有回家，店裡找個木板湊合蜷縮了一宿。當哼著小曲、一早開門的傻小子大搖大擺進店時，猝不及防鳳姐突然出現在他面前。

What happen？鳳姐面色冷峻指著地上的箱子問。靚仔慌了，趕緊不打自招：我、我、我只是拿走了五條領帶、幾件襯衣和皮鞋送人，就、就、就是為了廣告（其實是為了喝酒，不花錢的酒）。

鳳姐雙眉緊蹙，心裡痛極了！她滿心看好、無比疼惜的洋兒子，竟是如此來孝敬她的？一年的期待與折騰、那紅口白牙的許願、白紙黑字的承諾，換來的卻是傻小子大刀闊斧一場糊塗的裝修、從上到下整個店內大規模破壞（搞得如同遭了浩劫）——貨品擺放的櫃子被劈開，價值不菲的高級名牌西服、高檔衣物被稀里嘩啦到處堆放，胡亂打捆打包弄得皺皺巴巴猥瑣不堪！還有上好的名牌服裝皮鞋不翼而飛！她那個恨啊，真是把他撕碎了咬爛了的心都有了！她一把揪住他的衣領，怒喝：給我滾！從今以後別讓老娘我再看見你！

他不肯丟手，剛才過了一年的「老闆癮」，還沒過夠，怎麼就被踢出局呢？但合約白紙黑字簽的，一年後他必須付給鳳姐三萬他如何拿得出來？前女友的幾萬美金他全砸進大手筆的裝修中，此刻他哭喪著臉，囁嚅：**I lost fifty thousand dollars**！（我失去了五萬塊啊！）

鳳姐柳眉倒豎、杏眼圓睜，對他狂吼：這跟我有什麼關係？關我屁事！他奶奶的，快滾！臭小子你再不滾蛋我就叫員警了！

見鳳姐發怒，他不敢逗留，惶惶如喪家之犬，夾著尾巴灰溜溜跑了。

4

每當蕭萍拖著疲憊的身心，回到公寓，孤獨的面對電視中一堆垃圾似的肥皂劇，或者惱怒地摔掉一些不懷好意的騷擾電話後，腦子裡會不由自主浮出那張圓臉和單純的笑容。

那次生物博士來電，約蕭萍週末去南灣聽音樂會。約好下午在三藩市假日酒店碰面，然後開車一塊兒去。不料，碰巧鳳姐同兩位舊識來約。聽說生物博士來，就說不如一塊兒聚在酒店大堂聊聊？咖啡，熱茶，不覺就聊到晚餐時間。就近在豆花飯莊吃了頓麻辣川菜。

鳳姐悄悄對蕭萍說，看上去這人挺有學問，印象挺好的。你應該抓住這個難得機會。趁著上洗手間的工夫，慫恿她「妹妹大膽地往前走」。

蕭萍不知怎麼有點惶然，既想多瞭解他，又害怕一下子走得太近。看那躊躇滿志青春洋溢的臉，笑容無瑕，正是人所羨慕的「黃金單身漢」。自己卻患得患失，包袱沉重。

要不咱們一起去凱悅酒店喝啤酒聊天看夜景？有人提議。蕭萍看看表，發現去聽音樂會怕是遲了。猶豫不決，便也順水推舟。或因酒精作用，又都是飽讀詩書的才子佳人，個個妙語如珠談笑風生，如電光石火、個性飛揚，好一輕鬆的週末夜晚！

隔日，蕭萍再與他通電話，對方態度完全變了。說儘管那個晚上大家聊得不錯，但遺憾的是沒聽成音樂會。蕭萍說很抱歉，不巧來了朋友。如果你很喜歡聽的話，下次我請你。他卻不願聽解釋仍喋喋不休。蕭萍很難受，說誠心誠意道歉了，何必那麼計較呢？電話扯皮拉筋了個把小時，累。她發現男人一旦囉嗦起來，竟比女人還要命！

鳳姐知情，便歎，那天都怪咱一幫「不速之客」攪局，誤了妳的好緣。

蕭萍搖搖頭，說，如果對方是這樣小心眼，斤斤計較，恐怕關係以後也是很難往下發展的吧？話雖這麼說，可那雙熱情機敏的眼神、笑起來的一脈純真，卻淡淡留在記憶底片上。

光陰如梭，想起一位年已垂垂的美國老記的慨歎——「我知道我老是在來去匆匆中過日子。身上背了太多的包袱，耐心太少，疑慮太多。我知道我失掉太多的機會，在與人擦身而過的時候，把很多該認識的好人拋在塵土飛揚的背後。」

哪怕是一本相當不錯的書，因為你的囫圇吞棗、草率浮躁，心不在焉或一心幾用，可能就胡亂翻過甚至忽略了其中許是較重要的一頁……誰知道呢？

5

不想龜兒子死皮賴臉再來糾纏，鳳姐索性關門三日，故意給他無法回頭的架勢，讓他死了那條心。三天之後，鳳姐才回店來收拾殘局。鄰居說，那傻小子在簽約到期的下午，就在街對面咖啡廳坐著，眼巴巴望著店鋪，整整一下午。

鳳姐聽了，只是笑笑。也怪不好受的，為這樁沒成功沒結果勞民傷財的交易，白白耗了這麼久。心裡罵道：老娘見過那麼多大風大浪，想不到今日竟栽到小河溝裡了！

她還是拿了那份白紙黑字的買賣合約，去見了律師。律師說：從法律角度看，妳完全可以告他一輪，起碼也得讓他賠個八百萬的，妳且再拍些照片、拿他一些證據，我來幫妳，絕對保證贏了官司！鳳姐說那好，等我明日再來與你商討。

回去細思忖，再一想，就算贏了官司，那傻小子哪來的錢賠償呢？找女友幫忙？就是把她碎骨粉身我看也填不了那獅子大開口的吧？老娘看來是已經拿不回那些心血、彌補任何經濟損失了。唉，就當是破財消災罷了。他奶奶的，白疼了這龜兒子！

那段日子，裡裡外外的事情讓她耗神耗力夠累的。為了多掙，夜晚還要大跳豔舞。在鋼管舞廳她隱姓化名為「Sissy」，使出渾身解數將洋客人們搞得神魂顛倒！

原來，就在她對什麼臭男人都心灰意冷時，偶看電視CNN，發現性感火辣的鋼管舞已不再是脫衣舞孃的專利，許多想瘦身、想擁有曼妙身材的「良家婦女」也加入跳鋼管舞的行列。她心想：不就是跳舞麼？那還不是小菜一碟，看看咱鳳姐本事吧！於是在烏龜谷最有名的豔舞廳捨得一身剮敢把皇帝拉下馬——在十六呎高的鋼管上翻飛，燈光轉暗、音樂鼓動，她不僅找到了自我感覺，而且也讓一幫洋鬼子心跳心癢！

鳳姐隨即便開辦了美西鋼管舞訓練班。一下子西洋愛美女性蜂擁而至，差點擠破大門。兼職教授舞技的鳳姐笑著說：這可以練腹肌，天哪，我以前都不知道自己有這些肌肉。她雄心勃勃發起一系列促進女性美容美食的活動閃亮登場。雙眼勾魂的她，穿上如沒穿的衣服，釋放內在的性感。據說從十八到七十歲，無分年齡，種族，連富婆、地產經紀人、護士、會計師、律師都興致勃勃如癡如醉。

這不，剛來時個個膘肥，鬆弛，但小半年就甩掉肥肉，成了窈窕熟女。就連最保守的家庭主婦也加入了，還笑說：鋼管舞讓我對自己的身體感覺更好呢。

鳳姐美眉一挑，說，舞蹈讓你得到心血管益處，鋼管技巧教你如何花樣翻新又保持平衡，保管你走出訓練班就跟換了個人似的！

6

當蕭萍與他再度舞廳相遇，兩人驚訝及久別重逢的驚喜交錯映在臉上。他邀請蕭萍共舞一曲。忽然，敏感的他發現新大陸似的，發現她無名指上的鑽戒。那亮閃閃的光點似乎刺痛了他。

妳結婚了？他驚詫地問。是真的嗎？不會吧？既已結婚，怎會讓夫君守空房而不來跳舞？不可能。我想，妳是故意戴給別人看的是嗎？

你這麼認為？蕭萍一笑。

可是妳為什麼會戴戒指呢？要讓一個女人或者男人戴上戒指，必定也是一種勇氣。很不容易呀！他略帶神經質般地自言自語，看來真的妳結婚了。Congratulations！（祝賀）

隨著音樂節拍舞伴們慢慢轉著圈。一段舒緩的華爾滋。兩人舞步漸漸放鬆，似乎沉浸到某種忘我狀態……蕭萍隨意聊著工作壓力和人際關係的煩惱。他也聊到了他的苦悶。聊到激動處他一疊聲地追問，「妳有沒有經歷過成長的煩惱？妳知道女孩子在什麼樣的年歲是最反叛的？妳有沒有這個經驗和體會呢？」

蕭萍說當然有嘍。可是你，怎麼會關心起這個問題呢？她笑問。

他歎氣，「現在我真拿孩子沒辦法，她的逆反心理簡直快要把我當作敵人了。」

噢，他竟然有一個孩子？蕭萍心裡吃驚，但仍然語調平淡，問他孩子有多大了？他回答剛滿十五歲。正是女孩性情變化多端時期。他說自跟前妻離婚，從小就把她從上海帶過來，跟自己住。為了孩子受到優質教育，還千挑萬選，選了灣區房價昂貴的好區。無奈，工作忙，越來越管不住這個不聽話的女兒。你說東她偏要西，你讓她走正道她偏偏要離經叛道、無法無天，唉，今後我該怎麼辦呢？這個男人臉上躊躇滿志的神情如秋葉飄落，取而代之的是單身爸爸的萬般苦惱。

一曲終了，互道一聲謝謝就又回各自的座位。

蕭萍按捺住怦怦心跳，大口喝著冰水。她真沒想到！過去他們交往，他只說曾經有個女朋友在上海，早已分手。卻原來他是離婚且有女兒在身邊。唉，那麼瀟灑的男人，矽谷精英業界棟樑，竟也是包袱沉重，煩惱多多啊！再一聯想當初兩人欲近又遠的尷尬，不禁搖頭。看來，只有在彼此完全沒有患得患失的心態下，才能坦誠相對。這是做人的悲哀麼？

還沒等她從紊亂思緒中理出頭緒，又有個男人邀請她，「可以請妳跳個舞嗎？」

他們跳的是倫巴舞。那個男人略微有些發福，頭頂幾根長髮「欲蓋彌彰」。他說，他名叫韋才，雖然在矽谷電腦行業但喜歡寫作。現在去看新浪網，還能讀到他十幾年前的文章，不過——他賣了個關子說，那是一篇翻譯文，曾經還獲了個什麼美文獎。口氣裡頗有些自鳴得意的味道。韋才似乎興趣廣泛，不光是高科技、股票、經濟……甚至還包括了政治。談到美國總統大選，問蕭萍認為共和黨和民主黨的候選人，誰最有可能當選？

蕭萍說，我看小布危險，一個出兵伊拉克搞得烏煙瘴氣怨聲載道，再則美國經濟這些年也是一塌糊塗。沒有什麼拿得出手的政績。

韋才說他不這麼看，小布的壞處誰都已經知道，他再壞也壞不到哪去了；而其他人的壞，人家還不知道，這個就很麻煩。再說目前經濟已經有回升跡象，失業率也下降了；如果再保持一段時間，很可能小布贏得大選勝利。

蕭萍對他的話不以為然，說現在任何人哪怕是傻瓜去競選總統都要勝過小布。連報刊都罵「民主政治最大的缺點不是在兩個人才中選最好的，而是在兩個混蛋中選小號的。如果他再連任，唉，那真沒救。」

韋才說看來關心政治的人還不少啊，連美女都有政見了。這時，舞曲終了。他邊殷勤的護送蕭萍回座位邊說，其實我早就注意到妳了，妳可能不知道，在十年前我就暗戀妳。

蕭萍說不會吧。心想那時候我還在海那邊，你用電子眼還是望遠鏡看？

他說，即使沒有十年也有七八年吧，連妳那時候的模樣我還記憶猶新……

蕭萍開始還好奇的想去網上看看此公的美文呢，一聽後面的話就立馬打消了興致。

當迪斯可的火爆音樂響起時。Jim和南茜、羅娜和皮特衝上去扭動著水蛇腰、搖擺肢體大跳起「豔舞」來。看得蕭萍眼花撩亂目瞪口呆。為搭別人的車回家，她匆匆提前離開了舞廳。這一晚，各種滋味塞滿了她的胃，夠她回去消化的。

7

又是週末，她想起那天晚上走得急，竟沒和朋友道別，就打南茜的手機說聲抱歉。南茜說她正在南灣呢。有空妳就出來，吃個飯聊聊天吧。

接著蕭萍又給Jim打手機，謝謝他上週末的飆車，讓自己一路驚嚇出汗。帥哥仍然是帥哥。他手機裡似乎很熱鬧，背景很多噪音。他說正在海灣咖啡廳，喝波霸奶茶。

有人卻悶在家裡喝綠豆芝麻糊，譬如自己。這個對比讓蕭萍不禁莞爾。說，你可真瀟灑啊！不是和朋友吃火鍋就是喝奶茶；不是打球就是跳舞……Jim笑接了一句：就是沒有女朋友。蕭萍說，你挑花眼了吧，南茜很不錯呀。

帥哥嬉笑說她現在就在我旁邊。蕭萍本想譏誚他一句「吃著碗裡，看著鍋裡」，卻又嚥回肚裡。陡然看到鏡中有個面目不清的人，笑容詭秘。不知笑誰？又為何而笑？

作者簡介：

融融，出生於上海，就讀上海復旦大學新聞系，曾任上海「解放日報」記者，一九八七年赴美留學，現任美國輕舟出版社主編，二〇〇三年起為北美「星島日報」撰寫專欄，此外發表書評、隨筆、影評無數，與陳瑞琳合著《一代飛鴻》，另著長篇小說《夫妻筆記》、自然生態散文集《開著房車走北美》等書。

居室之戀

融融

他閉著眼睛，像瞎子一樣地走著。

格拉斯先生，建築設計師，正在從自己親手設計的房子裡走出來。太熟悉了，一豎一橫，一撇一勾，都是他的創造，都經過他的手劃在圖上，然後，從平面到立體，從框架到細節，都是他想的，他要的。可是，今天，他要走了。

不是第一次離開自己設計的房子。從當設計師至今，他搬了不止十次家。不像這一次，心裡像塗了漿糊似的，說不出的味道。

他出生在美國西北部的一個半島上，小時候家裡很窮，讀書時，常遭到其他孩子的欺負。所以，當他靠著獎學金完成大學的學業以後，他發了誓要活出個人樣來。成家時，經濟條件有限，他給自己造了棟實惠樸素的平房。後來，有了孩子，房子造得寬敞了些。資金厚實之後，他選擇高級的材料，高級的區域，高級的……反正，人也隨之高級起來。就像女人的衣服一樣，舊了，過時了，賣掉，換新的。這就是格拉斯先生，當建築設計師的瀟灑。

如今，他跨進了五十，孩子中最小的，也上了大學。家裡只剩下了兩口子。當年，結婚的時候，也只有兩口子。不同的是，平房變成了樓房，房子從山腳下抬到了山頂上。每一扇窗看出去，風景如畫。前花園有游泳池，後花園有網球場。屋內，桑那浴，練功房，畫室，圖書館，簡直像個俱樂部。但是，誰來用呢？孩子們都走了，他也老了。

恐怕問題就出在這裡。當年的兩口子，有個向前奔跑的目標，省吃儉用，同甘共苦，把個家撐得像像樣樣的。現在呢，什麼都有了，反而無所適從。守在這棟豪華的房子裡，就像穿了件太大的衣服，他覺得空蕩蕩，冷颼颼。他做一些亂七八糟的夢，總感到心裡缺了一塊什麼東西，否則，何以在夢裡總是恐懼，總是失落，總是窩囊呢？有一次，他在曠野裡行走，忽然，迎面吹來一股狂風，捲成了個球，頂著他的腹部。他的上半身逆風而行，下半身卻被往後推，他失去了重心，身體懸在空中，無論手腳如何掙扎，總是上不著天，下不著地。直到踢掉了毯子，凍醒，才知道是夢。

他苦惱了相當長的一段時間，不知道自己的對手是誰。因為，在眾人的眼睛裡，他一生乘風破浪，成果累累，這個世界上幾乎沒有什麼事值得格拉斯先生發愁的。沒有人知道他的心病，除了他自己。後來，對手終於出現，準確地說，被他逮著了。那是一個令他震驚，隱藏很深的對手，幾乎是無法抗拒的。但是，格拉斯先生是多麼地不肯甘心，多麼地不願低頭。如今的他，有足夠的實力，足夠的勇氣，足夠的幸運，怎能輕易敗倒在他的對手之下？想到這裡，他的體內出現了奇妙的變化，久久揮之不去的恐懼，失落和窩囊統統掃之一空，被煥然一新的振作和興奮所代替。他知道自己作出了正確的決定。

從那以後，他更加講究自己的穿著儀表，談吐舉止，更加注意別人對他的態度和反映，而且，頻頻出現在一些原來沒有興趣去的地方，如酒吧，舞廳，派對等。

本來，他看上去並不老，依舊背挺腰直，腿健腳輕。現在，他特別當心自己的頭髮，染成均勻的棕黃色，一絲不亂，恭恭敬敬地攏著，像無數個衛兵和僕人，固定在各自的崗位上，讓主人充分顯示其體面和高貴。他的藍眼睛原來很大，清澈透明。他一定在鏡子裡反覆地糾正了自己。現在，他喜歡微微垂下他的眼瞼，瞇著的時候，濃長的眼睫毛不僅使他本性模糊，而且，抹上神秘的色彩。他兩片薄薄的唇，通過他或抿或撅，雙唇外翻，也變得哲學化起來。

他對自己是滿意的，自己年輕時哪有現在的光彩和魅力？如果只看數字，他是輸了，輸給了他的年齡，但是，他並沒有老，他正在找回年輕人所擁有的一切。

他一鼓作氣，向縱深進軍。有時候，他隱隱約約感覺到自己在冒險。有時候，他清清楚楚地知道人生不能重來一次，過去的已經都過去了。但是，他無法放棄，好像一停下來，不僅前功盡棄，而且意味著他永遠地輸了，再也沒有轉敗為勝的機會。他沒有退路，只有乘勝前進，這是他生活的目標，生活的意義。他慶幸自己還顯得年輕，還沒有失去享受生命，享受青春的能力。他相信在盡了對子女的撫養責任之後，新的人生剛剛開始。

格拉斯先生善於幻想，善於設計，善於證明。他得到了證明！一個比他子女還要稚嫩的女孩，抱著他墮入了愛河！他們之間是如此地恰到好處，天衣無縫。他給了她大男孩無法具有的成熟，智力上、體力上和經濟上的成熟。她給了他成熟女性已經失去的活力，嬌柔和依順。

一切都是在不知不覺中進行，不顧後果，不惜代價的。一切又都是註定要發生的，無法阻擋的。

他，徹頭徹尾，徹裡徹外地獲得了新生！所以，到了離婚的時候，他坦然從容地簽了字，好像早就預料到，這棟大房子遲早要賣掉的。可是，不知什麼原因，走到這一步，他又產生了那種涼絲絲的感覺，好像被推回到失敗者的位置。他說不清是因為失去了妻子，失去了房子，還是失去了一半的財產，反正他的情緒一落千丈，又被惡夢和錯覺纏得焦頭爛額。

今天，他回來最後看一眼這棟住了多年的房子。進了屋，眼睛就迷糊了起來。他看到了一個魔術師的盒子，好像從前他居住過的所有房子，都聚在這個盒子裡，一個套著一個。他伸手去觸摸牆壁，牆面隱去了，撲了個空。他上看，下看，屋頂，地板，都消失了，像透明的一樣，和老房子疊在一起，但是，卻看不真切，越看越糊塗，看得頭暈腳軟。他猜測那是圖紙在作怪，他畫的線條此刻都從紙上爬出來，交織在他的腦子裡。他往沙發上一倒，沮喪地閉上眼睛，心想，與其看錯，不如不看。想不到，越不想看，房子越往他眼睛裡鑽。眼瞼裡，不僅留著房子的結構，彷彿還有一種活著的東西。房子的靈魂？他的心不禁一陣抽搐，這一抽，好像全身都脫了水，把自己抽小了。而屋裡屋外，角角落落，都像站著巨人似的，一個個擋在他的面前，俯視著他，從頭看到腳，好像要把他看穿看透。他的背冰冷發麻，不由地縮成一團。這時，他又聞到了一股奇怪的氣味，如古樹被整了枝以後的清苦，在臥室、客廳、走廊、廚房、過道，樓上樓下，像幽靈一樣飄來飄去，一點點向他逼近。他知道這是幻覺，他想把眼睛睜開，睜大，忘卻對往事的回憶。但是，他的眼睛怎麼睜也只是瞇著。於是，他乾脆起來，閉著眼睛，一路向大門走去。他知道，自己是不會走錯的，決不會。

他一邊走，一邊數步伐。一步相當一米，走了二十幾步以後，他停在離大門一尺遠的地方，伸手準確地握住了門把，稍稍地扭動手腕，輕輕地把門拉近胸口。他閉著眼睛，將一隻腳跨出去，身體的重心向前移，此刻，只要收回另一條腿，他就和這棟房子，和他的過去一刀兩斷了。但是，就在他一腳門外，一腳門內的時候，他突然地停住，突然地睜開了眼睛，而且睜得那麼大，那麼圓！他無法解釋這一瞬間的變化，不是猶豫，也不是悔恨，完全是無意識的衝動。但是，結果是那麼地出乎意料：他看到了一個黑色的世界！黑天黑地，連感覺也黑了。亮光，像燃燒後的濃煙朝他撲過來。他只覺得一陣鑽心的痛，眼睛像著了火一樣，睜著，閉著，都是黑，都在燒，都在痛！這時，他意識到，他需要眼淚。哭呀，哭呀！他拚命地對自己發命令。

欲哭無淚！

來不及思考，他拔腿往屋內逃。他在門檻上絆了一跤，爬起來，又撞倒在牆角上，他被傢俱磕破了臉面，又被過道扭傷了小腿，遍體鱗傷。他是睜大了眼睛跑回來的呀！明明看清了眼前的一切，為什麼被撞成這樣？

他捶胸頓足，呼天搶地！

這時，一個頭髮散亂，衣著不正的中年人，出現在他的對面。客廳的落地鏡裡，另一個格拉斯先生，正向他投來誠實的目光，一雙深藍色的眼睛裡淚珠滾滾，掉出亮晶晶的一片，像放大鏡一樣照在他臉部縱橫起伏的皺紋上。

他為之一怔，喉嚨裡顫抖不止，滿心的委屈和憤怒，堵在胸中，卻什麼也說不出來。他嚎淘大哭。淚水汩汩而出，在他的臉上熠熠閃光。就在他痛哭的時候，他的心中穿過了一陣少有的暢快，像洗了溫泉浴似的，改變了他對疼痛的感覺。那紅腫的，烏青的，破裂流血的傷口，這時都成為一個個獨特的密碼，只有他能解讀。是的，那一身的傷痕是他自己要的，是他故意地撞上去的，是他自願地被房子吸過去的。

格拉斯先生醒悟後，咧嘴大笑，如同醉了一般。

發表於《世界日報》「小說世界」二〇〇一年四月六日

作者簡介：

蓬丹，本名游蓬丹，畢業於台灣師範大學社教系，後赴加拿大留學，現居美國，歷任採購經理，出版公司總編輯，英語教學主任等職。蓬丹積極從事文化教育工作，並投入寫作事業。至今共有十二部文學著作，曾獲海外華文著述首獎，台灣省優良作品獎，中國文藝獎章，世界海外華文散文獎等。

迷網

蓬丹

1

機窗外的雲一層層湧向天際。明亮、晶白而柔軟。飛行了十餘小時，她知道已快到美西海岸了。

那個夏日有著朗亮陽光的城市，已在雲朵飄浮中若隱若現。今天必然又是一個晴天麗日。

她的心卻亮不起來。

獨自回到這個城市，她的目光穿過雲層，卻彷彿，彷彿望不見將來。

他與她的將來。

他，如一抹白雲邊上的暗色，她的世界遂漬染憂傷的魅影。

回到台北找他，才知他已離去，到了海峽對岸。似乎，他們之間總橫梗著無翅可渡的汪洋一片。她不知他是蓄意避開，還是與那邊廠商簽約真的迫在眉睫，居然未等她來就走了。惶然失落中，一股焦慮與怨憤的感覺，在腔子裡逐漸擴大，如鉛塊般壓著她心口。

上封電子信中，他十分感性地說：

「如果你在夢中聽見海水的聲音，那是因為，我對你的思念正隨波而來……」

言猶在耳，情景已殊異。

太平洋上的千波萬浪，恰如風雲詭譎的生之旅程，恰如人心深處暗潮洶湧的感情世界。

曾以為，他的懷抱就是她花了整個上半生去尋覓、去停泊的港灣……

2

孟莉是個富有浪漫情懷的女子。走遍天涯，為一雙多情的眼神而活。星座書說水瓶女子總是拿自己做實驗，追求生命極限的挑戰，不惜突破既有的安定和平衡。但她從未想到拘謹、安分，墨守成規的忠平竟會捨離安逸，捨離她。完全不像不喜變動的天秤。

讓她飛回台灣卻撲空，她有股衝動意欲立刻再奔返僑居地，由於其他預先安排好的行程，她十分勉強的留下。

辦妥事情，逛完了街，寂寥像一層厚繭將她封住。以前孟莉在台北讀大學，對於所學的科系並不喜歡，心情常常感到低落無趣，常常跑到咖啡館抽煙，煙塵渺渺更增悽惶。從一些深奧難懂的哲學典籍中找出路，只有越加失落，甚至絕望。

感覺台北的天空總是陰鬱無光。結束一段沒有前途，與本省政治世家子弟的戀情，整個大三的暑假她足不出戶。大四的時候，孟莉突然想開了，居然戒了煙，開始積極申請出國。離家去國，學成後像許多同學一樣設法留居。很老套地在教會的活動上遇到忠平。他剛從外州拿到碩士學位，轉戰美西找工作。條件大致相當，他們平平順順地在僑居地結婚成家。

當一切安定，心情逐漸雲破月來。孟莉思及自己青春期的抑鬱不樂，嚮往不顧一切的、可歌可泣的愛情：追求虛無縹緲的心靈境界。她現在只當是荷爾蒙作怪，那原是走向成熟的必經歷程。何必跟全世界過不去呢？受傷的其實是自己—日升月沉，地球從不因任何人有所不悅而停止運轉。

她覺得自己活得比以前輕鬆快意。孟莉心想人生至此大約已風平浪靜，水波不興了。暗自有些無奈，卻也覺得激湍般高潮迭起的人生確然太累了。

多次重返台北，她忙於購物訪友，對過去不再汲汲回顧。大學時愛過的那個男孩如今在政壇小有名氣。但在電視上看他衣冠楚楚、侃侃而談，卻是一種干卿底事的沉寂心情。

她如今更關心台北股市的起落。因為一個仍有聯絡的大學同學曉陽在證券業，孟莉在她慫恿下買了幾支熱門股。

此外像個庸俗婦人般跑城中市場比價殺價，打聽二手名牌的行情，購買鎮金店或點睛品亮晃晃的黃金首飾，與友朋們因一席佳餚而心滿意足……

尋歡作樂似乎成為回台的目的。

逐日變得庸碌無為令忠平失望？可是，紅塵打滾的他不更急功近利？

然而，這次重回台北大都會，那種沉重無助、悶悶不樂的感覺又回來了。她不想再和愛用名牌的曉陽去採購，也推掉朋友約去北投洗溫泉的提議，甚至沒意願去陽明山吃她最喜歡的山蔬野菜，好像只想一個人靜一靜。孟莉隱約覺得，心靈實在蒙塵太久了。

3

獨自去到網咖，孟莉再次點燃戒了很久的煙。

記得上次回台探望，忠平帶她去到這家網咖，說有時無聊就去那兒打發時間。有冷氣有咖啡，有書報雜誌，她靠在沙發上，等電腦開機啟動。

無意間，一個前所未見的世界在她生命中開啟。

漫無目的在網上漫遊，突然注意到聊天交友的網站。記得忠平曾對她提過，公司裡一些年輕職員最愛上網聊天，有的還真的譜出情緣。

孟莉也記得曉陽跟她講過一個笑話：

有個人說話有腔調，ㄤ跟ㄢ的音老是發不清楚。朋友問他怎麼交到現在女友，他說：「晚上認識的啊！」

朋友說：「管你白天還是晚上，我是問你老兄怎麼認識的？」

他說：「就是在晚上認得的啊！」

折騰半天，才知網上被他說成晚上。

兩人笑得花枝亂顫。然後曉陽正色說：「網路上騙子可多了，竹科工程師被一百八十磅胖妹騙得團團轉的事有聽過吧？好多恐龍在虛構的世界裡做帥哥美女的春秋大夢……」

孟莉問她：「妳不也常上網聊天嗎？」

「嘿！我就是活生生的例子。在網路上我只有二十歲，當個跟自己完全兩樣的人是紓解壓力的一百種方法之一！」曉陽的語氣滿不在乎。

「什麼時候變得這麼沒天良了？」

「有人就吃這一套！在網上談情說愛，還可省去大筆交際費……」

原來如此。速食愛情未免太粗糙，也太沒品味了吧？

因此孟莉的觀念中，在網上結交朋友簡直不切實際，且近乎輕率可笑。只是此刻，無聊兼且寂寞，失落加上失意，她將螢幕上的游標點進聊天室。

選擇密碼和暱名，登錄後聊天室的畫面在眼前出現。她吸口煙，將放在衣袖外的錶脫下。

記得與忠平初識，她就這樣輕便慧黠的裝扮。一只鑲鑽的瑞士錶，錶帶是寬而柔軟的小牛皮，她把錶套在衣袖外當做裝飾。

教會女孩穿著平庸保守的多。她的作風另類些，倒常引起女生們的驚豔。那次忠平坐她旁邊，查經班結束後他們一起去停車場。

「有男生說妳是教會之花呢！」

「你不同意嗎？」

忠平馬上辯說：

「我舉雙手贊成！」

「那你今天就是護花使者囉？」

「希望常常有這種榮幸。」

孟莉私心暗喜。忠平長得不帥氣，但看來也穩重斯文，好像屬於可以託付的類型。自己挑挑撿撿，也蹉跎徘徊不少年歲，該定下來了。

後來有一次他約她吃飯，他說：

「沒看到別的女孩這樣帶錶，好像透露某種訊息，這是個不隨俗、有個性的女子。突然就讓我想去挖掘、探索她的靈魂……」

這是他與她交往一段時間後，才逐漸表達出的仰慕之意。而也就是這段話，讓她發現他的細心的一面，居然會注意她帶錶的方式。是這份柔性特質使她也開始喜歡他。

孟莉一向就不怎麼能適應太陽剛、太咄咄逼人的銳性男人。

但他們婚後，他在商場打拚，他溫文爾雅的陰性質地逐日被消磨殆盡。隨著生意的擴大，交際應酬的增加，他的笑聲開始洪亮，語辭開始尖銳，舉手投足越發自在而又自信了。忠平變了。不再是人如其名的、篤信基督的青澀男孩了。

他曾經蓄留著中分垂肩的頭髮，一副街頭藝術家的德性，內斂中幾分率真是他最使她心動之處。因此當他對她表明心跡，她幾乎想立刻投入他的懷抱，但只是淡淡笑了笑，不想將內心喜悅溢於言表。

之後他們一起去看電影。臂膀緊靠，形體相依，他的手握住她的，她初次感受到俗語「牽手」那種盡在不言中的深情。

然而，她的文靜含蓄不知何時竟然成為缺點了。

「孟莉！妳就是很多事會悶在心裡，妳不說我哪知道？」

有一次他們冷戰，他跟她開口的第一句是這樣指責她的。表面上好像是他先繳械示好，其實還在怨怪她。

現在他乾淨俐落的短髮，剪裁精緻的西裝，躊躇滿志的模樣。他的說法是：「要成功，你首先就得穿得像個成功人士！」

他有潛力、有作為、有衝勁，是她的榮耀。但開始走向驕奢荒靡的生活方式，卻是她無論如何都不願苟同的心態。她不否認她也迷戀浮世繁華，喜歡光燦美麗的事物，但她知道自己的分寸。不像他似乎有種隨俗墮落的調調，甚至對以前高談理想抱負的年歲嗤之以鼻：

「年輕嘛，不知天高地厚！」

他們曾經很愛看電影。但現在有多久沒有一道進電影院了？那種臂膀相靠的依偎感，那種十指交錯的攜手感，他聽她的回味與訴說，表情是一副難以置信的模樣：

「妳該長大了吧？怎麼還沉迷在瓊瑤的世界裡啊？」

是啊。那是初識與初戀的階段。現今的他們早就熟悉彼此。每一寸的肌膚，每一種動作和表情，每一種手勢和習性，她常常害怕，他們即將淪為周遭慣見的、彼此已熟悉至生厭地步的老夫老妻。

盡在不言中—不要說不言，尋常生活過久了，有些話即使挑明了講，即使自覺說破了嘴皮，對方仍不能心領神會。無法意會，甚至無法言傳，彼此說的難道是火星文？

「就別鑽牛角尖了吧？租個錄影帶，在家多輕鬆自在！」

他對她提議吃飯看電影的反應冷漠。

不說話嫌她悶，說了又怪她小題大作，他們之間哪個琴鍵走音了？哪根弓弦扭曲了？

他聽她說話時茫然的眼神，答非所問的回話，使她的心湖瀰漫著越行越遠的感傷。

5

原來聊天室還有詳細的分門別類。二十，三十，四十等不同的年齡層。北部中部南部甚至中國北美的遼闊地區。星座、愛情、熱門話題等不同的談話主題……

看到一個「真心的想擁有一段感情」的聊天室。才一進去，主持人就向她打招呼：「遠路，午安！」

自己的暱稱乍然出現在電腦螢幕，她感到臉有些發燒，好像被偷窺了似的。明知對方根本不知她是何許人，身在何處，有何意圖或希望。就如同她也完全無法揣測或想像對方的模樣或來歷，她十分安全穩妥地隱藏在電腦螢幕後。然而還是有些遲疑地敲下鍵盤：

「午安！」

立刻又有其他人跟她打招呼：

一個綽號叫「午夜的聲音」。

一個綽號叫「銀河系」。

她的心防好像突然被解除了，取而代之的是某種鬆弛冶樂的心情。正是中午時分，她打下這些字：

「午夜的聲音，為什麼中午就耐不住了？」

「因為你走遠路來啊！」

沒想到對方反應那麼快，她一時不知如何接下去。

「我銀河系更遠喔，怎麼不跟我打招呼呢？」

銀河系的戲謔答話讓她唇角揚起一陣笑意，好像看到對方一雙期待的眼波。

「哈囉銀河系！」

「遠路，你好嗎？」銀河系似乎挺友善的。

她逐漸發現，聊天室裡的人有的好像已經十分熟絡了。用一顆顆字粒敘說著生活瑣碎，有的人則一直不作聲，就像她現在這樣，看別人一來一往地回應彼此。

「中午要吃池上飯包還是赤阪拉麵？」

「今天發薪，何不去祭一下五臟廟？」

「祭的結果就是把下半月的薪水拿去孝敬減肥中心……」

「哈，這才叫及時行樂！」

一句句對話迅快地在眼前流過，時而歡欣打趣，時而蓄意捉弄，時而一本正經，如一道滾動的河，人們無聲地交流著，激起她心中片片水花。

這個虛擬的國度，不知自己是否真實存在，卻又如此字字確鑿地存在著。無聲，卻又如此活生生的滿溢著生命的脈動……

突然注意到這個聊天室標示著熟人請進。她算是誤闖，因此打招呼後就有些插不上嘴，雖然銀河系間中還穿插一句「遠路好安靜喔」之類的話，想逗引她開口。但她本非聒噪的社交型人物，又自覺是不速之客，儘管見不到人，還是怕說得不合宜，搞不好成為這票熟人的話題。既無法融入，不久她就默不作聲離開了。

6

插不上嘴的感覺，是與他一起參加他公司活動時常有的。

一次他約幾個朋友餐聚。那是她由美國回來看他，他說介紹大家認識。席間他老為她回答問題，好像就怕她說錯話似的，他在維護什麼形象嗎？

「美國有房地產要處理，所以只好兩邊跑。」他在解釋，老婆她為何沒有跟他一起回國定居打拚的情況。

其實房子都已賤價出售了。就為了他義無反顧地束裝返台，想在中年危機來臨前放手一搏。對於離開這已居留多年的城市，她完全沒有足夠的心理準備。因此他的毅然離去，使她常耿耿於懷，認為他太自私，沒有為兩人的前途做周全的考量，一味追逐自己彩泡般的夢，說得好聽固然是仍然闖勁十足，說難聽就是莽撞不顧大局了……

住南部的朋友較為拘謹，看是先生在幫忙回答，以為她不想說話吧，就自認為識趣地沒多問下去，反而讓她覺得被冷落。

他們開始談公司的事。人員的變動，同事的個性，工作上的枝枝節節，都是孟莉不熟悉的話題，也就無從加入。

她的耳際傳來幽怨的歌聲，一遍遍重複著訴衷情：

夜那樣深，

連星光也沉默，

原來是一場期待中美好的夢，

如今讓黑夜將它淹沒，

……

恍惚中，那漸行漸遠的感傷又充滿胸懷。距離，無論是時間還是空間，對感情都會產生最大的殺傷力……

「大嫂累了嗎？」

一個朋友終於注意到她的沉默。

「有時差吧？」她答，但知道是一種來自心底的倦累，不只是身體的疲乏。這兩年來多次往返太平洋兩岸，她努力在維護兩個人的關係。孟莉其實知道忠平，見異思遷絕非他的本性。

但是他自身的條件一定會吸引某些女子的目光，如果別人主動些、急進些，不知他能否把持得住？

她如果不勤於找他，他又耐得了寂寞嗎？

而他之所以毅然決然離開僑居多年的地方，是否也是想捨離舊日的一切，重新開始？

就像她也隱然感到害怕，但不願去深思—自己一直沒下定決心回國住下來，難道—難道也是想給自己另一次機會？另一種空間？

感情世界如果出現懷疑、憂慮、不安，讓人心生不自在、不穩妥的感喟，足以說明兩人之間出狀況了。

其實，他們好像一直無法去碰觸問題的核心。

在國外時，她知道他不肯承認自己在社交圈中不是很得人緣。他也一直覺得，她在這方面是比較占上風。爭吵時他常會用愛朋友比愛他多的理由責怪她。

水瓶座待人真誠，是最有人情味的星座沒錯，但她最用心關懷、期許最深的當然是結縭已久的他。

何況她儘管在僑社中有些交際應酬，卻是自有分寸的。她從不會生張熟魏地去攀交權貴，或是別有企圖去到處留情。不煙不酒，不賭不舞，她其實是個最不會玩的人，他沒有任何好不放心的。她如果在社交場合熠熠生輝，那是因為她與生俱來的內蘊卻耀眼的氣質，而非昂貴誇張的裝扮、曲意奉承的態度，或是鋒芒畢露的才藝。

她不想為這種氣質向他說抱歉。他應當以她為榮，卻用她不過是社交場合的花瓶這樣損人的字句貶她，使她反感已極。他也想積極開拓人際關係，以為昂貴誇張的裝扮、曲意奉承的態度、或是鋒芒畢露的才藝就能成為眾人矚目的焦點，其實那是捨本逐末，他似乎忘記了怎麼做一個真正的自己。

蓄意想成為所謂的成功人士，結果往往適得其反！

他逐漸變得愛怪罪他人。他不再懂得自我反省。年輕時的藝術氣質，善體人意的美好情性已經被粗礪的時間磨光。

試圖對他分析解說，卻看到他不耐而厭惡的神色。他甚至失去溝通的能力了。

這樣的關係令人意興闌珊。

生活如一潭讓人陷溺窒息的死水，不免急欲掙脫那沉淪的感覺。

7

初進聊天室，她快速離開，心中卻動蕩著某種遐思：

「如果留得夠久，會發生什麼？」

不自覺地，孟莉又點上一支煙，思索著自己的心態。

用文字取代口語的交談，其實是電腦化時代，一種全新的溝通方式。她記得在美國的電視上看過一個「美女尋求姻緣」的節目，所有被挑選的男子全戴上面具。用意當然是排除任何以貌取人的可能，女方只從對方的談吐舉止、個性智慧、或處事態度來著眼考量。這和聊天室去結識他人的模式，好像有某種異曲同工之妙。

無可否認，多年婚姻之中，她也曾想要結交一個「青衫至交」型的異性友人，排解那種夫妻相處久了的淡漠與缺乏交集的厭倦。止於幻想，未曾付諸行動。畢竟兩人關係並未惡化到必須投奔他人。何況那人就算存在也不可能十全十美。有些無奈，但她還是盡責地守著這個家。

然而，每次讀到情愛書中的句子，孟莉常不由悵然若失：

「幸福是想起心上人而偷笑！」

「你喜歡的人也喜歡你……」

戀愛時，那種期待相見的熱情。初婚時，在超級市場為他挑選喜愛食物的柔情。一夜繾綣後，同時醒來相視一笑的深情……

前世的五百次回眸，才換來今生的擦肩而過。

這樣得來不易的幸福，難道就經不起這一世塵劫的考驗，而終將輕易幻滅？

8

客舍空寂，她再度走進網咖。

電腦啟動，進入聊天室，突然一個對話方塊跳入眼簾：

『嗨！』

『記得我嗎？』

她用英文打進『hi』。

『昨天怎麼不告而別？』

原來銀河系注意到她的消失。

『不知說什麼。』她答。

『可以跟你聊聊嗎？』銀河系的口吻很客氣。

『OK』她說。

『你住那裡？』

她反問：『你呢？』

『我很遠喔！』

『多遠？宇宙之內吧？』

『哈哈！』

他還真的輸入笑聲和一個笑臉的記號。

『我在美國，遠路。』

『遠路遠路，你在那裡？』

他一疊串呼喚，好像尋找失散親人。

冥冥中，似有一分牽繫。

她也來自太平洋的那一頭。

『我在台北。』

『我猜你不是住在那裡。』

『有第六感嗎？』

『嗯，否則你不會叫遠路。』

『你該不是擺算命攤的吧？』她打趣他。

『敝人功力尚不夠拋頭露面！』他說。

『遠路遠路，又不說話了？』他問，伴隨一個疑問的臉。

要告訴他自己的來處嗎？

『我也住美國，現在台北度假。』

沒什麼好故弄玄虛的。

茫茫人海中不期而遇，讓人驚喜。相談之下感受彼此想要進一步認識的誠意，讓人心動。

他不像是曉陽口中玩世不恭的網路族。

隔著電腦螢幕，隔著一片汪洋，居然能談得毫無芥蒂，她覺得知心友人似乎都不能達到這境界。

這就是緣分吧。

談了四小時之後，孟莉知道了銀河系的真名、電話、家世、學歷、興趣、人生目標、對藍綠黨派、對釣魚島等等的看法。

他的口氣沒有閃爍避諱，他也明確表示他喜歡她坦然直接的態度。

『你回來時，我去機場接你喔！』

她說要離開網咖時，他冒出這樣一句。

孟莉訝然，但心頭也不由漾起一絲喜悅的漣漪。

那是多年不曾感受到的，以為再也不可能經歷的似水柔情。

9

一連三天，他們都在網上交談。

離開島嶼前夕，她與銀河系又約了網上見。

許久沒有和任何人做心靈層次的溝通，這時才發覺自己的靈魂有多飢渴。

銀河系是那樣遙遠，卻又莫名的親近。他對她的問話回應熱切，也積極在探索她。談了那麼久，可能加起來的時數比她過去幾年和忠平說話的時間還要長，但她意猶未盡。

還沒問他讀過什麼哲學書，愛聽古典音樂嗎？喜歡哪個作家？對高行健的《靈山》或渡邊淳一的《失樂園》有什麼看法？有沒有去看李安的電影？……再談三十天都不夠吧？

喔！難道想跟他一生一世？

然而，她也不是沒有疑慮，銀河系真的下凡人間，會不會仍俗物一介？

無可否認，她也是被一份新鮮感所誘惑。

這樣的見面十分奇特，但他說：

「我們有權利顛覆傳統，做一些跟別人不一樣的事！」

對於這次相見，說無所期待是假的，說內心沒有惶恐也是假的。

更令她惶恐的當然是，對忠平的虧欠感。然而銀河系說了一句令人深思的話：

「我不是聖人，也不想當聖人！」

本就是愛恨情仇中浮沉輪轉的世間男女，為何要抗拒？當然，如果忠平不曾遠離，孟莉相信這一切都不會發生，都不會。

難道，這就是宿命？

10

臨上機接到銀河系的越洋電話，確認她行程，她還衝動地叫他不要來接。

「怕我是壞人嗎？」

「光天化日下，也壞不到哪裡去！」他俏皮地說。

「你愛耍嘴皮！」

「我可是冒生命危險，多少連環殺手貌似鄰家男孩……」

「我冒的險不比你少，你是朵霸王花也說不定！」

「互信度那麼差，就別見了吧！」她有些不快。

「對不起，你是個好女孩，我相信我的直覺！」

「也請你相信我！」

她的憂傷被沖淡了。深吸一口氣，她走進機艙，關上手機。

此行是航向另一處港灣，還是另一片汪洋逆浪？也許什麼都不會發生，她將回到同樣猶豫不決、在大洋兩岸，在心靈兩極間擺盪的生活模式。

飛機即將著地，她迷惘的心仍懸在空中。

作者簡介：

伊犁，浙江温州人，在香港完成中小學教育，一九六七年赴巴黎，次年往英國修讀護理。一九七三年移居美國，進波士頓麻州大學修讀英文系。自一九七七年定居南加州。作品題材廣泛，反映華裔移民在美國社會生存的掙扎與心態，中西文化的衝突等。曾出版《十萬美金》，《殺嬰》，《美金的代價》等小說與散文集。

過關

伊犁

才早上九點，他已穿戴整齊，西裝外套，灰色長褲，淺藍襯衫，加一條暗紅領帶，頭髮是兩天前剪的，皮鞋黑亮，兩鬢的白髮短了不少，鏡子裡是一個儒雅的學者，本來就是嘛，國內退休五年的物理教授，想到他居然會來洛杉磯，娶了一位來美國已二十多年稱得上是老華僑的新夫人，真像一場夢。他常常覺得是自己「嫁」給她呢，她是一家之主，她租的房子，她開的汽車，又會工作賺錢，交租，買菜，保健，搬來洛杉磯才半年，過去她曾在此住過十幾年，來往的都是她的朋友。他傻嗎？很多朋友笑他臨老入花叢，要娶也該娶個年輕的。美國是老年人的地獄啊，何必呢！

一個人為愛所做的事情，如今看來真有點不可思議。他的根在國內，家人朋友同事學生，還有一個獨生兒子，二十來歲很優秀，他無事時常常想到的總是他。

「都穿好了！你今天好英俊啊！」如華的笑容如加州的陽光，她飽滿的臉就像盈盈的滿月，她很會呵護照顧別人，跟她最初認識時，就被她溫馨與爽快的個性吸引，覺得跟她在一起很自在。婚後慚愧自己沒本領，如今倒成了她的負擔。為了替他申請綠卡，不知花了她多少心思與金錢，可是她從不抱怨。今天要去移民局，所有約談時可能需要的資料，準備了幾個大信封。找人翻譯，記下一些重要的日子等等，都是她預備的。她今天穿了一件深紅的毛衣，搭配一條黑裙子，頭髮鬆鬆的梳在腦後，唇上塗了一點口紅，一點也看不出已是兩個孫子的祖母呢。

平時他在家喜歡穿運動服，上次穿整齊的是在兩人的婚禮上。其實也算不上婚宴，只是她在德州的一位好友請他們在她家吃了很豐盛的一頓飯，還請了她兒子一家人。

「我這樣可以嗎？妳的朋友會準時到嗎？」他心裡很不踏實，昨晚迷迷糊糊的睡不好，身旁的她鼾聲大發，真佩服她，多麼瀟灑又放得下。

「她是我的好朋友，絕對守信，我們到外面等她，我想把車位讓給她停。」

要帶的東西放在兩個布袋內，表格，照片，身分證明，還真怕漏了什麼重要文件。律師樓列給他們的單子，對了一次又一次。律師給他們一些可能會問到的題目，他跟她一遍又一遍地重複過了，免不了還會有錯漏的。美國的律師要價天高，去移民局的出場費要九百，嚇了他一跳，申請費已付了一千，她的薪水也不高。他的退休金在國內可以讓他過平常日子，換美金就拮据了。為了辦綠卡，她已花掉一大筆錢。幸好律師樓的一位助手告訴他們，可以找一位雙語的朋友做翻譯。

他們在馬路邊站了十來分鐘，他覺得冷，陽光雖然明媚，風卻是冷颼颼的，才是二月，他坐回車廂內，她站在路邊，不斷在打電話，跟辦公室同事交代事情。她很淡定，有沒有想到萬一她的朋友臨時有事，或路上堵車遲到——原來她的朋友李女士，九點半準時到達他們的住處，拍門沒有人應門，在門口站著，還以為他們已走了。

他心頭放下大石，他們曾見過面，她丈夫是大學教授，兩夫婦很友善。她不多話，做為翻譯該是理想人選。他跟如華光明磊落，沒有秘密可言，也無欺瞞之事，想起在移民官面前都全得赤裸裸的抖出來，而且要接受不被信任的考問，真有點害怕。

如華開車上高速公路後，藉著導航器，只半小時便到了目的地，看見一座很高大四四方方的大樓，是聯邦辦公樓，才十點鐘，知道不會遲到，各人鬆了一口氣。為了找停車場，如華轉了一圈，附近的購物坊有標示停車場的招牌，進去是狹窄彎曲的車道，一直往下轉彎，如到十八層地獄。停車後坐了電梯上樓，一開門居然就是購物坊。有吃食店，有拍護照照片的照相館，有油印文件的小店。大家對方向都迷糊，不知移民局的大樓在何方，只好問守衛。

他們過了馬路，找到大樓，樓外居然沒有任何招牌，看到一道打開的門，把通知書給穿制服的守衛看，說在另一個方向。貼著樓旁走，旁邊有紅線攔住，不見路人，大概沒有必要不會來這裡吧。終於看到有一扇半開的門，問門口的警衛，用手一揮要他們進去，說要上六樓，進口便是安檢站。六樓電梯門一開，左邊是一個很大的等候室，一排排的靠椅，坐著幾十個人。他們先到視窗交上通知書，上面寫十一點的約會，他們早了半個小時。接待員不多話，只是請他們坐著等候。

他在西裝裡面只穿了一件薄薄的背心，覺得有點冷。找到一個近門口的靠牆座位。聽如華向李女士解釋他倆認識的一些簡歷，輕描淡寫如在講故事。首次她去雲南找一些寫報導的資料，先與他妹妹認識，她倆很投緣，她妹妹介紹如華給他認識，兩人在網上互通資訊，他們都喜歡音樂，喜歡藝術，文學，詩歌。兩人年齡相當，又都離過婚，各有一個兒子。如華是一個充滿陽光的女人，身上發的光與熱很有感染力，很多人都喜歡接近她。機緣機緣，後來他有一次被邀請來紐約開學術會議，會後她親自過來帶他去旅遊。她會照顧人，也懂得生活情調，聽她講來美國二十幾年的流浪，居然有點嚮往跟她過那種無拘無束的自在生活。她的母親是雲南人，她帶了八十多歲的母親回故鄉。大陸解放後，她母親隨著做軍官的丈夫去了台灣，首次回鄉很激動。她母親是一名退休的中學老師，回昆明後，她找尋了早已作古的親戚，沒有會過面的下一代，還有一些中學同學，兩個月後依依不捨的離開。那次，她與他見面多了，瞭解也深了。去年他重訪美國，住在她家兩個月，並決心跟她走入婚姻殿堂。

等候室的人各色各樣，有墨裔，有亞洲人，有白人，旁邊的白髮老先生，跟他們一起到，身旁一位穿著深藍套裝的中年女士，提著公事包，一定是他的律師。在座穿著西裝拿著公事包的大概都是律師。不定時的有人被喊進去，時間過得很慢，何時才輪到呢？紙上寫十一點到十二點，還以為在中午以前會搞定，誰知道要等多久？又不敢問，看來問也是白問。十二點時仍毫無動靜，是午飯時候，難道辦公人員不吃飯？聽別人去視窗打聽，接待員只是說等待，誰也不敢離開一步。進任何政府機關永遠是你等他，哪有別的方法。飢腸轆轆，早上連水都忘記帶，他們去洗手間也是匆匆忙忙，怕會被叫呢。華人女律師在安慰那位老先生說，工作人員輪流吃飯，中午並不停止辦公，不能急。皇帝不急太監急啊，無可奈何而已。他看到進去出來的人，表情都不一樣，有些嚴肅，有些輕鬆，有些毫無表情，紋絲不動，讓人猜不到結果。有些與在等候的親友合抱，如久別重逢。多少悲傷離合的故事，都在眼前展示。那些年輕的情侶，不用說是結婚後來辦綠卡。有些單身的又是什麼身分？旁邊的白髮老先生又是辦什麼呢？

他與如華如果調換身分，他替她辦，此時他的心境又會怎樣？曾想等她退休後，他們可以定居昆明，看她目前在美國，生活如魚得水，廣交朋友，似乎很快活。反而是他，一向深居簡出，只要一部電腦，一把吉他，在斗室內便感到自在，其實他很適應美國安靜的大環境。

一點鐘，他又累又餓，幾乎想放棄的時候，如奇蹟般居然聽見有人喊他的名字。是一位胖胖的女士，年齡大概四十來歲，棕色頭髮，藍色套裝，看體型與五官可能是墨裔後代，英語講的很地道。進入她的辦公室，橫放著一張大的黑色辦公桌，隔開她與約見者之間的距離。空間不大，左邊牆旁豎著一面國旗，一排放資料的鐵櫃，牆上空白。他們在她面對的椅上坐好，她吩咐各人拿出身分證明，問了做翻譯的李女士一些問題，然後她去複印證件。大家互相對看，緊張的都不敢講話，恐怕有偷聽器。他坐中間，李女士坐左邊，如華在右邊，他感到手心出汗，牙關有點發抖，如華的手按在他的手背上，好溫暖啊，她笑說，我們是真的，只要如實說，不用緊張。怎能不緊張呢？如果這次問話通不過，他還會有勇氣重新再來嗎？回大陸也有可能。移民局真如迷魂陣，他有可能出不去——

移民官回來後，很嚴肅的說他們互相之間不可交談，只有她問話時才回答。然後要他們一起站立，舉高右手，對著國旗發誓只講真話。坐下後，看到她面前一疊很厚的公文，便是他申請的檔案。她沒開始問話前，先是問他一連串的問題，犯過法嗎，坐過牢嗎，參加過共產黨，納粹黨，有參與破壞美國政府活動嗎——他都回答沒有。審問開始，不過是問他結過婚嗎，離過婚嗎，有幾個孩子，一共來過美國幾次，在什麼時候，用什麼理由，憑什麼簽證。什麼職業，目前退休幾年，有沒有固定收入，在美國有打過工嗎等等。

「你們是什麼時候認識的？怎樣認識？」

「她的生日是幾時？」

「二月四日——」

「不對，是二月十四日。」移民官突然提高聲量說。

糟糕，他心底一沉，不知如何是好。

如華在旁連忙解釋說一個是陽曆日期，一個是陰曆，他記得她的陰曆生日。

「我沒有問妳啊！」移民官有點不耐煩地說。

他聽到自己的心在咚咚咚地響，很懊惱如華怎麼要他記的日子是陰曆，在證件上當然全是陽曆嘛！移民官在不斷地翻著厚厚的公文，用紅筆在上面寫很小的字，大概在看他答的是否相符，如有錯漏，她就會狠踢一腳。

「你們是什麼時候變為情侶的？」

這不好回答，是如華首次去雲南？他們一見如故。或是他去紐約開會後的旅遊，她對他熱心的照顧？也不是，是他第二次來美國住她家，兩人默契，互相瞭解對方，珍惜這一段晚來的情緣——

移民官冷冷的看著他，如在看一個拙劣的學生答不出試題。如華在旁邊熱切地看他。

「大概是我去紐約開會時，在二〇〇八年秋天。」

「你什麼時候向她求婚？有給她訂婚戒指嗎？」

心底寒涼衝上腦門，他早上忘記戴結婚戒指，無名指上沒有戒指，對方注意到嗎？該死的壞習慣，戴戒指就是不自在，一向不戴，如華昨天也提醒過他，實在太緊張了，她早上也忘記。兩人哪裡有訂婚？訂婚是年輕人的玩意，或是有錢人的玩意，何來戒指？結婚時也是如華花錢買了一對戒指，都是象徵式。兩人心心相印，對一些表面的東西都不在意。

講不出誰向誰求婚，如果沒有她的鼓勵與暗示，他大概也出不了口。

「你們的婚禮有證婚人嗎？有舉辦慶宴嗎？」移民官此時單刀直入，有意取他要害。如華此時把一本相簿呈上，上面是他們從相識到同遊到愛上到結婚的一些照片。她真有預見，用了不少時間細心準備，相簿此時真用上了。

「說不上婚宴，只是一個朋友做了幾個小菜，替我們慶祝一番。」如華解釋說。他們結婚的那天，她穿著寬寬的粉紅色旗袍，半高領子，他也只穿白襯衫，紅領帶，德州夏天炎熱又潮溼。他們沒有想到證婚人，臨時請法庭外的文員給他們做證婚人。他不覺得一紙公文的重要，是她堅持要辦，一來是有名分，在親友面前好講話，二來是給下一代一個模範。

「你會申請你的兒子來美國嗎？」移民官忽然問。

他的思路一下子轉不過來，兒子好好的在北大念傳媒系，為什麼要來美國呢？真不明白好像全世界的人都想來美國。於是他只是搖一下頭。

移民官開始問如華了，如華臉帶笑容，答時慢條斯理，一點都不緊張。他心中懊惱自己瞎緊張，很多道題答非所問，不知移民官會扣掉多少分？聽說有時把兩人放在不同的房間，問一些更細節的問題——如果問他她的睡衣是什麼牌子，她用什麼化妝品，她擠牙膏是從哪一頭——他一定會交白卷。他心裡害怕，等一下他會不會再被刁難呢？

「好了，你在兩個月內會收到臨時綠卡，兩年後才能換永久的。」移民官終於宣布。

他鬆了一口氣，下次還會問話嗎？他不敢問，很可能又是一次艱難的考試。

如華握了握他的手，她的手心滾燙，還有點抖，碰到他冰冷的手背，他恍如從噩夢中驚醒過來。

作者簡介：

莫非，原名陳惠琬，海南島文昌縣人。馬里蘭州立大學會計學士，普渡大學電腦碩士，曾任銀行會計經理、電腦工程師。後專事寫作與演講，並負責「創世紀文字培訓書苑」，推廣基督教文學書寫。曾獲台灣「聯合報文學散文獎」、「梁實秋文學獎」、大陸「冰心文學獎」等十多獎項。著有散文、小說等十餘本。

推銷員為什麼死？

莫非

紛雜的人聲、不斷浮現的面孔，一波波撲面而來，纏擾不休。年過六十的維利繞著整棟房子衝來撞去，卻總是噓喝不止。終於，在茫茫夜霧之中，他推門，獨自一人駕車衝出，迎向生命彼岸奇異的呼喚，直直奔向毀滅……

一個推銷員的一生，便隨著一聲巨響，了斷。

這是亞瑟・米勒的百老匯名劇《一個推銷員之死》中最後一幕。整個話劇細膩而深刻地刻畫一個推銷員，是如何在生活中把路走絕，以致最後毅然反身，選擇走上死亡之路，留下一筆為數不菲的保險金額給他悲痛的妻兒。

但是，他為什麼要死呢？他的妻子在墓前百思不解。房屋貸款只剩最後一期即將付清，錢並不重要，人才重要，他為什麼要尋死呢？

是啊！推銷員為什麼要死？我也在問。那時，我正在美一家航空公司做事，剛剛才因輸掉一個上億美元的航空系統企畫案，整個部門瞬間捲入一場兇猛的裁員風暴。人員篩減，公文銷毀，真真兵荒馬亂，灰飛煙滅。幾星期內，原本燈火興旺，人影倥傯的一層辦公大樓，竟不可思議地因著一個、一個人員的遷出，開始熄燈、聲寂，漸至死沉，近似一座遭人遺棄的寂寞廢墟。

我因移民身分問題，許多機密案子不能碰，但又不能棄身分走人，便只好繼續死守。找工作的日子裡閒坐無事，便常在那座荒城裡獨守一室，不斷翻讀《一個推銷員之死》的劇本，想找出亞瑟·米勒的生命答案：一個推銷員為什麼會死？

一日讀著讀著，忽覺大樓裡的靜默一片可怕，襯得內裡的騷動喧譁不安。合上書，為了活動筋骨，我下到大樓的底層，是輔導員工就業的一間大廳，現也近乎棄守，似一座鬼城，一個人影不見。放眼望去燈光慘白，空氣清冷，耳邊絲絲傳來電波的聲音，四面牆上白紙飄飄，似冉冉招魂的白幡，對一些快要絕望沉船的人召喚引渡。那是公司由四面八方收集來的工作資料，對被裁的員工算是聊盡人事，仁至義盡。

踱步過去，我的足音在室內引起寂寞的回聲。細細瀏覽壁上招貼時，一股冷氣風拂過後腦，彷彿覺得身後仍似幾星期前的熙來攘往，絡繹不絕。但那時雖是人影川流，四周卻罩著一層凝重。人人低聲微語，謙卑地笑，謹慎地窺探，一副不知明天將如何的焦慮在臉上若隱若現。恍惚中，我似又望見那些灰白著頭，掛著老花眼鏡的一群夾雜人間。他們一個個重新穿上他們最好的面試西裝（多半都已過時），腰不再直、背不再挺，小小心心地瞇眼抄下牆上的資料（如果有合適的話，大部分皆屬過於資深，不合適用）。再臃臃腫腫地把自己塞進就業輔導室內那張小椅，辛苦地從頭刷新自己遺忘已久的面試技巧。望之不知怎地，令人酸鼻。

他們是一群被同一公司豢養十數年至數十年不等的中年人。一走出公司大門，面對的江湖便頓顯險惡。與他們競爭的全是初出校門，體力無限、鬥志無窮，而薪水卻很廉價的一批年輕小夥子。都四、五十多歲了，還要從頭開始，一大堆的資歷與經驗不但不能增加身價，反成了尾大不掉，容身之處之難尋，可想而知。他們老讓我想到電視「百事可樂」的廣告，其中所強調百事可樂的「一代」，全是俊男美女，叫人妒忌地年輕，現卻似正對著這群流離失所的中年人露出一嘴白齒，笑出一片燦爛陽光。

難怪推銷員維利在生活場上被迫退席時，會無限感慨：「很奇怪！在經過所有高速公路、火車、商業會議、與所有的這些年後，最後下場卻是，你死了，會比你活著還要值錢得多。」於是，他選擇死亡。

但是，這也值得一個推銷員去尋死？

還好，咱們公司內那「百事不樂」的一代，紛紛憑著人事關係與各種手腕，在公司內部多少都找到一個角落蹲下，待著了。在那段人心惶惶的時候，最風行一時的說法是：「找工作並非憑你會作什麼，而是看你認識的是誰？」有點各顯神通，自求多福的味道。我的等待也不離這太遠，我正在等我的人脈幫我活動一個位子。真是，人生能走的路不只一條，為什麼要死？

瞄過牆上無啥新意後，我步回我那一層大樓，對亞瑟筆下的脆弱生命，踩出一聲聲抗議的足音。劇中推銷員的生涯便全花在路途上了。進入中年後，許多的奔波成為徒勞，有時，他會開上七百哩路，卻賺不到一分錢。他太太曾憂心的對兒子說：「一個開上七百哩卻賺不到一分錢的男人，他腦裡會想些什麼呢？」

他想的不全是生活吧！不全是諸多貸款要付，生活上是怎樣怎樣地沒著落，更多在他腦裡纏擾不清的，怕是他這個人的失落吧！他的四面碰壁，轉圜不開，全戳破了他作為一個推銷員的夢。在他夢裡，一個成功的推銷員是生前有大人物與他勾肩搭背，死後葬禮所有的客戶皆會趕來為他致敬弔哀。他推銷的其實不是商品、貨物，他賣的是個人風采與個人特色。他推銷的其實是他「自己」，一個最禁不起拒絕的易碎商品。

幾條走廊靜悄悄，只有稀稀落落幾盞燈亮著。大樓之中無日月，凸顯出夜深人靜，便更有幾分日頭摸黑的怪異。我輕脆的高跟鞋踩碎了寂靜，走至轉角處，卻忽被一突然冒出的人影嚇得大叫。看清眼前那張臉後，心卻一沉，是他？他還沒走？

他原也是和我在同一部門裡作航空系統企畫案的。只是他是經理，我只是個小嘍囉，他不認識我，我卻認識他。曾看過他在客戶面前作簡報，一派叱吒風雲，有著鎮懾人的自信。自信在美國這社會很重要，是冠上珠寶，熠熠生輝，常令人在芸芸眾生中眼睛一亮。那時走廊裡遇上，打招呼我多是仰視的，笑裡少不了幾分畢恭畢敬，不只為他的身分，還為他那分幹才。

但裁員後一片混亂，等塵埃落定後，我發現整層大樓只有另一頭有盞燈亮著。一次無意間彎過去，卻赫然發現是他！怎麼也猜不著與我作伴落單的會是他，雲泥之差的身分，卻是相同落難的命運。但我是因著身分滯留，他呢？我頭一低，快步走過，怕面對這百事不樂一代中的最最不樂。

但他仍是在的。雖然，我從未再彎過去探望，但遙遙可望見那盞燈潑灑走廊的光影，或是他步入步出的孤零身影，總是一身筆挺，令人心酸地「整裝待發」。兩個尷尬的影子便如此沉默地迴避，又寂寞地作伴。一個月了。我讀我的《一個推銷員之死》，他呢？一個曾經日理萬機，有著「工作狂」綽號的人，現面對他「七百哩的空閒卻賺不到一分錢」時，他腦裡會想些什麼呢？

當我讀到推銷員之死，並不始於他被強迫在工作場上退席，而是早在他風塵僕僕，卻奔波徒勞之時，便已在一點、一點地開始凋零時，我在心裡呼喚著：朋友，撐著，可別就此凋零了。再撐一陣，總有機會不知從哪會冒出來的。然後前幾天沒看到他，以為他找到工作，走了。沒想到他還在，且神情憔悴，帶著幾分鬥志消沉的落寞。

「妳還在？」意外地，他主動友善地對我招呼，也是初次，他對我平視。「看到妳這有燈……有沒有消息？」我搖搖頭，轉身時，意外地發現他亦隨我步入我的辦公室。是靜默太久，來串門子？我示意他在我的桌前坐下，「你呢？也還沒有消息？」我問。他低頭謙遜地一笑，是我沒看過的一面。「有沒有什麼打算？」話才出口，便覺這真似可恥的面試問題。他聳了聳肩，攤了下手，臉上的笑把原應是灑脫的姿態全給拖垮了。

我呆了一下，繼而給他安慰的一笑。翻出那本《一個推銷員之死》，對他說：「我最近正在研究這個，一個推銷員為什麼死？他的兒子說是因為他一生作了一個錯誤的夢，他一直不知道自己是誰，才會不能接受歸根結柢他只是一個『一毛錢可買一打』的平庸人。但是他的朋友卻說，一個推銷員必須有夢。推銷員的工作本來便沒有一筆一畫，全靠微笑、儀表與個性。他必須想得大，作得大！但當別人一一拒絕，且不抱以微笑時，便形同地震了，對推銷員那無異於致命的打擊！所以他才……」

抬頭，看他聽得挺專心，一臉的若有所思。我想了想，輕聲問道；「你認為呢？是環境逼死了他？還是他不能接受真正的自己？」他舉眼望我，兩眼望得發怔。

作者簡介：

施瑋，詩人、作家、編輯。曾在復旦大學學習，獲美國碩士、博士學位。任《海外校園》雜誌主編、華人基督徒文學藝術者協會主席。獲世界華文著述獎小説第一名。舉辦個人詩畫展，出版《歌中雅歌》、《紅牆白玉蘭》等十四部作品。主編《靈性文學叢書》等。

一體中的男女

施瑋

1

秦小小像隻小鳥回到金絲籠中，但她無法像小鳥般單純地渴望外面的生活，單純地渴望飛翔。她恍惚於這婚姻是關她的籠子？還是載她翱翔的飛行器？

當她看著自己的雙手在鍵盤上飛動時，她不知道它們是刨食的工具還是飛翔的翅膀。

哦！……飛翔？

她不知道要往哪裡飛，不知道怎樣是飛，她懷疑自己會把汙濁中的滾爬當作「飛」。可是她仍渴望飛，雖然無法給予「飛」一個切實的定義。

這幾個星期她上午寫作，下午去心理輔導中心上班，有三個案例都是婚姻瀕臨破裂的婦人。

婦女心理輔導是小小在美國的副業，寫作算主業嗎？更像是夢。

幾個星期中她被她們的眼淚淹沒著，每一句安慰她們的話都像鞭子般抽在她自己的心裡。她自己不斷地被角色充填取代，成為憤怒又淒然的妻子，成為正義道德的代言，成為母親般的安慰者。沒有一絲理由和膽量做她自己，一個不尊重婚姻的人。

我真的不尊重婚姻嗎？小小很喜歡《聖經》中的一句話：「婚姻，人人都當尊重，床也不可汙穢，因為苟合行淫的人，神必要審判。」過去她喜歡這句話時，心裡懷著一種驕傲與欣慰，不由地讚美、慶幸自己的婚姻。

然而，今天，她成了苟合行淫的女人。

那個夜晚是美麗的，他們彼此的嚮往是真實的。她無法抹去那個夜晚，她捨不得抹去那一夜的記憶，捨不得向楊村舊屋中的他和她轉過身去。但她能心安理得地接受那個夜晚嗎？

也許，她可以怪罪於命運。也許，她可以推諉於人的本能。也許，她甚至可以順著裡面的情欲，去占有，去毀壞，去模糊自己的良心。但無論如何，事實上，她沾汙了婚姻。

小小的心卻不想躲開這句審判似的話，反倒比任何時候更喜歡這句話。這句話向她發出從未有過的真實光亮，鞭子般抽打她，堵截她的逃循。她不能迴避這責打，甚至依賴這鞭責之痛，她寧願選擇痛，而害怕麻木。

然而，當她剛剛充滿同情地送走一個哭泣的妻子之後，當她一邊在給某個丈夫打電話義正詞嚴規勸之時，當她因自己的罪幾乎要跪下去求上蒼赦免時，當她被聖潔的光照得無處逃避時，她的眼睛仍忍不住地去看電腦螢幕，看有沒有他的來信，看那一行或二行的字。

這些日子，小小覺得什麼審判都不可怕，最可怕的就是這樣被自己審判且不得拯救。

她想起小時候看過的一幅漫畫，一個小女孩站在一張小板凳上，一隻手像翅膀似地搧著，一隻手拉住自己的小辮往上拎。旁邊有行字，外婆教她念：自己不能救自己。

孩子的她印象很深，每天都有無數的事讓她覺得自己救不了自己。後來長大了，對這句了不起的真理便一笑了之。今天，她彷彿轉了一圈，重新又面對著這個事實。「長大」似乎只是個虛幻的過程，一瞬間就蒸發了，什麼都沒有改變。真理沒有改變，生命本質的軟弱也沒有改變，她還是不能救自己。成熟的理性、道德的修養、文化的薰染、知識的哲思，甚至宗教的約束、權衡利弊的聰明，一切都顯得無力，無法將她拉出這漩渦般的情欲。這一切並不能伸出救她的手臂，只能伸出指責的、定她罪的指頭。

她很想跪下去，在心靈中跪下去，去祈求那個願意赦免人的神。她不是不知道祂，她對祂的知道也不是來自於每個周日跟丈夫去教堂，她只是出於一種生命本能的感應知道祂。然而，她能跪下去嗎？她可以向祂祈求什麼？

她沒法真正下狠心來恨惡自己對修平的愛情。不錯，這是一段婚外情，並且已經超出了情的範圍，形成了事實上的背叛。

小小讓自己撇開那些感覺中的美麗與深情，面對著事件本身的客觀，罪與背叛，謊言與傷害。然而，她還是無法去求神抹去這一切，也無法設想上帝能如何從漩渦中救出自己，祂會抹去自己對修平的記憶？祂能讓這愛瞬息消失不留痕跡？祂能讓一切已經形成的破裂完美如初？

2

又是一個禮拜日，小小躺在床上，渾身發冷。目光穿於臥室右側的拱門，看著丈夫柳如海在鏡子前梳洗，他仔細地刮著鬍子。

小豬豬，還不起來？快來不及了。他一邊在衣櫃裡挑襯衫和相配的領帶，一邊喊小小起床，見身後沒動靜，就回身來彎腰親她。

秦小小現在有點怕他親她，特別是在周日。為了他不再繼續這樣親她，她趕緊起床。放大水龍頭洗澡，在急急的水流中，小小幾乎要哭出來，因為她又感覺到了修平在想她，在觸摸她。

這種感應令她非常煩惱，他有空並適合想她的時段往往正是她不適合被想的時間。有一次她打電話對他說了這煩惱，他卻不理解，在中國的環境中，這樣遠遠地意念相應的婚外情幾乎可算是潔淨而美好的了，修平現在心裡有時甚至有種悲壯，為自己感動。

小小發現無法讓他理解自己的處境，於是就再也沒說什麼。有時甚至會悄悄地享受甚至渴望這種撫摸。

但今天不同。今天是禮拜日，是去教堂的日子。美國大部分人週日都會去教堂，穿著他們最好的衣服，領著打扮得像天使般的孩子，一家完完整整、體體面面地去教堂。

秦小小過去曾鄙夷地對JOHN說，你們美國人的道德，集中體現在去教堂的那二個小時中。他只是笑著說，有總比沒有強。其實，上教堂前夫妻最容易吵架，但還是會穿戴整齊了去。

回來就不吵了？小小反問著，心裡卻知道自己只是喜歡在JOHN面前挑美國人的錯。

小事就不吵了，大事還是會接著吵。

他從來都這麼誠實，讓她反倒有點尷尬，其實她心裡是欣賞美國文化的，這種文化並不是在中國時瞭解的好萊塢文化，而是一種清教徒文化。雖然商店都九點關門，週日關得更早，這讓她無法接受，總是笑話美國是個大農村。但那些傍晚和孩子、妻子一起散步，週末在院子裡除草的普通丈夫們總是讓小小十分感動。

最近，每當她看到他們，都不由地會想到修平，想到深夜中國一家家飯店、酒吧中應酬或消閒的男人們。有時她會在中國時間的深夜給修平打電話，他大都在開會、工作、KTV包間、洗浴中心、酒桌上、晚會上……小小發現其實自己並不能接受現實中的修平，除非她回到中國，和他在一個環境中。

小小洗了很久，卻總覺得沒有洗乾淨，他的思念似乎一遍又一遍地塗在她剛剛沖乾淨的身子上。丈夫又在催她。她迅速地穿好潔淨整齊的衣服後，卻在出門前完全失去了力量。她無法這麼體體面面地去教堂，無法去面對那一大群也許和她一樣，但至少看不出汙穢的乾乾淨淨的人們。她沒辦法。最近她總覺得自己像是赤裸行走的汙穢女人，她甚至恨JOHN的熟視無睹，她不相信他看不見。

她記不得自己說了什麼謊話，JOHN獨自出門了。

3

小小聽著車庫的門開啓，又關閉。轉身急忙換掉了身上粉色的套裝。帶著夜淡淡的混濁氣味的睡衣讓她輕鬆了些，她倒在沙發上後，卻發現修平的思念已經不在了，他應該是睡著了。

秦小小不知出於怎樣的心思，也許只是禮拜日的習慣吧，隨手從茶几上拿起一本《聖經》。他們家和許多美國中產階級人家裡一樣，到處都放著各種版本、裝幀各異的《聖經》，包括每個衛生間和廚房。

她信手翻開時讀到一句熟悉的話，「耶和華說：你們來！我們彼此辯論。你們的罪雖像朱紅，必變成雪白；雖紅如丹顏，必白如羊毛。」這話彷彿是直接對她說的。

我能來與你辯論什麼呢？良心明明已經定了罪，一切的語言和狡辯都如無根的荒草，一夕生髮蓬勃，一夕枯黃死去。但是我能做什麼呢？你並不肯安排我沒遇到他；也不肯現在拿去我的一部分記憶；不肯割斷將我們越纏越緊的情索；甚至你允許這種奇妙的感應發生在我們中間，使我即使逃得那麼遠，仍不斷地犯這淫亂之罪。

這是罪，但這是我無法擺脫的本能，如果我的本能充滿了罪和汙穢，那我又能做什麼？只是坐在自己的黑汙中傾慕潔白嗎？或者唯一的拯救就是忘記潔白，忘記真理？她這樣胡思亂想著，對這位因著丈夫和他的國家而認識的上帝，心情十分矛盾。

外面的陽光很好，但秦小小卻覺得自己一直在往幽暗中墜落。美國教會信徒中的離婚率一點不比社會上低，這個事實並不能幫助她釋懷，只能讓她更絕望。她珍惜柳如海，珍惜現在的婚姻和愛，但誰能幫她回到再見到修平之前呢？

她是真的後悔打那個電話，她也後悔十多年前那個晚上與柳如海的做愛……但她回不到任何一個從前，她只能待在此刻，一切都破碎混亂的此刻。

小小覺得自己曾經認識了一個審判的上帝，此刻卻需要一個為父的上帝；曾經知道著也追求著定罪的真理，此時需要的卻是拯救的真理。她不能確定它們會存在，只能是期待。

柳如海打電話來，說詩班要練唱，問她身體怎麼樣，要不要自己請個假回來。小小忙說已經沒事了，只是想睡一覺，讓他別那麼早回來，最好練完唱後去買一下菜。通常他倆都是週末去完教會後一起去買菜，碰見熟人，就笑他們是連體嬰。但這些日子來，她都害怕與他成雙成對地進出，怕那種完美幸福的樣子……

美麗的晚霞，漸漸染滿遠處綿延的山巒。皺褶的谷峰與谷峰間，反射出層層疊疊的七色，和諧地統一於淡紫桔紅的色調中。

疲憊掙扎了一天的小小，突然覺得可以對自己放手了。

壯麗宏大的自然景色，彷彿一隻巨大的手，托住了她，讓她可以放棄毫無意義的自救。

似乎可以略略地安靜下來，聽憑時光帶著她流向前面。

雖然她裡面的人性與外面的婚姻都是何等危險地墜落著，墜向徹底的破碎，但她決心停止無謂的掙扎，也停止自我詭辯，專心等待命運，或許「真理」會從靜默中，漸漸發出光來。不僅僅是審判之光，更是拯救之光。

如果它真的存在、並有生命、並有能力，而不是一條冷冰冰刻在銅板上的法律。

秦小小必須等待情感與真理的合一，如果它們不能合一，那麼無論外面事件的結局如何，她的生命都是分裂的。

4

美國的生活是寬容的，既寬容那些在曼哈頓街道上行色匆匆的人，也寬容那些需要在靜默等待中傾聽生命奧秘細語的人；既寬容那些酒吧中醉生夢死渴望一夜耗盡人生的人，也寬容那些享受著田園般緩慢生活，把死亡當作一次睡眠的人。

一切都只在於你自己的選擇，然後理所當然地需要你去承擔自己的生命與生活。沒有人可以歸罪於一次運動，一段時期或是一個領袖。

秦小小一直享受著這種文化帶來的從容，但最近這段時間她才自覺地生出份感激，也生出份沉重。

……

美國已進入一年的節期，到處都是喜氣洋洋，單純的興奮與愉快。我確實挺喜歡這個國家，特別是這裡的人，但在心的深處我還是熱愛中國，雖然這愛含了許多眼淚和痛苦，但卻是魂牽夢縈。

……

小小在電腦上隨手寫著信，不禁想著中國，那裡的情感與文化把人絞扭著、催逼著、擠壓著，混亂的痛苦與幸福。她不欣賞它，但它也無需她的欣賞與認同，而是如血緣般地占有著她。

她常常這樣輕鬆地給修平寫信，寫一些隨意想到的句子，但並不會發出去，甚至也不保存。那些句子從從容容地出現在螢幕上，與她聊一會，然後就簡簡單單地消失了。

柳如海在家的時候，小小一般不會給修平寫信，甚至希望自己不要想到修平，她覺得這是對丈夫至少該有的尊重。但有時半夜醒來，在她還來不及控制自己思維的時候，她會面對修平的眼睛。那雙眼睛似乎始終沒有離開過她，總是那種情深以至無言的痛楚，總是那份探詢又遲疑的憂傷。

丈夫如海與她之間彷彿也生出了某種出於本能的感應，每當她想念修平的時候他都會感覺到。若是白天，他會有意識地迴避，留給她一個空間，但在夜晚的睡眠中他就會本能地來抱緊她。丈夫的懷抱溫柔而執著，他睡夢中的親吻讓小小覺得即使是在意識中也不能懷抱修平的目光，她只能放開這目光，放開修平的名字，讓它們像煙霧般漸漸散去。

最近秦小小特別頻繁地渴望與丈夫做愛，渴望他深深地進入自己，需要他大山般的身子覆蓋她、埋葬她，讓她不再能看到修平，不再能感覺到修平。但性慾遠遠超過中國男子的JOHN最近卻不知為何，不太熱中於做愛，他只是喜歡抱住她，整夜地抱著。

那些夜晚，她在丈夫的懷抱中，一動不敢動。他的愛，絲絲縷縷地滲過來，無聲無息地湧進來。她感到自己與修平今生沒有可能，若是有來生，也還是沒有可能。幸虧人只有一生，不必反覆品嘗早已註定的命運，不必再三地經歷無奈、進入「智慧」。

5

忙碌跳躍的節期過去了，各家門前的聖誕裝飾陸續收起來。在這個半年夏季基本沒有冬天的地方，節期一過就算是冬天過去了。

晚上已有了初春的清新，柳如海和小小坐在後園裡，黑色的鐵藝桌上擺著一壺茶和二罐可樂。非常中國化的他在飲品上卻是標準的美國人，但他欣賞茶，尤其喜歡看小小喝茶，喜歡為她泡壺茶，且要好茶。小小笑他既然不愛喝茶又哪能知道好壞，他則說好茶的香氣、百轉千回的味感他不僅聞著，且從小小身上臉上感受著。他說小小是個能體現並傳達茶的女人，看她喝茶便覺得親近了茶的靈魂，反倒比自己胡亂去喝好。

此刻，他正欣賞著茶中的小小或是小小中的茶。小小如通常般安安靜靜地被他賞閱著，心裡卻不由地起了一種煩亂。大多數時候她會很幸福、滿足地被他欣賞，這難道不是一個女人一個妻子最大的幸福嗎？但也有不少的時候，她會突然覺得在這種目光中，她已不是她了。她成了一種文化的代表，成了茶，成了畫，成了一句中國的詩，成了一個東方的女人，甚至就成了「東方」。那麼大的一件件古裝戲袍子，裡面的她還在嗎？

她需要對美有種叛逆，然而，她又不得不承認自己依賴著這種美，彷彿肉體依賴著衣服，或者說習慣著衣服的遮蔽？

情慾，是什麼？……

小小看著遠處沿牆開放的玫瑰，以及角落的一株很大的美人蕉，它們在黑夜裡充滿了蓬勃的自信。這種沉默的「自信」，較之白天的張狂更有一份放縱。似乎沒有明天。

……若死人不會復活，我們就吃吃喝喝吧！因為明天要死了。小小隨口自語著。

6

對於小小跳躍的思維，丈夫柳如海從來不曾感到困惑，他從來沒有覺得有必要去詢問一下中間省略的路徑。他好像不是在與她的語言交談，而是與她的思維並肩散步。也許這就是為什麼他會成為她的丈夫，柳如海相信一個男人和一個女人成為夫妻就是成為一體。

情慾出於肉體。他很簡單，但十分確定地答道。

柳如海為妻子杯中續了些茶，雖然這些非柴米油鹽的話題是他們夫妻間常談的，今天他心中還是閃過了一下楊修平，小小今天的情緒滲入了太多的情感因素。但他讓這想法僅出現一瞬就輕輕滑過去了，他還是將她的話視為純粹的理念性探討，出於一種本能的尊重不去窺視、進入妻子的私人空間。

秦小小十分欣賞柳如海骨子裡的紳士風度，她知道他對自己的瞭解與敏感，因而更是驚奇於他的相敬如賓。有時自己的某扇門只是虛掩著，他卻不會擅自闖入，只是在門外讓妳知道他願意進來。許多時候，她不願意讓他進來，她常常覺得很擠，這個世界處處都擠，外面、裡面，肉體的、精神的，甚至夢，甚至思想。她覺得需要一點空間，一些安全的距離，不僅需要身體上的距離，也需要精神中的距離，她無法與另一個人成為一體。

沒有肉體，人還有什麼呢？小小這樣問的時候，真是希望人沒有靈魂，希望一切思想和情感都可以看作虛幻，看作花謝花開，看作草發草枯。

靈魂。柳如海的答案是意料中的。

沒有肉體的靈魂能飛翔？還是有了肉體，靈魂才有了實實在在的翅膀？

小小彷彿只是在問自己。這一刻，她陷入一種迷茫，但這迷茫的背後卻是一份可怕的真實，她希望有理由否定靈魂的存在價值，否定靈魂與飛翔的關聯。人如果只有肉體該多麼簡單，多麼容易對自己的生命誠實。

院牆影子裡的美人蕉，似乎泛亮了一瞬，它在亮中被風微微搖晃。小小看見了，但她只想認為那是月光從雲的縫隙中射出的一縷。離開了那片土地，她沒有再遇見過她。她還坐在那根樹枝上嗎？誰會走到樹下，抬頭看那朵開不敗的玉蘭花？白色。豐厚。

我想……如果肉體掌控了靈魂，肉體就成為囚室；如果靈魂駕馭了肉體，肉體就成為飛行器。你說呢？

如海一邊說一邊把可樂罐裡最後的一點倒置著滴進嘴裡，並順手捏扁它，發出金屬的響聲，臉上仍舊是明朗的近乎單純的笑容。這令他原本有點像說教的話變得誠實而柔和。

7

小小看著他的樣子突然就笑了，想想自己一直反對他喝可樂，正當理由是對身體不好，其實是覺得無法接受他喝著可樂說這些話。柳如海笑她對可樂有偏見，說難道只有茶文化的國家才有思想？

你可以喝白蘭地或是咖啡。

他知道她在想什麼。柳如海覺得妻子小小實在是個有趣的女人，連她在小事上的執著，也像孩子般充滿奇妙的童真與浪漫。

天上的星星疏密適度，清晰卻也不過分地亮。不知道上天是怎麼給自己從茫茫人海中預備了她，並領到他跟前，將她被造的各樣矛盾而又融合的奇妙與有趣展現於他。柳如海常常為小小感謝上蒼，他不明白許多丈夫為什麼不能欣賞妻子，女人是何等美妙的一種被造。

小小也隨著丈夫在看天上的星星。你會看北斗星嗎？她問。

是這個吧？你看勺把……

沒有七顆！是那個勺。

不對！這指向南邊了。

可能是美國和中國正顛倒吧？

……哈，你不懂還裝。

你也不會看，我奶奶會看。

我祖父也懂。

他倆笑做一團。突然，小小對著繁星說，我不是個好女人。瞬間的寂靜，她覺得滿天的星星都挪位了，像溜冰場上的人。女人不是用來評比的。柳如海的聲音顯出一份非常溫柔的安慰。你真的都能理解我嗎？這句話出口後，她覺得自己很無恥。她仍然仰面向著清亮的夜空，心裡有份寂寞，自己此刻的內心能要求丈夫理解嗎？對修平的愛，對情欲的無法抗拒，罪，她要他理解嗎？她自己應該理解自己嗎？還是寬容？「理解」和「寬容」，此刻，在她的心中對這兩個詞，有著些莫名的輕微的排斥。覺得一個透著虛偽一個帶著隔膜。

柳如海沒有回答，他起來拉了她回屋，說茶具就留著明天收吧。他們關了燈和音樂上樓時，他始終拉著她的手，在樓梯轉折處，他說，我並不能完全理解妳。然後他停下來，轉身看著剛到他肩高的妻子。說，女人也不是拿來理解的，而是拿來愛的。

他繼續拉著她的手走上二樓，一邊走一邊輕聲對她說，我愛妳。小小在這一刻幾乎要被他的愛消化，然而，她裡面的自責像一顆不能消融的硬核，醜陋地存在著。她感到椎心的痛……

8

那天晚上，她躺在丈夫柳如海身邊，目光盯著牆角一只螢火般微亮的夜視燈，彷彿是看著一顆遙遠的星辰。它被越看越遠，距離中充滿了寒冷。它被越看越真切，真切得讓她四分五裂，終至成為虛無。

小小的心靈與肉體，都清楚地感受到與身邊的丈夫是一體的，這種一體已經成為在無論物質還是精神層面，都可觸可摸、無法否認的存在。在這個一體中她找不到秦小小，找不到她自己，也不能將一個柳如海或是JOHN分別出來。

可是，她卻仍然在這事實的一體中掙扎著，不肯安息。彷彿是不肯真正地失去自己，她無法獨立出來，便只能在這一體中，痛苦並自責地想著修平，想著那如遙遠星晨般的愛情。但她卻無法離開與丈夫的一體，去跟隨自己的思念。這不僅僅是身體。

9

思念和愛情都無法把這個女人帶出婚姻的一體，她想把柳如海放置在這份痛苦、渾濁的感情波瀾之外，也同樣不可能。她能感受到他正與她一同經歷，並不曾走開一步，不是指責不是旁觀而是一同的承擔。

無論出於自尊還是出於自責，她都不想接受這種一同的承擔，然而她無權拒絕。

我是一個壞女人。你對我那麼好，我卻在一個完美的婚姻中想念另一個男人。我覺得自己的本性就是淫亂……

小小仰面躺在潔淨平整的床上，聲調平靜地說。她感到自己此刻心中的冷酷，即是對自己，也是對愛她的如海，但這冷酷卻能帶給她釋然。

上空的屋頂彷彿消失了，夜空，甚至整個宇宙敞亮在她身體與靈魂的上方，那樣浩瀚而潔淨，那樣誠實而童稚。她的眼淚不停地流下來，第一次，坦然地向自己也向這童貞般的宇宙自然裸呈。她因著對自己渾濁的真實承認，而忽然間可以坦然地面對真正的聖潔，不是人所表現的聖潔，而是大自然體現出來的造物主的聖潔。

多麼不可思議，她在這樣的一個情形中，反而可以坦然地面對聖潔，理解聖潔，傾慕聖潔。

如海。小小知道他也沒有睡，她把手輕輕握在他的手上。你說，上帝為什麼不幫我忘記他，我已經求他把這份感情從我心裡挖去，我想回到從前乾乾淨淨的時候……我能忘記他嗎？

他也仰面躺著，沒有改變睡姿，只是將另一邊的手伸過來在她的手上輕輕拍了拍。也許妳一生都不會忘記，其實也沒必要忘記。神造的是人，不是一部不斷改進功能的機器。不要太自責了，慢慢來吧。再說，哪有人是乾乾淨淨的？不是這份感情或這個人讓妳不乾淨了，而是它讓妳看見自己原本就有的真實。

但是，你樣樣都很好。小小說。他的好使她覺得彼此疏離，她想他是不能明白的。

柳如海側過身來，用手捏了捏她小巧的鼻頭。妳千萬不要這麼想。哪有完人？妳若這麼看妳老公，一定有一天會徹底失望。

總之，我覺得自己比大部分女人都壞。

小小甚至想對他說到楊村的那一夜，但一來她不忍心對他說，二來她還是不肯把那一夜真看成汙穢。

柳如海沒等她繼續說下去，就笑了笑，只是笑聲的尾音隱約有些苦澀。妳只是更多情了點，我既然愛妳的多情，也就該承擔它。上天給人的任何一個特性都可以成為美善或罪惡的溫床。看我們如何選擇、如何對待、如何經過。

對不起。小小側身來看著他。我還沒法過去，我怕過不去了。

沒關係，夫妻本是一體，我們應該一同經過的，也一定能經過。哪有不經過波折的婚姻呢？

但我對自己沒有信心。小小想著修平的眼睛，這目光使她像艘失去舵的船。

那就對我有信心吧！我是一家之主，這婚姻的舵是我在掌，若失敗是我失敗。睡吧。

小小不明白自己的丈夫是個什麼樣的人，他似乎是個典範的男人，這完美卻令她無法把他當成自己的男人來愛，甚至令她有躲避的、遠遠逃開的心。但丈夫的肩膀畢竟是寬厚的，氣息是熟悉的，小小竟然就這麼安靜地睡著了，呼吸聲輕微得彷彿沒有。

柳如海卻不能入睡，他心中不由地冒出個聲音問，他們做愛了嗎？但他沒有讓這聲音一直問下去，他竭力地去捕捉小小細微的呼吸，他覺得自己非常愛她。

柳如海其實只是JOHN，不管他對中國文化如何熟悉、欣賞，但他仍無法成為中國人。他完全沒有像一個中國男人那樣去想為什麼要愛小小，而是愛了就很興奮、很喜悅自己愛了，並認認真真地全然愛一場。

他想到當初自己愛上這個女人並最後娶她為妻時，是決心一生來呵護、遮蓋她。上天把一個女人賜給他，難道是賜給了他一份指責審判她的權力嗎？只有聖潔才能審判不潔，他自問自己的良心並不純淨。那麼上天把一個女人賜給一個男人為妻，豈不是賜給了他一份去愛她，替她承擔罪過的權力嗎？

這個夜晚餘下的時間裡，柳如海悄悄起身跪在床前禱告。床上，小小躺在一份安寧中，沒有夢打擾她。

直到黎明，他才躺回她的身邊。她臉上的輪廓被滲入窗簾的晨光染亮了，他望了一眼這個自己渴望去保護遮蓋的女人，安然入睡。小小對丈夫這一夜所做的完全不知情。作為男人，柳如海並不需要自己的女人來明白他的愛，他只欣慰於她能享受他的愛。

世華文學

采玉華章

——美國華文作家選集

作者◆趙淑敏、石麗東主編
發行人◆施嘉明
總編輯◆方鵬程
主編◆葉幗英
責任編輯◆徐平
校對◆趙蓓芬
美術設計◆吳郁婷

出版發行：臺灣商務印書館股份有限公司
編輯部：10046 台北市中正區重慶南路一段三十七號
電話：(02)2371-3712　傳真：(02)2375-2201
營業部：10660 台北市大安區新生南路三段十九巷三號
電話：(02)2368-3616　傳真：(02)2368-3626
讀者服務專線：0800056196
郵撥：0000165-1　E-mail：ecptw@cptw.com.tw
網路書店網址：www.cptw.com.tw
網路書店臉書：facebook.com.tw/ecptwdoing
臉書：facebook.com.tw/ecptw 部落格：blog.yam.com/ecptw

局版北市業字第 993 號
初版一刷：2013 年 12 月
定價：新台幣 490 元

ISBN 978-957-05-2893-0

采玉華章：美國華文作家選集 ／趙淑敏，石麗東
主編. --初版. -- 臺北市：臺灣商務， 2013.12
面 ； 公分. --（世華文學）

ISBN 978-957-05-2893-0(平裝)

839.9 102021352

廣告回信
台北郵局登記證
台北廣字第04492號
平信

10660

台北市大安區新生南路3段19巷3號1樓

臺灣商務印書館股份有限公司　收

請對摺寄回，謝謝！

傳統現代　並翼而翔

Flying with the wings of tradtion and modernity.

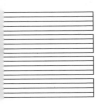

讀者回函卡

感謝您對本館的支持，為加強對您的服務，請填妥此卡，免付郵資寄回，可隨時收到本館最新出版訊息，及享受各種優惠。

■ 姓名：＿＿＿＿＿＿＿＿＿＿＿＿＿＿ 性別：□ 男 □ 女

■ 出生日期：＿＿＿＿＿年＿＿＿＿＿月＿＿＿＿＿日

■ 職業：□學生 □公務（含軍警）□家管 □服務 □金融 □製造
□資訊 □大眾傳播 □自由業 □農漁牧 □退休 □其他

■ 學歷：□高中以下（含高中）□大專 □研究所（含以上）

■ 地址：＿＿＿＿＿＿＿＿＿＿＿＿＿＿＿＿＿＿＿＿＿＿＿＿＿＿＿

＿＿＿＿＿＿＿＿＿＿＿＿＿＿＿＿＿＿＿＿＿＿＿＿＿＿＿

■ 電話：(H) ＿＿＿＿＿＿＿＿＿＿＿＿＿ (O) ＿＿＿＿＿＿＿＿＿＿

■ E-mail：＿＿＿＿＿＿＿＿＿＿＿＿＿＿＿＿＿＿＿＿＿＿＿＿＿

■ 購買書名：＿＿＿＿＿＿＿＿＿＿＿＿＿＿＿＿＿＿＿＿＿＿＿＿

■ 您從何處得知本書？

□網路 □DM廣告 □報紙廣告 □報紙專欄 □傳單
□書店 □親友介紹 □電視廣播 □雜誌廣告 □其他

■ 您喜歡閱讀哪一類別的書籍？

□哲學・宗教 □藝術・心靈 □人文・科普 □商業・投資
□社會・文化 □親子・學習 □生活・休閒 □醫學・養生
□文學・小說 □歷史・傳記

■ 您對本書的意見？（A/滿意 B/尚可 C/須改進）

內容＿＿＿＿＿＿ 編輯＿＿＿＿＿ 校對＿＿＿＿＿ 翻譯＿＿＿＿＿
封面設計＿＿＿＿＿ 價格＿＿＿＿＿ 其他＿＿＿＿＿＿＿＿＿

■ 您的建議：＿＿＿＿＿＿＿＿＿＿＿＿＿＿＿＿＿＿＿＿＿＿＿＿

＿＿＿＿＿＿＿＿＿＿＿＿＿＿＿＿＿＿＿＿＿＿＿＿＿＿＿＿＿＿

※ 歡迎您隨時至本館網路書店發表書評及留下任何意見

臺灣商務印書館 The Commercial Press, Ltd.

台北市106大安區新生南路三段19巷3號1樓 電話：(02)23683616
讀者服務專線：0800-056196 傳真：(02)23683626
郵撥：0000165-1號 E-mail：ecptw@cptw.com.tw
網路書店網址：www.cptw.com.tw 網路書店臉書：facebook.com.tw/ecptwdoing
臉書：facebook.com.tw/ecptw 部落格：blog.yam.com/ecptw